TUDO-ESTÁ-LIGADO

VOZES DA ÁFRICA

PEPETELA

TUDO-ESTÁ-LIGADO

kapulana

São Paulo
2025

Grafia atualizada segundo o Acordo Ortográfico da Língua Portuguesa de 1990, em vigor no Brasil a partir de 2009. Em casos de dupla grafia, optou-se pela versão em uso no Brasil.

Direção editorial:	Rosana M. Weg
Projeto gráfico:	Daniela Miwa Taira
Capa:	Mariana Fujisawa

Dados Internacionais de Catalogação na Publicação (CIP)
(Câmara Brasileira do Livro, SP, Brasil)

Pepetela
Tudo-está-ligado / Pepetela. -- São Paulo : Kapulana Publicações, 2025.

ISBN 978-65-87231-38-9

1. Romance angolano (Português) I. Título.

25-248357 CDD-A869

Índices para catálogo sistemático:

1. Romances : Literatura angolana em português A869
Cibele Maria Dias - Bibliotecária - CRB-8/9427

REPÚBLICA PORTUGUESA CULTURA
DIREÇÃO-GERAL DO LIVRO, DOS ARQUIVOS E DAS BIBLIOTECAS

Edição apoiada pela DGLAB - Direção-Geral do Livro, dos Arquivos e das Bibliotecas / Cultura - Portugal

2025

OFERENDA

Era uma vez uma criança, de nome Ofeka, a terra.

Uma grande dona de feitiços, adivinhadora do que vai passar e conhecendo curas com ervas e encantamentos, em muitos lugares chamada kimbanda, era sua avó, mãe da mãe dela. Profetizou, vais ter mesmo um destino fantástico.

Ofeka acreditou.

A profecia foi feita quando olhavam o céu, à noite. Uma estrela muito brilhante e cada vez maior parecia se aproximar e cair em cima delas. Caiu perto, na anhara verde de capim rasteiro ao lado do rio Cuporolo, onde cavou um buraco. A pedra, grande e negra, estava bem lá no fundo. Afinal as pessoas se enganavam, as estrelas são apenas grandes pedras negras luzentes. A profecia da avó tinha dito, aquele risco na noite é o teu destino, assim mesmo, a brilhar.

Ofeka acreditou.

Muito mais tarde descobriu, o seu destino era apenas uma pedra negra parecendo estrela. Só mesmo isso?

Foi há muito tempo, antes mesmo da Grande Paz com a qual ainda estamos, mas não sabemos até onde vai a eternidade prometida.

1

Velho Santiago nunca teve paciência para pescar, contrariamente ao cubano de Hemingway que apanhou um espadarte maior que o barquito dele. Santiago não gostava de ficar horas olhando para o sítio onde a linha se esconde na água e aí adormece. Antes adormeceria ele, evitando o mar, hipnotizado por aquele ponto de fim da linha.

Gostava muito menos da ideia de fim, ou o que achava ser. Já vivi tempo demais, tempo pesado, tantas perdas de familiares, amantes, amigos, pessoas não íntimas mas admiradas, pelo menos conhecidas, tantos desfechos tristes. Deixei de ir a enterros, deixei de ler os obituários dos jornais, nem o rodapé das notícias de televisão onde muitas vezes anunciam o passamento de alguém, importante ou desconhecido. Estou farto de conhecer ocorrência da morte alheia.

Prefiro inventar a minha.

Santiago acordou com este pensamento. Estremunhado. Não seria a melhor forma de despertar. Prefiro inventar a minha? Porém, um qualquer mortal pode mesmo controlar os sonhos?

Levantou com pouca vontade, nada tinha para fazer fora da cama. Às vezes ficava mais tempo no leito, sem dormir. Deixava o pensamento deslizar, recordações de passados sem volta, cogitando, e se fosse outra a decisão daquele dia cairia no mesmo final? Entretanto, não aguentava muito permanecer na cama no dorme-não-dorme. Comer? O quê? O mesmo de sempre? Se lavar, ponto final. Foi o que decidiu, a contragosto embora.

Primeiro doeu o corpo todo ao se erguer, doíam os ossos dos dedos ao pegar na escova de dentes, doíam as ancas ao se inclinar para apanhar a água da torneira, lhe custava endireitar de novo o tronco. Só não doía respirar, já era um ponto menos negativo. Respirou duas vezes, profundamente, prolongou um pouco o prazer, logo tentando seguir o ritmo de um semba dos antigos. Recordou a primeira vez que ouviu a sério o semba, ou a primeira memória que tem dele. Estava com a vizinha Luísa numa festa, porém ela desandou, escolheu outro para dançar. As frustrações começaram portanto cedo, talvez desde a primeira chupeta lhe cair da boca e ele chorar.

Eram bons tempos, conseguia chorar.

Deixou de o fazer quando Lemba o abandonou para sempre e ainda riu, a boçal, quando ele disse a frase aprendida na escola, fico de coração destroçado. O coração sofre, mas não se destroça, corrigiu ela, zombando do alto dos seus catorze anos. Aí lhe deu uma raiva que o levou a nunca mais aceitar chorar, nem se tivesse de inventar a própria morte, por pena patética de si, uma enorme falta de consideração, de respeito por si mesmo, tornado mais lesma que homem.

Ah, Lemba, eras mais linda que o duplo arco-íris do Planalto. Mas estúpida. Andavas na mesma classe que eu, sendo três anos mais velha. Acabaste mal, com um bêbado que te dava murros por ciúmes, justificados ou não, sabia lá ele, Santiago, pois deixou de a perseguir de caxexe só para descobrir o que fazia e com quem. Lhe contaram anos depois, um murro foi fatal e Lemba partiu para o desconhecido. Compareceu no funeral e nem o rastro do bêbado estava lá, talvez o tenham trancado na cadeia, seria preço justo. O mais certo, porém, era ele ter escapado, não é o que acontece aos verdadeiros bandidos, os de ficha criminosa, mandado de captura internacional e tudo? Só os ingênuos pagam culpas, como Lemba, inocente na cena dos murros (talvez), mas não inocente ao abandoná-lo (Santiago) por outro gajo muito pior, como o futuro mostrou. De qualquer modo, ela não merecia receber murros por pagamento, momento de clarividência em que coração e direito puxam para o mesmo lado, embora digam, as leis não têm sentimento, são impessoais, normativas. Haka!, o que conseguem inventar para nos reduzir à condição de animais de pescoço feito para o cutelo, incapazes de chorar por quem nos ignorou sempre.

Avançou para a cozinha, arrastando um pouco o pé direito. Preparou o café. Todos os seus gestos eram maquinais, rotineiros, embora não lhe parecessem familiares, sempre acossado por dilemas de difícil solução. Do saco pendurado tirou um pão, barrou-o com ginguba triturada e mel. Comia o pão ou bebia apenas o café? Tinha muitos momentos de indecisão na vida, alguns mais trabalhosos de resolver do que este. Já tinha feito todo o esforço preparando o pão, melhor comer também. Mesmo de pé. A cadeira estava há anos no mesmo lugar, convidativa, a olhar para ele, como dizia o senhor António, porém não se sentaria porque depois doía mais ao levantar dela. De pé, só tinha os sofrimentos habituais do corpo vivo. Sentia as dores quando acordado, apenas o sono o libertava. Para bem dizer, já nem reparava muito nessas incômodas acompanhantes. Nos acostumamos à própria sombra, não é verdade?

Por falar de sombra, seria um nome bom para ele, o homem-sombra.

Preferia se esconder, não gostava de dar nas vistas. Havia raras fotografias de grupo em que aparecia claramente, quase sempre atrás ou meio escondido ou mesmo com uma mão tapando a cara, mais um anônimo na multidão. Fez coisas importantes para a sociedade, as pessoas sabem ou não, mas quando relatam assuntos do passado esquecem sempre de o mencionar, como se não tivesse existido. Ele também não faz por lembrar. Será modéstia ou um tremendo orgulho? Esfuma-se, se torna apenas num vulto tênue. Homem-sombra. Podia ter sido o seu nome de guerra, quando era preciso usar um. Sorriu pela primeira vez nessa madrugada. Um sorriso de prazer. De orgulho, esquecida a modéstia com que se cobria antes de sair de casa.

Tinha ainda o esboço do sorriso nos lábios quando se sentou na cadeira antiga de costas inclinadas, a imperar na varanda dando para o quintal. A casa tinha sido construída por etapas, primeiro o corpo principal, onde estavam dois quartos de dormir, quarto de banho, sala, cozinha e copa, nesta sequência. Uma geração depois, foi acrescentado o segundo corpo em perpendicular, com mais um quarto, quarto de banho e arrumação. Ficou por isso em L. Se seguiam o galinheiro, recinto de coelhos e anexo para secar a roupa ao abrigo de poeira e para passar a ferro, no meio a porta das traseiras. No quarto lado do conjunto, um jardim com flores mas também legumes, tudo envolto por um muro de aduelas, levantado ainda no tempo do avô dele. Como os kandengues de hoje e do futuro não sabem o que são aduelas, é preciso explicar. Os barris, onde se transportava o vinho enviado da terra dos tugas para as lojas e tabernas da nossa terra, eram construídos de ripas encurvadas de boa madeira e seguras por cintas de metal. Os barris envelheciam, deixavam de ter préstimo para o vinho. As ripas eram então separadas. Enterradas no chão, serviam para definir quintais ou áreas de residência. Essas ripas eram as aduelas. Alguém se lembrou então de mandar construir a varanda na dimensão de toda a parte posterior da casa. E, como os tempos se tornavam perigosos, um tio resolveu melhorar a segurança com um muro de blocos de adobe encimado por cacos de garrafa incrustados. A porta para a rua poeirenta de trás igualmente sofreu modificações com o passar dos anos, sendo hoje de dupla chapa de ferro e cadeado grande.

O avanço do tempo, o chamado progresso, muitas vezes apenas significa aumento dos perigos e dos medos.

As então inúteis aduelas serviram de lenha cheirosa, mantido o aroma a vinho, para assar carne no fogão do quintal. Modificações com o tempo sofreu também o tamarineiro, plantado pela avó Nduva, de uma semente trazida do Dombe Grande, sendo antes batizada no rio Cuporolo, para germinar bem quando lhe desse na tola. O Dombe Grande e o Cuporolo tinham boa fama, traziam fartura na vida e sorte nos amores, mas só depois de tratamentos especiais providenciados por kimbandas conhecedores da tradição. Kimbo e rio também tinham má fama, por causa de perigosos feitiços realizados ali por outro tipo de especialistas. Os do mal. Tudo dependia dos desejos dos clientes, não é verdade?

O tamarineiro foi durante muito tempo um arbustozito enfezado, contavam os pais dele, duvidosos da certeza da avó, e ela só ripostava, é preciso saber esperar, tudo tem o seu momento, a semente é que decide o seu, até que de repente o arbusto resolveu crescer, crescer, se tornou árvore, dando sombra a toda a parte do quintal mais próxima da casa, enquanto ficaram ao sol a horta e o pomar, galinheiro e coelheiras. Nessa sombra ele passou parte da infância e da juventude, quando não ia à escola ou brincar com os amigos. Era à sombra do tamarineiro que a família comia ou se recebiam as visitas. Aí também as crianças jogavam ao berlinde, conversavam mambos do bairro, ou ele estudava. Porque estudar por vezes lhe era demasiado penoso, deixava divagar os olhos pelos ramos do tamarineiro. Com o pulsar do vento brincalhão, as luzes e sombras se cruzavam entre as folhas, fazendo-o descobrir pedaços de céu azul, também nuvens e pássaros. Nas próprias folhas, porém, encontrava maiores motivos de prazer, pois elas desvendavam formas de corpos entre luz e sombra, corpos que eram de máquinas ou partes de pessoas, animais selvagens, seres fantásticos sempre em movimento e mutantes também na aparência. Com algum esforço, descobria nessas imagens rápidas rostos conhecidos da parentela ou dos companheiros de jogos, falas ditas em conversas passadas, trechos de estórias contadas pelos mais-velhos, um mundo por desvendar de segredos inconfessados. De casa e da rua, da escola, do terreno de futebol, da praia. Tudo o levava para o prazer de descobrir enredos nos mais estranhos seres e sítios.

Havia então muitas sombras na sua vida. Algumas boas, outras nem tanto. A do tamarineiro era certamente a mais fiel.

A árvore estava ali à sua frente, de tronco largo e enrugado, com os ácidos frutos pendurados nos galhos. Os pássaros faziam ninhos nela, saltavam de ramo em ramo, defecavam para o chão, namoravam chilreando, mas não tocavam nos frutos. Eram demasiado ácidos para o paladar frágil de aves. Ele também tinha deixado de apreciar o sabor dos tamarindos. E lembrar que andou à pancada com Joka por este desdenhar da sua mania de andar com os frutos nos bolsos e ir chupando quando lhe apetecia.

Joka era um seu primo palerma, convencido de ser um tipo especial porque morava em bairro de gente remediada, como então se dizia, perto do caminho de ferro, construído para os mecânicos e motoristas dos comboios. Os fogueiros não tinham direito a essa zona, moravam no bairro da Fronteira, de um lado da cidade, ou para lá da Peça, do outro lado. Os fogueiros eram geralmente pessoas vindas do Planalto, sem formação específica. O seu trabalho era encher de lenha de eucalipto o reservatório por trás do motor e depois deitar a lenha para o forno da locomotiva, alimentando assim a máquina a vapor. Já os motoristas e mecânicos tinham de estudar e saber regulamentos disto e daquilo, tudo muito complicado e importante, portanto ganhando melhor e tendo direito a casa, lhe explicara uma vez o pai.

O irmão do pai era mecânico, cheirava a óleo de máquina, até depois de tomar banho. Estava entranhado mesmo entre carne e unha. Cheiro de mecânico. As mulheres não apreciavam nada, era obrigado a esconder o mau cheiro das máquinas com perfume. Demasiado. E muito caro. Mas tinha direito a casa, era partido importante para as várias donas que tentaram se amantizar com ele. Adérito aproveitou um pouco de cada uma, mas para casar foi no Balombo, arrastou uma jovem que ele galava há muito tempo. O pai dela era trabalhador de uma grande fazenda de sisal. Sisal tem pouco cheiro, puxa mais para o de mato, a jovem por isso tinha bom perfume na pele. Foram muito felizes, dizem. Quatro filhos, não é um bom indício? Um deles era Joka, o parvo.

Os tamarindos, além de servirem para compotas, também tinham uma vantagem particular para ele. Chupava os frutos e guardava as sementes castanho-pretas no bolso dos calções. Uma semente, quando esfregada durante meio minuto no chão cimentado de uma sala, aquecia bué. Ele se inclinava na carteira da escola para esfregar a semente no chão sem a professora ver e, quando estava bem quente, tocava com ela na perna da colega sentada à frente. Sucedia sempre um grito da menina, pois aquilo queimava mesmo. A professora nem precisava de perguntar quem tinha feito a maldade, o próprio

Santiago levantava do assento com um resignado encolher de ombros e ia se ajoelhar num canto da sala, virado para a parede. O castigo era esse, ficava durante o resto da aula ajoelhado sem nada mais ver, só a parede. Doía mais o castigo do que a queimadura leve na perna da menina? Não se podem comparar as dores. Doíam. A menina, solidária e já esquecida da maldade, depois vinha lhe perguntar se os joelhos estavam muito mal e ele dizia, não é nada, vamos correr até no muro, te ganho de dez metros. Corriam, em competição feliz. Não fazia aquilo para lhe causar sofrimento, era uma brincadeira de criança, ela sabia perdoar. Se chamava Rita e tinha muito bom feitio, sorte de Santiago, como dizia a mãe dele, cansada de ouvir as queixas da Dona Esmeralda, mãe de Rita. Por que lhe fazes aquilo, não percebes magoa? Rita não queixava na mãe, a senhora é que notava as nódoas na perna da filha e a obrigava a confessar, quem te fez isto?, sabendo muito bem qual a resposta. Perguntada a razão do crime, Santiago respondia, não sei explicar, juro mesmo sangue de Cristo, o que exasperava os pais e demais familiares. Não sabes? E ainda por cima a meteres Cristo no assunto? Apanhava castigo. Mas não podia evitar, uns dias depois reincidia.

Se tudo tivesse uma explicação, era tão fácil viver.

O bairro, aparentemente iniciado sem grandes planos mas acabando por ter certa homogeneidade, era constituído de casas de rés do chão, paredes de adobe, todas caiadas da mesma cor amarelo-ocre, umas maiores que outras, sempre com quintal, maiores quintais nas casas grandes. As ruas eram paralelas, direitinhas, cruzadas por semelhantes, também paralelas entre si, num perfeito tabuleiro de xadrez. Havia afinal um plano. As ruas tinham árvores a distâncias regulares e as sombras acompanhavam os caminhantes.

O veículo mais frequente, quando Santiago nasceu, era a bicicleta, até os doutores a utilizavam para irem trabalhar no hospital ou consultórios privados e os professores nas escolas. Bastantes alunos também tinham bicicletas. Depois os carros foram substituindo as bicicletas e o ruído aumentou na cidade. Os acidentes igualmente. Era o progresso, diziam os entendidos. No início, ele ia a pé para a escola, mais tarde de bicicleta, sempre no entanto acompanhado de seu cão. Primeiro um rafeiro amarelo, mais tarde um pastor-alemão de meter respeito. Na época, a raça desse cão se dizia lobo d'alsácia, nome de terra de branco, fosse a Alsácia onde pudesse ser.

A cidade se estendia, plana, ao longo da linha do mar e dali para o interior, sempre em quadrícula, como o bairro dele. No entanto, este ficava um pouco longe da praia, vinte minutos a pé, dez de bicicleta sem puxar, cinco de carro em hora de certo movimento. Santiago agora, já coxeando para velho, não usava carro nem bicicleta e também não era acompanhado por um cão protetor. E a pé demorava bem mais que os vinte minutos, pois um acidente o pusera a arrastar a perna direita, a desprezada quando jovem, por ser canhoto no futebol e rematar muito melhor com a esquerda.

Deixou de usar carro antes dos sessenta anos, quando foi atirado para uma ravina aberta pela água da chuva e crescendo pelo muito desleixo das autoridades da capital. Um carrão de alguma individualidade ou apenas de ricaço cheio de álcool tentou ultrapassá-lo na estrada nacional ligando Luanda ao Sul do País, imaginando que poderia se meter entre o automóvel dele e um porta-contentores vindo em sentido contrário. A besta VIP não viu o caminhão? Ia a duzentos à hora para salvar a Pátria de alguma ameaça externa? Filho da puta! Ele adivinhou que algo de mau se passaria, tentou travar para dar espaço ao irracional do carrão, mas este deve se ter então assustado e guinou de súbito para a direita, evitando o porta-contentores. Como estava escrito no voo das andorinhas, atirou o veículo mais ligeiro para fora da estrada. Santiago desconseguiu de atenuar o choque, tendo capotado na ravina e dado umas cambalhotas até ser travado por uma árvore que quase partiu a viatura ao meio. Como veio a saber mais tarde, a personalidade muito importante nem abrandou para constatar o resultado da sua ação e por isso, até hoje, há mais um criminoso à solta. Foi o motorista do porta-contentores que parou para o devido apoio. O automóvel ficou todo espatifado e Santiago, inanimado, preso dentro dele. O condutor do porta-contentores telefonou para os serviços competentes, pedindo ajuda rápida. Entretanto iam chegando mais carros civis, alguns apenas por curiosidade, depois a polícia e bombeiros. Acabaram por tirar o quase idoso benguelense da sua viatura deformada. Meteram-no numa ambulância que seguiu para o hospital mais próximo.

Santiago esteve em coma durante duas semanas. A cabeça batera várias vezes no teto e no volante do automóvel. Sofreu fraturas cranianas, mas também na perna direita e sobretudo nos ossos da anca e coluna. No meio daquele azar, houve sorte, ainda assim. Como major tinha direito ao Hospital Militar, para onde foi levado. Muitas cirurgias e tratamentos depois e quase um ano de fisioterapia puseram-no a se locomover sem andarilho nem muletas, mas sempre a coxear. Foi passado à reforma antes da idade própria, na altura fixada nos sessenta anos, e ainda com pensão reforçada pelo fato de se ter tornado deficiente físico, pelo que foi considerado um acidente de foro militar, embora a razão não constasse do processo. Ficou com trauma e medo de se enfiar num carro, quanto mais conduzir... Deixa, menino, ando a pé que é mais seguro. Ou de avião ou barco. As dores por vezes são grandes, no entanto, com o movimento ficam amortecidas, e a pé sempre se pode ver melhor o que vai aparecendo de novo nas ruas e passeios da cidade. O acidente (ou atentado, como lhe chamaria qualquer político em penúria de fama) aconteceu quando vivia em Luanda e para a capital voltava, depois de uma ida ao Sumbe em negócios, reais ou camuflados.

Que ele também tem seus segredos.

Não ficou só com sequelas no corpo. Por vezes sente que se liberta da matéria, flutua entre ideias e recordações, duvidando mesmo se algumas serão dele, talvez vidas de companheiros ou amantes, contadas à volta da fogueira ou num colo morno. E esquece de realizar algo importante que estava programado ou de comparecer em lugares previamente combinados. Também acontece parar em meio de uma frase e não fazer ideia de como a vai terminar, o que é confrangedor se está em ambiente pouco habitual. Ou ver alguém vindo a sorrir para ele, de mão já estendida, como um velho amigo, e ele não o reconhece, será que já o vi mesmo alguma vez? A memória prega partidas com frequência a qualquer mortal, mas não como passou a lhe acontecer, assim já é demais. No entanto, nunca esqueceu que numa fração de segundos reparou num detalhe do acidente-atentado: o carrão que o atirou para fora da estrada tinha os vidros fumados. Veículo de muata, de segurança, ou de criminoso com poder, a escolha é livre. Sem nunca o revelar a outrem, mesmo a alguém mais íntimo, pois estava vacinado contra a vontade de revelar coisas parecendo insignificantes só para alimentar conversa, Santiago se inclinava para a primeira hipótese. E nunca fora traído pelos seus instintos...

Um dia sentiu necessidade do sítio onde nasceu e cresceu. Era altura de voltar para casa.

A casa começou a ser construída pelos pais do seu avô, no tempo em que havia escravos e caravanas rasgando os matos até à contracosta. A família não mais se tinha metido nesses negócios de escravos e borracha, agarrada agora ao litoral. No entanto a bisavó, Tchoiya, com o mesmo nome da esposa do primeiro homem, Féti, o saído das águas, tinha vindo do interior, acompanhada pela irmã kasule, chamada Tembo. A origem delas era Ukuma, o sítio dos ventos e do frio, nos contrafortes do Planalto Central, a caminho do Huambo, hoje a maior cidade da região. As duas irmãs eram filhas de Kulembe, o soma de Ukuma, gente que perdera muita força política com o avanço da colonização mas ainda de grande peso social. E com propriedades que metiam raiva nos brancos. Não pareciam porém ostentar a linhagem, conforme ele se lembra de forma vaga. O bisavô Sakulanda morreu antes de ele nascer e não lhe falou das caravanas que comandara até ao oceano Índico, em busca de produtos muito procurados vindos da costa do Malabar e escravos africanos apanhados nas guerras de kuata-kuata. Só o avô é que contou, sem grandes detalhes. Sakulanda tinha sido um grande senhor, chefe de caravanas de mais de trezentas pessoas, merecendo respeito em todas as casas comerciais da Catumbela e Benguela, sobretudo porque trazia borracha, um produto muito valioso na Europa. Por isso lhe foi concedida a mão da belíssima e muito requisitada Tchoiya. Quando Santiago partiu de Benguela, muito jovem, a bisavó Tchoiya era uma respeitada anciã, mas haveria de viver ainda alguns anos, sempre lúcida e pondo na linha filhos, netos e até bisnetos, embora não se metesse em trabalhos de casa nem de construção. E misturava cada vez mais as estórias, nunca se sabendo se determinado acontecimento tinha sucedido mesmo com ela ou apenas por ela ouvido. Para quem a soubesse interpretar, era na verdade um manancial de tesouros do passado e da vida quotidiana. Também dominava bastantes curas com folhas e raízes apanhadas no mato rasteiro, embora se queixasse que no litoral faltavam as suas plantas prodigiosas, só existentes na frescura do Planalto. De feitiços e defesas contra eles era um poço de sabedoria. Nesse capítulo de remédios e feitiços nunca se confundia, lembrava tudo, pois se tratava de vida e morte.

Haveria coisa mais importante? Vida e morte? Talvez o poder, mas esse lhe fora vedado ao nascer. Tinha irmãos e primos, eram os herdeiros naturais. Por isso, segundo seu filho, Malulu, ela nunca se interessara por atividade nas políticas do kimbo natal, nem nas de Benguela, que lhe estavam interditas pela situação colonial. Mas tinha qualidades, era mandona, bastante atenta a sombras e sons. E se metia em todas as makas da família, sempre com a última e definitiva palavra. Podia ter dado uma boa rainha, se cochichava nos segredos. Mas...

Foi o avô Malulu que completou o corpo principal da casa, ajudado por dois irmãos e uma irmã muito mais nova, chamada Ukungu, a qual gostava de construir com barro, bonecos, flautas, moringues, cruzes de reza, até muros e casas. A família deixou de dormir nas cubatas temporárias de paus, se passou para a casa. A bisavó queixava, o espaço é pequeno, devíamos ter mantido as cubatas, havia tanto terreno à volta, mesmo meu pai, apesar de ser o grande soma de Ukuma, dormia nas cubatas, hoje uma, amanhã outra, conforme a residência da esposa escolhida para a noite, desprezava essas casas quentes dos brancos. Santiago aprendeu o pedaço da história da casa em conversas do avô Malulu, que gostava de lhe contar passados adequados para idade de menino, e ensinou as origens familiares com os nomes todos.

O próprio avô já tinha nascido em Benguela, naquele mesmo sítio que ainda não tinha rua, só cubatas, muitas à volta do grupo residencial do pai dele, Sakulanda, também nascido perto dali, na povoação do Monte Saôa, e com parentes na Catumbela e Dombe, até mesmo no Bié. Do que iria com o tempo descobrindo, a família do pai só nas últimas gerações se fixara na região, abandonando a pastorícia ou as caravanas. Mantinham as ligações familiares com o Dombe e as Mundas do Hambo, montanha quase sagrada do povo Cuvale, até mesmo na serra mágica da Ganda, o Epale. Esse era o lado dos pastores. Muitos mais parentes existiram, claro. Ele nem chegou a conhecer uma parte importante deles.

Não conviveu com os familiares da mãe, Welema, a escuridão, nascida no Moxico, no interior leste, vinda para Benguela quando jovem. Welema casou com Raul, o pai dele, teve três filhos e duas filhas. Santiago era o mais novo de todos os filhos e o mais ligado à mãe. Welema lhe falava da sua bela terra, feita de florestas e chanas e dos caminhos infindos que percorreu até chegar perto do Pico do Moco, o ponto mais alto de todo o território, onde as nuvens pairavam, brancas, embaixo do sítio onde pastavam bois e cabras, tudo verde e o céu azul. Também muito frio à noite e de madrugada. Se estavam por cima das nuvens! E lhe contava como foi a sua surpresa ao ver pela primeira vez o mar. Haka, tive muito medo, grande demais, com ondas do tamanho de um elefante.

Um dia em que Santiago veio de Luanda com a mulher, Clara, visitar a família de Benguela, resolveu também chegar a Kakonda, entre Huambo e Huíla, entreposto muito importante no passado para as caravanas de Benguela. Apenas por curiosidade de descobrir os parentes do lado da mãe, que ela sabia existirem por lá, de ouvir contar aos pais e tios no Moxico.

Santiago não encontrou o rastro de ninguém, todas as referências de Welema inúteis para o seu propósito. As guerras tinham dispersado as pessoas, desfeito famílias, apagado passados e recordações. Muito conhecimento se perdeu com tanta guerra, de 1961 a 2002, com breves interrupções. Novas pessoas se tinham instalado nos lugares perigosos, fugidas elas também do Planalto mais a norte e leste, baralhando todas as pistas. Regressado a Benguela, revelou o seu fracasso, para grande tristeza de Welema. As pessoas estão lá, os meus parentes de nomes conhecidos talvez não, velhos demais para aguentar, mas sobrinhos e os filhos deles têm de estar, não desaparecem assim, não morrem nunca todos, queixou a mãe. Procurei e perguntei muito pelos nomes que me disse, a Clara pode confirmar, wélu, nada, respondeu Santiago.

Foi quase vinte anos atrás, meses antes de Clara falecer de umas febres estranhas mesmo para os doutores que trataram dela no Hospital Militar de Luanda. Clara foi sua última mulher. Esposa de papel passado. Depois da morte dela só se queria dedicar a preencher os anos que lhe faltavam para a reforma, evitando ou mesmo recusando promoções e missões mais complicadas, já tinha visto demasiadas coisas impróprias para pessoas decentes. De vez em quando ligava para uma conhecida, queres beber uma cerveja? E passavam a noite juntos. Sem compromissos nem promessas nem ilusões. Até à cena do *atentado cometido por uma qualquer Excelência analfabeta*. Recuperado lentamente do acidente, lhe bateu de súbito a saudade, coisa estranha mesmo, a saudade angustiosa de um lar, mesmo se fosse apenas uma cinza do passado. Regressou à casa natal e encontrou tudo mudado. Mas não foi surpresa, mantivera sempre informação das transformações para pior operadas pelos vários inquilinos clandestinos. Limpou a zona, linguagem usada quando era militar. Neste caso foi mesmo limpar, deitar embora o lixo de casa e do quintal. Pintou algumas paredes, outras não, para quê então?

A bem dizer, perdeu quase toda a família em poucos anos, mas recuperou a casa dos bisavós. Seria reparada com lentidão e pouca despesa, até de novo abrigar outras vidas.

2

A cena que acabou com a sua solidão no lar se deveu à aparição de Jeremias e, meses depois, Zacarias.

Santiago, ao contrário de muita gente do seu tempo, gostava de cães. Teve vários na existência, desde aquele rafeiro que o acompanhava à escola. Um dia, estava sentado numa cadeira leve, de praia, que carregava sempre ao fim da tarde para a frente da casa, ficando a olhar o movimento pacato da rua, constituído por algum raro carro, duas ou três pessoas a tentarem convencer algum cliente a comprar-lhes um produto de uso comum, um mona a se dirigir à cantina para comprar açúcar ou fuba a mando da mãe. A dado momento parou à frente dele um kabíri novinho na idade, sem aparência de chegar aos seis meses. Como todo kabíri africano, era amarelado e magro, pela muita fome encontrada nos pobres lixos que sobravam depois de os catadores terem apanhado os melhores bocados. Não havia real luta entre pessoas e animais, pois estes deixavam com eterna paciência os humanos proverem primeiro às suas necessidades mínimas para depois aproveitarem dos restos. Se sobras houvesse... Os gatos eram privilegiados nesse negócio pois conseguiam saltar para dentro dos contentores já sem tampas, obra do desinteresse municipal, enquanto os cães tinham de se limitar ao que restava nos sacos de plástico já explorados pelos catadores, muitas porcarias espalhadas a toda a volta. Kabíri ficava assim sempre em desvantagem, era o último na escala da miséria. Como este, à frente de Santiago, incapaz de esconder as costelas sob o pelo curto. O olhar triste. Estático e esgotado, implorava com os olhos fixos no homem. Os olhos dele contavam as mais miseráveis vivências do mundo conhecido. Porém, há sempre esperança, meu kamba, pensou Santiago.

Depois falou mesmo em voz alta, vou te contar a história de Jeremias, o profeta que adivinhou a destruição de Judá pela poderosa Babilônia de todos os pecados, segundo a Bíblia, o livro mais lido do mundo e também o menos compreendido. Tu estás com o ar que devia ter o Jeremias ao anunciar os seus pesadelos, enquanto os ouvintes riam dele e o insultavam, ninguém nos vence, temos o Senhor do nosso lado, Ele vai reduzir a pó os nossos inimigos, cala-te tu, velho estúpido, e lhe atiravam pedras e paus, enquanto as mulheres arremessavam areia para a cabeça do profeta, mas ele não desistia de os fazer seguir os ensinamentos que insistia estarem nas tábuas de Moisés. E aconteceu mesmo, Babilônia destruiu Judá, por causa dos muitos pecados dos seus habitantes, dizia o Livro. Os sobreviventes fugiam para todos os lados, só Jeremias ficou, ajoelhado na areia amarela, as lágrimas caindo dos olhos, não sei porque nunca me explicaram se chorava pela destruição do seu povo, se por ter sabido ler os desígnios do seu Senhor. E continuou a adivinhar ou sonhar pesadelos, para sua desgraça. Devia ter o teu aspecto, sujo e triste, a morrer de fome. Continuava, no entanto, a lutar pela sua fé. Tu, kabíri, não deves ter fé, sei lá, até pode ser que tenhas fé e uma alma, de todas as maneiras deves lutar pela vida. Sempre podes encontrar uma salvação, meu amigo.

Santiago adotou o kabíri e lhe chamou Jeremias, parecia o nome mais óbvio.

O cão engordou com os restos de comida do major reformado e foi crescendo. À medida que crescia e ganhava peso, deixou o seu instinto vir à tona, começando a ladrar, coisa que parecia nunca ter feito antes. Se notava pelo desacerto inicial de uma garganta só habituada a gemer e ganir, talvez pelas pedradas que adultos e crianças lhe lançavam na sua infância. A garganta se adaptou aos novos tempos de guardião do quintal e Jeremias já ladrava para as sombras ou para os gatos que subiam para o alto do muro e os telhados da casa e dependências, assustando galinhas e patos que por baixo viviam.

— Vais ser um bom guarda — disse Santiago, a lhe ensinar como aceitar carícias na cabeça. — E fiel.

Não estava errado.

Um outro dia, Santiago viu um gato perto do impassível Jeremias, que o olhava, sem se mexer. Achou, Jeremias prepara um salto sobre o gato. Vai ser de repente. O felino era grande e francamente muito feio, talvez o mais feio que vira. Uma cabeçorra enorme e os pelos hirsutos de vários tons de castanho a preto, um olho raiado de sangue, o outro de cor indefinida mas diferente do primeiro e o corpo mais para o amarelo, da cor de Jeremias. O mais notável eram os pelos eriçados do bigode e à volta do queixo, como se tivessem saído das mãos de um barbeiro que os untara de fixador ou cola espessa. Parecia querer provocar o cão. Este não se mexia, deitado, a cabeça também no chão, parecendo invadido pelo sono. Parecia. O que era mesmo muito estranho. Por que Jeremias não saltava sobre o gato? Não passava o dia a ladrar para eles? Podia fingir estar totalmente imóvel, nem uma pálpebra mexer, mas o olhar afinal não estava mortiço, antes bem atento. E a ideia estalou na cabeça de Santiago, como um raio de esperança.

Era o primeiro gato que descia para o quintal desde a chegada de Jeremias. Queria mesmo companhia? De um gato? Do que fosse... coelho, galinha, sapo, lagarto... Animais não faltavam, mas não se atreviam a pôr pata no quintal, por medo do cão kabíri, ou porque estavam fechados nas respectivas celas, caso das galinhas e dos coelhos. Parecia estranho, mas nenhum deles parecia temer ou odiar o outro, antes uma procura de mais intimidade. E o irreal aconteceu mesmo. O gato deu dois passos, Jeremias levantou a cabeça, cheirou o bichano, o rabo abanou de satisfação e aceitou a companhia estranha ao seu lado. Deitados os dois ao sol de cacimbo, à frente um do outro, se mirando, como fascinados. Santiago nem se mexia no seu cadeirão, para não perturbar a estória.

Passado muito tempo, Jeremias levantou devagar, fitando o companheiro, o qual o imitou. O cão foi beber água no recipiente próprio para ele e o gato foi atrás, bebendo também um pouco. Sem estranhar, Jeremias foi ao prato com o resto da sua comida, abocanhou um pedaço. O gato imitou-o. O cão não rosnou, como fazia sempre que alguém interferia com o seu direito à alimentação. Parecia estar apenas a indicar ao outro o que havia de panquê. Comeram tranquilamente do mesmo prato, cão doméstico e gato vadio. Será por ser um gênero de felino kabíri que Jeremias o aceita? Reconhece irmandade no outro, todos da família dos animais kabíri? Solidariedade de classe? Curioso, muito curioso.

Nesse momento, Santiago deu ao gato o nome de Zacarias, feio e de feições mais que selvagens, mas simpático ao mesmo tempo. Falou:

— És Zacarias, um profeta ou asceta qualquer, não sei distinguir, meu, mas o nome é da Bíblia e te fica a matar... Vem brincar com o Jeremias quando quiseres, dorme por aí se te apetece, tenho é de aumentar um pouco mais a ração, já percebi. E não se engalfinhem por causa de qualquer gata vadia. Vadia vá que não vá, somos todos vadios, mesmo proprietários de vivendas, como chamam a estas casas velhas. Já as gatas e cadelas domésticas, damas que vivem dentro de casa de donos, obrigam a maiores cautelas pois causam makas entre vizinhos, não quero cenas de ciúmes ou lutas por aqui, nem ninhadas que me queiram impor, foi o seu gato que emprenhou a minha bichana, agora fique com os rebentos, haka, não me fodam, meus kambas.

Os dois deixaram-no falar, nem as cabeças levantaram para ver de onde vinha a voz, mais interessados na refeição. Jeremias comedido, esfomeado Zacarias. Era normal, não devia comer desde o mês passado. Outro que vai engordar aqui em casa. Devia mudar o meu nome, me chamar Adotador. Se fosse designação fácil... Talvez Profeta, para condizer com o nome dos bichos. Esse Jeremias deve estar a fazer um ano aqui em casa. Como vinha esfomeado, só pele e osso, aceitou com facilidade a ração seca, pois restos de carne ou outra comida só leva quando sobra, o que é raro. O mais estranho é o Zacarias aceitar ração seca para cão, aceitar não, se fez de convidado. Ele não é racista, decididamente, deixa essa estupidez para a miserável raça humana. Um dia talvez aprendamos mesmo a sério com os animais aquilo que nos ensinaram e fomos esquecendo pela arrogância de autoproclamados donos do mundo. Nessa altura talvez o mundo se torne mais suportável... Devia mesmo escrever este pensamento. Haka, bem sei, já milhares o fizeram e muito melhor. Mas talvez não do meu jeito. Quem sabe, um dia...

Zacarias tinha conquistado portanto o seu direito de viver no quintal, sempre junto de Jeremias. Brincavam de se enrolar fingindo lutar. Brincavam de ir meter medo às galinhas e aos coelhos. Só os galos pareciam homens: protegidos pela sua cerca, cantavam para os dois em desafio, mas se escondiam quando a cerca estava aberta. Uma cena nova veio pois acrescentar cor à vida de Santiago. Afinal, nem sempre as cores têm de ser vivas e bonitas, como as das bandeiras novas. Existem bandeiras esquecidas nos mastros ou postes de eletricidade, meio rotas, desbotadas pela chuva e vento, embora ainda essas guardem alguma dignidade.

Parou de meditar, atraído pela aproximação de uma pessoa desconhecida à sua frente. Desconhecida, sim, se a memória não o atraiçoava. Estava no passeio da frente de casa, na companhia dos seus dois amigos peludos, quando viu um ancião como ele, ou pouco mais velho, já andando com certa dificuldade e ar de perdido na cidade. (Santiago, nas suas cogitações de solitário, exagerava sempre na própria idade, carregando-a com pelo menos mais vinte anos. Era como se via sem olhar para um espelho, ora bem!). A aparência não enganava nem a atitude, era alguém recém-chegado do interior, um matuense, como eram chamados os do campo nas cidades vaidosas do seu tamanho e importância, real ou presumida, chamando mato ao campo, só para os rebaixar.

O estranho se aproximou com certas cautelas, olhando mais para os dois animais, virados para ele com ar arreganhado mas à espera de uma ordem do dono, o qual não deixou de admirar como tinha tão bem educado os amigos, ou, o que seria mais verdadeiro, como tão bem eles se educaram em pouco tempo, obedecendo apenas ao comando dele. O mais-velho parou a alguma distância.

— Boa tarde, mano.

— Boa tarde, mais-velho — respondeu Santiago. — Pode se aproximar, os bichos são mansos.

O recém-chegado deu dois passos cautelosos. Não estava mesmo à vontade com aquela companhia. Mas a casa era do outro, este é que sabia, não ele, o estrangeiro. Percebendo as reticências do matuense, a alma boa de Santiago veio ao de cima e perguntou:

— Está muito cansado, não quer se sentar um pouco? Vou já buscar um banco.

O outro concordou com a cabeça.

— E um copo de água?

Novo aceno afirmativo. Santiago se levantou, ligeiro apesar das dores sentidas em toda a parte baixa do corpo. Entrou em casa. Encheu um copo de água e segurou um banco com assento de pele de mbambi. Um pouco mais baixo que a sua cadeira, o que faria o outro parecer diminuído, mas não era sua intenção ofender ou humilhar o mais-velho, antes pelo contrário. Apenas este era o banco mais perto da mesa da cozinha. Trouxe o assento primeiro e ajudou-o a se acomodar, segurando-o com delicadeza pelo cotovelo, tenho pouca mobília, peço desculpa pelo banco.

— Está muito bem assim — disse o outro, aceitando o apoio.

Foi buscar o copo de água e ficou a ver o convidado a beber com sofreguidão. Quer mais um, não, obrigado, está muito bem assim.

— Se quiser, esteja à vontade... Mas o mais-velho não é daqui do bairro, pois não? Me desculpe de perguntar...

— Não tem problema. Sou de Ukuma, de uma aldeia perto dela.

— De Ukuma? Haka! A minha família veio de lá. Há muito tempo.

Fez uma pausa, refletindo. Depois, como o outro ficou calado, lançou a pergunta:

— Por acaso traz algum recado para mim? Só eu vivo aqui na casa.

— Oh não, não. É mesmo um acaso. Bom acaso, afinal. Mas pode me dizer quem eram os que vieram de Ukuma?

— Tchoiya veio de lá, era filha do soma. Casou com Sakulanda e tiveram Malulu, meu avô.

— Hum, Hum... Tchoiya... Ouvi os sekulus falar... Filha do soma Kulembe, verdade? Muito tempo mesmo, ainda não me tinham nascido... nem ao meu pai, não é verdade?...

— É isso mesmo, o soma Kulembe. Assim me ensinou o meu avô, Malulu. Ele é que contava essas cenas da família. Ouvia todas as estórias da mãe dele, Tchoiya. Ela sabia muitas coisas passadas em Ukuma e na região mais afastada, onde viveram outras pessoas.

— Assim também me contaram, até hoje se fala de Tchoiya nas povoações da região. Mesmo! — e fez o gesto de cortar a garganta com o dedo, jurando pelo mais sagrado.

Santiago queria perguntar, que falavam de Tchoiya, bem ou mal, mas não ousou saber. E também podia pôr a visita pouco à vontade, o que feria a regra da hospitalidade. Era talvez de um tempo novo, mas respeitava certas tradições.

— Me diga uma coisa, mais-velho. Mudou há pouco para Benguela?

— Não mudei, vim por pouco tempo. Cheguei mesmo hoje.

— Veio fazer compras ou procurar família?

O outro abanou a cabeça. Coçou a cabeleira branca.

— Nada. Havia comício das eleições e me trouxeram num maximbombo com outros. Muitos maximbombos e todos bem cheios. Disseram eram cem.

— Cem maximbombos é muito. Toda Luanda não tem tantos. Quanto mais o Huambo! Mas não interessa, desculpe.

— Algumas pessoas vieram mesmo do Huambo, outras do Longonjo, Xinjenje, todas as terras à volta. Parece tinham medo o campo de futebol não ia estar cheio só com a gente daqui e do Lobito, e os do outro partido eram muitos nos comícios deles. Então nos trouxeram. Um da organização nos disse a razão verdadeira, esse medo... Foi boa viagem, nunca tinha feito.

Chegamos e nos levaram ver o mar, andamos pela praia, haka!, nunca tinha visto o mar, nem os outros também. Aí foi bom. Nos deram alguma coisa de comer e fomos para o campo ali — num gesto vago, apontou para a esquerda.

— Já sei, o estádio Ombaka. É o grande, de futebol. Agora serve para comícios importantes. No resto do tempo está quase sempre fechado, é muito longe da cidade para os jogos.

— Grande mesmo! Nunca vi casa tão grande, toda a minha vida...

Santiago não corrigiu, não é casa, é estádio, como faria muita gente. Não gostava de dar lições nem se armar em importante. Ele sabia não era mesmo.

— E então, gostou do comício? Falaram bem lá?

— Hum! Percebi pouco, estavam dizer vamos dar isto e mais isto, fazer assim e assim... E água não nos deram mais. Só cerveja. Tinha muita, garrafas e mais garrafas. Também latas. Cerveja sim, água não...

— E o mais-velho não gosta de cerveja...

— Não, muito amargo. Mas havia muitos animados com a bebida, gritavam bué quando os somas ou sekulus... enfim, os chefes mandavam gritar, ou bater palmas, tudo bem disciplinado, mas esses que não aguentam bebida gritavam demais e às vezes batiam palmas quando não deviam, lhes ameaçavam, nunca mais vos trazemos, gritem só quando mandarmos...

— E depois do comício?

O homem abanou a cabeça.

— Aí é que começou a maka... Afinal o campo era bem longe da cidade, eu no maximbombo e a ver tudo que passava lá fora nem reparei na distância. Nos disseram quando acabou a reunião, vão para o sítio onde os autocarros pararam. Fomos. Não estavam os maximbombos. Esperamos, todos os outros foram embora, nos deixaram ali. Éramos muitos, assim à toa. Íamos esperar até ficar escuro? Os chefes desapareceram, não sabíamos o que fazer. Então um começou a andar para a cidade, outro também, depois todos, então íamos ficar lá sozinhos, só com o campo grande, mas sem gente perto? Eu também vim atrás dos outros. Alguns mais novos e espertos já conheciam a cidade, diziam, vamos até o sítio onde os maximbombos pararam antes de irmos na praia. Pode ser eles estão lá a nos esperar. Eu fui ficando para trás, não dá para andar tão depressa. Sou do mato, ando muito, mas no meu passo. Chegamos na cidade, eles cada vez mais lá na frente. Depois não sei, de repente assustei. Não via mais os outros, se meteram onde? Então andei assim atoamente, até aqui. As pessoas da cidade nem olhavam para mim e estão poucas...

Fez uma pausa, abanando a cabeça em gesto de incompreensão.

— Hoje é fim de semana, as pessoas saem de casa, se visitar uns aos outros, alguns também foram no comício talvez. Mas o mais-velho então tem fome e não sabe onde ir...

— Tenho dinheiro, o sekulu responsável pela minha aldeia deu, por isso posso comprar comida, mas onde? Não sei mesmo, nem no Huambo nunca cheguei e é mais perto de Ukuma...

— Vamos entrar em casa. Vou arranjar alguma comida para si, fique só calmo, mais-velho. Não é o primeiro a ser enganado.

Entraram e o camponês insistiu em ser ele a levar o banco. Os bichos entraram atrás, atravessaram a sala onde os homens ficaram, foram para o quintal, sem ninguém lhes dizer nada. Bem-educados, notou Santiago, orgulhoso dos seus quase-parentes, como os chamava, na altura das grandes conversas.

Santiago encontrou uns restos de carne e arroz-de-ontem, guardados no armário, serviu um prato, juntou um pão. O velho agradeceu e começou a comer, com ar comedido. Não ia parecer um pedinte esfomeado à frente do outro, o qual, apesar de solidário, também era um estranho. Não acompanhou a comida com água, seguindo os hábitos aprendidos na infância, beber é só no fim da comida. O dono da casa fingia não reparar no que ele fazia, olhando para as mãos. Quando acabou a refeição, o convidado agradeceu, deixe disso, mais-velho, muitas vezes, em aldeias como a sua, me alojaram e alimentaram de bom grado. Fui militar muitos anos, conheci bué de terras e a gente sempre era acolhedora, boa gente mesmo. Pena a comida estar fria, se desculpou, mas estava muito bom, disse o hóspede.

— Agora vamos ver onde andam os maximbombos que vieram do Planalto — disse Santiago.

Assobiou para os bichos, os quais vieram do quintal, contentes. Adivinhavam um passeio imprevisto? Jeremias e Zacarias se puseram a segui-los. Santiago arrastava um pouco o pé direito, o mais-velho notou, mas não perguntou nada.

— Vamos ao sítio onde costumam ficar os carros que vêm da sua região, não é assim tão longe.

Mas foi ainda um bocado de terreno até chegarem a um descampado na zona sul, onde estacionavam alguns caminhões carregados, outros sem mercadoria em cima. Um jovem estava sentado no chão à sombra de uma árvore. Usava uma camiseta vermelha e preta.

— Esse deve ser da organização. Deve poder informar.

Perguntado por Santiago sobre o paradeiro dos autocarros vindos do Planalto, o jovem abanou a cabeça. Se lembrava do mais-velho, pelos vistos, pois a ele se dirigiu.

— Deixaram-no, mais-velho?

— Deixaram?

— Eles já partiram. Há amanhã um comício no Kwanza Sul e precisam de reforço de assistência, por isso o pessoal que veio do Huambo foi nos autocarros para o Sumbe. Lhes prometeram comida e dinheiro, mais dinheiro se tudo correr bem, todos aceitaram seguir. Carregaram só caixas de cerveja, comida vão encontrar no Kwanza Sul. Eu não quis ir, a minha mãe vive aqui em Benguela, vou ficar com ela até os maximbombos voltarem. Depois regresso ao Huambo.

— E eu vou fazer mais como então? — gemeu o mais-velho.

— Vem ali a minha mãe. Lhes deixo, kotas.

Foi ao encontro de uma senhora que trazia uma kinda com fruta. O jovem falou com ela, depois voltou atrás com duas bananas e deu para o ancião.

— Só para enganar a fome, sekulu.

E partiu antes que o outro lhe agradecesse.

— Não sou sekulu — disse o mais-velho para Santiago. — Alguns dos que nos comandaram no comício eram sekulus de algumas aldeias da minha zona, eles mesmo me disseram que recebiam dinheiro para fazerem esse trabalho de ir no comício e mandar bater palmas ou gritar.

— Mas o mais-velho podia ser sekulu.

— Tenho a idade e a falta de dentes para ser. Mas a minha família é de agricultores, temos só a nossa lavra, uma pequena naka perto do rio.

Apareceu então um homem relativamente novo, a andar todo à vontade, sorridente, parecia estar já a saborear o gosto de viajar, acompanhado do ajudante com a caixa de ferramentas, este com ar de fazer um grande favor em trabalhar.

— Vamos ver se temos sorte — disse Santiago. — Deve ser pessoal de um desses caminhões.

Foi falar com o que parecia ser o motorista e pouco depois fez sinal ao matuense para se aproximar, com um sorriso nos lábios. O mais-velho também sorria, mas porque vira os bichos irem atrás de Santiago e se sentarem juntos quando o dono parou para falar com o homem. Raios, é mesmo engraçado, um cão e um gato amigos, ewê, nunca vi.

— Uma grande sorte — lhe disse Santiago. — O senhor Gouveia vai mesmo para o Huambo, pode lhe deixar perto de casa.

O mais-velho respirou fundo, bateu palmas em reconhecimento. Agradeceu muito a ajuda de Santiago e do motorista. Até foi passar a mão pelas cabeças dos bichos, os quais aceitaram com naturalidade. Haka, pensou o mais-velho, pela primeira vez na vida toquei num gato... Mas não vou mais a comícios desses aí, mesmo se os sekulus dizem que pagam bem. Tinham muitos bonés para distribuir mas não me deram um e estava bastante sol e calor.

Jeremias e Zacarias também foram elogiados por Santiago, quando chegaram a casa.

— Foi uma guarda de machos mas não machista, vocês não se desviaram por causa de cadela ou gata, cumpriram muito bem o vosso importante papel, proteger dois velhos. Vos prometo, haverá outras missões.

Santiago fechou a porta da casa dando para a rua. Foi para o quintal, verificar se tudo estava em ordem. Se encostou ao tronco do tamarineiro. Os companheiros deitaram ao lado, olhando para ele. Fitavam-no até adormecerem ou até algum bicho aparecer por cima do muro ou da parte de trás da vivenda. Despertavam então, mostrando a sua raiva pela paz quebrada.

O antigo militar pensou no mais-velho de Ukuma. Como fui tão mal-educado e não perguntei o seu nome? Foi assim que me ensinaram? Decerto que não. Ou é já influência destes novos tempos em que tudo de bom se perde? O mal está feito e ele também não ficou a saber o meu nome. Pena, lamento mesmo. Por causa da minha má educação, escondeu o que o impediu de ser sekulu. Talvez algo doloroso, daquelas coisas que se contam só a gente muito próxima e mesmo aí com reservas e avisos. Por que não se achava merecedor de um cargo de sekulu? Não o disse assim, eu não merecia, mas dava para adivinhar haver algum fato importante que o impediu, pois quando alguém é chefe do seu próprio eumbo ou kimbo, conforme as línguas, já deu o primeiro passo para ser sekulu. Seria merecedor de respeito por ter vivido e conhecido muitos fatos do antigamente, mas também do agora, e ter sabido aconselhar os seus e julgar quando necessário. Nada sei sobre a relação mantida com os costumes da tradição, pode não respeitar os costumes, as crenças de seus avós, ter aderido a alguma religião menos conforme, sei lá! Estou aqui a armar em kimbanda, a adivinhar o que só alguns podem fazer, melhor é parar.

Boa cabeça o mais-velho tinha, até se recordava do nome do pai de Tchoiya, sua bisavó. Só quando o outro disse o nome, Santiago se lembrou. E este mais-velho podia ter mais valor que Kulembe, o pai da sua bisavó, nem sabia como se devia dizer em português. Trisavô? O mais-velho não quis falar, teria de lhe ganhar a confiança em muitos silêncios cúmplices, em muitas conversas sobre o presente e o passado, lhe contar a sua vida e a sua luta, ou melhor, as suas lutas. Talvez então numa noite lhe revelasse o segredo. Uma possível falha em assunto que correu mal, menos atenção a qualquer dever, ou então o resultado da inveja de alguém poderoso, não são sempre assim as estórias que acabam em tom de injustiça?

Uma coisa parecia certa: este mais-velho aparentava mais dignidade e valor que o soma Kulembe. Uma mancha na família que Tchoiya não aceitou desvendar, mas a persistência de Malulu abriu o poço da vergonha de sua mãe e lhe contou depois a ele, Santiago, seu neto, algumas nódoas no orgulho familiar.

Kulembe não apoiou o grande soma da Tchiyaka, quando este recusou deixar passar o exército colonial pelo seu território. Os soldados alheios vinham conquistar as passagens para o Planalto Central, porque havia planos de implantar um caminho de ferro partindo da costa até onde fosse possível. A Tchiyaka, ao contrário de Ukuma, não estava exatamente no percurso desenhado, mas podia complicar muito as operações, pois era quase impossível de derrotar e tinha influência sobre os povos de uma vasta região no começo da parte mais íngreme das serras que cercavam o Planalto. A principal ombala Tchiyaka, onde habitava o rei, estava então situada no topo de uma formação rochosa que os primeiros exploradores brancos chegando àquelas terras chamavam Inselberg, isto é, um dente de pedra de pelo menos trezentos metros de altura, produto de algum gigante monstruoso querendo sair da terra. Embaixo, a toda a volta do "dente", foi construída uma otchimpaka, enorme muralha de pedras que continuava para cima ao longo do único caminho subindo em caracol até ao topo, onde dormia o rei, descendente de Tchilulu Tchihamba, suas mulheres e filhos. Segundo a lenda Tchiyaka , foi Tchilulu que inventou aquela maneira de fazer fortificações a toda a prova. Os guerreiros e famílias tinham as cubatas no interior dessa otchimpaka, onde se alojavam igualmente os mais importantes membros da corte. Quanto mais relevantes, mais próximos do chefe. Ao longo da muralha se posicionavam os arqueiros e os lançadores de azagaias e as mulheres que atiravam pedras pesadas sobre os inimigos que tentassem tomar a ombala, como também era conhecida a residência real e capital do Estado. As mulheres tinham ainda a missão de preparar as muitas armadilhas que implantavam ao longo da otchimpaka e que iam mudando de sítio à noite, para nunca serem descobertas e terem o maior efeito. Foi essa fortaleza que os soldados portugueses levaram um ano a atacar e recuar. Como puderam resistir, cercados, sem comida nem água? Malulu tinha contado, o senhor da Tchiyaka tinha aliados ou mesmo dependentes nos poderes à volta, os quais o municiavam com comida e armas, flechas e azagaias. Esse contrabando se fazia pelo lado sul, onde o monstruoso dente de rocha tinha um corte de cima até baixo, talvez obra dos calores e ventos fortes ou algum tremor de terra. Os atacantes não tinham capacidade de cercar inteiramente a base da montanha. Vieram do norte, no lado norte se fixaram com o seu estado-maior e tendas com víveres e munições. Com muita antecipação, fruto do conhecimento adquirido em guerras anteriores, Tchiyaka tinha camuflado o começo da racha com acácias muito densamente plantadas nos dois lados da otchimpaka, que aí era mais alta e forte que no resto do perímetro. A fenda só era visível a partir de determinada altura. Além de que a tropa estrangeira não se preocupava com esse lado. Havia alguns guardas que ajudavam os carregadores a passar o contrabando para o outro lado da alta muralha, apenas durante a noite. Toda a população desde o Moco até Lepi, Ganda e Balombo estava mobilizada pelos somas e sekulus e guardava um pouco do que tinha para alimentar os sitiados. Os artesãos de todas essas povoações trabalhavam às escondidas no fabrico das armas e munições. Uma difícil operação logística se organizou e deu os seus frutos, pois os invasores estavam bloqueados por aquele dente que impedia o avanço para o Planalto. Até que chegaram os canhões encomendados a Luanda e, ao fim de dois meses de bombardeamento, a muralha cedeu. Depois foi fácil acabar com o estado Tchiyaka. Logo a seguir Kulembe veio se entregar aos invasores, os quais não lhe bateram amigavelmente nas costas nem lhe ofertaram vinho e prendas, mas o mantiveram no confortável posto de chefe tradicional, com novas regras embora.

Talvez haja uma ligação entre este fato e a vinda de Tchoiya para Benguela. Malulu nunca descobriu ou não quis contar, talvez achasse suficiente para o seu neto Santiago. Sim, o mais-velho de Ukuma talvez não se rendesse tão facilmente. E talvez haja, sim, uma razão para as duas irmãs virem para Benguela. Seriam uma espécie de reféns, garantia de fidelidade de Ukuma para com o poder colonial, se conheciam outros casos. As caravanas, do interesse dos dois lados, continuariam por anos a atravessar o território e a recrutar carregadores, até o caminho de ferro acabar gradualmente com o seu proveito comercial.

— Mas o comício vai passar na televisão — disse Santiago para os companheiros, os quais levantaram as cabeças. — Vamos para dentro, meninos, quero ver os somas e os sekulus a darem ordens às tropas fardadas com a monotonia das cores do partido para baterem palmas, senão fecham logo a cerveja. Não querem vir?

Zacarias abriu a boca e voltou a deitar no chão. Jeremias nem se mexeu, abriu só um olho que logo fechou. Talvez tenham razão, pensou Santiago. Depois do passeio, deve saber melhor dormir um pouco que ver essa televisão sempre serviçal. Mas também deve ser a minha cabeça já maldosa... impaciente, dura... Não há mais patriotismo então? Soltou uma gargalhada de escárnio.

Os bichos nem se mexeram.

Foi para a sala, ligou o aparelho, escolheu um canal de música suave, se sentou no cadeirão próprio para as sessões culturais e desportivas. Em breve adormeceu, um sorriso malandro nos lábios.

3

Era uma impressão, apenas uma impressão.

Olhou para trás e não viu nada. Mas parecia, os olhos de alguém estavam colados nas suas costas, no crânio, nos ombros. Voltou a olhar para trás. De novo nada. Continuou a caminhar pela orla da mata, tentando fazer o mínimo barulho ao pisar o capim. Seria o vento a agitar as folhas das árvores? Não parecia ser o vento. Ainda menos sons de pessoas. De fato nem sons eram. Apenas uma impressão absolutamente indefinida. Decidiu avançar mais para o capim, mantendo certa distância das árvores. Passos à frente, percebeu, nada tinha mudado, a impressão teimava. Às vezes acontece, o coração começa a bater mais forte nas têmporas porque se tem medo e então nos assustamos de verdade porque o barulho do coração se confunde com passos perseguidores. No entanto, nem estava antes com medo de percorrer esse caminho tantas vezes trilhado desde o kimbo ao rio grande, nem se apercebia de alguma perseguição. Então?

Pensou em voltar para trás, à segurança do kimbo. Disparate, tinha de esquecer a estranheza e prosseguir até no rio grande. Já fora menina pequena e mesmo então não se intimidava com facilidade. Por que agora e sem razão? Ofeka pensou, e se fosse intuição de algum perigo próximo? Um bicho, um grupo de homens armados, uma cobra? Podia. A falecida avó adivinhava muitas coisas que iam acontecer e lhe dizia, senti qualquer coisa, não sei explicar, mas vai suceder. E acontecia na maior parte das vezes. Podia também ela ter um dom e estar a prever algo mau. E se fosse uma mina que adivinhava enterrada à sua frente? Muita gente fora morta ou decepada por esses engenhos traiçoeiros, esquecidos nos caminhos de mato, depois de tantas guerras entre estranhos, entre primos, mesmo entre irmãos. Sossegou de seguida, a guerra nunca chegara àquela margem do rio, era sítio sem grande interesse. Caminhava e olhava para trás, pois o que quer que fosse não estava à sua frente, isso intuía com absoluta certeza.

A onça invisível?

Lembrança que a gelou. As pessoas falavam, mas ela nunca a tinha sentido, essa onça desencarnada que até hoje procurava o seu perdido corpo e por vezes conseguia entrar no de uma pessoa, desalojando-a de si própria. Eram estórias que passavam de geração em geração, bem como os tratamentos preventivos aconselhados pelos kimbandas. Havia também pequenos objetos, ou ossos ressequidos, ou penas de aves que protegiam os viventes dos desencarnados. Ouvira estórias, sim, porém nunca conheceu ninguém que tivesse sido espoliado do seu corpo pela onça invisível. E nas diferentes escolas que frequentou aprendeu a desconfiar das estórias contadas nos kimbos ou mesmo nas noites citadinas, contadas só para entreter ou para assustar espíritos mais frágeis. O que vinha atrás dela, porém, parecia da mesma natureza da tal onça carente de carne, pois não emitia sons próprios de um animal a se mover, não era visível nem mexia o ar, nem lançava odor. Nada de material, só uma impressão.

Ofeka olhou para baixo e viu por que a onça invisível não a poderia desapossar do seu corpo e se limitava a segui-la, desesperada: a mulher tinha o cinto a apertar o vestido de pano coçado, um dos que usava quando vinha visitar os mais-velhos e outros familiares no kimbo. Diziam as estórias da avó, o cinto impede a onça de entrar no corpo. Por isso me vai seguir até ao rio. Quando eu tirar o cinto para me despir, aí ela ataca. Ofeka deu uma gargalhada, aliviada. Estás mal, onça desencarnada, vou entrar na água com o vestido, tiro só os chinelos, vais ficar a roer as unhas de raiva e descorpada.

Rio, aliás, já visível por entre as árvores e que cada vez mais, a cada visita, lhe parecia menos largo. A largura e força do rio dependiam afinal da época e das chuvas. Também da idade de quem o examinava. Voltou a entrar no bosque espesso, sem medo, para encurtar caminho. E já não temia o bafo sentido no seu pescoço. Uma impressão, apenas uma estranha e ligeira impressão.

Chegou à margem, inspecionou os arredores e o outro lado do rio. Ninguém. Naquela altura do ano, o rio teria apenas uns trinta metros de largura, com uns rochedos no meio provocando remoinhos brincalhões. A água era muito pura, por ainda se estar perto da nascente e ninguém viver junto às margens naquele local. Só mais para baixo começavam os kimbos na margem e até cidades com fábricas e seus fazedores de lixo. Tirou apenas os chinelos, entrou rindo na água. Mergulhou a cabeça, se levantou a sacudir gotas para todos os lados.

Ainda estava a rir, quando ouviu sem ouvir, pois não era de uma voz que se tratava, estúpida, tonta, acreditas nessa estória da onça invisível?

Mas era então o quê? Ninguém que falou, mas ouvi sem ser com os ouvidos, estou cacimbada ou quê? Saiu da água, ficou de pé, na margem, pingando. Podes tirar o cinto e o vestido que não lhe vai acontecer nada, disse a coisa. Ela não obedeceu, não tirou nem cinto nem vestido, antes tapou os ouvidos. E uma gargalhada estalejou dentro da cabeça dela. Parva, julgas que te adianta tapar os ouvidos? Não lhe vou fazer mal, já prometi, esteja descansada. Sou um espírito bom, apenas traquinas, ao que dizem outros.

Quem és tu?, insistiu ela com voz querendo ser forte. A resposta foi apenas, já te disse, sou um espírito. Pareces mesmo parva, é preciso repetir-te sempre as coisas? Olhe que me canso rapidamente, portanto trate de perceber logo à primeira. Mas como fazes para me falar se te percebo e não te ouço, queixou Ofeka. Ouve lá, disparatou a voz, afinal a tua avó me enganou. Me disse você era esperta. Acho-te mais burra que uma pedra, uma daquelas que se banham na água do rio. Então como a menina quer que um espírito fale? Só pode ser com espiritualidades. E tu bem sentiste, porque te viravas para trás, com medo de tudo. Você é tão burrinha, nem reparou, eu não estava atrás de ti. Então onde estavas?, disse ela com medo da resposta. Estava em cima, estou. Então onde queres que um espírito esteja? No teu ombro macio, como uma sombra protetora.

Ela fez o gesto instintivo de sacudir uma mosca do ombro esquerdo. Depois se arrependeu, pediu mentalmente desculpa pela indelicadeza. Não tens de quê, replicou o espírito. Mas, espera lá, ó espírito ou lá o que és, espectro ventríloquo. Falaste na minha avó, de onde a conheces? Ela já morreu há muitos anos.

Uma gargalhada de troça a comichonar no ouvido dela. Ou no cérebro, para maior precisão. Por ter morrido é que a conheço, podia ser de outra maneira? Ela me pediu para tomar conta de ti, acha que você ainda está numa idade perigosa, talvez a mais perigosa da vida. As raparigas crescem e depois começam a fazer asneiras. Podem estragar a vida. Tu já cresceste tudo mas ainda és uma tontinha. A tua avó chamou-me e disse, a partir de agora vais andar sempre a tomar conta da minha neta Ofeka. Terá um futuro brilhante se guardar o juízo. Mas tem de ter sempre alguém para não a deixar fazer asneiras. Aqui para nós, acho que a tua avó está redondamente enganada. Primeiro, você não é tão novinha assim, até acho tem muita rodagem. Segundo, pareces tão estúpida que não podes atingir nenhum futuro brilhante, nem mesmo com os meus sábios conselhos. E olha, sou o mais inteligente espírito rondando estas zonas, os meus colegas reconhecem, de má vontade, pois em todo o lado há invejosos, mas reconhecem. Aposto contra mim mesmo, a senhora ou menina é teimosa e não vai seguir as minhas sugestões, disse o espectro, revelando algum pesar no tom. Acho apenas, és um pretensioso, passou ela ao ataque. Ofeka não se deixava vencer facilmente, mesmo na maior das desorientações. E sou mesmo pretensioso, tenho todas as razões. Não há tipo mais esperto que eu, pelo menos nunca conheci.

A mulher percebeu pouco adiantar se continuasse na mesma senda. Fingindo acreditar no que ouvia, perguntou e por que a minha avó te pediu para tomar conta de mim? Por que não o faz ela própria? Então a menina não adivinha, nem isso és capaz de fazer? No entanto, aposto contigo, sei responder, atirou ela, porque és o espírito mais capaz.

Afinal os espíritos também têm sentido de humor? Foi um claro som de gargalhada que ela ouviu ou ressentiu, vá lá saber-se, antes da fala, ora, ora, a senhora começa a ficar menos estúpida, basta entrar em contato comigo para melhorar logo. E como a tua avó é um espírito carcomido de velhice, mas é inteligente... Não te admito que fales assim da minha avó, coitadinha, cortou Ofeka, mas ele continuou, indiferente a qualquer indignação, coitadinha, isso mesmo, toda mirrada, carcomida, muitas vezes chata, a se esquecer de tudo. Vá lá, de ti não se esquece. Diz sempre, gostou muito de você logo que a viu a primeira vez. É verdade, admitiu ela, saudosa, teve sempre uma ligação especial com a avó, a qual fez muitos sacrifícios para a apoiar nos seus verdes anos de órfã.

Ofeka sentiu um arrepio de frio, por causa da roupa molhada que se lhe colava ao corpo. Se estivesse sozinha, tirava o vestido e deixava-o secar. Mas com um kazumbi vagueando por ali, tinha vergonha.

Tem vergonha porque você é parva. Devias ter vergonha era de estar assim, com a roupa molhada a te moldar as formas. É muito mais decente se te despires. Afinal podes ler os meus pensamentos? Com o risco de me repetir, digo você é mesmo parva. Claro, não precisas falar para eu saber os teus pensamentos. E aconselho-a a fazer isso, mesmo quando não tivermos companhia. Os outros viventes vão achar és completamente desaparafusada, cacimbada, se pareces falar sozinha. Aliás, é verdade, você está mesmo panca de todo, abuamada pela minha argúcia. Por que não falas direito? Uma frase é com você, outra é com tu, Ofeka no ataque. Ele, porém, tinha resposta para tudo, atirando outra gargalhada, sou pós-moderno. Lá em Calpe, a capital da noite do mundo, os jovens só falam assim. Até a publicidade na televisão usa esta nova forma, muito mais livre. Mesmo a propaganda dos partidos políticos ou a publicidade para um creme dental, querendo chegar ao coração dos jovens clientes. Há velhadas furiosos, estão a tentar convencer-me a usar esta pasta dentífrica e tratam-me por tu, nunca a vou experimentar. Logo vi, és espírito de cidade grande, armado em avançado! O que fazias antes de desencarnar? Era dijei numa discoteca. Sem ela perguntar, ele tratou de explicar, como se ela de fato fosse uma campuna matumba. Um dijei é uma pessoa que escolhe música para os outros dançarem. E a discoteca é o sítio onde se dança. Sei disso, mas nós aqui dançamos no terreiro, ripostou ela, com orgulho, e sem abrir o jogo. Afinal esse kazumbi ignorava coisas sobre ela, foi mal instruído pela avó ou quê? Mas Ofeka continuou no mesmo tom, cantamos, batemos palmas, um homem pode tocar tambor, mesmo uma mulher. E dançamos todos juntos, em roda. Primitivos, é o que vocês são. Eu só gosto de tecno e rap, agora mais para o kuduro. Alguma kizomba também, claro. Para você isso é chinês, matumba, estou a ver pela cara.

Ofeka resolveu manter os mal-entendidos e mudou de novo a conversa com uma pergunta direta, morreste como? Um carro. Eu ia na minha moto para casa, depois de fechar a discoteca. Às sete da manhã. Ia disparado, como é honra de um verdadeiro motoqueiro. A ousadia da juventude. Apareceu um carro mal posicionado num cruzamento, pum, acabou. Ou começou, pois até me tenho divertido.

Ofeka tremia de frio. Não hesitou mais. Tirou o vestido e estendeu-o ao sol. Se pôs a andar de um lado para o outro, esbofeteando o corpo para aquecer. Começas a ganhar juízo, disse o espírito, a minha influência se estende sobre você. E o teu corpo é um conjunto de coisinhas bem bonito.

Ela escondeu os seios com os braços e se agachou para tapar o resto. Adiantas muito com isso... Não seja estúpida, menina. Se fosse quando eu tinha esqueleto e músculos, bem, aí podias ter vergonha. Mas agora... Tens razão, gritou Ofeka. E entregou o corpo ao sol para o aquecer. Muito tempo ficaram silenciosos, ela andando de um lado para o outro, ele sem se manifestar. Em breve Ofeka deixou de sentir a presença do espectro colada a si. Mas ele, ciumento, se fez recordar, vês que nenhuma onça te roubou o corpo? Pois é, disse ela, já me tinha esquecido, afinal não existe esse espírito da onça desencarnada?

Se estava à espera de uma confirmação, ficou frustrada, o espírito desconversou, não tenho o direito de te dizer. O trato com os mais altos responsáveis foi esse, devo por vezes aconselhá-la para não fazer muitos disparates, o mínimo possível. Mas não posso te revelar coisas do meu mundo. E a onça faz parte do meu mundo. Por que não podes ensinar-me? Tinha esperança de me contares estórias do mundo onde vive a minha avó. Assim seria fácil demais, não acha, menina parva? Ensinava-te coisas e depois ias criar uma igreja, verdadeira. Seria a única verdadeira, pois a moça tinha um sábio que te explicava tudo o que passa depois da morte, o que ninguém no teu mundo conhece. As igrejas vão inventando sobre o depois da morte, inventando, para isso servem, e é cada coisa mais absurda! A menina não, a menina dominava o mundo, porque sabia a verdade. Achas mesmo, kazumbi pretensioso, uma pessoa que sabe a verdade domina o mundo? De fato, não, respondeu ele, quem domina o mundo são os que convencem os outros de uma qualquer verdade, a qual pode bem ser uma falsidade.

Se tratava de assunto importante, não as baboseiras de até então. Ofeka percebia estar a atingir algo essencial, por isso insistiu com fala melosa, podes me contar, não vou usar isso. Nem criar uma igreja. Não te posso contar, foi essa a combina, minha querida. Nem usar outros meus poderes para lhe ajudar, só alguns conselhos em casos muito sérios, vitais. Devo sobretudo encorajá-la. Resta-me então a parte chata, queixou ela. Exatamente, menina, a parte chata, os conselhos, o que enerva as crianças e adolescentes. Não imaginas como posso ser chato, mesmo em situações em que não há conselhos a dar, reconheço essa arte minha da chateza. Quando era dijei, se queria acabar com uma festa, punha uma certa música e repetia. Quanto mais protestavam, mais vezes repetia. E acabava a festa com a fuga dos festantes. Ela, sem contestar, disse, nós aqui no campo podemos dançar a mesma música toda a noite, o mesmo batuque, sem ficarmos chateados. Gente conservadora, é o que vocês são, campunas atrasados. Repara, na cidade também são conservadores, é sempre a mesma música, tum-tum-tum-tum. Os parvos é que acham descobrir diferenças. Mas eu conheci essa arte por dentro, milhares de músicas me passaram pelas mãos por dever de profissão, posso confirmar, é sempre a mesma coisa, tum-tum-tum-tum.

Ofeka de fato tinha bastantes estudos, não era nada ignorante das coisas citadinas como o espírito parecia supor ou até ela própria insinuara, afinal vivia na cidade onze meses do ano e mesmo um ano inteiro, acontecia não ir a nenhum kimbo. Esta parte da conversa lhe deixava algum sabor estranho de perplexidade, pois em princípio o espírito devia saber tudo a respeito da vida dela, e ser capaz de lhe adivinhar os mais insignificantes pensamentos. Não era assim, havia afinal buracos na construção. Mas ainda não estava completamente refeita da surpresa do encontro imprevisto, embora lhe tivessem ensinado de pequena, sobretudo a avó, a natureza possui as suas leis e uma delas obrigaria a aceitar as inofensivas traquinices de um espectro, por muito misterioso que parecesse.

Bom, avançou o desencarnado, sem Ofeka o poder ouvir, também começo a achar que sussurram de mim, chegam a opinar sobre mim, e não entendem nada do assunto. Mania de qualquer matumbo, alvitrar sobre os membros da minha respeitável confraria, diria mesmo melhor, do meu sagrado sindicato ou erudita academia, sem se preocupar em estudar nos calhamaços as características que as venerandas criaturas que somos apresentam ao comum dos mortais. Porque dos imortais, ah, ah, ah, eles não sabem nada. E por isso devo apresentar este pobre kazumbi, como designam em certas áreas do país, que em vida carnal se chamou Olegário, nome escolhido só porque o meu pai gostava de ler revistas brasileiras de mulheres nuas e numa delas conheceu a estória de um Olegário que matou três fêmeas só porque elas trabalhavam nas ruas fazendo a respeitável mas ingrata profissão de putas. Fotografou as três mortas, nuinhas, e mandou para a revista, que as publicou logo. Um maluco, quê, um cacimbado de todo. E foi esse o nome que o meu pai foi buscar à revista, mais chanfrado ele que o assassino das três kitatas. O resto já sabem, ou adivinham. Revoltado pelo nome indigno que me deram, motivo de gozo por parte de amigos e conhecidos, saí de casa aos dezesseis anos para ser o melhor disc jockey da melhor cidade do mundo à noite, Calpe, pois claro. Aconteceu então aquele inacreditável acidente das sete da manhã, hora de comer um caldo quente de peixe com jindungo e ir para a cama. Fui masé direto para a morgue do hospital e até hoje sou incapaz de reconhecer a cor do carro. Se isso tem importância? Claro que tem muita importância saber a cor do carro que nos mata, haverá coisa mais importante? Talvez conhecer a proveniência da bala que nos atravessa o coração, no caso de morte por arma de fogo, acho mesmo dever ser decretada uma lei, tornando obrigatório cada bala ter escrita a origem, para se acabar de vez com a idiotice de um tipo morrer sem saber o porquê. Da mesma maneira, qualquer doença mortal devia vir acompanhada com o nome, para conhecimento da vítima e até dos médicos. Se trataria de uma verdadeira guerra à ignorância. São pensamentos destes que me entretêm o vazio dos dias se não me ocupo de Ofeka, agora que a conheci pessoalmente. E se estou demasiado concentrado nas minhas profundas filosofias, deixo escapar alguma coisa, sinto depois, uma fumacinha ter passado entre as malhas apertadas da minha inteligência, como agora aconteceu.

Última confidência que vos faço, vocês nem se apercebem de como é difícil não possuir corpo mas ser forçado a ter sensações, ou pelo menos adivinhar, senão perde-se o que passa no mundo: tem de se sentir frio para saber que está frio, etc. Se corremos para aquecer, cansamo-nos como os vivos, mas não aquecemos de fato, pois não temos matéria que provoque o efeito de fricção interna para aquecer. Complicado mas real. Passo a eternidade a recordar o acidente em que desencarnei, com saudade. Não saudade pelo acidente, evidentemente, foi bem doloroso, tanto osso quebrado. Saudade do que era antes, um dijei drogado pelo ambiente de fumo, de som, de bebidas, de mulheres, de substâncias que se consomem, sensações muito fortes, mas cabeça sempre meio perdida, fazendo as coisas por instinto, escolhendo as músicas ou interrompendo-as porque algo passou pelo choque de luzes em feixe e o cheiro de corpos suados, uma orgia de movimento e barulho, uma guerra de hormônios espirrando para o espaço e uma pessoa meio desvairada, se metendo em perigos sem consciência, apenas medo, medo. Medo e solidão, também medo da solidão. Mas maior solidão é a de agora, a maior solidão é a de um espírito, por isso estou grato à avó de me ter dado a missão de acompanhar Ofeka, terminou a minha solidão, e devo fazer com que esta missão dure o tempo da eternidade, para não voltar à solidão, ter de me esconder na copa de uma árvore, o limbo...

Porém, foi a primeira e última vez que vos revelei algo sobre mim, devem também ficar na ignorância de como se vive depois da morte, pois tal conhecimento atiraria para o desemprego milhares e milhares de sacerdotes, cardeais, muftis, profetas, madres, presbíteros, bonzos, rabinos, pastores, monges e ajudantes de todos os cultos, não estando eu aqui a embaraçar as condições sociais de tantos ilusionistas, bem basta o que fazem os capitalistas, manipuladores de ilusões e enriquecendo com o desemprego dos outros.

Nessa tarde, Ofeka se despediu dos familiares e amigos do kimbo, regressou à cidade no carro em segunda mão que comprara anos atrás, quando terminou os estudos e passou a trabalhar num banco. Adquiriu o carro com crédito do banco, o qual começou por ser de capitais unicamente estatais com o objetivo de estimular os pequenos ou médios empresários com empréstimos sem juros. Depois o banco alargou o crédito para outras atividades, por exemplo a aquisição de bens de consumo. Entretanto, algumas pessoas bem posicionadas junto da administração compraram quotas que não foram a concurso, aliás ninguém sabia que haveria ações à disposição. Pouco a pouco foram comprando mais quotas, sem pagar nada, pois se tratava de empréstimos feitos pelo banco aos seus acionistas para obterem as ditas quotas invisíveis para todos e também para o Banco Central. Com as sucessivas mudanças de direção, de repente veio a público ter já passado a banco privado.

Como um toque de magia. Não é sempre assim?

Nessa altura Ofeka foi admitida no banco, como especialista-consultora em direito financeiro. Não se importou que o banco tivesse deixado de ser público, queria o emprego apenas. Percebeu ter havido alguma mudança no ar com a alteração de propriedade do banco e apresentou o seu pedido de crédito, só para experimentar o que diziam, os gestores não entendiam nada de bancos nem de empréstimos. Foi aceite o crédito, para sua surpresa. Até hoje se sente um pouco incomodada por ter aproveitado o desnorte e impreparação das chefias, mas tentou esquecer o assunto, pouco adiantava. Pagou o empréstimo regularmente até ao fim.

Estava a recordar essa altura quando sentiu o espírito a despertar ou voltando de alguma nuvem distante, pois ele disse, que sono que me dás a pensar nessas coisas complicadas de economia, não é economia, replicou ela sem parar de guiar o carro, é de finanças, ora, ora, dá tudo no mesmo, a menina não acha que se trata sempre de kumbú? Tinha razão, admitiu ela, contrafeita, pois, pois, pensas que sou uma ignorante, um matumbo como tu, mas estás enganado, dijei da treta, eu não penso nada sobre ti, mas já agora diz-me, dijei da tuji, achas que um matumbo tem um carro? Claro, quanto maior e mais caro o carro, mais matumbo é o dono, ou não tenho razão? Ela calou-se, enfim, não era bem calar porque não estava a falar, apenas a pensar, e portanto parou de pensar, atenta à condução e a quanto tempo faltaria para chegar à cidade, não era muito longe, em quarenta quilômetros mudava-se de universo, o dos pastores tranquilos e afáveis para o dos citadinos arrogantes, um rio caudaloso no tempo da chuva a separar os dois mundos. O kazumbi voltou a se alhear, ou pelo menos deixou de se manifestar, para satisfação de Ofeka, era uma conversa sem utilidade alguma. E nem companhia lhe fazia. Ligou o rádio do carro, haveria melhor companheiro para um condutor?

Recordou o dia da véspera, quando foi ao rio, se assustou com a possibilidade de ter cruzado com a onça invisível e depois foi apanhada pelo espírito enviado de algures pela defunta avó. À noite evitara pensar no assunto, senão ficaria sem dormir, com o kazumbi aproveitando a vigília para a matraquear com seus ditos repetitivos e sem graça. Recusava pensar no assunto e conseguiu o controle. Adormeceu. De manhã decidiu terminar as férias e voltar à cidade. Por quê? Nos seus quarenta e tal anos de vida tinha tomado decisões bem mais radicais de um momento para o outro. Lhe apetecia, rejeitava ponderar, avançava ou recuava, pouco importava, só a mudança contava. Talvez por isso mantinha uma aparência de vinte a trinta anos, conforme as noites e as vigílias. Mudou muitas vezes de namorado ou amante, como lhes queiram chamar, se a vontade mandava. Sem dúvidas nem remorsos. Porque logo no princípio estabelecia as regras da ligação. Não sou tua escrava, não és meu escravo, nada é eterno, tudo é apenas mudança. Muito parecido com o dito célebre do sábio da Grécia antiga, só que esse falava de um rio e água. Mas entretanto apareceu Mulungu...

Mulungu era professor. Não nasceu em Benguela, sua família não tinha relação com a cidade. A origem estava mais a norte, no Uíje quase Zaire, de muitas florestas, pedregulhos e lendas. Ensinava na universidade e Ofeka aí o conheceu.

Há muito ela se formara. Mas agora era forçada a ir buscar uma certidão da licenciatura para entregar no emprego. Mais uma vez. Primeiro, tinha havido um incêndio e a sua pasta foi uma das queimadas num pequeno armazém onde guardavam documentação pouco ou nunca utilizada. Agora de novo desaparecia a sua documentação. Era azar mesmo. Tinham decidido mudanças no Estatuto Orgânico do banco e havia necessidade de atualizarem os ficheiros do pessoal. Um funcionário mais amante de espaço que de papéis deitou fora umas carradas de documentos para arejar as prateleiras e gavetas dos Recursos Humanos. Foi posto na rua por incompetência e abuso de poder, sim, mas o problema ficou com os funcionários restantes. Tiveram de fornecer de novo os documentos que provavam a sua identidade e formação. Ofeka tinha guardado no computador cópia dos dados de identificação e o curriculum vitae, o que portanto foi fácil de imprimir para a reposição, mas não tinha os certificados de estudos. Bastava o mais recente e por isso foi à universidade, onde não entrava há mais de quinze anos, pedir uma cópia. Já outros colegas tinham feito o mesmo e o caso era conhecido e alvo de chacota. Estava ela na situação humilhante de ser alarvemente gozada pelos trabalhadores da secretaria da universidade, ouvimos falar, nesse seu banco não gostam de documentos em papel.

— São muito modernos, só querem computadores e digitalizações, não é? — acrescentou outro.

— Estão enganados — disse Ofeka, decidida a não se deixar rebaixar sem ser ouvida. — O que faltou mesmo foi digitalizarem tudo, não estaríamos agora com este problema.

— O que não impede que desapareçam os nomes e dívidas dos que pediram créditos para obras sem projeto nem fiscalização, por exemplo. O banco está quase na falência por causa disso.

Todos riam. Voltou outro a perorar:

— Depois dão-nos mais trabalho a copiar os mesmos papéis, o que não é compensado pelos emolumentos, nem os pagamentos vêm para nós, ficam no fundo da universidade.

— Está a dar-me razão. Se tivessem tudo digitalizado, agora era só mandar imprimir e as máquinas faziam tudo. Ficavam vocês satisfeitos, porque tinham menos trabalho. E ficava eu também mais contente, pois imediatamente me davam o certificado. Basta pensarem...

— Pensamos é que os emolumentos serviam para umas cervejas. Então, sim, ficávamos contentes.

Gargalhada dos outros. Ofeka se continha para não disparatar, façam masé o vosso trabalho, deviam estar solidários conosco, que ainda temos de pagar o certificado, mas evitava agressividade, perderia mais tempo. Se ouviu uma voz lá no fundo da sala. Uma voz forte, imperativa:

— Cumpram o vosso dever, para isso vos pagam, e respeitem a doutora.

Era Mulungu, que se levantou da mesa onde tinha assinado um papel qualquer. Acrescentou para os funcionários:

— Estão muito divertidos?

Apreciando o silêncio caído de repente na secretaria, avançou para a saída, fazendo uma vênia a Ofeka, que retribuiu com um sorriso. A senhora que estava à frente de Ofeka se tinha encolhido quando ele falou e fingiu agora estar a tratar dos papéis, muito diligente. A funcionária muxoxou quando o professor desapareceu da sua vista, depois resmungou entre dentes, mania de se meter no trabalho dos outros, já viram? Mas agora os outros tinham perdido a vontade de brincar, não levantaram as cabeças do trabalho, não está mais aqui quem falou. Ofeka ouviu a secretária prometer-lhe, está pronto daqui a três dias, doutora. Apenas acenou com a cabeça em despedida e saiu. Fora do gabinete procurou o professor com os olhos. Mas ele já não estava visível.

Dias depois encontrou Mulungu numa loja. Cumprimentou-o e ele retribuiu com um olhar e um sorriso. Ela agradeceu a intervenção na universidade.

— Ora, nada de mais. A doutora faria o mesmo por mim, certamente. Os funcionários estão cada vez mais incapazes e arrogantes. A arrogância da burrice. Um dos mais atrevidos que lá estava foi meu aluno e nunca passou do primeiro ano. Desistiu. Agora quer demonstrar atrevimento e esperteza, lançando piadinhas a quem vai lá tratar de um assunto? Na próxima reunião de direção vou propor uma repreensão por escrito a esse menino, para servir de exemplo. Já lhe disse ontem, aliás. Ficou atrapalhado, arrisca ir para a rua.

— Não seria tão dura, se me permite. O humor deles foi excitado por uma atitude aberrante do nosso colega do banco, que afinal parece ter bebido um pouco a mais ao almoço. No fundo, é um funcionário como eles. Talvez tenha sido por isso que se manifestavam, gozando-nos, os prejudicados da falta de discernimento do funcionário do banco. Mas compreende-se que seja ridículo, não acha?

— Hum, talvez.

Voltaram a encontrar-se na pérgula da Praia Morena. Ele convidou-a para tomar qualquer coisa e beberam cerveja na esplanada. Falaram durante uma hora de coisas banais e dos respectivos trabalhos. Não trocaram números de telefone nem endereços de e-mail. E o espectro Olegário também foi reservado, não se intrometeu nas conversas, atrapalhando-a.

Voltou a vê-lo num restaurante onde fora jantar com colegas do banco. Mulungu estava numa mesa com uma senhora. Ele fez um vênia discreta, ela respondeu da mesma forma. O casal saiu mais tarde, não houve troca de olhares nem cumprimentos. O espírito Olegário nem suspirou.

De novo se encontraram na pérgula da praia, à mesma hora. Ofeka percebeu ser um hábito dele ir respirar a maresia depois do trabalho. Curiosamente, ela tinha os mesmos hábitos mas nunca reparara na figura do professor, se por acaso alguma vez estiveram ao mesmo tempo por ali. Conversaram com naturalidade, depois sentaram na esplanada sem nenhum deles o propor, encomendaram cerveja. Ela puxou à conversa o jantar no restaurante.

— Costumo lá ir com a minha mulher. É perto de casa.

— Era pois a sua esposa...

— Exato. Chama-se Kiesse. Somos casados há dez anos e temos três filhos. Dois rapazes e uma menina. E a Ofeka?

— Nem casada nem filhos.

— É sua vontade ou não calhou? A senhora é contra a instituição matrimônio?

— De fato nunca aconteceu. Não tenho preconceitos. Nem contra nem a favor. E com a minha idade provavelmente nunca vai acontecer.

— Deixe-se disso, é muito nova.

Notou, ele não acrescentou um galanteio, gênero, além disso até é muito elegante, haverá numerosos homens respeitáveis com interesse... Em suma, um verdadeiro cavalheiro! Antiquado, obsoleto talvez, nunca mal-educado ou incômodo.

Na despedida, trocaram números de telefone, já não era sem tempo, agora se tornaram amigos, segredou o espírito, mas veja lá no que se mete, menina. Nessa conversa Mulungu não revelou as suas origens nem mencionou os antepassados, possíveis altos tributários do antigo Reino do Kongo.

4

Era uma manhã de muito sol.

Santiago estava com Jeremias e Zacarias no quintal, à sombra do tamarineiro. O cão parecia bem ferrado no sono mas o gato nunca se deixava ferrar por nada, tinha sempre uma orelha virada para cima, ouvindo os cantares e outros sons dos pássaros pousados na árvore, enquanto dormitava e talvez relembrava antigos amores. Tudo ao mesmo tempo. Um dia tentou subir pelo tronco do tamarineiro, o que não era difícil para um felino, pois o tronco era rugoso e largo, cheio de sítios onde firmar bem as garras. Santiago berrou com ele, vem já para baixo, meu sacana, julgas não sei bem o que pretendes? Não te chega a comida que te dou, ainda queres engolir umas avezinhas, coitadas delas. Distraídas, embevecidas pelo cântico umas das outras, até podem não te notar, esguio e traiçoeiro como és. E dás cabo da diversidade biológica, embora não entendas nada disso e estás nas tintas para o que eu digo. Mas percebe o tom da minha voz, estou mesmo muito chateado — e repetia com força, CHATEADO MESMO. Zacarias se enfiaria num formigueiro, cujo buraco era bem visível no chão do quintal, se pudesse. Nunca mais tentou subir ao tamarineiro, pelo menos na presença do major ou outros humanos. Arriscaria fazê-lo quando a sós com Jeremias? Santiago pensou, pode ficar sempre a dúvida, porque a testemunha do raspanete nunca denuncia o parceiro, esses dois, haka, se amam mesmo demais.

Descansavam portanto os três na sombra refrescante, quando o ex-militar, num ímpeto, levantou da cadeira de braços que transportava sempre da casa para aquele sítio e mais tarde para dentro do cubico. A cadeira era mesmo confortável para meditar, meditar, relembrar, e ir aos poucos adormecendo. No entanto, agora estava preocupado e entrou bruscamente em ação. Jeremias levantou a cabeça, mas adivinhou não ser longa a ausência, por isso voltou a se estirar na terra bem batida e fresca. Santiago regressou logo com uma pasta de papel. Sentou, abriu a pasta, tirou lá de dentro umas páginas.

— Prometi às crianças da vizinhança, no sábado vou lhes contar uma estória. Como sabem, já lhes falei muitas vezes das nossas guerras. E estou cansado delas. Não só de contar, como também das próprias guerras e suas lembranças. Sempre a nosso favor, claro, éramos uns heróis e gênios da estratégia, gostávamos de ouvir elogios nos discursos da propaganda, alguns chegavam a acreditar sobre o que diziam deles próprios. Olhem que o resultado de tanta guerra não é nada famoso, mas isso já é culpa de muitos e diferentes outros, não interessa para este propósito.

Jeremias levantou do chão, se virou para ele e deitou de novo. Mas de olhos bem abertos. Zacarias aproximou do amigo e se estendeu ao lado, abrindo a boca de sono. Estavam habituados às grandes conversas do dono, gostavam da voz dele, era óbvio. Um benfazejo cochilo se adivinhava.

— Então lembrei-me que uma vez um jornalista, filho de um camarada de armas já enviado para outra dimensão, me pediu para conversar com ele sobre os passados, podia com isso obter assunto para alguns artigos que justificassem o salário. E eu lhe contei certas recordações do meu avô Malulu. E também o que ele transmitiu dos conhecimentos da mãe dele, a minha bisavó Tchoiya, sabem quem foi, já vos falei muito dela. O jornalista tirou uns apontamentos e depois mandou-me dois textos que se propunha publicar. Mas este texto aqui não publicou, porque não lhe deixei. Autorizei a publicação de muitas outras coisas, ele aceitou e respeitou a minha vontade. Vou ler estas notas como ele as escreveu. Antes de as dar a conhecer às crianças, vou ensaiar com vocês, há muito tempo que não as leio, é pois preciso um ensaio. Como no teatro. Portanto, atenção, caros ouvintes...

Pigarreou, como alguns políticos fazem antes do discurso de propaganda, o que levou os amigos a levantarem de novo as cabeças. Haka, o kota nunca mais arranca, devem ter pensado.

Santiago voltou a pigarrear e começou:

A Senhora Tchoiya contou a Malulu, seu filho:

Naquele tempo muito antigo da formação dos reinos no Planalto Central, o grande chefe Wambu Kalunga, depois de prolongada viagem obrigando-o a atravessar o caudaloso rio Kwanza e a caminhar sempre para sudoeste, acabou por se instalar numa terra parecendo boa para cultivar e propícia a gerar bastantes filhos e netos. As chuvas eram favoráveis, os rios e riachos numerosos, o clima fresco, mesmo frio nas noites. O calor de uma fogueira sabia sempre bem. Tinha vindo dos lados de Kassanje com os seus companheiros Imbangala, atrás da caça de que se alimentavam. As mulheres protestavam, cada vez mais audazes, vamos ficar mesmo aqui, estamos cansadas de andar atrás dos animais. Wambu trazia consigo os parentes Kandumbu, Katutu, Tchikoko, Tchihamba, Elele, Sunguandumbu e ainda outros, mais as esposas e filhos, muitos deles pequenos. Wambu cedeu às súplicas das mulheres, ou quase imposições desesperadas, escolheu um sítio muito bonito para assentar o primeiro acampamento de ficar, o kimbo ou eumbo, conforme as línguas usadas. Os anteriores acampamentos eram de guerra ou de andar, chamados kilombo pelos Imbangala e Ovimbundu.

Para erguer o eumbo e tomar posse do território, Wambu devia fazer soar os cornos do antílope mbambi, caçado de propósito para o ritual da entronização. Os melhores caçadores da comitiva, além do mítico Elele, diminuído pelo combate contra uma pacaça ferida e transportado aos ombros de dois guerreiros, eram Tchihamba Ambanda e seu irmão Katutu. Wambu pediu-lhes:

— Vocês provaram ser os mais habilidosos entre os ainda ativos, por isso se encarreguem dos chifres e de enviar também muita carne para poder ser entronizado e erguer a minha ombala real.

Para preparar a comida dos dois chefes, o soma cedeu-lhes uma sua filha, chamada Esukula Mbinga, jovem e de fortes coxas, sempre pronta para grandes marchas.

Os dois parentes e sua comitiva avançaram para oeste e se instalaram em Mbuta, um território perto do morro mais alto do Planalto e de toda a terra que viriam a conhecer, o afamado Pico do Moco. A caça de fato era abundante, cuja carne secavam e mandavam para Wambu. Se estabeleceu o vaivém dos carregadores de carne que na volta traziam flechas e tudo aquilo que Tchihamba e Katutu pedissem. Tchihamba entretanto escolheu, entre os mbambis caçados, os mais belos cornos para a cerimônia da coroação de Wambu como rei.

Mas Esukula ficou grávida de Tchihamba e a notícia viajou com os chifres de mbambi e a carne, chegando aos ouvidos sensíveis de Wambu Kalunga. Este, enfurecido, gritou para as nuvens a sua raiva por ter sido abusado pelo emérito caçador:

— Como é que esse miúdo, meu sobrinho, mesmo meu filho, falta assim o respeito ao mais-velho, lhe engravidando a cria? Esukula foi com eles para lhes preparar a comida e ajudar em outros trabalhos, não para se deitar com um homem.

Ao chegar aqui o relato, Tchoiya murmurava: alguns diziam, Esukula não era filha de Wambu, mas sim a mais tenra das suas mulheres, o que explicava melhor tanta fúria. Mas então, pergunto eu, alguém de boa cabeça mandava uma jovem bela ficar com machos insaciáveis e se admirava do resultado?

Não interessa julgar. O fato é que, depois de muito gritar e dar pontapés nas cabaças e sangas que encontrava, derramando todo o maluvo já pronto, dias a se mortificar pela ofensa feita por um miserável auxiliar, o soma tomou uma decisão. Chamou o seu filho Tchikoko e lhe disse no onjango das reuniões, à frente de todos os sekulus:

— Pensei muito estes dias no que nos fez o teu irmão Tchihamba. Tratei-o sempre como filho, lhe ensinei muita coisa, fingi não ver ou ouvir as suas atitudes arrogantes e irrefletidas. Vê então agora o abuso dele. A tua irmã foi para o ajudar e ele aproveitou logo para a engravidar. Só o sangue pode resgatar tamanha ofensa. Vai portanto com os teus guerreiros ao sítio onde ele está e mata-o. Corta-lhe a cabeça e traz para me certificar mesmo que ele morreu. O meu coração ficará tranquilo. Vai, não percas tempo, senão posso arrepender-me.

Tchikoko saudou o soma, batendo palmas, foi buscar as armas e partiu com os seus oito guardas. Andaram em passo normal mas só à noite paravam para dormir.

Cinco dias depois, vinha Tchihamba da caça, acompanhado pelos seus grandes cães, o que também era indevido, porque caçador não deve usar cães nesse trabalho sagrado, mas

Ambanda sempre foi muito especial, não querendo saber de certas normas lhe complicando as tarefas. Dizia sempre, o que interessa é o resultado.

Atacado de repente pelos guerreiros de Wambu, o grande caçador, com sua perícia e manhas da arte da guerra, deu ordens de comando aos grandes cães, os quais atacaram por um lado parte dos guardas, enquanto ele aproveitava matar Tchikoko com o grande facão afiado. Ajudou depois os cães a liquidar os restantes inimigos. Cortou então a cabeça do filho do soma e colocou-a num cesto. Foi avisar o irmão do que se tinha passado e disse:

— Fica aqui a tomar conta das coisas e de Esukula. Depois decide o que fazer dela, dependendo da minha sorte.

Sem se despedir de mais ninguém, partiu, apenas com dois guardas, para a ombala real, a cabeça de Tchikoko no cesto. Lá chegado, ao fim de três dias quase sem parar, não cumprimentou as pessoas conhecidas ou visitantes alheios, foi diretamente ao onjango, onde estava a corte, atirou o cesto aos pés de Wambu. A cabeça rolou perante os olhos horrorizados dos respeitáveis sekulus e do soma. Explodiram os gritos de dor, de susto, de espanto. O chefe se levantou, lançou os braços para cima, ficou parado, de boca aberta, a saliva caindo para o chão. Depois se atirou para cima do banco, sem lançar um som.

Tchihamba falou, em tom de desafio, virado para Wambu:

— Olha o que fiz à gente que enviaste para me matar, a mim, Tchihamba Ambanda, que te ofereci de bom grado os chifres mágicos de mbambi para seres devidamente entronizado e forneci carne este tempo todo para a tua família e teus subordinados.

Em vez de responder com violência, Wambu continuou calado, como em reflexão dolorida. Olhava para o chão. Ninguém suspirava. Muitos tinham os olhos fixos na cabeça já cinzenta de Tchikoko, sem ousar fitar o desafiante Tchihamba ou o derrotado soma, agora rei. Passou muito tempo e só existia o barulho abafado de vozes e crianças brincando ou de uma mulher chamando outra, no terreno limpo à volta do onjango.

Muito mais tarde, quando todos esperavam a luz do Sol fenecer, o chefe máximo estremeceu, olhou Tchihamba, tremeu como capim flagelado pelo vento da anhara. Falou, primeiro de forma abafada, mais nitidamente depois:

— Sempre foste um grande guerreiro. E mataste para defender a tua própria vida. Não te posso castigar, não posso mesmo. Agora és um tchilulu (espírito) e por esse nome podes ser reconhecido, se quiseres. Te nomeio kesongo do reino, o comandante-chefe de todas as minhas tropas. Tens direito de possuir o teu próprio território nas minhas propriedades. Podes ficar com a parte que mais te agradar. Vai, pois, e organiza o teu reino. Mas nunca mais venhas aqui, não quero voltar a ver-te. Se houver perigo para o Wambu ou algum tipo de guerra, serás avisado e o exército irá ter contigo no sítio que escolheres, o kesongo tem de ir sempre à frente dos seus homens na batalha, assim é a nossa tradição. Desaparece para eu poder enterrar e chorar o meu filho que tu mataste.

Tchihamba regressou ao seu sítio e reuniu-se com Katutu. Este julgava-o morto, e fez uma grande festa depois de se certificar que era o próprio irmão a regressar. O grande caçador explicou os acontecimentos passados na ombala real e que agora era o kesongo do Wambu, podia isto ser uma boa notícia ou uma astúcia para o fazer morrer mais depressa. Reuniu toda a sua gente e a de Katutu, resumidamente explicou o que contara com detalhe ao irmão. Partiram todos novamente para os lados do Moco, onde permaneceram durante algum tempo em explorações e caçadas. Agradavam sobremaneira a Tchihamba aqueles morros e vales cheios de animais e espíritos protetores escondidos em grutas. Também desconfiava de Wambu, por o ter nomeado seu kesongo, contando que com essa honra se distraísse ou amolecesse. E um dia o filho morto seria vingado, certamente por artes maléficas, pois na guerra não seria possível Wambu vencer o seu próprio kesongo.

De Esukula ninguém mais falou. Voltou para casa do pai que traiu? Duvidoso. A tradição por vezes esquece pessoas, e Esukula não terá passado de um pretexto para acontecer o inevitável.

Tchihamba foi então procurar outra mulher em Ekeketi, outro território submetido a Wambu, e uma lhe agradou, seu nome era Tchilombo. Deste casamento nasceram três crianças.

Na zona onde se estabeleceu o Tchilulu (como Tchihamba passou a ser mais conhecido), viviam também os Munganda e os Mundombe, povos pastores sobretudo de gado bovino, usando uma língua diferente, vindos do Sul. O chefe dos Munganda era Kalwelwe. Governava um pequeno grupo de famílias e construiu a sua aldeia numa bela colina, a mais alta a seguir ao Moco. De vez em quando Tchilulu ia visitá-lo, pois gostava de conversar com uma pessoa de outra língua, embora com termos parecidos, e aprender os seus costumes. Também trocavam experiências de caça e de guerra.

Num dia em que a mulher de Tchilulu foi procurar, num lugar diferente do habitual, lenha fina para acender o fogo, pôde admirar o esplêndido sítio escolhido por Kalwelwe. Encontrou então um sino de ferro, usado pelos povos pastores para porem ao pescoço do boi que andava à frente da manada, indicando o caminho e com o som evitando que os menos experientes se perdessem. Achou, este ferro é um vaticínio. Ao regressar a casa, ofereceu o pedaço de metal ao marido.

— Então, tu, Tchilulu Tchihamba, o grande e poderoso caçador, kesongo de Wambu, superior a todos os outros chefes, vives embaixo, enquanto Kalwelwe, que somente possui algum gado, um miserável pastor, vive em cima? Por quê? Mostra a tua força, manda-o para baixo.

— Que disparate é esse, Tchilombo?

— Disparate nenhum. Esse ferro me falou. Kalwelwe não merece estar lá em cima. Já disse, manda-o para baixo.

Tchilulu hesitou, até ia se encontrar com frequência com o pastor, comiam e conversavam, sempre tratado com todo o respeito, como merecia a sua grande fama.

— Deixa-os estar lá, chegaram primeiro que nós, tiveram direito a escolher.

— Isso de chegar primeiro não interessa nada, sempre pode haver alguém que te empurra para baixo. Ou só és kesongo de nome? Tens medo de um pastor? Afinal não casei com um homem cheio de fama mas com um medroso...

Instigado pela mulher para a ingratidão, mandou os seus guerreiros ameaçar os Munganda, com o resultado esperado. Depois também os Mundombe receberam intimidações, sendo desapossados do resto do território que hoje é o dos Viyaka. Ali passou a ser a residência permanente de Tchilulu. Este tomou então o cognome de Kyiaka porque acedeu receber todas as pessoas que vinham do Norte e do Wambu, ou fugindo de guerras ou de fome, ou descontentes com os hábitos traiçoeiros de Wambu Kalunga, de quem os recém-

-chegados contavam as recentes loucuras e o hábito de comer seres humanos.

Para proteção do seu povo e família, Tchihamba ensinou a construir muros de grandes pedras em torno dos picos dos morros, onde se abrigavam as pessoas e riquezas, no caso de haver perigo de ataques inimigos. Ficou famosa a fortaleza de Tchilulu, onde em caso de conflitos graves habitava com a família e muitas pessoas próximas a si, mais um exército pequeno mas aguerrido e bem treinado, ao longo de um caminho, escavado na rocha, que subia em caracol até ao cume do morro, sempre protegido pelos muros de pedra, mais altos que os maiores homens da região e que resistiram a todos os ataques durante as guerras de ocupação colonial. Diz a tradição que só no princípio do século vinte ela foi conquistada pela força dos canhões portugueses, muitas gerações depois da morte por velhice de Tchihamba.

Também conta a tradição que um dia Tchilulu vinha da caça, sem os seus cinco cães, que tinham ficado em casa por algum motivo maior, nem sempre a tradição explica todos os detalhes. Lá chegado, ficou espantado por ver apenas quatro, faltava o seu preferido, Ndumbu. Perguntou onde estava o bicho e lhe foi respondido que os seus filhos levaram dias a se queixar de muita fome e no fim o tinham comido. Ndumbu era um cão especial, um dia tinha defrontado e afugentado um feroz leão que se preparava para atacar Tchihamba traiçoeiramente. Entristecido com o sucedido na sua ausência, chamou o irmão Katutu e lhe disse:

— Não é por ter fome que se pode cometer atos tão maldosos. Por isso tomei uma decisão. Nenhum dos meus filhos pode vir a ser Tchilulu. Quando eu por alguma razão não puder governar, recolhe as insígnias de comando e constrói a casa sagrada onde são guardadas as relíquias dos antepassados. És o meu sucessor.

Assim começou o reino Tchiyaka, que juntou muitos chefados nessas terras descendo do Planalto até perto do mar; Ukuma, Longonjo e Ganda se tornaram os mais importantes. E numerosas caravanas, indo de oceano a oceano, foram alimentadas em carregadores, chefes e guardas pelas gentes descendentes dos primeiros Viyaka que nos morros se fixaram, chefiados pelo kesongo de Wambu.

— Que tal, gostaram? — perguntou Santiago.

Os dois bichos nem acordaram.

— Ignorantes, não querem saber as estórias da nossa terra. Por isso ela não avança.

Falar era um inútil esforço para os despertar. Teria de lhes tocar com o pé ou lançar um grito desesperado. Deixa, durmam bem, me retiro sem incomodar. Levantou com cautela, entrou no cubico, levando a pasta com o merecido cuidado.

Aquele jornalista aproveitou bem o que lhe contei, pena não ter permitido publicar. Pensando com calma, tive razão em não deixar essa.

Fiz bem, claro que sim. Os Munganda quase desapareceram do mapa, hoje não seriam um problema, ninguém lembra Kalwelwe. Não posso dizer o mesmo dos Cuvale, orgulhosos como sempre no seu bastião na borda e no vórtice do deserto do Namibe, orgulhosos da muita resistência aos ataques coloniais e sobretudo daquele herói que abateu o primeiro avião Mirage, fabricado pelos franceses para os seus amigos sul-africanos do *apartheid* e que nos atacou no Cunene. O herói levou a antiaérea utilizada na guerra para sua própria casa, com autorização do comando, segundo um antropólogo que andou a estudar muito aquela população tão corajosa. Podiam ficar ofendidos por se saber que tinham há muitos anos sido expulsos da Tchiyaka pelo Tchilulu, é melhor não divulgar. Fica só entre mim, o jornalista e os meus dois amigos sonolentos. Também as crianças que amanhã vão ouvir a estória. Mas as crianças não contam, ninguém lhes acredita.

Só eu mesmo.

Então Jeremias ladrou. Segundos depois Santiago ouviu a campainha tocar. Este cão se antecipa sempre à campainha, mesmo se está a dormir, temos um grande guarda, pensou o major. Foi abrir a porta. Era Joka, seu primo, filho de Adérito, antigo mecânico do Caminho de Ferro de Benguela, infelizmente já falecido.

— Grande honra me faz, camarada Diretor! Ainda se lembrou do caminho desta velha casa?

— Vai à merda!

Santiago deu uma gargalhada, boa resposta, o Joka deixou de ser palerma, até aprendeu a arte de brincar com as ironias.

Jeremias afastou com a cabeça o pano pendurado que fazia de porta da varanda para o quintal, quando esta ficava aberta, o que permitia haver uma permanente corrente de ar fresco. Entrou, seguido de Zacarias. Foi cheirar a mão de Joka, reconheceu, abanou o rabo.

— Este rafeiro cresceu — disse Joka, acariciando-lhe o alto da cabeça.

— Rafeiro uma merda. Kabíri, é o que ele é.

— A mesma coisa. Já tivemos essa conversa.

— Pois já, ele ainda era pequeno. E nunca aprendes. Te apresento Zacarias, acho que ainda não conheces.

— Agora gostas de gatos?

— Não gostava, porque não os conhecia. Este impôs-se aqui em casa, é uma boa companhia.

— Para quem? Para ti ou para o cão?

— Para os dois. Foi o Jeremias que o adotou, não fui eu. Como vês, há muito tempo não vens cá a casa, ele vai já fazer talvez três meses aqui. Mas senta e bebe alguma coisa. Que queres?

— Para mim é igual. O que esteja já aberto.

Santiago sentou também à mesa. Depois achou ter feito um tremendo disparate, pois agora tinha de se levantar de novo para servir a bebida. Foi preciso um sacrifício evidente. O primo perguntou, mostrando preocupação:

— Ainda te dói? Continuas a arrastar o pé, nisso reparei logo à chegada.

— Às vezes dói, mas normalmente nem noto. Do pé já nem se fala, habituou-se a acariciar meigamente os caminhos. Mas vai uísque? Não será o das marcas a que estás habituado, também não avisaste que vinhas, teria comprado um de dezesseis anos...

— Outra vez, vai à merda. E de dezesseis anos não deve haver.

— Há de todas as idades, estão sempre a inventar para nos sacar mais dinheiro. — Tirou da geleira uma garrafa com o conteúdo a meio. Apanhou dois copos e serviu.

— À nossa — disse Joka. E deu dois goles fortes.

Santiago imitou-o mas de forma mais comedida. Já não tinha o arcabouço de outros tempos, sobretudo o treino durante a guerra.

— Desculpa, não te perguntei se querias gelo...

— Está bom assim, bem fresco. Mas diz-me, já agora façamos as apresentações... O gato tem nome?

— Zacarias.

— Porra! Raio de nomes arranjas. No entanto não me são estranhos... De profetas?

— Talvez. Em todo o caso são nomes bíblicos. Ou de santos, pelo menos Jeremias é assim considerado. Acho...

O cão, deitado como sempre no apetecido cimento, levantou a cabeça para Joka. Zacarias ainda não entendia fala de humanos, por isso ficou indiferente.

— O teu nome também é, está tudo explicado. Uma casa santificada! Espero que não te tenhas convertido a alguma seita de Santiago de Compostela.

Riram os dois.

— Se queres continuar nesta família, Joka, também deves mudar de nome. Arranjo-te rápido um. Ezequiel era bom, ou Noé, melhor ainda. Não te daria o de Caim.

— Esse eu conheço. Noé também. Mas Noé ficou com boa reputação enquanto Caim...

— Talvez um desgraçado, apenas... Os que perdem, sabes como é, ficam com má fama, na história e nos mitos.

Voltaram a beber, esvaziaram os copos e o major encheu-os. Sentia-se estranhamente bem na presença do primo. Quando eram crianças e jovens ele ficava irritado com a presença de Joka, por isso o evitava. O primo não reparava na brusquidão dele, na cara fechada, ficava feliz ao seu lado. E Santiago cheio de raiva, com vontade de lhe dar um murro, o que lhe era proibido por ser de família, diziam os pais em tom de ameaça, embora os dois passassem o tempo a lutar às escondidas. Mas depois Joka, registrado na conservatória como Joaquim, deixou de lhe parecer parvo, burro, teimoso, armado-em-bom, e mais nomes que lhe chamava em surdina, se tornou pessoa muito apresentável. Embora se vissem pouco, depois dos estudos em parceria, porque a vida os separava com frequência, era divertido quando estavam juntos. Nem as diferenças de julgamento, sobretudo político a partir de certa altura, os levavam a exaltar-se. Conversavam, não disputavam.

— Tens visto o Domingos? — perguntou Joka.

— Não tem aparecido.

— E também não o vais procurar, já se sabe — havia reprovação na voz do primo. — Telefonei-lhe para vir cá hoje, não atendeu. E não me ligou de volta. Sabes se ia viajar?

— Não sei mesmo nada dele, ultimamente não o tenho encontrado e já não procuro muito as pessoas, sabes como é... Para mim é um bocado complicado andar por aí, embora o tenha ido visitar algumas vezes ao serviço, ele adora essas surpresas, são uma boa distração para um trabalho chato como merda. Mas sim, um destes dias tenho de o procurar, afinal somos grandes amigos. Tu também és grande kamba dele, os três negros da mesma turma de trinta, lembras?

— Os brancos eram a maioria, mestiços havia uns dez e nós os três — acrescentou Joka, afirmando também com a cabeça.

— Não uso telefone por qualquer coisa, por exemplo saber como estão as pessoas. Não te telefono, não me telefonas. Quiseste ver-me, vieste cá. Assim é que deve ser.

— Os tempos mudaram. Muita gente não se vê mas sabe sempre dos outros, dos amigos ou dos familiares. Pelo telefone, pela Internet... Acho um bocado estranha essa tua mania de não telefonares, um dia até comentei com o Domingos, encolheu os ombros, o estilo dele... Nem queres que te telefonem. Por isso não o faço, só para respeitar os teus desejos, ou manias... E depois, no meu caso, há sempre serviço atrasado, é a razão de não vir cá como gostaria. Mas também é raro ires a minha casa, só sendo convidado...

— Cada um é como é. Nunca imponho a minha presença, tu sabes.

Ficaram em silêncio, saboreando a bebida.

— Foi por causa do acidente? — perguntou Joka.

— O quê?

— A tua birra com o telefone, não procurares os amigos... Antes não tinhas essas partes... Não estou a considerar isso negativo, acredita. Cada um tem o direito de ser como é. Ou de se tornar no que quer ser. Já estamos numa fase especial da vida.

Santiago ficou um momento em silêncio.

— Não. O acidente não tem nada a ver com isto. E já foi há muito tempo. De repente aconteceu-me não gostar de falar ao telefone. Evito ao máximo. E pouca gente tem o meu número. Por quê? Não sou psicólogo, não sei, nem me interessa, se queres que te diga.

— Não quero, mas já disseste... Se te ligar, tu atendes?

— Sim, claro.

— Já podias ter dito. Vou fazer isso de vez em quando. Ou para irmos dar uma volta.

— Por quê? Tens carro novo?

Joka deu uma gargalhada.

— Só aceitas passear se for de carro novo? Aprendeste isso na guerra? Não tenho um novo, é sempre o mesmo, quase todo amarrado com barbantes. Mas ando mais com o do serviço e sim, esse é bastante novo. Não se trata de decisão minha, acredita. Nesta terra parece que o poder rejuvenesce quando um quadro com o mínimo de responsabilidade troca de carro de serviço com frequência... Como um arejamento do próprio poder. Não vês os novos quadros sempre com os fatinhos da moda? A moda muda, às vezes é mesmo ridícula, e os fatinhos já não servem. Oferecem para a caridade e compram-se outros atualizados.

— Estás a ficar muito crítico em relação aos teus companheiros, estou mesmo a estranhar. Não mudas também de fato quando de casaco com dois botões passam para três e depois se volta para os de dois? A moda fica cara, sobretudo para nós, os que não a seguimos mas temos de pagar pelos desmandos dos outros, os do poder... Bom, isso não interessa. Se me telefonares para irmos dar uma volta na tua caranguejola, aceito com prazer. Não no do serviço...

— Qual é a diferença?

— Sei lá. Talvez eu fique mais conectado com o tal poder se andar num desses... Vieste com o carro oficial?

— Sim. O meu está na oficina para revisão.

— Tudo bem, deixemos essa brincadeira da burocracia do poder... Mudando de assunto. Recebi há dias uma visita inesperada. Um mais-velho de Ukuma, ainda sabes onde é?

— Pela quarta vez, vai à merda! Ukuma, claro que sei, de onde veio a bisavó Tchoiya.

— Terceira vez, andas a contar mal. Ya, Ukuma da bisavó.

— Veio trazer-te algum recado da família? Será que ainda existe?

— Foi o que pensei quando me disse de onde vinha. E senti um arrepio na espinha. Arrepio de prazer e expectativa... ao mesmo tempo um temor estranho, qualquer coisa lá dos fundos do tempo. Mas não vinha por isso. Estava apenas perdido, à procura dos autocarros que mandaram dos lados do Huambo para reforçar a claque do comício no sábado. Onde estiveste certamente por obrigação do importante posto...

— Que remédio!

— Dizes bem, que remédio... Ainda é obrigatório?

— Na verdade nunca foi. Mas fica registrado se faltares. E depois tens de te justificar na próxima reunião da célula... que se chama de outra maneira, um nome atualizado, menos ideológico.

— Sim, sei. Felizmente vocês meteram essa ideologia no armário, já pesava e não a seguiam há muito. Se é que de fato alguma vez a seguiram... Seria caso único em África! Mas voltemos ao meu visitante. Foi mobilizado para vir reforçar a claque, os teus companheiros tinham medo de que o estádio não ficasse cheio só com os apoiantes de Benguela, Lobito e adjacências, o que seria uma tremenda derrota face às multidões dos adversários. Trouxeram cem maximbombos, disse ele, o que me parece ser impossível, não deve haver cem em toda a metade Centro-Sul do país... Pouco importa. Depositaram os planálticos no estádio e trouxeram os autocarros para a cidade. A malta teve de vir a pé do Ombaka até aqui e ainda são muitos quilômetros, pelo menos dez. O velhote estava derreado, perdeu-se dos outros, acabou por nos encontrar a admirar o ar fresco da rua em fim de tarde, eu e os meus dois parentes.

— Hihihi! Parentes? Afinal?

— Mais ou menos. O Jeremias já tem vivência conjunta para isso. O Zacarias ainda pode estar a ponderar...

— E então o velhote?

— Sabia muita coisa lá da terra. E até sabia o nome do pai da bisavó. Ouviste o nome dele alguma vez?

— Pode ser que sim, mas não me lembro. Também não morava com vocês embora viesse aqui a casa com frequência. A verdade é que nem me lembro da cara da bisavó. Verdade. Sei quem é, porque o resto da família contava estórias e dizia como ela era. Tens fotografias?

— Não dela. Tenho do avô e com vocês.

— A bisavó tinha uma irmã...

— Tembo.

— Isso, Tembo. De quem ainda me lembro menos. O nosso avô era Sakulanda e a avó Welema, certo?

— Estás a fazer confusão. Sakulanda era o bisavô, marido de Tchoiya. O avô era Malulu...

— Tens razão, Malulu. Devemos falar mais dessas coisas, sabes muito, andavas sempre com o velhote, eras o menino dele, conversava muito contigo e nós outros ficávamos chateados, cheios de ciúmes...

— Não sabia que tinham ciúmes do avô, isso nunca me contaste.

— Parvoíces de crianças. Se tiveres fotografias, mostra-me depois. As minhas antigas foram com a guerra e a ocupação sul-africana, como disseram os meus pais, que aqui estavam... Até deles tenho poucas fotos. Mas então como se safou o nosso simpatizante?

— Não sei se ainda é simpatizante, acho que o perderam... Fomos ao largo onde param os autocarros do Huambo, mas já tinham partido. Afinal ia haver comício no Sumbe no domingo e também precisavam de reforço. Foram todos para lá e deixaram o mais-velho para trás. Bela organização!

— Infelizmente, deixa muito a desejar.

— Pois. O velhote acabou por ter sorte. Apareceu um caminhoneiro que aceitou levá-lo para a terra.

— Graças ao major Santiago.

— Ora, era o mínimo que eu podia fazer por ele. Como lhe disse, andei muito tempo por aqueles montes e sempre me trataram bem, apesar das circunstâncias. Ele lembrava-se dos nomes todos da nossa família, mas nem chegamos a falar sobre os atuais membros, espalhados pela guerra no vasto mundo.

— Alguns talvez agora se tenham reagrupado.

— Duvido. Mas só depois de regressar a casa é que pensei, devia ter-lhe dito que dormisse aqui e no dia seguinte esperávamos pelos autocarros vindos do Sumbe com os apoiantes. Teria dado tempo para lhe sacar o máximo de informações sobre as pessoas que por lá andam e tentar reconhecer algum laço ou nome. Mas ele estava mesmo com vontade de apanhar o caminhão e regressar ao mato, nem me lembrei.

— À procura do passado perdido...

— Não andamos todos? Olha, Joka. Não tiveste oportunidade de conhecer as nossas origens comuns. Podemos falar das minhas memórias desses tempos... Espera aqui, vou buscar uns papéis. Até os li hoje para esses dois meninos que dormem aos nossos pés, olha só a coincidência.

Joka ficou a sorrir com a ideia de ler para os bichos e com a palavra "meninos", olhando para Zacarias com muita atenção. Disse, quando Santiago voltou com os papéis:

— Nunca vi um gato tão feio.

— Mas simpático.

— Tem de fato o ar simpático. A dormir.

Santiago foi lendo em voz alta o que o jornalista tinha escrito. Joka ouviu atentamente sem o interromper nenhuma vez. Encantado? Parecia mesmo.

5

Joka voltou a casa, sem deixar de pensar no primo. Agora, de repente, voltou-lhe o interesse pelo passado? Sim, sabia, o primo sempre gostou de história, mas era da universal, não a da família. Afinal, até a um jornalista tinha confiado a visão de Tchoiya sobre o antigo reino de que o pai dela era súdito importante? Há uns anos Santiago tinha chegado a usar de alguma malícia ao se referir às confidências dela ao filho Malulu. A memória de Joka era excelente e se lembrava de uma noite de copos em que Santiago tinha falado dos ascendentes deles sem papas na língua, com Clara ainda presente. Foi há bué de anos, a guerra civil parecia caminhar para o fim, mas ia se arrastando no tempo. Santiago não falava mal de ninguém da família, apenas contava coisas que ouvira de uma forma dubitativa, no gênero: "Ele contou isso, pode ter sido um pouco diferente na realidade, os mais-velhos confundem um bocado as coisas." Agora que era velho ou a caminho da velhice e ele, Joka, igualmente, embora parecendo bem mais novo, o primo falava como se acreditasse de maneira absoluta em tudo o que Malulu contara, e a própria bisavó seria um oráculo de saberes e tradições. Seria mesmo? Joka achava ter também o direito de duvidar.

Mais uma vez pensou na pergunta feita a Santiago, isso é resultado do acidente? O curioso no assunto, não devendo chegar ao ponto de se preocupar com a sanidade mental do primo, era o fato de Santiago ter sofrido muitos acidentes na vida, particularmente em batalhas, onde foi ferido duas vezes com certa gravidade e o resto apenas escoriações, mas quando Joka ou o primo se referiam ao acidente só podia se tratar daquele último caso, provocado por um "tubarão" qualquer num carro valendo mais de cem mil dólares. Como se o Santiago de antes do acidente e o de depois não fossem a mesma pessoa, pelo menos na maneira de encarar o passado. Clara tinha queixado a Marta, mulher de Joka, das constantes cambalhotas que ele dava no matrimônio, arriscando espalhar filhos pelo país, enquanto a ela nunca fizera um. Pelos vistos, o marido não lhe contou dos exames realizados em Cuba e que revelavam infertilidade total. Mas Clara tinha razão, Santiago não se coibia em seguir uma mulher mais jovem que lhe sorrisse de uma maneira especial. Por que não informou a mulher do resultado desses exames? Vergonha? Esperança de reverter a ciência médica com algum feitiço? Clara morreu com a tristeza de não gerar filhos e convencida de ele ter uma fila de rebentos gerados com outras mulheres. Joka tentou falar com Santiago uma vez, mas a cara que o primo lhe fez tornou-o mudo para sempre no respeitante a esse mambo. Há mesmo assuntos em que as pessoas mais plácidas se transtornam e engolem víboras e lacraus.

Clara cumpriu seu destino desconhecido e Santiago não cumpriu o destino previsível, desconseguiu uma relação permanente com outra dona. Por que entretanto aconteceu o acidente? Sim, aconteceu alguns anos depois de ter ficado viúvo. Mas será a causa? Provável, *a tentativa de homicídio* mudou-lhe a vida e talvez a maneira de encarar o mundo ou a sua atitude nele. Terá mesmo havido uma mudança de personalidade?

Uma coisa era certa, devia ficar mais próximo de Santiago para o ajudar quando preciso. Em breve será mais fácil, quando se reformar, já ultrapassou há anos a idade limite e agora tem vontade de tratar da aposentação. Afinal, lhe restavam poucos familiares. Havia sobretudo este, de que gostou sempre tanto, mesmo afastado pela vida e pelos sonhos diferentes de um ou de outro. Podia ficar chateado com a intrusão na sua vida, mas que se lixasse, tinha de arranjar maneira de o apoiar, a bem ou a mal. Ia falar com Marta, ela sentiria o mesmo. No fundo, Santiago só precisava de alguma companhia e um conselho amigo de vez em quando. Marta, sobretudo, era ótima a guardar segredos e conselhos íntimos. O major gostava de calulú de peixe seco e peixe fresco, feijoada com muitos enchidos, caldeirada de cabrito com pirão de milho branco. A mulher era uma perita na arte das panelas, mas só cozinhava no fim de semana. Tinha de o convidar mais vezes para o almoço de sábado. Assim faziam as famílias de Benguela. E se fosse na sombra de algum quintalão, ainda melhor. Infelizmente, os rituais em quintalões estavam esquecidos de muitos, encerrados apenas na memória dos sekulus de hoje. Seria pois, como sempre, almoço na sala da vivenda. Com o aparelho de ar-condicionado a funcionar, como detestava Santiago. Deixava-o resmungar durante algum tempo sobre “estes hábitos dos colonos”, só ao fim de um quarto de hora desligaria o aparelho e então a mulher e os filhos protestavam, está muito calor, liga lá isso.

Há filmes cujo enredo se repete, já sabemos como vai acabar, mas vemos sempre como se fosse a primeira vez.

Marta achou justas as preocupações do marido. Que custava mais uma boca à mesa? E os filhos gostavam das estórias que o primo contava quando estava bem-disposto ou depois de o vinho começar a cumprir a sua missão. Os filhos, no entanto, tinham saído de casa e até mesmo do país, restava a filha cassule, a qual participaria do almoço.

— Mas então tira o carro do mecânico e vai buscá-lo a casa no sábado.

— Telefono na véspera. Ele prometeu atender sempre o telefone.

— Olha, uma boa mudança — disse a mulher. — Há progressos!

Joka conheceu Marta em Lisboa, quando para lá foi estudar, no fim dos anos sessenta do século passado. Com uma bolsa do Caminho de Ferro de Benguela, talvez por ser bom aluno, talvez por uma sorte qualquer que ninguém na família compreendeu. Nesses anos em que se anunciava o fim do colonialismo em areópagos internacionais e muitas nações africanas já eram independentes, o Estado de Angola (como a colônia se chamava oficialmente na época) incentivava grandes empresas e câmaras municipais a darem bolsas de estudo também para filhos de trabalhadores angolanos. Fazia parte da guerra psicológica, como começavam a chamar, "a psico", "Portugal era diferente dos outros colonizadores"... Joka acertou em cheio no concurso para a bolsa do caminho de ferro. Pelo fato de sempre ter convivido com mecânicos, quer nas oficinas, quer em casa, escolheu o curso de engenharia mecânica. Não revelava o seu sonho: inventar uma máquina mais rápida e silenciosa que as existentes, sem ser movida pelo vapor da água aquecido com madeira de eucalipto, nem por *diesel*, nem mesmo por eletricidade, como já se fazia no resto do mundo. Uma energia nova que ele criaria ou encontraria no espaço, não sabia ainda em qual, atmosfera ou outra.

Sonhos de infância são inofensivos.

Fez o curso com altas classificações, pagaram-lhe ainda uma especialização em motores de locomotivas na Alemanha. Voltou para Angola meses depois da Independência e o CFB integrou-o logo nos seus quadros e rapidamente lhe deu responsabilidades. Tinha investido bastante na formação dele, se reservava o direito de recuperar a despesa. Era também do interesse de Joka, a companhia sendo o sítio certo para fazer experiências e ajudar no desenvolvimento do país falho de quadros técnicos. Tinha adquirido novas ideias nesses tempos da Europa e ansiava por aplicá-las. Como fazia o primo Santiago, entrando no movimento de libertação algum tempo depois de terminar o ensino secundário e sem perspectivas de continuar os estudos, tendo fugido para as matas do Leste, onde se integrou na guerrilha libertadora e ajudou ao alcance da independência, se mantendo nas forças armadas toda a vida ativa.

Entretanto, Joka reencontrou Marta no Lobito. Se tinham conhecido em Lisboa e começaram a se picar um ao outro logo então, sendo ela mais nova, três anos de diferença. Lembravam cenas da histórica rivalidade Lobito-Benguela, que herdaram dos pais, antagonismo no desporto, no Carnaval, até mesmo nos bailes em que menina do Lobito não podia dançar com rapaz de Benguela ou vice-versa. O fato gerava discussão ou até pancadaria generalizada. Joka e Marta ficaram amigos, longe das suas terras separadas por trinta quilômetros de incompreensão mais ou menos simulada, mas a ida dele para a Alemanha impediu que a amizade progredisse para algo mais forte. Só quando começaram a namorar, no Lobito, anos depois, descobriram que afinal o interesse nunca confessado tinha sido mútuo desde o primeiro momento. Marta entretanto fizera uma licenciatura em Inglês para ser professora da língua e respectiva literatura. Trabalhava no antigo Liceu do Lobito. Casaram e depois ela pediu a transferência para Benguela. Quando abriram estudos superiores na cidade, foi integrada e chegaria a decana largos anos depois.

Mas antes de acontecer o casamento e posterior nascimento dos três filhos, Joka contribuiu para o esforço inútil de manter o Caminho de Ferro de Benguela vivo e atuante durante a primeira parte da guerra civil, com os constantes combates ao longo da via, quadros raptados ou mobilizados para os exércitos, oficinas destruídas, a linha depredada. Os comboios foram parando, exceto entre Lobito e Benguela. E ele não quis ficar à espera de solução e a receber o salário elevado com produtividade reduzida. Saiu do CFB e logo arranjou emprego numa importante empresa que construía e reparava barcos, outros tipos de motores, motobombas para rega de plantações e, sobretudo, fazia a montagem de plataformas para a extração de petróleo em alto-mar. Anos depois foi transferido para dirigir uma empresa estatal de logística, o que já tinha pouco a ver com mecânica, mas ele acabara por adquirir muita prática em gestão e tinha a vantagem de o trabalho ser em Benguela. Até para um banco importante o quiseram nomear. Recusou, por princípio quase sagrado de vida, não mexia com dinheiros ou contratos ou outra forma de finanças. Dava azar. Podia nunca ter roubado uma moeda ao Estado ou a um privado, seria no entanto sempre visto como um reles corrupto. Então não eram todos? Pagava sempre o inocente pelas faltas dos outros, um lugar-comum nas administrações e governos pouco transparentes. Outra razão para a recusa (e foi nessa que ele insistiu), a nomeação implicava a mudança da família toda para Luanda. Não deixou de viver em Benguela quando trabalhava no Lobito, preferindo fazer todos os dias o percurso de trinta quilômetros entre as duas cidades. Que se lixasse o banco, instituição onde se mexia com muito dinheiro e os salários eram elevadíssimos para compensar a má fama. De Benguela não sairiam. Marta, que se apegara à cidade rival da sua, apoiou a vontade dele, com toda a convicção.

Um dia descobriu que a empresa tinha sido privatizada com o máximo recato, sem concurso público nem informação preliminar, tudo se passando no silêncio dos gabinetes onde se decidem as fortunas. Demitiu-se. O advogado dos novos donos, os quais não davam a cara, tentou convencê-lo a permanecer na empresa, era o único imprescindível, achavam. Os proprietários aceitavam duplicar o salário e prometiam não interferir na gestão, insistia o advogado. Mas ele foi firme, bateu com a porta. Logo foi nomeado para dirigir um serviço técnico no governo da província. Aceitou, sempre era uma instituição pública, lutaria para que as vigarices ali não encontrassem ninho. O partido dele, a quem expôs a situação, prometeu apoio total, era reconhecido como um trabalhador competente e íntegro, além de militante sem mácula. O apoio nunca apareceu, mas também é preciso reconhecer, não foi necessário, ele conseguia controlar as situações mais delicadas.

Iria ficar naquela função até se reformar. Claro que não obteria uma pensão muito importante, como obteria se trabalhasse os seus últimos anos no banco ou mesmo na anterior empresa pública, por artes mágicas privatizada. Mas arranjaria maneira de se ocupar e ganhar uns kwanzas extra. Se a ideia que tinha concebido e aprimorado em segredo, só partilhada com Marta, fosse de fato tão boa como imaginava, poderia vendê-la a um preço elevadíssimo, fora o que os direitos de propriedade intelectual lhe concederiam. Uma máquina com um novo tipo de combustível, amigo do ambiente, poderoso, barato, fácil de fabricar, enfim, de outro Mundo. Tinha passado muitos anos a elaborar o projeto, demonstrava-o uma pasta enorme com esboços, desenhos, especificações técnicas, fórmulas matemáticas e relatórios de experiências químicas, pasta essa guardada no cofre do escritório de casa, especialmente escolhido para tudo caber dentro dele.

Foi tomar banho para espairecer as ideias. Nu, contemplou-se ao espelho. Dentro de três meses ia fazer sessenta e cinco anos. Estava muito bem conservado, nada parecido com o corpo de Santiago, da mesma idade mas envelhecido, corpo enrugado e cheio de cicatrizes, comparação que podia fazer quando iam juntos à praia. Acontecia. Vestiu-se e foi procurar Marta.

— Amanhã vou escrever ao governador da província. Vou reformar-me na véspera do meu aniversário. Tem três meses para encontrar um substituto.

— De repente decidiste?

— Sabes muito bem que andava a pensar na reforma há anos. Sempre te disse que já tinha passado a idade. Ainda são sessenta anos, pois morremos cedo.

— Mas decidiste agora, de repente?

— Sim. De repente.

— Como sempre decides...

— É de família. Estás contra a ideia?

— Não, não, de maneira nenhuma. Pensaste em tudo?

— Se com a minha pensão e o teu salário o nível de vida baixar muito, posso ir também para a universidade, tenho habilitações e prática mais que suficientes para ser um professor razoável de Mecânica, Química, mesmo Matemática. Não com horário integral. Entretanto vou preparando a apresentação do projeto da máquina para o patentear. Primeiro a patente, claro. Só depois procuro investidores ou uma empresa que o queira pôr em prática.

Marta riu.

— Durante uma ducha decidiste tudo. Impressionante!

Não o criticava nem contrariava. Estava antes deliciada. E não havia lugar para preocupações, o marido sempre encontrava solução para os problemas que por vezes criava para ele próprio. Criar problemas para os resolver, eis o exercício que mais o entusiasmava. Como seria a vida com ele reformado em casa? Ocupações não lhe faltariam. Já sabia, essa seria a surpresa que

Joka arranjava para contar ao primo depois do almoço de sábado. Falaria do segredo dos dois? Se conhecia bem o marido, apostava que ainda era cedo para revelar, mesmo a Santiago.

Tudo correu como previsto. Joka telefonou, Santiago disse OK, ela preparou um calulú à maneira de Benguela, o qual não diferia do de Luanda mas os benguelenses diziam ser muito melhor, só para chatear os capitalinos. Comiam tranquilamente, conversando sobre as cenas de miúdos ou um pouco mais velhos, com Marta e a filha, Sofia, a ouvirem e participando pouco. Faziam sinais uma à outra, deixa os velhotes falarem das suas memórias, encorajavam a repetir os pratos e bebidas, mas deixavam-nos à vontade. Até que Joka soltou a notícia:

— Na véspera do meu aniversário serei reformado da função pública. Já informei o governador, ele que arranje outro.

— A sério? — perguntou Santiago.

— Sim. A Marta está a par e de acordo. A Sofia não sabia, reservei a surpresa para os dois.

Sofia, a mais nova dos três filhos, com quase vinte e sete anos e uma licenciatura em gestão de recursos humanos, quadro de uma grande empresa de construção, ficou calada a olhar para o pai. Se convenceu da seriedade da notícia.

— Decidiste há pouco tempo, pai?

— Sim. Mas já andava a pensar no assunto. Não achas normal que queira? Já ultrapassei há muito a idade...

— Sei disso. Mas julgava que ias bater um recorde qualquer. Tudo bem, mereces descanso.

— Continuarei a trabalhar, talvez... Nas minhas coisas...

Ele vai contar sobre o sonho, se sobressaltou Marta. Ficou calada, no entanto.

— Não é tão má como a pintam — disse Santiago. — A reforma tem as suas vantagens.

— Sempre estarei ocupado, não há maka. E se for preciso, até posso dar umas aulas na universidade. Fui tantas vezes convidado para ser colaborador... Sempre recusei. Mas agora até pode ser. Primeiro vou ver como me aguento sem fazer nada, além das minhas coisas.

— As tuas coisas... Também vais escrever as tuas memórias? — adiantou Santiago, a rir. — Está na moda. Qualquer candidato a figura histórica se achando com direito à posteridade escreve ou paga para que lhe escrevam as suas memórias. Segundo me informaram alguns amigos, esses boçais têm dinheiro suficiente para mandar imprimir um livrinho. Ficam à venda em livrarias ou supermercados mas muito poucos os compram. Oferecem então o livro a familiares e amigos. Frustrados com a aparente obra literária. A maior parte, ao que me dizem, são autobiografias mais parecendo um bilhete de identidade desenvolvido. Chamam-lhe vaidosamente memórias ou autobiografia... Sei que não é o teu caso. Só para prevenir...

— Não vou escrever nada, nem tenho memórias que mereçam ser lembradas... Mas há coisas que faço nas horas vagas. Pôr-me a par dos avanços de uma determinada ciência, por exemplo.

— Sim, devias dar umas aulas. Nada de muito trabalhoso, é claro. Incentivava-te a manter-te ligado às descobertas recentes.

Marta ficou mais tranquila. Não havia perigo algum se Joka contasse sobre o seu trabalho secreto de tantos anos. Mas ainda era cedo para criar expectativas na filha, a qual levava tudo demasiado a sério. Santiago teria outras preocupações, nem daria grande importância à revelação, achava ela. Aliás, juraria não se admirar nada mesmo. Reconhecia a capacidade intelectual do primo e a sua grande cultura científica, tinha falado disso há tempos, desde miúdo o Joka nos admirava com a rapidez a fazer contas complicadas de cabeça, parecia uma máquina de calcular, enquanto nós lutávamos com o lápis. Por outro lado, eu era melhor em História, Línguas, Filosofia, essas coisas consideradas inúteis.

Marta se meteu na conversa dos dois homens com uma pergunta a desviar o rumo para assunto mais calmo:

— Por que não quiseste continuar os estudos, ir para a universidade, Santiago?

— Para ser sincero, hoje não sei. Na época teimava, acabaram aulas e obrigações, estava farto. Os pais falaram no assunto e eu cortei logo a conversa, não quero estudar mais. E até já havia cursos que me poderiam interessar, no Lubango...

— História e Letras...

— Sim, Marta, História. E talvez fosse uma maneira para fugir da tropa portuguesa. Estando num curso superior, não seria chamado se tivesse sempre aproveitamento. No fim do curso, se veria. Hoje sabemos, teria mesmo escapado da tropa, no fim do curso já o país caminhava para a independência. O Joka foi mais esperto ou sortudo, acho mesmo que foi esperto, sacou uma bolsa do caminho de ferro, foi para Portugal... Eu gostava de História, mas o que ia fazer depois de formado? Só via um caminho, professor do secundário. Talvez houvesse outras possibilidades, não as adivinhava então, e essa não me agradava mesmo nada.

— Não tinhas vocação de professor, se percebe bem.

— Se percebe hoje — disse Joka. — Na altura até era uma profissão muito boa para um angolano. Olha, o passado já lá vai. Fizeste a tua vida, fugiste desta parte do país para te juntares à guerrilha, lutaste pelo teu povo, foste um militar honesto e competente. Foi uma má vida? Só tu podes responder.

Santiago se serviu sem cerimônias de mais vinho.

— A vida? Teve altos e baixos, como todas. Mas gostei muito de conhecer o Leste de Angola a pé, dormir perto dos kimbos, acariciando a arma, entrar nas danças de roda, batendo palmas a marcar o ritmo, sem medo do barulho que atraísse o inimigo. Era um perigo, mas estávamos nas tintas, dançar naquelas circunstâncias era um bom desafio, aumentava a adrenalina... E gostava da vida de guerrilheiro, apesar de ser muitas vezes tão dura. Hoje parece uma estupidez a muitos, mas não o nego, vivi intensamente essa época com o sonho de criar um mundo melhor.

Ficaram os quatro a saborear as últimas palavras de Santiago.

E entrou uma mulher na sala.

O ambiente de repente mudou, com o grito de Marta:

— Ofeka! Afinal chegaste.

Joka olhou para Santiago e percebeu a respiração parada na boca do primo. A filha, Sofia, bateu palmas, se levantando, abraçou Ofeka. Santiago não reagia. A senhora sentiu os olhos abrasadores dele, avançou e lhe estendeu a mão, muito prazer. Ele sacudiu ligeiramente a cabeça, apertou a mão dela, não tentou se levantar. Ninguém reparou na falta de cortesia, só ele, ao cair em si, sou mesmo um selvagem. Mirou Joka e este lhe fez um sinal quase imperceptível que ele captou.

— Disseste que o vosso primo vinha cá almoçar e resolvi apresentar-me — falou Ofeka, arrastando uma cadeira e sentando à mesa sem esperar ser convidada.

— Estás em casa — disse Marta. — Quando te falei do almoço era mesmo para apareceres. Queres provar? Ou vai só a sobremesa? E alguém quer mais sobremesa?

Entretanto, Sofia já tinha ido buscar prato e talheres para a recém-chegada provar o que eles já tinham comido e repetido. Continuaram a conversa enquanto Ofeka atacava o calulú sem cerimônias. Mas Santiago participava menos, um pouco alheado, mais atento à senhora que conseguia não fazer barulho com os talheres tocando no prato. Sofia piscava o olho aos pais, se esforçando por não rir. Todos os de casa percebiam, o major estava fascinado. Só ele talvez não notasse.

— Ofeka, temos uma novidade contada hoje, o Joka decidiu tratar da aposentação — disse Marta.

Santiago ficou ainda mais atento, pois a outra tinha de dizer qualquer coisa, foi com deleite que a viu engolir o que tinha na boca, beber um gole de vinho, passar o guardanapo levemente pelos lábios e só depois falar:

— Não sei se ele se aguenta. Mas desejo o máximo de felicidade para essa nova caminhada do casal. Vão passar mais tempo juntos.

Havia alguma ligeira ironia no tom? Pareceu a Santiago. Não quis pensar sobre o mambo.

— Desculpe a ousadia, Dona Ofeka. A senhora trabalha?

Ofeka sorriu para ele.

— Não há razão para culpar. Acabamos por não ser apresentados. Sou bancária. E não sou senhora nenhuma.

— É uma manda-chuva! — disse Sofia. — Sem o acordo dela, ninguém consegue trabalho no banco. Nem um empréstimo, nem abrir conta sequer...

— Exagero. Não ligue, a Sofia gosta muito de brincar. Sou consultora para a área financeira. Estavam a precisar de alguém para esse trabalho quando me candidatei. Pensei que seria mais ajustado a alguém de direito e não para economistas. Mas estou já há quinze anos a trabalhar na área e nunca me deparei com dificuldades de maior. Interessa sobretudo estar atento ao que se lê e ao que se ouve. Se preciso de um conselho, tenho amigos formados em direito financeiro, um mesmo com especialidade bancária. Não me cobram nada por isso.

Todos sorriram. Ela acabara de passar para a sobremesa e animou o ambiente. Nessa altura o espírito segredou, a vaidade fica-lhe bem, mas não abuse. Qualquer dia pensas que afinal és mesmo uma craque, altura de ser despedida por o banco ir à falência. Vai à merda, dijei da tuji, respondeu sem mexer um lábio. Já se habituara a calar Olegário com um pensamento assassino. Ele não se importava, já o tinham assassinado há muito, no dizer do próprio, que nunca reconheceu o seu erro naquela madrugada fatal.

— Formou-se aqui? — voltou a perguntar Santiago.

Marta sorriu, o major queria fazer um interrogatório em forma. Teria tempo, não precisa de se precipitar. Mas nem chegou a formular o pensamento.

— Aqui mesmo em Benguela. Depois de trabalhar dez anos, senti necessidade de aprofundar algumas noções no ramo e fiz um ano no Brasil sobre questões de direito bancário. Aceitaram que fosse com licença sem vencimento...

— O banco bem podia pagar esse ano, mantendo-te o salário — disse Joka. — Afinal beneficia com a tua especialização. Sabes, Santiago? A Ofeka retomou o mesmo trabalho e com o mesmo salário. Não só aceitaram que ficasse um ano sem receber nada, como nem lhe aumentaram depois. Isso eu não aceito.

— Não eram obrigados por lei. Já sabia disso antes de pedir a licença.

— Sei que não. Mas em todo o caso... É um desses bancos privados, Santiago. Só para enriquecer os donos.

— Ó pai, agora que te vais reformar, ainda ficas mais socialista? — perguntou Sofia, no gozo. — Já te vi defender que o Estado é uma máquina de estourar dinheiro...

Joka não replicou. Marta estava atenta porque muitas vezes as brincadeiras davam acesas discussões políticas e, hoje não é dia para brigas, temos cá o primo. Se ele também entra na maka, então é que isto aquece. No entanto, Santiago não estava nem aí e perguntou:

— E esse curso onde foi?

— Em São Paulo. Numa boa universidade. Foi realmente muito útil.

— E deu para passear pelo país?

— Fui ao Rio e a Salvador. Essas duas cidades não podia perder. Mas não deu para tudo o que queria. Mais tarde voltei ao Brasil e fui conhecer algumas experiências interessantes no meu ramo em regiões mais pobres. Ceará ou Rio Grande do Norte, por exemplo. Para agricultores que aproveitam de créditos bancários para aumentar a produtividade dos seus terrenos. Quais os passos que devem dar, as condições, as modalidades de pagamento, juros, tudo isso.

— E também pagou tudo... Viagens, alojamento, etc.

— Sim. Eram férias. Pronto, julga que sou uma parva por investir na minha formação. Assim posso servir melhor o país.

— Não, não julgo nada. Cada um faz o que quer. Quando se pode, é bom seguir apenas o coração...

— Fiz um relatório extenso ao meu banco e propostas para um plano inspirado no que vi e aprendi. Estão a estudar os quês e porquês. Vamos avançar com um pequeno grupo muito escolhido de agricultores e seguir como usam o crédito. Se der certo, poderemos expandir.

— Já está decidido? Pensei que ainda estavam a estudar — disse Marta.

Ofeka hesitou. Depois falou em tom menos vitorioso:

— De fato ainda não decidiram... Mas tenho informações de que estão muito interessados, pois dá boa fama ao banco. Para diminuir o preconceito em relação aos bancos privados que o Joka manifestou.

Muito bem, menina, soube conter-se, segredou o espírito. Que saudades tenho de Salvador, gostei muito de conhecer, e a menina portou-se muito bem nessas viagens. E agora na conversa. Estás a fazer progressos. Ela não lhe deu troco e Olegário pareceu ir dar uma volta ou tirar uma soneca.

— Nada tenho contra os privados — disse Joka. — Mas muitas vezes são mesmo umas sanguessugas.

Santiago não fez mais perguntas. Tinha outras mas não queria passar por um chato ou um tipo demasiado curioso. Ficou a ouvir a conversa e a admirar a senhora, bebendo lentamente o seu vinho. Lembrou, Jeremias e Zacarias simpatizariam com Ofeka? Sim, de certeza. A voz era calma, dava segurança. E a pele negra brilhava, parecendo acetinada. O perfume suave que se desprendia do corpo, fragrância muito ligeira à distância a que ele se situava, também lhe conferia um alto estatuto na intuição dos seus dois amigos. Tinha tudo para provocar a confiança dos bichos, um dia apresentá-la-ia, quando se criasse mais intimidade entre eles. Porque não tinha dúvidas, ia voltar a encontrá-la, a prima se preocupava com a solidão dele. Também não era casada, se adivinhava. Por quê? Não saberia responder. Interessava?

O velhote não tira os olhos de você, segredou o espírito Olegário. Ela nem reparou, estava agora em animada conversa com Joka sobre a reforma da função pública. Explicava-lhe os passos a dar para aproveitar as vantagens do atual posto de dirigente a nível provincial e obter uma boa pensão. E contava casos em que pessoas conhecidas tinham ficado prejudicadas. Pelos vistos, o seu trabalho no banco também lhe abria portas para saber disso, se admirou Santiago. Esta dama sabe muita coisa, parece realmente mais uma advogada. Talvez me tivesse ajudado, se a conhecesse quando tratei da reforma. Não devia ser a mesma coisa, ele estava no rol dos militares e antigos combatentes, com um estatuto diferente. Pelo menos foi o que lhe disseram, mas na altura ele nem perguntou nem discutiu. Ouviu só quais eram os seus direitos, tratou do assunto como orientaram e pronto, estava reformado. Mais tarde sofreu o acidente-assassínio-falhado e lhe atualizaram o estatuto, acrescentando a incapacidade física, com reflexo no aumento da pensão. Ofeka não mudaria grande coisa no seu caso, mas estava a ser útil ao Joka, pelo que percebia da conversa. O primo era bastante diferente, examinava todos os detalhes, se informava a sério, por isso não se deixava enganar. Santiago sempre foi muito desleixado nas questões pecuniárias, fácil de ser vigarizado, na ânsia de resolver o assunto e deixar de pensar nele. Lhe interessavam outras coisas. Também confiava demais nas pessoas, criticava a falecida Clara. Que pensaria Clara de Ofeka? Isso ele sabia responder, dizia, é uma verdadeira senhora, não por ter estudado ou pela função que ocupa, mas porque sabe estar, tem berço. Aliás, as duas eram parecidas, não nos traços do rosto ou algo físico, mas na dignidade que emana de uma, igual à da que já cá não está.

Seriam amigas.

Mas estava na hora de Ofeka se despedir, tinha um compromisso qualquer. Não é sem tempo, menina, vamos embora que já ocupou todo o espaço da conversa, nem deixou os outros falar. Ela não caiu na provocação do espírito, cumprimentou todos, no fim disse a Santiago:

— Tive muito prazer em o conhecer, major Santiago. Temos de falar outra vez, tenho umas perguntas a fazer-lhe sobre pessoas que pode ter conhecido. E adoro estórias de guerra...

Todos riram. Sofia aproveitou:

— O primo, quando está bem-disposto, conta umas engraçadas. Iguais às dos filmes. Mas tem de ser bem abastecido.

Perante a perplexidade de Ofeka, Sofia explicou:

— De bebida, claro.

— Como queres falar de guerra se estás a seco? — cortou a mãe.

E a senhora saiu da sala, sem ouvir qualquer palavra de despedida de Santiago. Também não lhe deram tempo de falar.

6

Na semana seguinte, Santiago se lembrou de visitar o amigo comum. Único que ele visitava, mas não em sua casa. Domingos quase nunca tinha saído da cidade e desde jovem sempre trabalhou num gabinete que tratava de questões de água, desde chupá-la do rio Cavaco, seco na superfície exceto nos tempos raros em que chovia às carradas, até à presumível purificação, distribuição, venda e recepção dos pagamentos. No gabinete assistiu, ainda no tempo colonial, aos trabalhos de abertura de um canal levando a água do Catumbela até ao Cavaco, reforçando o caudal do rio e possibilitando alargar o número de casas e serviços beneficiados.

O major decidiu ir ao gabinete sem mandar um aviso antes. Por vezes os amigos mostravam alguma irritação com essas decisões dele, por que a minha casa não vais, apenas no serviço? Aqui não dá para grandes conversas. Santiago não se importava com os maus humores ou uma certa incomodidade sentida pelos seus visitados. Já sabiam, ele foi sempre assim, de arranques, e ligando muito pouco a convenções, como essa de que pessoa a trabalhar não se pode distrair um pouco com uma conversa. Por isso nem pensou em avisar ou saber se ele estava mesmo na cidade. O Joka tinha-lhe perguntado se ouvira falar de alguma viagem, mas era despropositado, toda a gente sabia, Domingos só saía da cidade para ir ao Lobito ou à Baía Azul, burgos perto. E por algumas horas. Dormia na mesma cama desde que a comprara para casar. Foi duas vezes a Luanda, se tanto. E por questões irremediáveis de serviço.

Tinha nascido com uma deformidade qualquer, parece no coração, Santiago já não se lembrava bem. A dita deformação isentou-o de jogos de bola quando criança e da tropa, vá-se lá saber se era deformação descoberta por meio de uma radiografia ou se o médico era algum amigo de família, safando-o do serviço militar. Domingos percebeu, não tinha tido nenhuma deformação, até corria muito quando era miúdo e desde então, mas não gostava de jogar futebol, deixava isso para o pai. Só se lembrou dela e a relembrou ao médico quando apareceu o perigo de ser chamado para o exército, em plena guerra pela libertação e ele em perigo de ir para o exército errado, o colonial. O médico alinhou e pronto. Depois todos voltaram a esquecer a tal deformação, até mesmo Domingos. Agora Domingos estava viúvo também. Na altura da morte da segunda mulher dele, Santiago vivia em Luanda, não veio para o funeral, sem desculpa. Talvez mais ninguém tivesse notado mas sabia, Domingos notou. E de certeza não ficou ofendido, era um paz de alma. Nunca lhe falou dessa grave falta sequer.

É difícil encontrar uma pessoa como Domingos, nestes tempos de tanta sacanice e inveja, pensou Santiago, no seu caminhar lento, como a esfregar o pé no chão. Há sempre algumas pessoas que inventam coisas sobre outros por pura maldade. Neste país de desvalidos, não são os desvalidos a usar de má língua, kuribotice ou zongolada, tudo sinônimos. São os que já têm alguma coisa mas estão frustrados por desconseguirem muito mais. Coitado do que se destaca por algum mérito, sobretudo na área do conhecimento, sucesso monetário ou da criação artística. Entra na área preferida dos invejosos. Não têm sossego até o destruírem, o diminuírem ou, pelo menos, chamuscarem seu brilho. Felizmente nem todos os zongolas têm capacidade de destruição suficiente, embora se considerem deuses da sacanice. Numa palavra, o seu amigo Domingos era o contrário de tal gente inútil.

Chegou à porta do organismo, onde estava um guarda fardado, certamente um segurança de empresa privada. Reconheceu o major e se perfilou num repente.

— Bom dia, meu major. Vem ver o senhor Domingos?

— Bom dia, meu jovem. Fique à vontade, já não estou na ativa. Nem você está, mas nota-se que foi militar, tem a postura... É isso mesmo, vim falar com o senhor Domingos, ele está?

— Sempre. Pode entrar.

Ele ia avançar para a escada quando ouviu uma voz atrás:

— Venho falar com a mana Fátima.

Se tratava de uma mulher muito nova. O segurança fechou a cara, mirou-a de alto a baixo, disse com voz rude:

— Não está bem vestida conforme o regulamento. Assim não pode entrar.

— Não estou bem vestida? Então me visto como?

— Não sabes vestido de alças sem mangas não dá para entrar em repartição pública? Só se tivesse casaco.

— Que brincadeira é essa, meu companheiro? — se meteu Santiago na maka, quase já com um pé na escada, se virando. — Está, sim, muito convenientemente vestida.

— Esses seguranças agora têm mania de inventar modas só para mostrar que também mandam — disse a jovem, levantando a voz, agora que tinha encontrado apoio.

O guarda mudou logo a atitude, perdeu a arrogância, falou mais baixo, humilde:

— São ordens, meu major. Estou só a cumprir, pode mesmo perguntar no senhor Domingos, meu major. Em todas as repartições das províncias, até mesmo em Luanda, também nos hospitais, agora é assim.

Santiago acreditou no guarda, as ordens são ridículas, mas o ridículo deve ficar com quem inventa essas ordens puritanas, hipócritas, os guardas só cumprem. Virou-se para a moça:

— Olha, filha, é capaz de ser mesmo verdade, essa gente lá em cima não tem mais nada que fazer, então inventam modas. Vai só a casa buscar um casaco ou então muda de roupa, põe blusa com mangas, assim já dá, não é, companheiro?

Mais aliviado, o segurança sorriu, é isso mesmo, meu major, nós só cumprimos. Santiago viu a jovem mandar um muxoxo pesado e dar meia-volta. Entrou na repartição, condoído. Numa coisa ela tinha razão, em todo o caso, o guarda primeiro foi inutilmente ameaçador, a exercer o seu poder de formiga, depois amoleceu quando entrei na conversa.

Domingos estava no seu gabinete, se via a silhueta pelo vidro fosco da porta. Santiago bateu e rodou logo a maçaneta. O outro nem teve tempo de autorizar a entrada, o major já estava lá dentro.

— Ah, és tu — disse o visitado, tentando se levantar com visível dificuldade.

— Deixa, deixa, eu sento-me ali no sofá. Vim ter contigo porque deixaste de aparecer lá no meu palácio. E, sobretudo, porque o Joka me disse que tentou falar-te mas nem atendeste o telefone nem lhe ligaste de volta. Não se queixou, só pensou que talvez tivesses viajado. Perguntou se eu sabia de alguma coisa. Venho hoje à visita de médico.

— Bem precisava de um médico agora, tenho dores de estar sentado, é da puta da idade, não deve ser mais nada. Estive uns dias sem telefone, tive de o emprestar... Bem, é uma longa estória... Por acaso até ia ligar para ele.

— Se fosse eu, não era novidade. Mas tu, sempre colado ao telefone, emprestaste? Que estória é essa? Deve ser saborosa.

— Não queres um café? Agora que me vou embora é que resolveram comprar uma máquina daquelas boas. Boa demais para o que se faz cá no gabinete, sempre sem verba, mas enfim, já é um progresso.

— Até quero experimentar a tal máquina.

Domingos pegou no telefone do serviço, esperou um momento, falou:

— Cambutinha, minha querida, saem dois cafés.

— Progressos do camano! — disse Santiago. — E agora a tua secretária chama-se Cambutinha? Estamos em tempos novos, realmente.

— Não te disse? — Domingos riu. — A secretária é a mesma de sempre. Mas há uns tempos, uns anos afinal, lhe chamo assim, sabes como ela é enorme!

— Sim, um metro de altura.

— Nada de exageros. E, por favor, não lhe digas nada sobre isto, sobretudo o nome.

— Não sejas parvo. Não vou dizer nada, mas ela percebe que disseste à minha frente. Não sei se vai gostar.

— Esquece logo que te veja. Paixões antigas...

— Só se tiver sido do lado dela. Eu nem estava aí. Mas não desvies o assunto. Por que emprestaste o teu telefone? E a quem? À Cambutinha?

— Haka! Porra! A ela? Nunca com ninguém do serviço, isso é uma regra de ouro.

A secretária entrou, uma senhora baixinha, já de certa idade, com uma bandeja e nela duas chávenas e o açucareiro.

— Oh, bom dia, Santiago... quer dizer... Major Santiago.

— Deixa disso, Úrsula, Santiago apenas. Conhecemo-nos de crianças. Quase... Tu eras uma criança, eu já nem tanto.

Se levantou e cumprimentou-a com dois beijos nas faces. Ela bateu-lhe nas costas.

— Pareces em boa forma.

— Vou aguentando. Mas tu é que estás famosa, pareces uma catorzinha. Com os filhos que tens precisas de menos anos de serviço para o direito a reforma antecipada... Há muito já tens idade para isso.

E contou então, até o Joka já está a tratar da aposentação, quem diria, não é? Eu pensava que ele vivia para trabalhar.

— O Domingos também já meteu os papéis — disse a secretária. — E eu vou sair também. Foi o meu único chefe, pouco progredimos neste serviço e tens razão, já podia ter saído há uns anos.

— Mas é uma epidemia? Todos a largarem o serviço? E tu a me esconderes — disse Santiago, virando-se para o amigo.

— Ia dizer-te, mas meteu-se outro assunto na conversa... É realmente uma tremenda coincidência. O Joka também?

Santiago só assentiu com a cabeça. Provou o café sem açúcar, um hábito antigo, de tempos de crise econômica ou falta de reabastecimento pela Logística militar. Tremenda coincidência. Ainda bem eu pedi a aposentação antes, senão podia parecer um conluio, três estudantes da mesma escola e da mesma turma reformarem-se ao mesmo tempo. Nesta terra de tantas suspeitas, os deuses pressentiriam uma qualquer traição a soldo do estrangeiro.

— Se quiserem umas bolachinhas, digam, que as trago — disse a Cambutinha, com um gesto de adeus e uma gargalhada.

— A sério? — fez Santiago para o amigo. — Bolachinhas?

— Achas que temos orçamento desses? Ela está a gozar. Senão tinha-te aqui todos os dias...

Riram os dois. Santiago acabou o café, não estava nada mau.

— Conta então. Por que ficaste sem telefone?

— Haka! Ainda não esqueceste esse mambo?

— Nunca esqueço uma boa estória. E essa deve ser, escapou-te da boca e agora estás aí a ponderar, conto, não conto? Desta vez é casada, por isso tens dúvidas. Não vou contar a ninguém, sabes muito bem.

Domingos ficou calado, olhando para a chávena que tinha na mão. Fez gesto de quem vai falar, depois se arrependeu. Santiago parecia surucucu hipnotizando a vítima.

— Acertaste, pronto...

— Não tens mesmo juízo. É ao menos alguma coisa que mereça uma punhalada ou um veneno? Agora a tala anda assanhada, espalhou-se num instante por todo o país, presta atenção às sombras nas tuas costas...

— Julgas sou alguma criança assustadiça? E à tala mando-a à merda.

— Assim é que se fala. Então contas?

Domingos decidiu-se. Encarou-o.

— Não te vou contar nada. Realmente tens razão, saiu-me de repente, mas não devo contar. Lamento mas é assim. Por vezes nem aos melhores amigos se devem contar certas coisas, não é por mim, repara.

— Pronto, está bem, também não te vou fazer um interrogatório. Mas fica mesmo atento. Já não tens idade nem peito para fugir. Nem podes correr.

Domingos riu.

— Queres fazer uma corrida até à praia? É perto.

— Sacana! Essa perna não me deixa correr...

—Então por que me estás a dar avisos?

— Porque tenho juízo, já não me meto nessas aventuras. Lembras-te quando íamos sendo apanhados pelo Tira-Chapéus?

Riram os dois. Agora iam entrar nas recordações de infância, aquela infância livre pelos quintalões de Benguela ainda com grilhetas enferrujadas do tempo da escravatura, os roubos de fruta nas plantações de goiabeiras, mangueiras ou sape-sapes do Cavaco, sempre a fugir de cães, guardas, até à ponte do comboio transportando cana-de-açúcar, de onde podiam olhar para baixo, para a areia branquinha cobrindo o rio subterrâneo, espairecer e comer a fruta desviada. Tempos da nossa descuidada meninice, como escreveu o poeta.

Ao fim de algum tempo de conversa animada, sem ninguém os interromper com questões do serviço, Domingos olhou para o relógio, já, são horas, meu, vamos embora daqui, que não trabalho fora das horas obrigatórias. Santiago então propôs:

— E se fôssemos almoçar a um restaurante decente? Há vários aqui perto. És meu convidado.

— OK. Mas daqui a uma hora e meia tenho que estar cá. Mais uma reunião de balanço!

Saíram, passaram pela sala de Dona Úrsula, Cambutinha, vamos comer qualquer coisa, deixamos-te engordar com o que trouxeste de casa, até está a cheirar que nem uma maravilha, disse o seu chefe, com tom de ternura. Ela desejou bom apetite e baixou os olhos para o papel à sua frente.

Depois de alguma troca de palavras, os dois amigos escolheram o restaurante mais perto, no outro quarteirão, apanhando sempre o caminho debaixo das árvores, por causa da sombra, levando Santiago o chapéu de pano enfiado na cabeça.

— Para que o chapéu? — perguntou Domingos.

— Para não o levar na mão.

— Não é isso. Por que o trouxeste? O estado do tempo não justifica.

— Vim de kupapata e vou voltar da mesma maneira. Que achas? Tenho de pôr o chapéu bem enterrado na cabeça e baixá-la, para que ninguém me reconheça. Não iam compreender como é que um velho como eu anda de kupapata. Dava ideia de estar na miséria...

— Pois. Deixaste de guiar. Nem carro tens...

— Nada. E pouca falta me faz. Às vezes, talvez. Quando preciso de ir a um sítio mais distante ou tenho preguiça de caminhar, telefono para um dos meus taxistas habituais e pronto, em dez minutos estou motorizado. E são muito mais rápidos que um taxista de carro.

— É menos seguro.

— Eles têm cuidado, não entram em aventuras de atravessar os cruzamentos sem olhar para os lados. São mesmo bons, fiz uma seleção com muito critério. Estes dois jovens são mesmo sérios na sua profissão.

— Acredito. Sempre foste muito exigente na vida. Pelo menos dois ou três homens que andaram contigo no exército e que conheci disseram isso. Bom chefe, bom militar, mas exigente.

— Às vezes apanhava miúdos, cheios de vícios e de má educação. Precisavam de ser educados. Não só para servirem o país e a tropa de maneira conveniente. Para serem eles próprios pessoas decentes. Um chefe mole não é respeitado e não educa.

Chegaram ao restaurante e ainda havia duas mesas vagas. Escolheram a que lhes pareceu melhor situada. No fundo, pelo menos para Santiago, tanto fazia a situação da mesa. Não estava ali para ver pessoas. Estava para comer bem e acompanhado por um amigo. Podia estar virado para uma parede, era igual.

— Acelera a questão da aposentação. Para não seres o último de nós os três. Lembras? Os únicos três negros da turma. Ficamos logo amigos na primeira classe. Bem... amigos... eu e tu, sim. Eu detestava o Joka, apesar de ser família. Ou por causa disso.

— O Joka falava comigo sobre isso, muito sentido. Ele gostava de ti e não compreendia por que o rejeitavas sempre. Eu ficava no meio, sem saber como lidar com o fardo. Servia de amortecedor.

— Foste sempre um excelente amortecedor. Quantas vezes eu e ele andamos à pancada?

— Todos os dias à saída da escola...

Santiago deu uma gargalhada abafada.

— Não era todos os dias. Ele irritava-me, sempre colado a mim, a perguntar coisas, a dizer piadas, a passar graxa, pôssas! Mas talvez no fundo eu gostasse dele, às vezes me pergunto se aquela raiva era mesmo real. No fundo, nós os três fizemos muitas coisas juntos, bué de aventuras, sempre juntos durante todos os estudos.

— Isso era o mais interessante, pensava eu. Várias vezes falei com a minha mãe, que era amiga da tua. E se queixava desse teu ódio inexplicável. Por mais conversas que tivesse contigo, desconseguia de entender. Porque tu também não sabias explicar, dizia ela.

— É verdade. Depois, foi assim de repente, vi-o como ele era. Ficamos mesmo amigos.

— Ele sempre foi teu amigo. Tu é que mudaste. Ou te apercebeste da boa pessoa que estava à tua frente. Nunca soubeste explicar também.

— Não sei explicar mesmo. Sempre fui um bocado irracional, devo reconhecer. As mulheres precisavam de ter muita paciência comigo, sempre se queixavam, nunca sabiam da razão das minhas raivas súbitas.

— E a atual queixa-se menos? — perguntou Domingos, como a serpente cuspideira que espera o bom momento para lançar o seu veneno.

— Não se queixa. Não existe.

O empregado veio com o seu caderninho, já sabem o que querem comer? Encomendaram os pratos preferidos e Santiago escolheu o vinho. Quando o trabalhador foi, Domingos disse:

— Está a demorar muito tempo. Não sentes falta de uma mulher a sério?

— Às vezes, claro. Mas não tenho pressa. Quando aparecer, apareceu, saberei, é essa. E tu então?

O outro suspirou, caso complicado, muito complicado mesmo, nem imaginas como é complicado.

— Conta então tudo, para eu te descomplicar isso. Sou bom conselheiro.

— Do gênero, pega na AK e ameaça o tipo... Ou dá-lhe uma bassula para começar. Não, obrigado, sou gente de paz.

— Também eu. Mas não te dou conselhos de padre, isso não.

— Nem eu queria. Aliás, não quero conselhos nem falar do assunto. Se foi para isso que me convidaste, eu bazo já — ameaçou se levantar.

Santiago lhe pegou no ombro e empurrou para baixo.

— Não te convidei por causa disso. Se não queres falar, é teu problema, pronto, não se toca mais no mambo. Vamos beber devagar o nosso bom vinho, vamos comer com calma, conversamos outras coisas.

Ficaram algum tempo em silêncio. O empregado veio com a garrafa de vinho, Santiago provou, aprovou, ele serviu Domingos, depois Santiago. A bebida estava mesmo à temperatura ideal, sabia bem, pensou o major.

— A Úrsula disse que já meteste os papéis. Estás mais avançado que o Joka. Temos de comemorar isso.

— Quando estiver tudo arrumado. Mas me preocupo, a pensão chegará para viver?

— Em princípio, sim. Mas logo verás. Podes sempre acrescentar os ganhos com qualquer tarefa leve. O Joka diz que, se precisar, vai dar umas aulas na universidade...

— Nem precisa. Ele acumulou um bom bocado, teve sempre salários elevados. Claro, estudou muito, e depois sempre foi um alto quadro, com todo o merecimento, diga-se de passagem... Não tem comparação. Eu fui burro, devia ter continuado os estudos como vocês, parei dois anos antes de ti e fiquei sempre no mesmo serviço e em lugares pouco rentáveis. Pago agora.

— Uma coisa que te diminuiu as possibilidades foi nunca quereres sair de Benguela nos tempos depois da Independência. Em outras cidades talvez te safasses melhor, havia muita falta de gente qualificada...

— Sentia-me bem no meu sítio. Tranquilo, sabendo que no dia seguinte seria a mesma coisa, não haveria surpresas assustadoras...

— Diz-se que se colhe o que se semeou, não é assim? Bem, eu acho que não é. Raramente os que semeiam colhem na mesma proporção, alguém se mete para surripiar um pedaço da colheita. E há outros que não semeiam nada e colhem tudo. Questão de sorte ou questão de caráter? Difícil responder.

— Hei de safar-me. A pensão é próxima do salário com que se acaba a atividade e há atualizações quando todos os que mandam nessas coisas acordam bem-dispostos. Se não me meto em aventuras, sobra-me dinheiro todos os meses. Nunca fiz uma viagem fora do país, nunca comprei casa nem carro, herdei ambos, tenho no banco o suficiente para passar seis meses fora.

— Sim, claro. Se foste guardando sempre... Não tens de te preocupar com os filhos, desapareceram com a mãe deles. Não tens ninguém dependente de ti, as tuas manas estão casadas, acho que não te deves preocupar. Mas o teu ruca ainda anda?

— Anda. Tem quase quarenta anos... Era do meu pai, imagina só. Mas não compro um novo. Para quê?

— Vens para o trabalho a pé, claro, como sempre.

— O carro é só para os fins de semana. Ir ao Lobito ou ao Dombe Grande.

— O teu fascínio...

— Mas há terra mais bela no mundo? Não acredito.

Santiago concordou com a cabeça. Provou mais uma vez o vinho. A comida nunca mais vem? Já estão armados em restaurante de luxo e o luxo é a perda de tempo.

— Há muitas terras belas no mundo — disse, por fim. — Mas o Dombe é especial, sim. Quem vem da aridez depois da Baía Farta, o adivinhar do deserto, ali tão perto, um morro a esconder o tesouro e depois a curva que descobre tudo, o estouro verde das margens do Cuporolo, as palmeiras, mangueiras e os jacarandás... Sim, é um mistério muito bonito.

— Agora é que falaste bem — apoiou Domingos. — E viste muitas terras.

Ficaram calados porque chegava a comida. Bacalhau à lagareiro para Domingos, garoupa com feijão de óleo de palma, batata-doce e mandioca para Santiago. Ele nunca abdicava dos manjares da infância. Provaram o panquê, aprovaram com as cabeças, aqui é sempre bom, afirmou o funcionário das águas. Caro para caramba, mas como és tu que pagas... Santiago riu.

— Na Noruega eles pescam muito bacalhau, mas não é a comida favorita deles — disse Santiago.

— Pois, estiveste lá.

— Já te contei, fui numa delegação discutir uns acordos. Quando andávamos a desminar o país depois da guerra. Eles ajudaram...

— Sim, falaste disso. Mas é o melhor bacalhau.

— Sem dúvida. Mas preferem outras coisas. O que me impressionou mais foi dizerem a toda a hora que sempre viveram da pesca, a terra era pobre, precisavam de tratar dos recursos com todo o cuidado, sem despesas desnecessárias. Eles que são hoje um dos povos mais ricos do mundo... E, como uma senhora da nossa delegação foi a umas lojas de marcas internacionais e gastou uma fortuna ao comprar uma mala caríssima cheia de roupa do último grito da moda de Milão ou Paris, eles fingiram que não tinham reparado mas sempre falavam da pobreza da geração anterior e a sorte deles nascendo já em tempos mais desafogados, até com petróleo em quantidade no mar. Só não percebia a ferroada quem não queria, sobretudo a dama em questão. Eu estava cheio de vergonha. Os noruegueses perguntavam se não queria ir às lojas e eu recusava. Até me dava jeito comprar umas coisitas que aqui ou não existem ou são muito caras, mas não me podia misturar com os nossos novos-ricos, sigo outros valores.

— Viajaste bué!

— Nem por isso. Andei sempre em sítios complicados, onde era preciso resolver assuntos. Militares, sobretudo. Mas faltavam quadros em todo o lado e por vezes até em enfermagem nos metíamos. Ou a arrancar dentes... Só no fim é que me mandaram para Luanda, para funções burocráticas. Então tive ocasião de participar em delegações, três, não, quatro, cinco... Depois de me reformar e antes do acidente viajei mais, mas à minha custa.

— Nunca percebi esta ânsia que as pessoas têm de viajar...

— Conhecer outros países é bom, acho. Comparar a maneira de viver de uns e outros, adivinhar as ideias e os desejos... Mas respeito a tua posição. Não te interessa, ninguém tem nada com isso.

— É mesmo. E digo-te, este bacalhau está mesmo bom, podem dizer que é herança dos tugas. Até é verdade, aprendemos com eles, uma boa herança.

— Eu também gosto de bacalhau. Mas esta garoupa de Benguela... — A voz ficou embargada, Santiago se calou de repente e o outro percebeu, foram muitos anos de saudade. O amigo precisava de algum tempo para recuperar.

Santiago acabou de comer a garoupa e acompanhamentos. Também Domingos terminou o seu bacalhau. Olharam um para o outro, sem falar. Parecia de fato um ritual, como há muito não faziam. A garrafa ainda estava a meio. O homem das águas encheu os copos. Fizeram um brinde, se calhar à amizade, nada disseram.

Beberam em silêncio, com ar de santos numa catedral.

Santiago olhou pela janela larga que permitia ver parte da rua, com poucos carros passando. Os olhos pousaram numa acácia rubra, nessa época do ano sem flores.

— Ao menos aqui ainda há acácias... Se fosse em Luanda já teriam cortado estas...

— Por serem rubras? Os kalús não gostam da cor?

O major reformado sorriu.

— De fato os kalús não gostam de árvores, a cor pouco conta. Não reparaste quando lá foste?

— Fui lá só duas vezes, tu sabes, em 1997 e 2010. Do que me lembro, havia árvores nas ruas... Havia uma rua que subia um bocado, era uma avenida, tinha árvores grandes dos lados, mulembas. Os passeios até estavam muito mal, porque algumas raízes cresciam assentes no chão, eram autênticas armadilhas para quem andava distraído, tropeçava nelas. O nome da avenida era de um presidente do Congo...

— Marien Ngouabi. Sim, ainda tem algumas dessas árvores. Mas de uma maneira geral, os novos kaluandas odeiam mesmo. Acabou a tradição de o quintal da casa ter uma árvore, mesmo se pequena, como aqui tentamos manter. A primeira coisa que o novo kaluanda faz, quando compra ou aluga uma casa, é mandar cortar as árvores que tiver no quintal. E quanto maior, mais ganas lhe dá. A ideia única é aumentarem a construção. Os administradores também acabam com elas nos largos. Dizem com vaidade, o espaço é para ser bem aproveitado. Como se faltasse espaço neste país! E se um administrador consegue alguma verba para tapar os olhos dos ecologistas que reclamam com o aumento do calor no mundo e seus perigos reais, então manda comprar palmeiras do hemisfério Norte, de preferência da América, embora essas morram por norma ao fim de três anos, sem nunca terem dado sombra. No entanto, é chique ter dessas palmeiras de folhas raquíticas!

— Estás a exagerar...

— Talvez, mas pouco.

— Mas por que os chamas de novos kaluandas?

— Porque o são. E assim querem ser. Os pais deles podiam ser velhos kaluandas, ou gente que veio de kimbos de qualquer parte. Todos apreciam ainda as árvores e as sombras. Mas quem manda agora são os filhos, os novos...

Continuaram a beber, tratando suas malambas, só sairiam do restaurante depois de a garrafa estar vazia. Consideravam um pecado, uma afronta aos desesperados, deixarem duas gotas no fundo da garrafa.

7

Ofeka conversava com o professor Mulungu, mas não eram os olhos dele que via. O professor era bastante alto, elegante, delicado, mesmo cerimonioso. Nunca diria uma palavra mais forte, como se a grosseria tivesse sido banida desde sempre do seu temperamento. Se encontravam quase regularmente na esplanada da praia, bebiam uma cerveja, falavam sobre todos os assuntos menos política, religião ou sexo, num acordo nunca firmado. Ao fim de uma hora se despediam e cada um ia para os seus afazeres, provavelmente em casa. Havia uma qualquer atração, isso ela percebia, mas nenhum ousava dar o primeiro passo. Para não estragar a amizade nascente? Acontecia isso, por vezes. Uma precipitação, uma frase a despropósito, e a relação estava condenada. Cada um pensava ser melhor assim, sem adiantar as coisas. Ambos pensavam? Ela sim, mas nele não adivinhava instintos reprimidos, parecia tudo tão natural... Porque ela sabia, tinha boa capacidade de manter uma conversa interessante, já muita gente lhe tinha confessado. Podia mesmo ser considerada uma mulher atrativa.

E lá está a menina a se gabar, até muda o tom de voz quando apenas pensa. Mudei o tom de voz sem falar, espírito da tuji? Sim, fala (ou pensa, pouco importa) como se quase fosse dar uma ligeira gargalhada ou a garganta lhe falhasse, lhe engole o riso. Ao mesmo tempo a face mostra um meio sorriso, logo reprimido. Sabe que é feio se gabar e por isso contém a fala. É como reages quando sentes vaidade em algo que fizeste e contas a uma pessoa das tuas relações. Quando pensa para eu a entender ou ouvir, também o raciocínio faz o mesmo arabesco, esse engolir em seco... Olha, arabesco, que palavra fina, espírito de um rato. De um rato uma merda, espírito de um dijei e dos bons, o melhor de Calpe, já lhe disse várias vezes. A diferença é essa, dijei mal afamado, tu precisas mesmo de te gabar com todos os sons, para te convenceres desse sonho. E interrompeste os meus pensamentos, raio de desencarnado. Pensamentos excitantes? Diz lá, menina, ficaste excitada ao imaginar a figura alta e elegante do celebrado professor Mulungu?

Ofeka deixou de dar troco, assim ele se calava. Estava a pensar em olhos que não eram os de Mulungu. Pois. Olhos vivos, olhos de fogo, numa cara pisada, rodeada de barba mal aparada, já com muitos pêlos brancos. Só o viu sentado, não teve a gentileza de se soerguer sequer, mas não a ofendera, nem nisso tinha de fato reparado. Foi Marta que lhe disse, ao acompanhá-la até à porta, desculpa os maus modos, não é de propósito, é efeito dos anos e da vida dura. Tem a mesma idade do meu marido, vê no entanto a diferença.

Seria agora Marta a vaidosa? Falava e não engolia em seco.

O que Ofeka tinha visto não era o peso da idade, eram uns olhos tudo abarcando sem se mexerem, e penetrando como um relâmpago em quem pousavam. Estarrecedores, sim, totalmente excitantes. Mas afinal de que olhos fala, menina? Não entendo nada. E é mesmo bom que não entendas, está para lá da tua compreensão de inkissi ou mukisi ou kazumbi, usa o termo que quiseres, dá tudo no mesmo, não sentes nada, só vês e ouves, és um espírito incompleto. E agora deixa-me tranquila, tenho muito em que pensar. Adoro quando pensas para ti mesma, não para mim. Convencido de um raio, julgas que penso em ti? Por isso não reparaste no carro que te pancou. Ofeka no instante se arrependeu, não devia ser maldosa para ninguém, muito menos para um espírito inofensivo e na maior parte dos casos passivo e apagado. Desculpa lá, fui chata. Ora, menina, acha mesmo que me ofende?

De fato, não era preciso mais nada. Ele tinha dito tudo. E Ofeka voltou aos seus pensamentos. Conhecia o curso de vida do professor, contado nas conversas da esplanada, aos poucos, como quem puxa a linha de pesca e sente muito peso do outro lado. No entanto era uma vida banal nos novos tempos. Mulungu tinha nascido no Kongo dos grandes rios, entre Soyo, o porto na margem esquerda, e Mbanza Kongo, a capital do reino de mesmo nome, talvez, no seu tempo, o mais importante reino da metade sul de África e que deu a designação a dois países. Aprendeu Kikongo nos primeiros anos de vida. Só aprendeu Português na escola. Na família e no kimbo usavam sempre a sua primeira língua. Daí muita gente falar Português com um sotaque que indicava imediatamente a sua proveniência. Não Mulungu. O seu professor das quatro primeiras classes foi muito bem formado e tinha paciência. Obrigava a repetir uma sílaba ou palavra quantas vezes fosse necessário até os alunos terem a pronúncia correta. O nome Mulungu, por outro lado, podia ser de qualquer região do Centro e Sul de África. Para uma primeira abordagem, nunca poderia ser diminuído por razões culturais ou de xenofobia em Luanda ou Benguela. Além de que tinha uma figura determinada e serena, lembrando os cortesãos do antigo reino, um aristocrata de berço. Ofeka perguntou uma vez se Mulungu não pertencia à família real, ele riu apenas, agora que qualquer sobeta ou chefe de família mais alargada se quer intitular de príncipe ou mesmo rei, eu devia aproveitar o fato de ser ao mesmo tempo do Soyo, a antiga província mais importante, só atrás da de Mbanza Kongo, as duas se dividindo os grandes eleitores do futuro rei, e me declarar candidato à chefia. Teria uma vida refestelada. Mas talvez curta demais para o meu próprio projeto, pois o veneno ou o feitiço fazem estragos. Imediatamente ela tomou expressão grave, não acredite, estou mesmo a brincar, sou muito avesso ao poder, apenas aceito o poder do intelecto, se me perdoa a vaidade aparente. Mas podia certamente reclamar algum título do Kongo ou de outro estado limítrofe, sempre houve muitas ligações. Aliás, ela sabia, havia um milenar comércio entre as gentes do Kongo, do reino do Ndongo, de fala kimbundu, e as de Kassanje, de muitas falas e com raízes na Lunda mítica. Tudo tinha a ver com os rios e os rochedos monumentais entre Kongo e Kwanza, indo mais para sul deste até à Kibala, outro centro fundamental de rochedos e poderes sobre os quais só se pode sussurrar. Rochedos e mais rochedos. Mistérios e mais mistérios. Poderes. Muitos. Também já Mulungu se tinha referido a isso. Portanto, ele podia ter raiz em vários cruzamentos de povos e línguas, embora o porte fosse de um soberano mukongo.

Mulungu terminou os estudos em Luanda, vivendo em casa de familiares. Para o ensino superior, teve primeiro uma bolsa de Cuba para a licenciatura e mestrado. Regressou para trabalhar e entretanto casou com Kiesse, também da sua mbanza natal. Ao fim de cinco anos obteve uma bolsa angolana para doutoramento, na Universidade de Capetown, na África do Sul. Terminou a formação com distinção. Foi convidado para ensinar na universidade estatal de Benguela, onde leciona e vive. A família acompanhou-o e não pensa em mudar de cidade. De vez em quando vão às raízes originais visitar os familiares e amigos. De cada uma dessas vezes leva presentes úteis para as relações, sem esquecer nenhuma. Uma vez por ano passa lá uma semana para arranjar ou aumentar a escola, trabalhar na lavra comunitária ou ajudar na construção do que virá a ser um posto médico suficiente para as três aldeias de origem dos membros da família. Não faz mais que os outros membros que moram fora da área do kimbo primário. Uma biografia sem surpresas, portanto, concluiu Ofeka para si própria. Olegário não se manifestou. Mulungu lhe tinha informado entretanto que Kiesse, com uma licenciatura em Química, trabalhava num laboratório de análises industriais. Casavam portanto de forma perfeita o tradicional com a modernidade. Era difícil competir.

Bem, isso é o que sei. Mas numa vida há muitos fatos, mais ou menos importantes, mais ou menos louváveis. Um dia talvez venha a conhecer alguns dados mais íntimos, é normal. Também contarei alguns meus. A amizade leva à reciprocidade das confidências. Se a relação for mais forte, até que ponto todos os mistérios ficam esclarecidos? Nunca. Por exemplo, algum dia confiarei nele o suficiente para lhe explicar que vivo com um espírito no ombro? Xê, que estás a pensar, menina? Haka! Nunca mesmo. Está a ouvir, jovem tresloucada? Olegário era um espírito simpático ou meio cego, lhe chamava jovem, riu Ofeka. Ele também deu uma gargalhadinha.

— Por uma vez estamos de acordo — desta vez falou mesmo em voz alta, até exagerou no tom, conforme lhe pareceu logo de seguida.

Se lhe contar, Mulungu vai pensar que sou maluca ou, ainda pior, vai pensar que atropelo as crenças tradicionais ou sou feiticeira. Não misture o óleo com a água, espírito e feitiço são coisas muito diferentes, moça desmiolada. Para Mulungu talvez seja tudo o mesmo, não sei o que realmente pensa sobre esses mambos de crenças. Afinal, ainda não falamos de assuntos essenciais. Estamos mesmo só no começo de uma indefinível relação. Olegário não ripostou.

Ofeka telefonou então para Marta numa mudança súbita de pensamento, são horas decentes para irmos visitar o teu primo Santiago? Assim mesmo, brusca. A amiga ficou por momentos sem responder, espantada.

— Não tive ocasião de falar com ele de coisas mais sérias e percebi que mora perto de nós. É mesmo?

— Perto não, mas também não é longe. A esta hora não costuma sair. Mas talvez seja melhor avisar antes, não? Pode não estar muito apresentável para receber visitas...

— Que importa isso? A aparência interessa? Apanho-te aí em casa e vamos agora. Ou estás ocupada?

— Pode ser. Vem. Ocupada estou sempre.

Marta conhecia Ofeka há muito tempo, mas ainda não se tinha habituado aos seus súbitos arranques. Num repente, coisa sem importância se tornava de extrema urgência e vital. Foi mudar rapidamente de vestido, pois a casa da amiga era muito próxima. Se olhava no espelho quando ouviu a buzina do carro. Aquela buzina apanhava-a sempre antes da sua hora, já se tornara motivo de piadas.

No carro e depois de se cumprimentarem, Ofeka partiu, sem lhe dar tempo de pôr o cinto de segurança.

— Para onde estás a ir, rapariga? A casa é para o outro lado.

— OK, viramos aqui então. E depois?

Marta orientou a condução, rindo.

— Hoje estás com dez cafés na pança ou quê? — perguntou. Nem tentou explicar o porquê da sua piada, se conheciam muito bem.

— É que uma pessoa às vezes não faz uma coisa e depois o tempo passa, deixa andar... E não se faz nunca o que podia ter sido importante. Na vida perdem-se tantos momentos bons apenas porque se deixou passar um segundo, mas um segundo essencial...

— Posso então considerar esta visita ao Santiago como essencial mesmo?

— Não sei. Veremos.

É um tremendo disparate, estou a misturar água e vinho. Estava a recordar um mar em calmaria, de repente saltei para o cavalo perigoso e esqueci-me até da sela. A menina está cheia de subentendidos, gozou Olegário. Ela mandou-o ficar calado.

Marta continuou a indicar o caminho e ia dizer chegamos, mas não foi necessário, pois viram o major com seus dois amigos a apanhar o ar de fim de tarde no passeio. O carro parou à frente da casa e ele lançou um porra para o espaço sideral, se enfiou dentro de casa, seguido do cão e do gato, aparecendo pouco depois, ainda estavam elas a sair da viatura, a ajeitar as calças. Antes estava de calções de andar em casa. Não mudou a *T-shirt* desbotada, que se lixe, não há tempo e sua mãe e avó lhe tinham ensinado, não se deixa uma dama à espera, quanto mais duas. Cumprimentou-as e convidou para entrarem em casa, trazendo já a cadeira do passeio.

— Desculpem ter corrido para dentro mas fui o mais rápido possível. Não estava a contar com visitas e de calções não fica bem...

— Disparate! — disse a prima. — Não somos de cerimônia.

Era mesmo o que tinha tentado explicar antes a Ofeka. Esta procurava estabelecer relações com os bichos, sobretudo o gato. Como podia um gato tão feio roubar a cena ao cão? Acontecia sempre com Zacarias, pensou Santiago.

— Tenho o gosto de lhe apresentar o cão Jeremias e o gato Zacarias, de nomes minimamente honrados.

Ela fez também uma festa na cabeça de Jeremias, que lhe cheirou as mãos e o corpo, garantindo que era a primeira vez que se davam encontro. Só que a memória lendária do kabíri nunca iria esquecer o odor daquela primeira vez.

Santiago convidou as senhoras para a sombra do quintal embaixo do tamarineiro secular. Marta conhecia a estória, mas ouviria de novo com agrado. Atravessaram a sala e sentaram nas mais cômodas cadeiras da casa. À direita, no canto da varanda, num pedestal protegido do sol, da chuva e do vento, olhava para eles e ria uma colorida estátua yaka, deitando a língua cor-de-rosa para fora da boca. Ofeka fixou-a, fascinada.

— Está a gozar comigo, sinto, mas gosto dela.

— Essa deve ser a ideia, compreendeu bem. Daí os grandes olhos a enviarem-nos mensagens. É dos Bayaka, povo na fronteira com o Congo. Têm uma estatuária riquíssima. Esta é muito antiga, foi encontrada na casa de um senhor que morreu na altura da Independência.

Pelo contrário, detesto-a à primeira vista, segredou o espírito Olegário. Mete-me simplesmente medo. Não sei como podes dizer que gostas dela, menina. Ofeka ignorou-o.

— Como ficou então com ela? — perguntou a bancária.

— É uma grande história, vou resumir. Quem a herdou foi o bisneto desse senhor, cuja família bazou para Portugal e outros sítios, com medo da independência e possíveis retaliações. Só ficou o bisneto, Joel, que se treinou militarmente no CIR das FAPLA e combateu na grande batalha de Katengue, que ninguém recorda hoje e em que muita gente morreu, sobretudo jovens angolanos. Batalha contra os sul-africães do *apartheid*. Conheci o Joel mais tarde, nas nossas guerras. Também sobrou da família um outro neto, mas não o conheci. Joel falou-me da casa, um sapalalo, a senhora é de Benguela e portanto sabe o que é um sapalalo, restam dois ou três. Falou sobretudo da estátua. Estava fascinado por ela. O bisavô, pouco antes de morrer e quando ele se despediu porque iam para Katengue, contou que a Yaka, como lhe chamava, tentava comunicação com ele, mas não conseguia compreender os recados. No entanto, o neto percebeu logo que se tratava de uma sátira artística aos colonos. Um dia, estava eu aqui, o meu camarada Joel apareceu com a estátua, já muito arruinada, se assim se pode dizer, pedindo que ficasse com ela. Por que se desfazia de uma recordação de família, resistindo a muitas gerações, mas ele disse, quero salvar o meu casamento. Explicou, a mulher, sempre que via a estátua, entrava em histeria total, gritando e dançando, falando línguas desconhecidas, até que ele levava a estátua para o quarto dos fundos e ela acalmava, se babando ainda por muitos minutos, mas sem xinguilar nem gritar. Ou a Yaka ou a mulher, tinha de escolher. Ele preferiu a dona, o que era previsível, casados de fresco. Fiquei portanto com a estátua. Um artesão deu aí uns toques, melhorou um pouco o aspecto, vamos ver se resiste mais do que eu à decrepitude.

— Caramba, se encontrar esse Joel, lhe diga que renunciou ao passado.

— Ele prefere o presente com a mulher e o futuro com os filhos. Podemos criticá-lo?

— Não, certamente. E onde está?

— No Kwando-Kubango. Ainda na ativa. Tem mais do que idade de se reformar, mas diz que não sabe fazer mais nada e desconsegue de aguentar mais que dois meses em casa, à espera de ser hora decente para deambular pela cidade. Hoje já não se combate, mas há ainda maneiras de defender o país, ele podia tentar, essa é uma discussão que mantemos sempre que ele aparece. A mulher afinal vive cá na cidade, no sapalalo, ali para os lados do Largo da Peça. Foi possível recuperá-lo, tem aspecto apresentável.

— Sei ao que se refere. Talvez até conheça a senhora.

— O mundo é pequeno — disse Marta. Ficara calada, a observar os olhares que os outros dois trocavam, Santiago muito mais à vontade que dias antes, ao almoço. Como no futebol, é sempre mais tranquilizante jogar em casa.

— Benguela é que é pequena — disse Ofeka. Se virando para Santiago, continuou a falar: — Sabe, queria revelar-lhe uma coisa, para isso vim hoje.

— Sim. À vontade.

— No outro dia nem deu tempo. Sou sobrinha do falecido Zé Pereira. Acho que jogaram futebol juntos, pelo menos foram companheiros de brincadeiras quando crianças e camaradas de armas...

— Claro, o Zé Pereira, o Zé Pulgas! Chamávamos assim porque antes de um combate ele se coçava muito, como se tivesse sido atacado por pulgas. Uns não abriam a boca e se mexiam demais, outros ficavam extáticos. Enquanto não se solta a adrenalina, temos as reações mais estranhas. Eu ficava a observar os companheiros, era a minha maneira de controlar o medo, suponho.

— E foi num combate que o major lhe salvou a vida.

— Oh! Estivemos sempre a salvar e a ser salvos, era uma ação coletiva, ninguém deve receber sozinho as medalhas.

— Pois ele dizia que o major merecia ter dezenas de medalhas, salvou muitos em várias ocasiões. Tinha um especial carinho por si. Admiração, grande admiração mesmo... Falo para que saiba, talvez ele não tenha tido ocasião de lhe dizer em vida.

— Se dissesse, levava logo uma porrada na cabeça. Não são coisas que se confidenciem entre camaradas.

— Deixa disso, desse teu ar durão — disse Marta. — No fundo, és um doce.

Santiago baixou a cabeça e esfregou as mãos, incomodado. Tinha de mudar de assunto, voltar a praias mais calmas. Praias onde ele não aparecia, pelo menos em primeiro plano.

— Zacarias, vem cá.

O gato aproximou-se dele, miando baixo.

— Ainda é muito cedo, Zacarias, terás o teu jantar na hora habitual. Vais deixar-me primeiro perguntar às senhoras se querem tomar um chá, café, cerveja ou kimbombo. Ou outra coisa.

— Credo! — disse Marta. — Kimbombo? Não acredito que tenhas. Podia ser um chá para mim. Mas dos nossos, da terra.

— Só tenho dos nossos. Sei qual é o teu preferido. E a Ofeka, vai um kimbombo? Também tenho uísque, o Joka não acabou com a garrafa no outro dia...

— Pode ser o mesmo chá da Marta.

Estendeu as mãos para Zacarias, o qual se afastou de Santiago, todo animado para lamber a mão dela.

— Ingrato! — disse o major. — Hoje não te dou de jantar. Para aprenderes a lealdade.

Ofeka riu.

— Costumam ser tão desleais?

— Nunca. Nem se aproximam de estranhos. Mesmo se os chamam ou lhes prometem o céu, eles muxoxam, olham de lado e vêm ter comigo, a mostrar quem é o padrinho, o sekulu, o tio, ou sei lá como podem nos designar.

— Talvez o Zacarias não me considere estranha.

— Pois deve ser isso. Não vale a pena tentar compreender os gatos, são como a Dalila da Bíblia, a que tramou o Sansão. Ou a Salomé, que traiu o João Baptista.

Com esta demonstração de sapiência do Livro, Santiago se levantou e foi preparar as bebidas. Ofeka nem teve tempo de lhe perguntar por que ligava os gatos às mulheres, pelo menos a essas duas perigosas da Bíblia. Olegário aproveitou entretanto para falar para Ofeka, pode mudar de posição, menina? Estou mesmo de frente para essa estátua horrível, que medo! Não mudo coisa nenhuma, pensou ela, acariciando o gato. Se tens medo, não olhes para ela. Ou roda para outra direção. Vem fazer umas festas ao Zacarias, é uma simpatia. Nem que fosse uma bela coruja, fez o espírito, bufando de indignação.

Marta então sussurrou para a amiga, engraçaste com esse gato, mas é bem feio, não é? Olegário gargalhou de felicidade, mas só Ofeka ouviu.

— Super simpático! Deve ser por isso que o teu primo aceitou ficar com ele. A menos que também lhe tenham vindo trazer o bicho, porque iam viajar em férias ou qualquer coisa do gênero.

— Pergunta ao Santiago como arranjou o gato. Vais ouvir uma estória engraçada. O Joka contou-me.

Apareceu o major com uma bandeja onde vinha um bule de chá, açúcar, chávenas e uma cerveja para ele próprio. Pôs-se a servir as senhoras. Ofeka perguntou como foi o gato parar lá a casa. Ele foi respondendo, enquanto terminava diligentemente a tarefa. Da mesma maneira que tinha contado a Joka. Sentou-se com a sua cerveja, bebendo pela garrafa, evitando perder a frescura.

— Os nomes também são bons — disse Ofeka. — Tão bons quanto a estória.

— Não é estória nenhuma, foi assim mesmo que aconteceu. Um foi atrevido ou estava mesmo desesperado. O outro é um santarrão e precisava de companhia. Juntaram os trapinhos e estão felizes da vida. Melhor que muitos casamentos de cristãos... E sem segredos nem mentiras. Uma simbiose perfeita.

— São novos, não é?

— O Zacarias é certamente mais velho. Mas não sei quanto. O Jeremias veio quase bebé cá para casa. Apareceu um dia na rua, a cair de fome e fraqueza. Tinha o ar tão infeliz, desamparado, quase a desistir da vida, que tive pena. Afinal não estou arrependido de o ter recolhido, se revelou um excelente guarda.

— Os nomes são curiosos... — Ofeka de mansinho sacava as informações, Marta sorria, cúmplice.

— Os nomes, claro, fui eu que escolhi. Ainda não têm bilhete de identidade.

— Têm relação com a sua religião, por acaso?

— Não sou religioso. Também não sou contra. Gosto de ler coisas antigas, como a Bíblia ou a *Épico de Gilgameš*...

— Não conheço — disse Ofeka. — A Bíblia, sim, conheço umas partes.

— Também não li o *Gilgameš*, mas, claro, sei o que é — disse Marta. — Um poema ou conto anterior aos atribuídos a Homero, que esses conheço da faculdade.

— Sim, um longo poema da Mesopotâmia. Ou um conjunto de poemas transmitidos oralmente até encontrarem a sua forma atual, ou uma das formas atuais, traduzidas do sumério ou do acádio, nunca param as discussões sobre picuinhas... A epopeia conta a vida e as façanhas de um herói, um terço humano e dois terços deus, rei de Uruk, considerada a primeira cidade dessa civilização onde hoje é o Iraque. É, por enquanto, a obra literária gravada mais antiga. Li-a não sei quantas vezes. Até tenho uma versão em Português, para o caso de alguma de vocês estar interessada...

As duas estavam.

— Depois vou buscar. Podem decidir com cartas, dados ou com armas qual é a primeira a ler — e deu uma gargalhada.

Marta nunca tinha visto Santiago tão bem-disposto, mesmo com estilo brincalhão. Parecia outra pessoa. Talvez fosse o verdadeiro Santiago, o primo do passado de que tanto falava Joka.

— Quanto aos bichos, apareceu primeiro o cão e dei-lhe o nome que é da Bíblia. E para o gato também, já agora, para não destoar. São os meus dois amigos bíblicos.

Tinham tomado o chá e ele a cerveja. Falavam agora de literatura e história, dois temas que Santiago apreciava conhecer. Depois ele foi buscar o livro de Gilgameš, com aspecto de muito usado.

— É esta a grande epopeia de Uruk, talvez a primeira grande obra literária da humanidade. Em todo o caso é a mais antiga que foi inscrita, segundo os saberes atuais. Neste caso, caracteres cuneiformes em pequenas placas de argila, as chamadas tábuas de argila. Antes já havia as inscrições em pedra de hieróglifos do Egito antigo, mas apenas se limitavam a gravar orações ou homenagens, não uma estória, uma ficção, recolhida a partir da tradição oral do povo.

Ofeka sorria pelo entusiasmo dele, genuíno. Se perdeu um historiador, está visto, pensou ela. Se ganhou um guerreiro, ripostou Olegário, provavelmente meio ensonado, mas seguindo afinal todas as cenas. Não são incompatíveis, replicou ela. Estava tão interessada na estória que até podia atropelar Marta para começar a ler ainda hoje. Estendeu a mão e Santiago depositou o livro na mão dela.

— Marta, leio rápido, depois passo-te.

Marta sorriu. Santiago no princípio tinha falado para Ofeka sobre Gilgameš e tinha agora entregado o livro a ela. Não havia nada a reclamar, ele escolhera a primeira leitora. A Marta só cabia ser pau de cabeleira. No fundo, a ideia de irem àquela casa não fora de Ofeka? Então? As amigas servem para ajudar as outras, não para atrapalhar. E havia muito tempo para ler o livro, não era uma prioridade. Antes teria de ouvir as sensações produzidas na companheira, que seriam fartas, já adivinhava.

Se despediram ainda na varanda do quintal. Vou passar mais vezes, disse Ofeka, se não se importa. Com a Marta ou sem ela. Já não tinham idade para estar com rodeios, mas o espírito Olegário, olhando para a estátua yaka, teve de replicar, o comedimento é uma virtude, menina. Nunca deve esquecer esta lição, mesmo se vemos horrores como essa língua cor-de-rosa pronta a nos sugar.

Terá sido a sentença mais filosófica que pronunciou na vida e depois dela.

Entretanto, Ofeka pediu licença para ir à casa de banho e Santiago indicou-lhe o caminho, não há nada que enganar. Marta pensou, esta minha amiga é mesmo atrevida, tinha de arranjar pretexto para deitar uma olhadela para a casa, pela ordem e asseio julgar o seu ocupante, além de avaliar os objetos à vista. Não é o caso, juro pela honestidade dela, mas um ladrão seria muito menos competente em espiar uma residência a lhe despertar ânsias de assalto. Curiosidade de kuribota. Ou outra razão mais louvável, tanto faz.

O curioso é que Zacarias a seguiu à distância, passando entre as sombras. No entanto, o profissionalismo do gato só foi notado com orgulho pelo dono da casa.

Qual o significado desta visita, se perguntou depois Santiago, que nascera desconfiado e levara demasiados pontapés da vida. Não teve coragem de interrogar uma ou outra, um dia perguntaria a Marta, se calhasse. Talvez a evocação do Zé das Pulgas fosse um bom pretexto. Sobrinha dele afinal? Quantos anos? Mais ou menos de cinquenta? Parecia menos, mas já não era uma catorzinha, isso não. Haka! Antes um mulherão. Corpo com as curvas necessárias, sem os exageros pornográficos das jardadas[1]. E cara perfeita, sem repuxos se acumulando em carnes por trás das orelhas. Nem botoxes. Um bom pedaço de pecado, resumiu.

Sacudiu a cabeça para afastar ideias, foi dar de comer aos dois companheiros fiéis, que o seguiam, inquietos, para todos os lados, afinal quando te lembras de nos servir?

---

1 Termo popular que se refere às pessoas que injetam silicone para aumentar os glúteos.

8

Domingos corria de manhã cedo.

Hábito que mantinha desde muito novo, adquirido através do pai. Este tinha sido jogador de futebol e os treinos eram de manhã. Às seis horas, mal despontava o Sol, já estavam eles no campo de São Filipe a treinar. Domingos ia com o pai, de boleia na bicicleta. Enquanto os adultos se passavam a bola e repetiam jogadas, repetiam, repetiam, para depois fazerem uma partida descontraída entre a equipe de "honras", os importantes, e "reservas", os de substituição, ele corria à volta do campo, encorajado por alguns adeptos e dirigentes mais madrugadores, força, miúdo, vais ser um grande atleta.

Corria durante uma hora e depois tomava banho no balneário, um luxo, tinha o balneário para si. Chegavam então os jogadores suados e se banhavam nos chuveiros e atiravam água uns aos outros, brincando, todos nus. Domingos saía dali já vestido para a escola. Foi assim que se viciou na corrida diária, e mesmo depois de o pai abandonar as botas de futebol, ele continuou a ir aos treinos do clube, às mesmas horas da manhã, mas agora sozinho. Mudavam os jogadores, os dirigentes, até os adeptos, e ele continuava a correr as mesmas voltas, chovesse, o que era raro, ou não chovesse. Insistiram para participar nas provas que por vezes aconteciam, ele nunca aceitou. Não corria para ganhar ou perder, corria apenas pelo prazer.

Tentou explicar isso ao dirigente amigo do pai que o convidou a uma conversa num gabinete do clube para o convencer a entrar nas competições. Respondeu, entre o abuamado e envergonhado, se achavam ele atrapalhava, podia correr noutro sítio, até na rua, se desculpou antecipadamente, não, não atrapalhava mesmo nada, podia usar a pista quanto tempo quisesse, disse o dirigente, mas gostaria de o ver entrar em provas a sério, ganharia certamente a todos e podia usar a camiseta gloriosa do clube, para que se visse a quem pertencia aquele campeão. Não ligou aos cânticos das sereias, nem à insistência do próprio pai, qual é a tua afinal, bem que podias entrar numa corrida, os dirigentes do clube ficariam muito contentes contigo, ganharias uma medalha para mostrar mais tarde aos filhos se fosses o vencedor, como eu tenho várias que gostas de olhar para elas, julgas que não te observo?

Sem te aperceberes, tinha dito o dirigente nessa conversa de convencimento, costumamos medir o tempo que gastas nos teus treinos. É um tempo muito bom, atendendo a que o fazes sem preocupação de correr depressa. Serias um ótimo corredor de cinco e dez mil metros, quem sabe um maratonista. Corres como quem está só ali mesmo pelo prazer, mas à velocidade de um corredor de fundo adulto e com experiência. Imagina se tivesses um treinador que te fosse orientando. Aí é que estava tudo estragado, alguém a gritar comigo... Corro e penso em coisas boas, vou a descer os morros do campo de aviação na época em que o capim está verde, com os matrindindes a entoar suas canções arranhadas, o cheiro do capim e a vista longínqua da espuma das ondas orientadas pela calema, então voo para mergulhar no mar. De repente, uma voz áspera, de comando, vamos, acelera agora? Obrigado, dispenso treinador e camiseta do clube, claro que ficaria muito contente se me oferecessem uma pois não tenho dinheiro para a comprar, mas corridas contra outros não me agradam. Não queria competir contra ninguém, mesmo de brincadeira.

Assim era Domingos, destinado a perdedor.

Estava naquele dia a entrar em casa, depois do treino, só sonhando com o chuveiro habitual. Tinha vinte e oito anos, a viver pela primeira vez sozinho.

O avô paterno possuía uma boa manada de bois, tesouro guardado do tempo das caravanas e acumulado pela família em Kakonda, entreposto importante de entrada no Planalto Central pelo lado sul, sobretudo para os negócios ligados à escravatura e seu comércio. Vendeu a manada de caxexe quando se resolveu mudar para Benguela, sem distribuir as riquezas pelos parentes. Não temeu ameaças nem feitiços, que muitos foram feitos mas desconseguiram o resultado pretendido. Se deixou ficar na cidade sem repartir o espólio. Mandou construir a casa em plena urbe, perto do leito antigo do rio Corinje. Na morte do velho, o pai de Domingos herdou por sua vez a residência e uma conta razoável no banco. Uns anos depois abandonou a família e foi para Luanda, onde lhe prometiam um bom emprego. Declarou, depois levaria a mulher e filhos para a capital. Ia primeiro tatear o ambiente e, se tudo corresse bem no serviço, alugava uma casa. Eles então iriam conhecer Luanda e viver lá. Porém, nunca mandou qualquer mensagem. Afinal, soube a mulher após quase um ano sem notícias, tinha embarcado para a Europa com outra dona, também de Benguela, cuja existência todos os antigos amigos declaravam desconhecer. Tinha deixado a casa e um carro velho para a família, foi um pouco menos egoísta que o avô, contava Domingos aos amigos Joka e Santiago, nos tempos em que desistiu dos estudos e começou a trabalhar na repartição das águas como aprendiz. O avô é que dera o grande golpe e foi o mentor do filho. Domingos passou assim a sustentar a mãe e três irmãos. A mãe ajudava nas despesas, limpando a casa de uma vizinha, a qual, com o pretexto de ser viúva velha e pensionista, lhe propôs contratá-la para as lides da moradia. Sempre era algum dinheiro que entrava no lar e a mãe aceitara. Criaram os irmãos mais novos, tendo sabido que o pai, anos depois, tinha partido com a sua esposa para o Canadá, país sedento de mão de obra barata. O irmão mais novo foi para as Forças Armadas, com o destino de combater naquela guerra que nunca mais acabava. Domingos lembrou telefonar a Santiago e este adotou o filho do amigo, seu sobrinho portanto. O jovem ficou como "escolta", isto é, gênero entre guarda-costas e impedido, sendo sempre protegido. As duas meninas estudaram, uma comunicação social, tendo depois conseguido emprego numa rádio, e a kasule era enfermeira no hospital central. As duas casaram depois da morte da mãe. Esta morreu de repente, sem avisar. Nem o mais pequeno vestígio de doença, apenas desilusão. Foi mais um choque. Naquela família as pessoas partiam para outras terras ou para o desconhecido sem deixar rastro nem o endereço. As irmãs casaram mais apressadamente que o esperado, quase uma a seguir à outra, e foram formar os respectivos lares. O irmão mais velho e, até certo ponto, pai de todos ficou então sozinho naquela casa vazia.

Domingos entrava portanto na residência, suado da corrida, quando se deparou com uma jovem sentada no muro baixo ao lado do portão.

Parou, surpreso, precisa de alguma coisa?

— Preciso, tio. Trabalho.

Por acaso ele até já tinha pensado ser tarefa demasiado dura de fim de semana limpar toda a casa e até o quintal, a parte mais fácil, esquecendo o pequeno anexo de quartito de dormir e um mais pequeno acoplado servindo para a higiene, sempre fechado, nem mesmo já para arejar. Os amigos tinham várias vezes perguntado, por que não arrendas a casa por bom preço e alugas um pequeno apartamento? Se entretanto casares e quiseres, então recuperas a vivenda. Embora muita gente case e continue a viver no apartamento. Uma casa como essa pode render bastante, ainda ficas rico. Estavam a gozar, é claro, mas pareciam ter razão. Ele andava efetivamente a pensar no assunto.

— Estou todo suado e preciso de me banhar primeiro. Entra no quintal e espera que já falo contigo.

Abriu o portão, indicou um banco que ficava embaixo de uma boa sombra de trepadeira e onde gostava de sentar ao fim do dia, observando os pássaros a se despedirem do sol. E também quem passava na rua. A moça sentou e ele foi fazer a higiene habitual. Comeu, vestiu-se para ir trabalhar. Foi falar com a estranha, a qual aparentava ser muito nova, vinte anos no máximo.

— Primeiro, qual é o teu nome? E depois, já trabalhaste a arrumar uma casa?

Ela explicou a sua vida. Domingos tinha acertado, fizera dezoito anos meses antes. Veio do interior da província, onde ficou a família. Uma irmã da mãe vivia na cidade e prestou-se a lhe dar guarida quando ela terminou o oitavo ano de escolaridade. Na aldeia onde viviam os pais não havia possibilidade de continuar os estudos por ausência de escolas desse nível e todos achavam ser melhor ela continuar. A proposta da tia resolvia o problema mais difícil, onde ficar. Sabia cuidar de uma casa, sempre tinha ajudado, embora a dos pais e a da tia não fossem tão grandes como aquela. Também sabia cozinhar. E pedia um salário normal, para contribuir nas despesas da tia e poder comprar o material escolar e alguma roupa ou coisas assim. Falava bem, calmamente e com ar humilde.

— O meu nome é Vita. Nasci no tempo da guerra portanto.

— Tem havido sempre guerra.

— Mas quando nasci estava pior. Disseram os mais-velhos.

— O meu nome é Domingos. Vamos fazer uma coisa. Amanhã é sábado e não trabalho. Vens às oito horas, limpas e arrumas a casa. Eu vou ver como fazes e posso dar indicações, porque não sabes onde estão guardadas as coisas. Se gostar do teu serviço, ficas a trabalhar. A que horas são as tuas aulas?

— Estou no segundo turno, no Instituto. As aulas são das quinze às vinte horas.

Ele propôs as condições habituais nas casas de conhecidos. Um mês de experiência. Trabalhava até às duas horas, podia ir às aulas, recebendo salário completo. Depois poderia haver aumento do ordenado. Os olhos de Vita se abriram quando ele falou da quantia, não estava à espera de tanto. Domingos tinha progredido no serviço e ficara sem família dependente. Também não tinha necessidade de luxos e vícios. Sobrava por isso dinheiro todos os meses. Podia dizer que vivia folgadamente. Não ia pagar menos que os amigos e era incorreto abusar do trabalho alheio, assim tinha aprendido na escola.

— Amanhã antes das oito estou cá — disse toda contente e a se despedir.

Raio de sorriso bonito. Ele acompanhou-a ao portão e depois ficou a vê-la se afastar. Não era apenas o sorriso bonito. Tudo nela parecia. Amante de livros, sobretudo brasileiros, já aprendera com os mestres, é preciso ser desconfiado, primeiro se conhecem as qualidades de uma pessoa, o seu brilho; os podres e as sombras só vêm depois. Haka, haverá sempre exceções. Se trabalhar bem e não levar com ela coisas sem pedir, já fico satisfeito. Reconheceu logo a insinceridade. Regressou a casa.

Tinha de partir para o trabalho aborrecido na repartição das águas.

No dia seguinte, ela chegou antes das oito. Ele também se tinha levantado muito mais cedo que o habitual nos sábados e domingos. Gostava de preguiçar na cama. Depois da preguiça fazia o habitual treino de corrida. Não naquele sábado. Já estava mais que pronto quando ela premiu a campainha.

— Comeste?

— Sim, qualquer coisa. O suficiente.

— Tens aí pão, manteiga, leite, jinguba... Podes te servir. Os pratos estão aqui — abriu um armário. — E os copos e as chávenas. Facas e colheres estão na gaveta de cima.

— Obrigada, já comi mesmo. Se ao meio-dia tiver fome, posso provar alguma coisa.

Foi lhe mostrar os panos de limpeza, vassoura, balde de água, o recipiente do lixo. Depois se sentiu ridículo, ela podia descobrir aquilo tudo sozinha.

— Tens aqui um avental, para não sujares a roupa. Era da minha irmã mais nova, ela casou, mas o avental ficou aqui pendurado. Eu vou ler para aquela sala, deixa-a para o fim. Se tiveres alguma dúvida, vem perguntar, não te acanhes.

Mas o à-vontade com que ela pôs o avental mostrou que não era nada acanhada. Isso é bom ou mau? — se perguntou Domingos. Foi para a sala, pegou no primeiro livro que jazia numa prateleira, se atirou para a poltrona preferida, com desgaste de trinta anos mas cômoda. Tinha de comprar mobília nova, pelo menos para a sala. Mas guardaria a poltrona, mesmo se a tivesse de pôr no quarto por destoar do resto novo. Engraçado. Nasceu na casa e havia já essa mobília, comprada pelo avô com o dinheiro dos bois cassumbulados ao resto da família. Nunca foi assunto que discutisse com a mãe ou os irmãos. Por que agora pensava nisso? A chegada de Vita era a razão? Preferiu fugir ao assunto, tentou se concentrar no livro.

A saltitante mosquinha mais nova da sala e a osga que tentava engoli-la devem ter sorrido no meio do combate encetado. Até elas estavam a par das cenas, Domingos tentava se iludir.

Ao fim de meia hora, Vita veio anunciar, acabei de arrumar e limpar a cozinha, quer ver se está bem assim? Ele teve de acenar com a cabeça, está muito bem, arrumaste isso tudo? Agora reconheço que estava muito desarrumada, sabes como são os homens, gostam de deixar as coisas à toa ou guardam-nas de qualquer maneira. Ela sorriu.

— Agora vou limpar a casa de banho, pode ser?

— Pode, pode, à vontade.

A seguir passou para o quarto dele. A cama já estava feita mas deu-lhe mais um jeito, melhorou. Passou para outro quarto, fechado há muito tempo, abriu as janelas para arejar, foi procurar mais um quarto e fez o mesmo. A meio da manhã tinha acabado tudo, corredor incluído, foi lhe dizer, só falta a sala.

Ele largou a poltrona para a deixar tratar da sala, foi dar uma volta pelo quintal. Cumprimentou a vizinha, que logo se aproximou do outro lado do muro baixo, tens visitas ou é uma parente? Não me pareceu ser nenhuma das tuas irmãs.

— Veio à experiência. Para ver se a emprego.

— Sim, sim, vi-a de relance. Pareceu-me muito nova, não é?

Dona Hildérica, amiga da falecida mãe dele, casada com o comandante da polícia municipal, era a maior kuribota da vizinhança. Sabia tudo o que acontecia nas casas da redondeza e passava o mujimbo a todos os interessados na vida alheia. Ele tinha esquecido a existência da vizinha, mas de qualquer forma estava preparado para cair nos ditos da senhora. Deve ter ouvido a campainha, que produzia um som violento, e foi logo ver quem o visitava àquela hora tão matutina. Haveria de o apanhar mais cedo ou mais tarde para sacar todas as informações. Mãe de cinco filhos, também já crescidos, se aborrecia em casa, mesmo com a companhia da televisão e do pessoal que o emprego do Lucas, seu marido, lhe propiciava gratuitamente. Domingos era funcionário, conhecia muitos casos servindo de alvo a comentários, e os privilégios dos chefes a nível da província ou dos municípios não lhe eram estranhos. Já ninguém sequer os discutia. De qualquer modo, para Domingos era bom ser vizinho de um alto quadro da polícia, significava rua sempre patrulhada e guarda à porta e na rua de trás. Beneficiava dessa segurança. E a mãe sempre lhe ensinara e aos irmãos, tratem com respeito a Dona Hildérica, é uma bênção tê-la como vizinha nestes tempos tão perigosos que vivemos. Mesmo que sobre um caso qualquer pensem que ela está errada e vocês é que têm razão, engulam em seco, mordam a língua, mas não vão nunca contra a posição dela. Ganhamos todos com isso.

A estocadazinha da senhora sobre a idade de Vita era pouco sutil, no entanto Domingos fingiu não notar. Ela voltou à carga.

— Está a arrumar a casa ou a fazer o almoço?

— Limpezas e arrumações por enquanto. Acha que deveria também fazer a comida? Não tinha pensado nisso...

— E vais continuar a te alimentar ao deus-dará? Sei que comes habitualmente perto do serviço, mas isso não é saudável. E não tens salário suficiente para pagares sempre comida de um bom restaurante. Antes a tua mãe, e depois as manas tratavam das tuas refeições. Agora, que já tens a experiência de viver sozinho, olha bem para ti... Até emagreceste...

Ele riu, isso também não, Dona Hildérica. Não como assim tão mal. Claro, não é como dantes. Mas me alimento o suficiente, perto do mercado há muita gente que vende comida feita e há os pequenos restaurantes, que são baratos. À noite são umas sopas que reaqueço, ou pão com goiabada ou queijo, ou ovos, lá me safo. E a balança continua a marcar o mesmo peso.

— A sério? É que não parece. Ainda no outro dia disse ao Lucas, parece-me que o vizinho se está a alimentar mal.

— Ela hoje veio mostrar que sabe cuidar de uma casa. Vou falar-lhe. Se tiver tempo, pode deixar-me sempre uma comida feita para o jantar. Passará a ser a refeição mais importante. Também pode ser.

— E por que não cozinha o almoço e o jantar?

— Ela vai trabalhar até às duas da tarde. Depois tem aulas.

— Haka! Vais contratar uma estudante?

— Foi o que falamos. Mas ainda é uma experiência. Logo veremos.

— Experiência, experiência... Cuidado com essas meninas que são umas vivaças. Se quiseres arranjo-te uma senhora, uma viúva que conheço...

Ele deixou-a falar, sempre com atitude respeitosa, mas nada interessado em ter uma viúva metida em casa, apesar de todas as garantias e elogios feitos pela vizinha. Fingia ouvi-la com o máximo de atenção, meneando a cabeça em concordância, mas pensando como se livraria agora da conversa. Teve sorte. Uma empregada veio ter com Dona Hildérica a apresentar um problema urgente e ele se despediu, deixo-a tratar desse mambo, vou ver como andam as coisas lá em casa. Se precisar de conselho, venho mesmo falar consigo, que me pode ajudar. E safou-se, cumprindo o que tinha prometido à mãe, não arranjar nenhuma inimizade com a vizinha. Regressou a casa, agora preocupado. Certamente a mulher do comandante ia voltar à carga, inventar todos os defeitos nessa solução de arranjar uma estudante para lhe tratar da casa. Se ficasse com Vita, teria de lhe explicar muito bem como lidar com a kuribota do lado.

A sala já estava pronta e Vita apareceu a limpar as mãos.

— Vi que o senhor Domingos estava a falar com a vizinha. Aproveitei avançar o almoço com o que encontrei na geleira e no armário da despensa. Tem poucos produtos mas dá para desenrascar.

Surpresa. Das boas. A moça era hábil e cheia de iniciativa. Iniciativas boas, até aqui. Espero que não tenha partido nada na sala. Foi conferir. Tudo em bom estado, algumas coisas em sítios diferentes mas tinha de reconhecer, a disposição dos objetos ou móveis parecia ter melhorado. Para alguém vindo do mato e há poucos anos na cidade estava tudo muito bem. Se o pitéu se safasse, então Vita teria emprego.

Para futura raiva de Dona Hildérica, o almoço estava saboroso. Que mais se podia exigir? Um vinho, mas a culpa era dele, não se lembrara de comprar. Como podia adivinhar ter um bom almoço em casa com os poucos produtos existentes na geleira e na despensa? Tinha de fazer compras e passar a comer em casa, ou ao almoço ou ao jantar. A primeira ideia era melhor, almoçava em casa.

— Isto que sobrou vou pôr depois no armário ou na geleira para o jantar. Ou prefere comida diferente à noite?

Ele não percebeu à primeira. Ela repetiu.

— Come tu — disse Domingos. — Almoça antes de ires embora. Para o jantar faço uma coisa das minhas...

— Obrigada, sô Domingos. Mas vou almoçar em casa, vão estar todos da família lá. Hoje é sábado...

— Pois. Tinha esquecido. Calulú?

— Como?

— Perguntei se era calulú.

— Deve ser. Ou feijoada, caldeirada, não sei. Não perguntei.

Ela sorriu. Estava aprovada como verdadeira benguelense, tinha percebido pelo ar satisfeito dele.

— Olha, agora lembrei. Já que consegues cozinhar e tratar da casa até antes das duas horas, vou passar a almoçar mesmo aqui todos os dias. Mas preciso que me faças uma coisa. Vê bem o que ainda há na despensa e escreve-me uma lista do que falta para eu comprar logo ou amanhã. Produtos de limpeza talvez também.

Ela concordou. Foi tratar de limpar a louça e a cozinha. Ele se sentou na sua poltrona da sala, bem repleto, e pouco depois sonhava com a praia da Baía Azul. Talvez lá vá amanhã. Se o carro pegar.

Acordou com a ligeira tosse que ela fez, já sem o avental e pronta para sair. Aguardava o resultado do exame?

— Gostei do teu trabalho e a comida estava boa. Não é demasiado duro para quem depois vai às aulas?

— Aguento muito bem. Sem dúvida.

— Então estás contratada naquelas condições que falamos. Tenta chegar na segunda às oito menos dez. É a hora que saio de casa para chegar no princípio do serviço.

— Chego antes, sô Domingos — deu uns passos, depois se voltou. — Muito obrigada, estou muito feliz.

Ele ia dizer, também eu estou feliz, mas não achou conveniente. Adotou o ar que usava no serviço para um seu subordinado:

— Bom fim de semana, Vita. Podes fechar o portão, depois vou trancá-lo, se não sair.

— Bom fim de semana, sô Domingos. Ah, está aqui a lista dos produtos que é para comprar. Deve faltar mais, sobretudo comida, mas depois vou avisando.

Foi assim que Domingos arranjou uma empregada e passou a ficar mais tempo em casa. Os colegas estranharam.

Dona Hildérica, uns dias depois, apanhou-o a jeito no quintal e se chegou ao muro baixo.

— Então a estudante sempre ficou aqui? Passou em todos os exames?

— Trabalha muito bem e cozinha ainda melhor. Estou contente, na verdade.

Ela muxoxou. Devia estar a lembrar a amiga viúva que assim perdeu uma oportunidade, pensou Domingos. E ela também perdeu um trunfo em relação à amiga, o da gratidão obrigatória. Mas ele não disse nada sobre esse assunto.

— Onde aprendeu a cozinhar? É de admirar em alguém tão novo.

— Em casa, suponho. Não é sempre onde se aprendem certas coisas?

Ela insistia com a idade de Vita, a insinuação era pouco sutil. Estava preparado, das conversas com as irmãs conhecia muito bem os temas preferidos de Dona Hildérica e pensara antes como os contornar. Já começara na vez anterior, essa seria a tecla a ser sempre tocada pela vizinha, a idade de Vita. Até ele se chatear um dia. Não, isso não. Devia ter paciência, desviar o mambo para um canto, como quem não percebeu o golpe.

— Não se aprende em todas as famílias, só em certos meios...

— Pelos vistos, na casa dela ensinam-se esses bons costumes. Tive sorte, não é mesmo?

Dona Hildérica fechou a cara, depois fez um adeus com a mão, tenho de ir tratar de um problema, lembrei agora.

A dona bateu em retirada? Ficou muito satisfeito consigo, mas não sorriu até entrar em casa. Tinha proferido a última frase com o ar mais cândido que podia ostentar. A vitória ainda lhe soube melhor por a frase ter sido uma resposta à venenosa dela. A mãe bem dizia, é boa senhora mas tem umas ideias de outros tempos... A mãe nisso estava errada, preconceitos são de todos os tempos.

Continuou a fazer o exercício de manhã cedo, agora obrigado a mais intensidade, porque Vita levava-o a engordar com seu toque nos temperos. Era irresistível repetir a dose depositada no prato. De vez em quando ele dizia, hoje almoças aqui, não tens tempo de ir a casa comer e depois correr para o Instituto. Ela aceitava e conversavam à mesa. Ficaram a saber muita coisa da vida passada do outro.

Vita notou que, quando ficava a almoçar lá, e portanto não precisava de pressas para chegar ao Instituto a horas, encontrava a vizinha no muro, hoje estás atrasada, rapariga, que se passou? Domingos tinha ensinado como responder, houve um problema com o gás ou com a eletricidade, ou uma outra desculpa, demorei mais mas ainda vou a tempo das aulas. E como estava atrasada, não podia responder a muitas perguntas, que ainda se atrasaria mais, desculpe, dona, mas tenho mesmo de ir.

Por vezes ele ajudava-a em alguma matéria das aulas menos compreensível e de que ainda se pudesse lembrar. Ou discorria sobre questões culturais. Uma vez ela perguntou:

— Nunca fala da guerra, foi duro? Quando saiu da tropa?

— Não fui mobilizado. Tenho ou tinha um problema qualquer nos olhos, não me incomoda e até serviu para me darem dispensa de serviço militar. No tempo do colono. Eu até queria participar, mas alguém preveniu os médicos militares e eles cortaram o meu nome da lista. Só posso acertar um tiro se houver algum deus que dirija a bala. E é verdade. Depois de saber dessa dificuldade, tentei disparar com uma arma ligeira e não acertei nenhum tiro, passaram muito longe mesmo do alvo.

— Não tem os olhos tortos.

— Não. O problema é nos nervos dos olhos, parece ser um caso muito raro. Pelos vistos, não quiseram que eu gastasse munições à toa. São demasiado caras.

— Podia fazer outra coisa útil e não andar aos tiros.

— Sim. Conduzir um caminhão ou uma ambulância, por exemplo. Ou ficar na logística ou numa secretaria. Mas preferiram mandar-me embora. Voltei ao sítio onde já trabalhava.

Não estava nada incomodado a mentir sobre a causa física da dispensa militar. Não era grave, tinha mais piada ser problema de olhos que de coração, como acharam na época que seria.

— Jogou futebol?

— Como todos.

— E conseguia marcar gol? — Vita já estava a rir.

— Sim. Se a baliza estivesse bem aberta. Para algumas coisas posso ter pontaria.

Frases de duplo sentido.

Com mentiras quase inocentes pelo meio, sempre detestou jogar futebol, só apreciava correr. Por que a necessidade de mentir? Preferia não pensar no assunto, não era assunto sério.

Então aconteceu. Ela estava para ir embora e ele também devia voltar ao serviço. Disse:

— Acho que vou ficar em casa. Estou cheio de preguiça! Vou ver um filme na televisão.

— Posso ver também? Também estou muito cansada, não vou às aulas.

Se sentaram no sofá à frente da televisão. No meio do filme, que afinal era um xaroposo indiano, com danças e paixões, dramas e música, para tudo acabar num casamento colorido, felizes para sempre, ele tocou na mão dela como por acaso. Ela não retirou a sua. Domingos acabou por agarrar mesmo na mão. Se viraram um para o outro muito lentamente, lentamente, com o peso das hesitações.

O filme perdeu os dois espectadores pouco interessados.

9

Se havia alguém perturbado era mesmo Santiago. Por mais voltas que desse na cama desconseguia de adormecer. A presença de Ofeka parecia ter permanecido na casa, no quarto em que não entrara, afinal, talvez tivesse olhado da porta apenas, não teve muito tempo para averiguações minuciosas, pensou o major. Normalmente as pessoas têm fotografias nas paredes ou por cima dos móveis, com os parentes ou amigos. Ou amores. Não havia nenhuma fotografia no quarto, nem mesmo de Clara, como seria previsível. Havia na sala uma foto de grupo onde ela sorria no seu estilo tímido, mas às vezes ele mete-a na gaveta, exatamente quando lhe dói a saudade. Faz o contrário dos outros, que a saudade leva a olharem e chorarem sobre as imagens do amor perdido. Por outro lado, o homem que enviúva procura com sofreguidão grupos de amigos ou mergulha nos bares ou tabernas, tentando afogar em álcool as dores da solidão, mesmo se em vida a falecida recebeu dele pouco carinho. Porém, ele tinha ficado ainda mais recolhido no lar vazio, recusando companhias. Não buscou apoio para ultrapassar a dor, nem de amigos nem de profissionais. Ficou com a dor até esta, desiludida, se desvanecer aos poucos.

Durou uma eternidade.

Depois de Clara, não voltou a se interessar a sério por uma mulher. No entanto, agora esta não lhe sai do pensamento. Não será nova demais? Tem de perguntar a Marta, também Joka pode saber, mas lhe parece estar entre quarenta e cinco a cinquenta anos, não mais, embora aparentando bastante menos.

Em perspectiva, uma janela de cinco anos é larga demais, nunca pode falhar mas esclarece pouco. Em todo o caso tranquiliza-o, nas idades entre eles não haverá demasiada diferença. E depois, se houvesse? Há kotas de setenta anos casados ou amigados com catorzinhas. E às vezes com mais que uma. Porém, esses são de outra estirpe, presumivelmente com muito poder, seja qual for a origem e natureza desse poder.

No episódio atual, descobriu um rival em Zacarias, mas não se importa, apenas anotou os indícios. Deitado na cama, sem sono, recapitulou a cena. Quando elas foram embora, o gato cheirou em todos os sítios onde Ofeka esteve. Examinou de forma atenta e prolongada a cadeira onde a visita sentou, acabou por saltar para cima dela e se deitar, como envolto em perfumes inebriantes. Passados momentos largos, saiu da cadeira e vagueou pelo corredor, examinando o chão com método, tendo demorado mais tempo na casa de banho, que ela usou. Santiago soube que a mulher chegara ao quarto dele, porque Zacarias entrou sem hesitação, de focinho baixo, e se aproximou da cama. Depois retrocedeu para o corredor, parou no quarto do lado, cheirando o fundo da porta. Estava sempre fechada à chave. Ofeka não poderia ter entrado. Fez a experiência, indo buscar a chave para abrir a porta. O gato cheirou de novo o umbral mas não entrou. Prova provada que ela tinha penetrado no quarto de Santiago, por isso Zacarias o fez também.

Zacarias terá aprendido com o cão a arte de seguir pistas? Não, é um felino, caçador por excelência. Poderia até ensinar a Jeremias alguns métodos de pesquisa e despistagem, se gatos e cães cultivassem a devida comunicação científica. Riu. Depois desse riso, não ia mesmo adormecer. Se levantou, foi dar cabo da garrafa de uísque. Os animais, no quintal, sentiram a presença do dono. Não se manifestaram nem pediram para entrar, conheciam as horas e rotinas. Talvez Zacarias daí a pouco saltasse o muro. Ele conseguia com enorme facilidade passar as barreiras e ir dar uma volta clandestina pela rua a meio da noite. O cão estava mesmo preso à casa, apenas com um pouco mais de liberdade que os patos ou as galinhas. A sua missão de guarda também não lhe permitiria sair, mesmo se tivesse a agilidade felina para tal. Os pensamentos sobre o comportamento insólito dos bichos acompanharam Santiago na tarefa de derrotar todo o uísque, o qual lhe soube muito bem. Foi se deitar às duas horas e adormeceu logo.

Tinha decidido saber mais sobre Ofeka e no dia seguinte saiu cedo para procurar Joka. Tinha de ser manhoso, rodear, rodear, senão o primo ia perceber logo o interesse. Seria alvo de chacota, embora Marta não gostasse de se meter em kutibotices. Joka e Sofia, pelo contrário, seriam persistentes no gozo, conhecia a família. Também ele foi assim, quando mais novo.

Entrou com toda a facilidade no prédio mais importante da cidade, pelo menos do ponto de vista oficial, e onde se alojava o serviço do primo. Devia aproveitar mais desta maré, pensou, ao transpor as portas do governo provincial sem revista nem ordem de parar ou um conselho de esperar a sua vez, como as outras pessoas que jaziam na expectativa vaga de atendimento. Toda a gente sabia quem era, um filho da terra, e prestara serviços que reconheciam. Alguém devia ter telefonado para cima, pois apareceu logo a secretária de Joka para o fazer entrar no gabinete e pedir para aguardar um momento no escritório onde ela trabalhava, estava com o primo alguém a tratar de um assunto. Não se descoseu, omitiu o nome ou patente da visita. Devia ser algo confidencial.

— Já vai entrar, não se preocupe — disse a secretária, apontando-lhe uma cadeira. — Ou não conheça eu a casa...

Santiago estava se marimbando, a sentar a bunda na cadeira. Desde que não demorasse uma eternidade...

Cinco minutos depois a porta se abriu e o governador provincial saiu, acompanhado de Joka.

— Infelizmente, estamos então conversados — disse o governador, virando a cabeça um pouco para trás com um esgar na boca.

Viu Santiago, que se levantara, e cumprimentou-o com alguma deferência, como vai, major Santiago? As pernas sempre rijas?

Continuou o seu caminho, sem dar tempo para uma resposta, encenando ares de muitas preocupações e afazeres. Ao menos foi bem-educado, ainda cumprimentou, reconheceu Santiago. Há alguns gajos que não perderam toda a educação com o poder inesperado caído de alguma estrela.

— Entra, entra — disse o primo, apertando-lhe o ombro. — Que te traz a horas tão madrugadoras?

— Um questionário. Ou um inquérito.

Santiago percebeu que tinha feito asneira, logo para começar. Joka sorriu, apontou-lhe uma das poltronas e sentou-se na outra.

— Questionário? Inquérito? Recrutaram-te para os serviços secretos e sou suspeito?

Santiago soltou uma gargalhada para desanuviar.

— Não diria tanto. Se todos os problemas do país fossem os que carrego, estávamos muito bem. Afinal o governador vem direto ao teu gabinete, não te convoca ao dele? És mesmo um gajo importante!

O primo sorriu de novo. Antes de responder fez-lhe um gesto, apontando para as chávenas de café na mesinha. Ao mesmo tempo a secretária aparecia para levantar o tabuleiro, pareciam sincronizados, como os aparelhos de Joka.

— Queres um café?

— Obrigado, já tomei em casa.

O engenheiro fez sinal à funcionária para ir completar as tarefas em mãos. Estirou-se na cadeira.

— Agora recebo visitas inesperadas de muita gente. A notícia da minha saída parece ter o efeito de uma bomba. Não têm substituto, é essa a razão.

— O teu coração generoso vai ceder aos cânticos de louvor e prantos, já sei.

— Não sabes nada. Voltei agora a repetir ao governador a data da entrada na aposentação. A minha cabeça está fora, não há volta a dar. Aliás, já reuni a papelada necessária, fui ajudado pela Susana aqui e a Marta lá em casa. A Ofeka também me deu uns conselhos muito úteis e até o nome do funcionário da Segurança Social, amigo dela, que recebe lá o assunto, para que não haja atrasos nem malandrices...

— Malandrices pode sempre haver. Só para se vingarem... Não tomam o teu desejo de sair como uma traição ao partido e ao povo?

— Também não precisam de exagerar. Mas compreendo... Talvez tenham dificuldade em encontrar alguém com a minha experiência que aceite trabalhar para o Estado. O privado paga muito melhor. Vão ter de procurar nalguma província...

— Ainda é mais difícil, só mesmo em Luanda — disse Santiago.

Joka não podia desdizer a evidência, Luanda sugava para si todos os quadros, mesmo os incompetentes que só mereceriam a classificação de giz, como diria o saudoso amigo Albano. Santiago não tinha entretanto deixado passar, o nome Ofeka já foi referido, pensou.

— A propósito, sabes que ontem tive a visita de duas belas mulheres?

— Então não sei? Até emprestaste o teu querido *Gilgameš*, coisa que não é muito habitual. Tenho um bom serviço de mujimbos.

— De fato é a primeira vez que acontece. Há livros que não devem ser emprestados. Tem por aí gente capaz de esquecer o dever de devolução até tu próprio não mais te lembrares. Perdi uns tantos assim.

— Mas nenhum tem a importância deste, não é? Fiquei admirado quando a Marta me contou.

— Espero que a senhora seja de confiança. Conheci-a em vossa casa, parece ser uma garantia...

— Claro que é de confiança. Tem os seus segredos, mas entre eles não deve constar ser capaz de te cassumbular o *Gilgameš*.

— A Marta conhece-a há bastante tempo, não?

— Sim. Apesar de a Ofeka ser bem mais nova...

Santiago fez contas rápidas.

— Deve rondar os cinquenta. Qual é a idade da Marta? Estive no aniversário dela mas já não recordo...

— A Marta está com sessenta e dois. A Ofeka deve ter uns dez anos a menos, por aí. Como te disse, é bem mais nova.

— Pois foram lá a casa ontem. Fiquei surpreendido e ainda por cima fui apanhado de calções sentado no passeio...

— Se há pessoa que não liga muito às aparências é mesmo a Ofeka. A Marta não conta, és primo. Escusavas mesmo de ir a correr lá dentro pôr as calças...

E Joka deu uma gargalhada. Riu mais, ao ver o semblante fechado de Santiago.

— Afinal até isso te contaram?

— Contaram, não. A Marta contou. Ao jantar. E só estávamos com a Sofia. Que fique claro. Não houve grandes mujimbices.

Santiago percebeu nesse momento que estava a fazer fraca figura e o primo a se divertir, o que procurara evitar. Felizmente este informou, tinha de ir a uma reunião fora da repartição, pediu desculpa por ter de sair dentro de momentos, mas posso dar-te boleia, imagino que não tenhas transporte. Vamos nos encontrar um destes dias, eu já estou a abrandar o ritmo no trabalho para me habituar e os habituar também, disse ainda o engenheiro quando saíam.

— Posso chamar um táxi.

— O teu kupapata?

— O Silvestre, esse mesmo que me trouxe.

— Não. Vens comigo.

O ex-militar obedeceu. Talvez por estarem em sítio oficial.

Acabaram por abandonar o governo provincial juntos, no carro de serviço de Joka, sem o major reclamar ir naquele veículo. Porém, se manteve calado durante o tempo do percurso, primeiro porque se sentia mal em carro estatal, segundo porque nada tinha para dizer. Ao passarem por uma cervejaria na zona do mercado, pediu para o primo o deixar ali, ao que o outro acedeu dizendo, depois telefono-te e vamos beber uns copos. Santiago agradeceu e lhe deu uma palmadinha na mão em despedida.

Precisava pensar. Fez menção de se dirigir a um banco do jardim ao lado da cervejaria. Mas antes quis se certificar que o primo não saberia da sua real intenção, por isso desviou do banco e entrou no estabelecimento, para sair menos de trinta segundos depois. O carro já virava à esquerda lá à frente, impossível de o ver. Truques.

Não tinha razão para enganar Joka. A cervejaria foi o que lhe ocorreu quando sentiu imperiosa necessidade de sair do carro, levado por uma qualquer fobia. Mas também não gostou depois da ideia, demasiado cedo para beber. E deixou no primo a suspeita que estivesse em fase avançada de alcoolismo, o que não era verdade. De fato, bastantes companheiros de exército sofriam de estresse pós-traumático, só suportável pelo consumo de álcool ou drogas, mas não era o seu caso. Tinha resistido a muito choque na vida, como é de prever, e um pouco de SPT não lhe faria também muito mal, até aumentaria o seu encanto natural, mostrando insuspeita fragilidade, uma armadilha fatal para garinas já na idade da razão.

Ficou bastante tempo sentado no banco de jardim, fazendo primeiro certo esforço para observar as pessoas, algumas enjauladas em pensamentos tristes, outras a olhar para todos os lados, atentas a qualquer oportunidade, as flores dos canteiros, os cães que urinavam nos arbustos, os pássaros, até mesmo as nuvens no céu azul. Nada lhe dava tranquilidade, paz de espírito. Fora demasiado desajeitado, em absoluto um cretino. E logo descoberto. Porém, Joka foi delicado e sério. Talvez nem valesse a pena esconder qualquer intenção, ela era evidente para o primo. E depois, tinha algum problema? Nenhum, de fato, eram todos adultos. A menos que...

Agora sim, a ideia espantosa e súbita, caindo como um raio, teve o efeito de um choque elétrico. E se Joka e Ofeka?... Estavam ainda a começar a conversa, lá no governo provincial, quando o engenheiro anunciou de repente dever ir a uma reunião. Por que não disse logo? Por outro lado, Marta avisou Ofeka sobre a ida do primo Santiago ao almoço de sábado. Marta foi com Ofeka a casa dele. Marta estava a empurrá-la para ele, com o fim de a afastar do marido? É possível? Tudo é possível nas relações humanas, as mais complicadas de todas as relações da natureza. E os dois primos ficavam a disputar, a se digladiar, por causa da razão mais forte para confrontos e até mortes, o instinto de reprodução da espécie, disfarçado de razões religiosas ou de poder político, ou acorrentado por sentimentos. Haka! Será mesmo verdade? Tenho de esclarecer as coisas a bem com o Joka, estou cansado de makas. E ainda por cima makas na família!

Um mona cumprimentou-o, bom dia, kota, posso ficar aqui? Sentou no banco, sem esperar resposta. Santiago mirou-o, não lhe parecia vir com modos de pedinte, embora atualmente os miúdos estejam viciados na arte de pedir dinheiro ou comida, mesmo se não é uma necessidade vital. Já passou o momento de confessar com ar desgraçado, meu kota, estou mesmo mal, seguindo-se a habitual lengalenga, pai no hospital, mãe sem arranjar comida, filhos com três dias de fome... O kandengue está só calado, as mãos ferradas nos joelhos, olhando fixamente para o vazio da frente. Não veio pescar nada, apenas repousar um pouco.

— Tudo bem contigo? Só cansado?

— Sim, kota, obrigado, estou bem. Mas andei muito.

Não avançou mais explicações, nem precisava. Devia ter treze anos, por aí. Sem saco ou pasta de escola. Um minuto depois, Santiago voltou à carga.

— Desculpa perguntar. Não tens aulas hoje?

— Não, tio. Deixei de ir ao colégio. Tamos sem dinheiro em casa. Preço das propinas é caro demais.

— Então, e na escola do Estado?

— A minha mãe desconseguiu de me matricular, tudo já estava cheio...

— Espera aí. O ano passado estudaste onde? Num colégio particular?

— Sim, tio. Aumentaram as propinas, a mãe disse, assim não dá, tudo está mais caro, à noite só mesmo aquela água com uma cenoura ou cebola para dar cheiro, um pouco de óleo, pronto, é assim o jantar, como vou arranjar dinheiro para o colégio? Então fomos numa escola, nada, mais uma, também nada, todas cheias, não aceitam mais ninguém. E nessas escolas do Estado também é preciso pagar matrícula e as batas e mais isto e mais aquilo... Hoje cedo andei a correr por aí a procurar nalgum lugar um trabalho qualquer, tenho sexta classe bem feita, leio e escrevo normal, posso fazer qualquer coisa... mas ninguém tem emprego. Vou descansar um pouco, depois tento um armazém, me falaram, pode precisar de um rapaz para pequenos trabalhos de levar coisas nos clientes, ou ajudar nas contas, qualquer coisa...

— Hum! Quem te disse isso? Qual é a tua idade afinal?

— Catorze.

Estou com pontaria para adivinhar idades, pensou o major, menos de dez por cento de erro.

— Trabalho infantil é proibido. Não sei se te vão aceitar.

— Disseram, este armazém é de um dono estrangeiro. Costuma aceitar mais miúdos que eu. Se precisamos...

— Espero que tenhas sorte. E essa linguagem nova, agora colégio é escola que tem dono, escola sem dono é do Estado. Não é assim mesmo?

— Sim, tio, colégio tem dono e é mais caro.

O kandengue não percebeu a ironia. E ainda bem, se recriminou Santiago, ele desesperado e eu ainda a gozar com os nomes que o capitalismo ultraliberal inventou cá no kimbo para distinguir o público e o privado. Imaginação não lhes falta. Sobretudo para sonegarem o pouco que os miseráveis têm. Levantou, já tinha descansado o suficiente.

— Coragem, meu canuco! Tenta mesmo esse armazém. Se a inspeção vier e te apanhar ela não te faz nada, és inocente. O dono pode apanhar uma multa, mas já sabes, eles se safam sempre de um grande castigo, dando umas notas baratas de caxexe.

E se pôs a andar, arrastando um pouco o pé direito. Era cedo demais, pensara torrar umas duas horas com o primo e depois voltar ao cubico. Hoje as coisas não correram bem. Chega de exageros! Também nem tudo foi assim mau, ficou a saber a idade de Ofeka, mais ou menos cinquenta e dois anos. Já não era catorzinha. Uma beldade de bela idade. E afinal ele só tinha treze ou catorze a mais, uma ligação entre eles não constituía nenhum escândalo. E se constituísse, que se lixasse! Mas é notável como parece mais nova, antes de qualquer conversa sobre o assunto, lhe dava perto dos quarenta. À medida que avançava para casa, as ideias iam clareando. No caso de Joka ter alguma combina menos transparente com a mboa, disfarçou bem, não parecia alarmado com o meu interesse, antes divertido. Posso estar muito enganado, a ver só fantasmas. De repente, uma moto se meteu na sua frente, ia mesmo chocando com ela. Estacou e a cabeça fervilhou, estou sem arma, isto é um assalto.

— Mais-velho, salte para as costas. Agora lhe dou boleia.

Era Silvestre, o seu kupapata. Santiago respirou fundo, escapei de lhe dar um tiro. Se tivesse pistola, não acrescentou ao pensamento. Acalmou por instantes o ritmo cardíaco. Calado, passou a perna sobre o selim e sentou nele.

— Mais-velho, vou lá para os lados da estação, posso passar por sua casa, é só uma curva. Não lhe cobro nada, claro.

— Obrigado, Silvestre.

Este fez a moto arrancar suavemente, para não deixar ficar o major sentado no asfalto da rua. Depois acelerou. Em breve pararam à frente da casa. Santiago saiu da moto.

— É coisa urgente que tens a fazer?

— Vou apanhar um cliente que me telefonou.

— Então é urgente. Já vieste tantas vezes aqui a casa e nunca entraste. Ia perguntar se não querias beber uma cerveja, um sumo, sei lá, o que houver. Cerveja há.

O kupapata sorriu. Não era tanto pela cerveja, mas sim pelo convite. Se sentia muito honrado. Teve vergonha de expressar sentimentos tão delicados, parou a moto e saiu de cima dela.

— Uma cerveja vai, muito agradecido. Não posso deixar o cliente muito tempo à espera, mas me despachei mais cedo da outra missão. Ainda tenho uns dez minutos.

Entraram. Santiago foi buscar duas cervejas e lhe indicou a varanda de trás. Foram cumprimentados pelos dois bichos, mais efusivamente por Jeremias. Uma vez, antes de Zacarias surgir na sua vida, o cão estava com o dono no passeio quando Silvestre o veio buscar. Por isso reconheceu logo o cheiro do kupapata, um amigo. Sentaram no fresco da varanda. O jovem esticou as pernas, está-se muito bem aqui.

— É fresco, é — reconheceu o dono da casa. — Nesta altura, de manhã, ainda é. Daqui a dois meses já faz algum calor, mesmo com a sombra da árvore. É um tamarineiro, conheces?

— Sim, já aprendi. Mas não há muitos, pois não?

— Já não há.

—Foi em Benguela que conheci.

— Me disseste és de Kilengues. Já província da Huíla, mas não é tão longe da costa. Podia haver tamarineiros. Se em Kakonda ainda há e é bem mais longe... Sabes que essas árvores vieram da Índia?

— Afinal?

— Sim, os marinheiros portugueses trouxeram de lá os frutos, eram bons para uma doença que se apanha quando se fica muito tempo no mar, sem comer fruta ou alimentos verdes.

Escorbuto, um nome mesmo feio, não é? Caem os dentes, até dá para morrer.

O kupapata só concordou com a cabeça.

— Conheço os frutos, vendem nas mamãs da zunga e nos mercados. Mas nunca provei.

— Nem vais provar hoje, não é a época. Quando houver, guardo para ti. Pode ser que gostes. Muita gente não gosta, são muito ácidos. Por isso faziam bem aos marinheiros.

— Obrigado por me guardar. Os frutos, como se chamam?

— Tamarindos, tamarinos, alguns lhes chamam tambarinos. Eu lhes chamo tamarindos e à árvore tamarineiro. Não devia ser mas aprendi assim. Não é em velho que vou mudar.

Silvestre concordou, mudo. Depois olhou para o mais-velho e confessou, com um ar ligeiramente contrito:

— Não sou mesmo de Kilengues, mas de um kimbo perto... Desculpe.

— Dizer que és de Kilengues é normal. O kimbo tem outro nome mas se te perguntam tu dizes que és da cidade, claro. E em todo o caso é verdade, usas o nome do município.

Esse mais-velho é bom de conversa, admitiu Silvestre, sabe muito da vida. Pena que tenho de ir embora. Tragou rapidamente a bebida, como se fazia em roda de kambas. Foi quando se levantou a agradecer a hospitalidade que viu a estátua yaka. Estremeceu, os olhos muito abertos. Santiago viu onde ele mirava, amedrontado, tentou acalmar com uma pergunta. Mal saíram as primeiras palavras, logo as achou a despropósito, tarde demais:

— Que achas da minha Yaka?

— Não sei. Não é perigoso?

— É feito de um pau grosso, Silvestre.

— Sei, é de pau. Mas pode ser perigoso.

— Fica sabendo que me protege dos inimigos, bichos ou pessoas ou feitiços.

— Huku!

Silvestre não falou mais nada, apenas pensou, esses mais-velhos que andaram muito tempo nas guerras, haka! Cacimbados. Gostam dos espíritos dos antepassados ou quê. É verdade, há maus e há bons espíritos. Como os kupapatas, há bons e trabalhadores, há ladrões e mentirosos. Essa carranca aí, não sei não, mas tenho medo de lhe olhar. Por causa da aflição do jovem, Santiago não proferiu mais comentários e acompanhou-o à porta da moradia, os bichos atrás. Para eles a visita era gratificante, a casa andava nos últimos tempos mais movimentada. Apreciavam.

O major foi à cozinha ver o que tinha de legumes para acompanhar o peixe de ontem. Os bichos tinham a ração, não comiam os restos, por isso não tinha de se preocupar. Mas ele estava sem vontade de cozinhar para si próprio, muitas vezes acontecia. Havia uma senhora que preparava refeições para fora, só gente do bairro. Ia buscar o que tivesse, era sempre bom e nada caro. Mas ia quando chegasse o tempo. Ainda era cedo e estava cansado. Voltou para a varanda, sentou na cadeira baixa e de pano, destinada para a praia, mas apenas útil para quem ia motorizado. Para ele, só servia na varanda quando estava sozinho. Os amigos se deitaram dos dois lados, de modo que ele punha uma mão nas costas do cão e a outra nas costas do gato, fazendo umas carícias. Eles adormeciam felizes. Ele dormitava também, por vezes. Hoje não aconteceria, existiam mambos a atulhar a cabeça, tinha de deslindar os intentos de Ofeka. Pensou e repensou. Depois queria afastar os pensamentos, os quais só o levavam a conclusões preocupantes, como estar a supor uma relação perigosa entre Joka e ela. Nunca tinha sabido nada desse gênero sobre o primo, o que também nada queria dizer, apenas que ele seria discreto o suficiente para não o descobrirem, nem lhe ter contado nunca algo. Aliás, eram conversas não travadas entre eles. Por vezes Santiago contava a estória de uma relação passada. Joka não. Mesmo se perguntava, mas na Alemanha não andaste enrolado com alguma? Antes da Marta? Como se Marta tivesse sido a única mulher da sua vida. Não era normal entre parentes tal mutismo num assunto tão importante. Outros, que conheciam o primo, também nunca tinham sabido de nada, inclusive Domingos. Se lhe perguntava sobre os relacionamentos de Joka, ele abanava a cabeça, não fala disso, para mim é um mistério, já quando éramos miúdos, lembras? De fato, na idade em que se tem necessidade de mostrar feitos valorosos e provocar inveja nos do bando, o primo nunca se gabou de um sucesso amoroso. E também não fazia perguntas aos outros. Como um monge virgem, dos mais puritanos de sempre. Em outros assuntos não era nada reservado, com facilidade se espraiava numa explicação científica ou sobre futebol, ou as razões de os ratos fugirem dos gatos. Mas o sexo era tabu.

Vamos fazer mais como então?

Resumindo, ou era mesmo sério e marido fiel, portanto sem nenhuma relação clandestina com Ofeka. Ou era um tremendo hipócrita e estava a brincar com ele, Santiago, o seu parente preferido. Só podia tomar uma atitude, avançar no encalço da garina, sem se preocupar com o primo, se roesse as unhas pelo vazio, o problema seria exclusivamente dele. Ou esquecer a mboa de uma vez e se marimbar para os mambos dos outros, mesmo sendo no seio da família. No entanto as horas eram tiranas insensíveis. Antes de resolver tão intricado problema, tinha de pensar na barriga.

Se levantou da cadeira para ir a casa de Dona Flávia, a dotada cozinheira do bairro.

— Atenção, canzoada e gataria, ao ataque! — lançou com voz de comando.

Os bichos despertaram, aturdidos. Santiago avançou para a porta da rua, os dois no encalço. Já passava do meio-dia, se perdera em conjecturas pouco proveitosas, e talvez já não tivesse almoço. De repente lembrou, tenho de levar o saco com os taparueres. Voltou atrás, foi à cozinha buscar o saco. Também era muito perto, no máximo duzentos metros e no mesmo passeio da casa dele.

Dona Flávia veio abrir a porta, imponente como sempre. Grande e forte senhora, sempre risonha. Se cumprimentaram como de hábito, com o punho fechado um e outra, pois ela tinha de tratar de pratos e comida, não podia apertar a mão a toda a gente.

— Pode entrar, vizinho.

— Eu fico cá fora, se não se importa, venho com companhia. Não fica bem os bichos entrarem.

Era sempre o mesmo protocolo. Mas mandava a boa educação ela oferecer passagem e ele recusar, se estivesse com os animais.

— Hoje temos feijoada com todos, já conhece. Também filetes de corvina com arroz de ervilhas, prato aprovado pelos médicos. Cuidado com as comidas pesadas, apesar de ser um jovem. Mas aconselho a feijoada com todos, está mesmo boa.

E Dona Flávia deu uma gargalhada. Santiago escolheu:

— Sabe que prefiro feijoada. Os médicos que se vão lixar!

Ela recebeu o saco e encostou a porta. Ele ficou no passeio, bem acompanhado pelos escoltas.

Poucos carros passavam na rua, era de fato sossegada, exceto quando havia futebol e se tornava no caminho mais curto para as pessoas que moravam no lado oriental da cidade. Os transeuntes eram mais numerosos, embora não enchessem a rua, muito longe disso. Jeremias se coçava com a pata atrás de uma orelha. Tenho de ver a orelha, não é boa ideia levar pulgas para casa. Mas chegou a senhora com o saco de taparueres cheios, acompanhada de uma jovem, a "caixa", como lhe chamava a cozinheira. Santiago nem perguntou, conhecia os preços, depositou o dinheiro certo na mão da "caixa". Ela aprovou com a cabeça, sem proferir um som, deu logo meia-volta. Dona Flávia não devia tocar em dinheiro, senão teria de lavar as mãos, por isso dera a tarefa a essa sobrinha nascida sem emitir um som, mas muito boa de contas.

— Para quando afinal o restaurante? — perguntou Santiago, pegando no saco que ela lhe estendia. — Está a hesitar muito, qualquer dia abre um aqui na rua com uma comida sem gosto, mas como será o único, pronto, sabe como é, as pessoas acabam por aceitar. E o da senhora seria um de cinco estrelas.

— Se fosse antes ou se tivesse filhos, sim, avançava. Mas assim já não vale a pena.

— Se decidir e quiser um sócio, pode contar comigo.

— Tem mesmo dinheiro para um restaurante? Não comigo, já lhe disse que desisti. Mas isto é conversa antiga, está aqui só a me gozar.

— Gozar não, isso nunca, lhe respeito demais. Dinheiro não tenho muito, mas num desses de quintal, com poucas mesas mas freguesia fiel, sim, até dava para entrar numa sociedade com outros. Com a Dona Flávia a tomar conta da cozinha e de tudo o resto, tínhamos essa clientela, pode ter a certeza.

— Fica para os novos. Sou mais velha que o major.

— Nem a brincar, nada de exageros.

Se despediram às gargalhadas e ele seguiu para casa. A senhora ficou a ver como se comportavam os escoltas, um de cada lado, cabeça levantada e passo aprumado, a protegerem o pitéu. Abanou a cabeça, era mesmo coisa pouco comum, haka!

10

O casamento de Domingos e Vita se realizou um ano depois de ela começar a trabalhar na casa dele.

Todo o romance foi seguido ou imaginado por Dona Hildérica, do outro lado do muro. A senhora ia visitar as amigas para contar o escândalo que dizia presenciar na residência ao lado da sua, até temia que tais ares contaminassem o seu Lucas, tão sério e tão importante na função de comandante policial. Azucrinou tanto os ouvidos do marido que este mandou subir o muro de separação entre as vivendas, e com arame farpado no alto. Domingos agradeceu a ideia, se livrava da espionagem constante da vizinha. Porém, logo se desenganou. Ao muro foram anexados dois degraus de apenas um metro de comprimento, com o fim de se poder observar totalmente o cubico do vizinho, mas o inverso não era possível, do lado dele não havia degraus, é claro. Quando o informou da necessidade de subir a vedação, o comandante alegou razões de segurança, o vizinho compreende, é uma exigência superior, não depende de mim, até nem queria. No entanto, as mesmas razões já não existiam para o senhor Américo, habitando com sua numerosa prole do outro lado da casa do polícia, pois se tratava de família ligada por fortes laços de amizade com Dona Hildérica. Domingos se marimbava para o fato de o muro só crescer do seu lado, até agradecia, tal como Vita, a qual sempre evitou conversas com os vizinhos, no caso, aliás frequente, de se darem encontro no passeio. Se estivesse no quintal e a senhora empoleirada no muro, ela não olhava para lá, fingia não reparar na existência da outra. Dona Hildérica continha a vontade de bufar de raiva, segredava entre dentes, grande malcriada, não cumprimenta e fica sempre de costas voltadas, quem se julga essa?

Domingos achava, os vizinhos pareciam pouco inteligentes, pois quem passava no passeio à frente da residência policial podia ver os degraus construídos para a espionagem sem vergonha. Havia maneira fácil de os disfarçar com uma planta, ou um vaso grande, mas a imaginação do casal não chegava para tanto. Ou então era mesmo propositado, para ela dizer eu estou a vos ver sempre, de meus olhos escrutinadores não escapam. A iniciativa tinha partido da mulher, era quase certo, o marido polícia viu e deixou andar, nem se lembrou de camuflar. Na realidade o polícia não era assim tão burro como no caso aparentava, Domingos tinha ouvido uns mujimbos sobre o comandante e as contas pouco certas na logística da entidade, revelando certa esperteza, se não fosse para outras coisas, pelo menos para a arte do desvio de patrimônio.

Com o passar de poucos meses, Dona Hildérica começou a notar na moça menos interesse em sair de casa de Domingos sempre a tempo das aulas. Por vezes largava às três e meia, ou às quatro, ou mesmo às cinco. Seriam grandes limpezas, kuribotava com as amigas. Nesses dias, ele nem volta ao serviço, derreado que está.

— O raio do funcionário público a roubar horas de trabalho ao Estado — se enfurecia Dona Hildérica. — Que acham, devo fazer uma denúncia ao responsável máximo das águas da cidade?

— Arranjará boa desculpa — dizia uma amiga. — Se não forem faltas sucessivas, ninguém o censura. O melhor mesmo é a polícia investigar discretamente, tens em tua casa a solução.

Porém, Dona Hildérica não queria meter o marido nesses assuntos delicados, Lucas não confundia questões de casa com o serviço e a lei, nem me atrevo, um poço de dignidade, assim seria o comandante. Pelo menos aparentava, a crer na boca da esposa.

Uma vez, apareceram duas senhoras de certa idade na casa do lado, exatamente às duas horas da tarde. Dona Hildérica desconfiou, não as conheço, não são da família dele, nunca aqui vieram, nem moram no bairro, temos alguma coisa nova a acontecer? Durante duas longas e calorentas horas não largou o local de observação, no alto dos degraus. Finalmente as senhoras saíram, acompanhadas de Vita e Domingos. Depois das despedidas com rumorosos beijos, as três partiram juntas e Domingos fechou o portão. Dirigiu-se com lentidão para casa.

— Ó Domingos, tiveste visitas?

Ele não deu um passo na direção da senhora. Virou a cabeça e respondeu, desconseguindo de esconder o fastio:

— Tive, como bem reparou. Boa tarde.

E entrou em casa. Já aprendeu com ela a ser malcriado, um miúdo que vi crescer me trata sem boas maneiras, uma ingratidão, nem me chamou pelo nome. Despeitada e furiosa, a dona se encafuou no cubico. Passou logo aos preparativos para ir visitar confidentes e contar os últimos desenvolvimentos do romance indecente ali mesmo ao lado da sua residência, um templo incontestável de virtudes e boa religião.

Domingos entretanto estava feliz da vida. Tinha recebido a visita das tias de Vita, que vinham lhe dar informações recebidas dos pais dela a autorizar o namoro da filha e convidarem-no a ir conhecê-los, já que não se podiam deslocar à capital. No mês anterior, Domingos tinha ido a casa da tia onde a jovem morava, se apresentar e dizer que as suas intenções não eram brincadeira de adolescente, nem para tal tinha já idade, as intenções eram sérias, casar com Vita, a qual tinha concordado com o procedimento. Em caso de os tios aprovarem, pois eram eles os responsáveis pela jovem, pedia-lhes para escreverem aos pais dela, informando-os do caso e pedindo a devida autorização de namoro. Depois os dois apaixonados iriam a casa dos pais dela para combinarem a cerimônia do pedido, assunto a tratar sobretudo com o tio mais velho que morava no mesmo kimbo, segundo informações de Vita. Esta ouviu o discurso dele, muito respeitador e sincero, sem gaguejar numa palavra. Notou, Domingos se exprimiu exatamente como lhe tinha antes anunciado, as mesmas frases de forma curta mas clara, sem deixar lugar a dúvidas sobre os seus desejos e intenções.

— Quando quer fazer o pedido? — perguntou o marido da tia, normalmente afastado das questões relacionadas com a sobrinha da esposa, pois a familiar era ela e não ele. Neste caso teria de mostrar interesse, mas sem muito protagonismo, a mulher é que negociava, se preciso fosse.

— Logo que me digam quais as exigências, preparo as coisas — respondeu Domingos. — Por mim, o mais cedo possível.

A tia disse, muito bem, já estava preparada para o receber, Vita me explicou que não é brincadeira, assunto mesmo sério, por isso vamos transmitir aos pais dela e aguardamos a resposta.

Como esperado, a resposta acabou por ser positiva, depois de alguma conversa entre os parentes. Vita informou como se conheceram e como ele vivia, onde trabalhava, o seu cargo que, embora relativamente modesto para qualquer citadino, parecia um luxo para gente do campo, até carro possuía, embora pouco o usasse, apenas no fim de semana. Só faltaria mostrar uma lista completa dos bens existentes na moradia, mas não chegaram ao ponto de a pedir, as informações eram suficientes. Claro, Domingos teve de garantir não ter outra mulher ou filhos espalhados pelos quintais. Mas isso já Vita sabia há muito e jurava aos pais ter a certeza da transparência do namorado. E se houvesse vidas anteriores, isso até nem interessaria para o caso, o próprio pai dela tinha outra mulher além da mãe e nunca a noite faltou no fim do dia. Só algumas igrejas evangélicas interditavam a poligamia, para lá da católica, mas o seu Domingos era contra esse costume pagão, e não por kijila religiosa, convicção mesmo.

Estava portanto tudo bem encaminhado e quando recebeu a proposta da data, para um fim de semana, pois todos trabalhavam, lá foram no carro dele, Vita e os tios. Na mala, alguns presentes de Domingos para os futuros sogros, uma garrafa de aguardente para o pai dela, um belo pano do Congo para a mãe, outro diferente mas igualmente belo para a outra mulher (Vita tratava-a também por mãe), bebidas alcoólicas e gasosas para os restantes familiares e uma bonita fotografia a cores numa moldura que mostrava o Sombreiro e a baía de Benguela. Era só para agradecer ser recebido, pois o alembamento seria então negociado. Domingos apenas receberia a lista com as exigências, que iria cumprir sem discutir. Talvez isso fugisse um bocado à tradição, mas ele não queria ser mesquinho. Se achasse que era pouco, como Vita lhe garantia que ia acontecer, conhecendo ela a austeridade e pouca ambição dos pais, o namorado até aumentava o pagamento para premiar a modéstia e desinteresse da sua nova família. No entanto, sem aparentar, Domingos sentia um nervoso bastante incômodo, nunca se tinha metido em tais aventuras. Pensou primeiro existir nervosismo por não confiar muito no estado do carro, bem velhinho, mas era ansiedade séria e repetia a pergunta sem resposta, será que vão mesmo me aceitar? Era outra gente, não a que conhecia dos bairros.

Afinal, tudo correu na perfeição. Viagem fácil e agradável, subidas ligeiras até Katengue, a paisagem a mudar do solo ressequido do litoral, só suportando alguns arbustos, cactos de tabaibos e raras árvores raquíticas, até ao verde sempre enverdecente das primeiras colinas de Caimbambo e depois um desvio para uma picada entre árvores mais altas, o capim a atapetar as bordas da picada, não falta muito, disse Vita, sim, estamos quase lá, confirmou o tio, a tia calada, atrás, ao lado da sobrinha, talvez tivesse medo agora que havia saltos e por vezes o carro parecia ir embater num tronco. Estava visto, Domingos nunca guiara numa picada, não é fácil trato para novatos. De repente se perfilou uma curva, e enfim chegavam, os miúdos a correr dos dois lados do carro, gritando Vita, Vita, Vita, havia uma heroína que voltava ao ninho, o que confortou o namorado, vai tudo correr bem, nunca fui feliz como hoje. Mas não deixou as preocupações para trás.

— Para ali ao pé daquele pau — disse Vita, de repente.

Era uma árvore majestosa, um jacarandá de flores pequenas e cor-de-rosa, como as gigantescas do Dombe Grande e da escola primária de Benguela onde estudou, cujos troncos, quando despojados de ramos e raízes, serviam para estabilizar as naus velejando de um lado para o outro do Atlântico, em séculos passados. Se destacava das outras, sobretudo das numerosas laranjeiras, fruta que era o orgulho da região, a melhor laranja de Angola, se dizia. Estacionaram bem no centro da aldeia.

Os familiares assomaram à frente da casa, os cumprimentos e apresentações tiveram lugar, com sorrisos e gritos de júbilo à mistura. Domingos conheceu então os futuros sogros, gente simples e hospitaleira, muito parca de palavras e na expressão dos sentimentos. Claro, a mãe bateu na mão de Vita disfarçadamente, arranjaste um homem bonito. E tudo correu mesmo bem. A lista dos produtos para o alembamento não fugia do habitual em Benguela, mas muito mais modesta nas quantidades, gente pobre não exige muito.

Sentados no quintal aberto, à sombra de duas mangueiras próximas uma da outra, combinaram então para a semana seguinte a cerimônia do pedido de casamento, que consistia na entrega do alembamento e a marcação da data da cerimônia, que se realizaria em Benguela. Os pais da noiva estavam reticentes em deixarem o kimbo, nunca tinham estado numa povoação maior que Caimbambo, nem mais longe. Foi a parte mais complicada das negociações, o que Domingos não esperava e até achava absurdo, sem desmerecimento dos quase sogros. Até Vita romper a tradição de deixar os mais-velhos combinarem tudo enquanto os noivos ouvem. Neste caso, Domingos não levara pais, que já não tinha, nem padrinho, em quem não pensara, nem tio para advogar. Lhe valeu mesmo a namorada, já com alguns estudos, de uma geração diferente, teimosa e desrespeitosa de rituais que sentia ultrapassados, tão ingênua que era afinal.

— Vamos fazer assim, tio, pai, mães. Na próxima semana voltamos com as coisas, fazemos o alembamento e logo o casamento tradicional. É possível ou não é?

Todos concordaram, pode ser.

— Então, depois voltamos para a cidade e já estamos casados segundo as nossas tradições. Depois vamos fazer a cerimônia lá na administração. Podemos fazer da maneira simples. Sem convidados, só a família que mora lá e alguns amigos. Come-se e bebe-se qualquer coisa, pode ser mesmo em casa do Domingos, o quintal é grande, dá para isso.

O namorado falou pela primeira vez:

— O casamento também pode ser mesmo lá no quintal, não é preciso ir na administração. É um funcionário que vai com o livro dos casamentos, essa parte conheço, eu trato disso. Mas gostávamos muito que os pais e o tio estivessem conosco. Como demora tratar de todos os papéis, dá tempo para pensarem com mais calma. Posso vir buscar-vos com um carro maior, tenho amigos com carros grandes, não tem problema.

O problema estava mesmo aí, pequeno ou grande, carro é carro, e viagem para longe mete medo. Os pais não quiseram ir, mas disseram, não tem problema, aqui fazem o nosso casamento, como nós também casamos, como todos aqui no kimbo casam, sem livro nem gente da administração, chega muito bem. Depois lá fazem o casamento como querem, para terem o papel.

— No dia seguinte vimos cá trazer um bocado do bolo e as bebidas para comermos juntos — finalizou Vita.

Assim ficou decidido a contento de todas as partes.

Foi fielmente executado.

Joka foi a testemunha de Domingos e Marta foi a de Vita. O convite seguiu para Santiago mas este andava em campanha militar no Leste do país e não pôde comparecer. Apareceu meses mais tarde com um dente de elefante como prenda. O marfim era muito valioso e ainda não proibido, as preocupações ecológicas se resumiam a uma novidade com raros adeptos. Domingos mandou polir o marfim e arranjou uma base apropriada. A presa ficou como objeto destacado na sala.

Dona Hildérica e comandante Lucas foram convidados para se juntarem à festa no quintal ao lado, mas arranjaram uma desculpa esfarrapada qualquer, a senhora nunca poderia dar parte de perdedora naquela guerra que ela considerava de moral. Seria uma cedência, pior, uma retirada. Porém, algumas das amigas kuribotas estiveram presentes, também convidadas por se darem com a falecida mãe do noivo e serem das vizinhanças. O grupo de zongolas ficou, a partir de então, menos solidário, porque Dona Hildérica acariciou seus rancores e não mais esqueceu a desconsideração, mesmo traição, das ditas amigas, sempre prontas a lhe espetarem uma faca nas costas, só para aproveitarem uma boda com comes e bebes.

Vita abandonou as aulas com algum sacrifício, mas por sua própria decisão, se dedicou inteiramente à casa e à família que entretanto cresceu, primeiro com uma menina, em seguida com um rapaz. Disse um dia, quando estavam na cama, esta terra está com gente a mais, ouvi dizer na televisão que a população cresce mais rápido que a economia, o que significa que estamos a ficar ainda mais pobres todos os anos. Por isso acho, não vamos ter mais filhos, dois chegam.

E passou a tomar a pílula.

A decisão de seguir algum tipo de planejamento familiar pode ter relação com a incrível revelação que uma vez Domingos lhe confessou. Tinham feito amor e, como várias vezes no auge do ato, o marido deu o grito abafado de "ai mãe, mamã". Ela perguntou a pergunta que ficara sempre retida na boca durante anos, por que gritas tantas vezes pela mãe? É pela tua mãe? A própria?

Ele contou:

— Quando era pequeno, estava muito afeiçoado à minha mãe. Fui assim até ao fim da vida dela. Mas quando era mona mesmo, gostava do cheiro dela, gostava da doçura da voz dela...

— Apaixonado... — falou Vita, com malícia.

— Se pode dizer. Também gostava de me encostar a ela, lhe pegar na mão, lhe tocar...

— Lhe tocar? Onde?

— Onde calhasse. Num braço, na cintura, por aí. Tinha uma pele muito suave, usava aquele óleo dos Cuvale chamado mompeke. Conheces?

— Não. E depois?

— Depois quê? É só isso.

— E por que chamas por ela no orgasmo?

— É um hábito chamar por ela. Quando me assusto ou quando me espanto com qualquer coisa. Às vezes digo "haka", como todos, ou "Huku"[2], como tu. Por vezes sai mamã.

— Hábito bem estranho.

Ele deu uma gargalhada. Fora do contexto. Como se estivesse nervoso. De repente sentiu uma espécie de premonição, tinha feito asneira da grossa, revelara aquele segredo que sempre escondeu de todos os amigos, os quais talvez desconfiassem mas não aparentavam lhe dar importância. Tentou deitar um balde de água no fogo. Perguntou com ar ligeiro, quase de zombaria:

— Achas que é um complexo de Édipo?

— Quê? Não sei do que estás a falar.

Ela parecia não estar a gostar nada de uma conversa que ultrapassava os seus conhecimentos e então ele adotou um ar mais professoral, isso podia acalmá-la.

— Se trata de um mito grego muito antigo. Édipo num caminho matou numa luta o próprio pai, que não reconheceu, porque tinha sido separado da família quando era bebê. Depois entrou na sua cidade natal, que desconhecia, e casou inocentemente com a própria mãe, a rainha da cidade, de quem teve filhos. Quando descobriu a verdade da sua origem, ficou desesperado, queimou os olhos, ficando cego. E abandonou aquela cidade e a família.

— Coisa mais suja, casar com a mãe e ter filhos.

— A essa atração entre pais e filhos se chama complexo de Édipo, um desvio de comportamento.

---

2 Deus (em língua Umbundu).

— Grande pecado! Um nojo! Tu tinhas atração física pela tua mãe, é isso que queres dizer?

— Gostava muito dela, como te contei. Mas não tinha atração física, pelo menos consciente. Era muito pequeno, nem andava na escola. Durante alguns anos de escola às vezes ainda acontecia, mas depois passou para sempre.

— Então por que chamas por ela nesses momentos?

— Uns gritam, puxam os cabelos. Outros ficam calados, só a respirar fundo. Não tem outro significado.

Pouco convencida, Vita saiu da cama, foi dormir no quarto vazio, destinado a algum hóspede. Durante duas semanas e quase sem falar com o marido, ruminando só pensamentos. Após muitos rogos dele, estás a exagerar, as crianças vão notar e ficar perturbadas, são pequenas demais para engolirem esta situação tensa. Acabou por condescender, voltou à cama do casal, sem mudar muito a forma como tratava Domingos, que andava de rabo descaído pela casa, evitando qualquer barulho ou gesto. Também se controlava no sexo, nunca mais disse uma palavra durante o ato. Mas a relação tinha mudado de forma definitiva, já não era aquele entusiasmo, aquela sofreguidão compartilhada. Se tornavam relações maquinais. Como Vita confidenciou a uma amiga do Instituto, passou a ter dificuldade em fazer sexo com o marido, pelo menos nunca mais sentiu prazer, o nojo não deixava. Fingia apenas e pouco. Durou ainda alguns anos essa situação, sem grandes mudanças, apenas o sexo cada vez mais espaçado e mais esforçado.

Um dia conheceu um homem, parecia uma pessoa normal, ou pelo menos mais simples. E afirmou ao marido, não quero mais nada contigo, dá-me o divórcio.

Domingos, confuso pelo inesperado do ultimato, apenas pediu um pequeno tempo de reflexão. Se aconselhou com Joka, o qual solicitou a Marta ter uma conversa com Vita, entre mulheres seria mais fácil algum entendimento. Marta veio com a resposta de Vita, estava decidido, queria o outro homem, Domingos lhe metia nojo. Contou mesmo a cena sobre a mãe do marido, não escondeu nada, essa era mesmo a razão principal. Ia abandonar a casa, ficar com o outro homem e voltar a estudar. Pedia só o apoio dos amigos para convencerem Domingos a aceitar a separação a bem e deixá-la ficar com as crianças, precisavam da mãe, não de um pai anormal. Foi essa a palavra usada, frisou Marta, muito chocada com as revelações do passado.

Joka lembrou então que de fato o amigo era muito apegado à mãe, andavam sempre de mãos dadas na rua. A senhora parecia mesmo muito apática, com pouca força de vontade, ele lhe tocava e ela não o afastava, ficava tristemente parada, sem saber o que fazer. Com outra pessoa qualquer que lhe tocasse era capaz de acontecer o mesmo, incapacidade de reagir. Talvez houvesse alguma relação com o fato de o marido ter ido embora, pode ter ficado destroçada e abúlica. Joka chegou a falar com Domingos porque percebeu que as pessoas comentavam pelas costas. Também Santiago interveio, o qual, aliás, tinha até mais influência sobre o amigo. Domingos ouviu-os, não se chateou aparentemente, parou de ter gestos mais efusivos com a mãe, pelo menos quando havia gente. Joka acabou por esquecer essas cenas do passado, eram mesmo muito kandengues. Santiago ainda recordaria? De fato, nunca mais ninguém tinha tocado no assunto.

A separação aconteceu mesmo, para a alegria futura de Dona Hildérica. Assistiu de palanque à saída protagonizada por Vita, os filhos e as malas. As crianças choravam. Um desconhecido saiu do carro, ajudou a guardar as malas e a pôr as crianças no banco de trás. Partiram de imediato. Devia ser algum familiar de Vita, pensou a zongola. Mas que coisa estranha, irá de férias? Talvez visitar os pais em Caimbambo. Mas não seria necessário levar tantas malas. As crianças choravam, a que propósito, se iam de passeio? E o marido não vinha se despedir? Ali havia gato bem gordo. Além do mais, quem seria o desconhecido? Podia ser um familiar dela, admitamos...

Foi a correr visitar as amigas, mais velhas e mais amargas, menos interessadas na vida alheia. Dona Hildérica tinha há muito perdoado a traição delas ao participarem do casamento dos vizinhos, precisava do grupo de mujimbaria. Mas foi mesmo uma das ingratas que reuniu as hostes, dias depois, para explicar todos os mambos. Repetiu duas vezes com detalhes as diligências efetuadas, só para chatear a zongola-chefe, eu é que esclareci o assunto. Tinha interrogado uma colega de trabalho de Domingos, foi mesmo lá no serviço para esclarecer tudo. O funcionário das águas tinha pedido uma licença de um mês sem vencimento, estava mesmo em casa, só saindo à noite para ir comer a determinado restaurante de um amigo, fora da cidade, que lhe guardava os restos das refeições. Vita tinha pedido de repente o divórcio e sem mesmo esperar pela burocracia fora embora viver com um tipo qualquer, ninguém conhecia o nome nem o destino que tomaram. Mas era bem mais velho do que ela.

— Tinha de ser — pegou logo na deixa Dona Hildérica. — Eu não dizia? Vocês achavam eu exagerava, mas vi logo quem ela era, uma oportunista, apanhou um homem mais velho, de boa posição, com casa e carro, requebrou-se toda até o fisgar com um anzol que todas sabemos qual é. O burro devia ter concordado com a minha proposta, mulheres mais velhas não causam problemas a homens parvos, são as novinhas que os arrastam. Não me quis ouvir, todo babado com a menina. Agora é mais um infeliz na cidade e umas crianças sem pai.

As amigas, condoídas, pois as idades avançadas não lhes davam hipótese de se candidatarem a substituir Vita, propuseram de qualquer modo um gesto de apoio a Domingos e foram com um bolo feito por elas para o consolar. Viram a cortina da sala que dava para a rua mexer, ele estaria a examinar quem lhe tocava à campainha, mas fez-se de morto, o ingrato mal-educado, não apareceu.

— Bem-feito! — desdenhou Dona Hildérica, quando lhe contaram o fracasso das suas intenções. — Ainda por cima não me avisaram, parvas e ingratas. Queriam armar em boazinhas e solidárias, guardar o infeliz talvez para vocês. Bem-feito, repito.

— Tu não queres nada com o Domingos, Hildérica, ficaram sem se falar desde que ele casou e vocês não compareceram ao convite. Por isso não te avisamos para vires conosco. Não tínhamos qualquer outra intenção.

Assim terminou o promissor romance e casamento de Domingos e Vita, com repercussões na vida do bairro, dez anos depois de se conhecerem. Os separados comunicavam agora por terceiros, quando absolutamente necessário. Todos os sábados ele ia buscar os filhos para passarem o dia juntos, sem grande entusiasmo por parte das crianças. Até um dia Vita os carregar para outra cidade, acompanhando o marido para novo emprego.

O responsável pelas águas municipais de Benguela demorou muito tempo a voltar a uma ligação séria. Um conselho aproveitou de Dona Hildérica, só empregava senhoras fortes mas de certa idade para fazerem as tarefas domésticas, nunca mais se metendo com jovens. Até outra senhora, esta já de idade madura, voltar a tocar campainhas nos ouvidos de Domingos. Casou sem grandes expectativas nem resultados visíveis. Ao fim de um ano de casamento, a mulher morreu de doença em estado avançado, mas de que era totalmente desconhecedora.

Não falam mais das circunstâncias do divórcio entre ele e Vita, nem os amigos chegados querem recordar esses acontecimentos tristes e meio escandalosos de quando eram crianças, e que acabaram por provocar um drama muitos anos depois.

Houve apenas uma exceção, uma noite, quando os três amigos estavam com muitos copos, tinha Santiago acabado de se instalar na casa dos antepassados e recebia os dois outros para derrotarem duas garrafas de uísque de doze anos que ele trouxera da capital.

Já estavam bem toldados pelo álcool. Um deles, ou Joka ou Domingos, nenhum se lembra muito bem do que iniciou a conversa, fez uma breve alusão ao divórcio e a sua causa. Santiago então rebentou:

— Tinhas de contar mesmo essas cenas de criança, ó Domingos? Precisavas de justificar o quê? São coisas que não se contam nem a um padre na confissão, quanto mais à própria mulher! Segredos, sejam de infância, sejam de outra idade, são sempre segredos. Aprendeste ao menos?

11

Nem sempre Santiago guardava bem os seus segredos. Ou por vezes tinha necessidade de os descarregar em outros. Como podiam ser tristes ou duros, preferia fazê-lo com pessoas que não conhecia. Tinha os parentes de casa a quem confidenciar coisas, com a certeza de que nem Jeremias nem Zacarias os iam espalhar pelas esquinas, discretos como eram. Por vezes tinha mesmo vontade de se livrar de segredos com outros humanos, os quais poderiam dar umas palavras de consolo, se fosse necessário, ou mesmo xingá-lo de enormidades, se ficassem desgostosos ou chocados. Isto era muito mais complicado. No tempo da guerra, escolhia mulheres que nunca tinha visto antes nem voltaria a ver depois. Ficava mais aliviado e os segredos continuavam resguardados. Mas, no fundo, no fundo, preferia mesmo contá-los aos amigos caseiros. Zacarias parecia sempre mais alheado para essas confidências. Mas Jeremias bebia com atenção cada palavra, percebia a necessidade imperiosa dele e se aprestava a servir de depósito dos lixos que lhe iam na alma.

Decidiu calar os desejos e saiu de casa sem se despedir deles, a caminho do banco onde trabalhava Ofeka. Que asneira monstruosa ia fazer? Já adivinhava, no entanto preferia ignorar. Não era longe suficiente para justificar telefonar a um kupapata, foi mesmo a pé, no seu passo arrastado.

Havia duas filas gigantescas de pessoas à porta do banco. Era comum. Belos tempos em que se ia a uma repartição qualquer e se tratava de um assunto em menos de quinze minutos. Agora, no tempo das novas tecnologias, até para utilizar a caixa onde se levanta dinheiro de uma conta com um cartão eletrônico é preciso esperar que quarenta pessoas se atendam primeiro. Discussões acaloradas e mesmo makas sérias eram comuns por causa das prioridades. Até podia haver um cartaz a indicar que tinha prioridade uma pessoa de mais idade, ou mulher grávida, ou portador de deficiência física. Que significava isso? Prioridade de ir para o princípio da fila? E os outros todos nas mesmas condições que já estavam lá à frente iam permitir que um recém-chegado os ultrapassasse? Quem decidia? Normalmente era o segurança que estava ali para evitar atropelamentos de mais fracos ou confusões perigosas. Que formação tinha esse segurança para distinguir os que tinham prioridade e os outros? Só sabia dar uns tiros ou uns encontrões, com ameaças pelo meio, e mesmo para isso talvez não estivesse muito preparado, pois não o treinavam no sangue-frio exigido a quem tem acesso a uma arma. Além disso, os salários eram irrisórios. Os funcionários do banco ficavam resguardados atrás dos vidros de proteção e não se metiam nessas makas, os clientes que se safassem como pudessem com os seguranças impacientes. E era a confusão total quando se aproximava o fim do mês com os salários transferidos ao mesmo tempo. Todos tinham urgência em levantar dinheiro e as prioridades nunca eram respeitadas, nem as filas, nem os seguranças mal-humorados para tanta confusão. Na generalidade dos casos uma coisa era comum a clientes ou seguranças, horas de pé e pouco a ganhar com isso.

Ia bater em retirada, quando uma voz deve ter segredado ao seu ouvido. A porta principal era pouco acessível a quem quisesse entrar no banco, por causa das filas que se formavam à frente dos multicaixas, postados estrategicamente dos dois lados da entrada para atrapalharem os movimentos. Mas havia uma porta mais para a direita, sossegada, com um guarda, era aí que devia tentar. Avançou, parou à frente do guarda e lhe disse em voz firme:

— Tenho marcação para falar com a doutora Ofeka. Conhece, não?

O segurança olhou desconfiado para ele.

— Tem mesmo marcação?

— Vai então lá perguntar. Diz que está aqui o major Santiago.

O outro olhou para dentro, teria de subir dois andares para confirmar, coçou a cabeça, tanto trabalho para tanta fome, de repente se decidiu:

— Pode então entrar. Faz favor, senhor major.

Santiago sorriu para ele, subiu diretamente as escadas, como conhecedor do ambiente. No primeiro lance estava uma senhora sentada a uma mesa com um livro à frente e ar muito aborrecido. Ele disse a mesma coisa, anunciando nome e patente. A senhora apontou para cima, disse segundo andar, terceira porta à esquerda. Ele fez uma vênia de agradecimento, avançou pelo corredor e bateu à porta.

— Entre.

Foi mesmo muita a surpresa dela ao se deparar com Santiago. Deve ter tido um arrepio, pelo menos foi isso que pareceu ao militar reformado. Bom indício. Ele estendeu a mão, bom dia, doutora, e ela se levantou da cadeira num rompante.

— Desculpe interromper o seu trabalho, mas ia a passar e lembrei-me de lhe fazer uma visita.

Ela convidou-o para se dirigir a uma das poltronas que estavam a alguns passos da secretária[3], ainda um pouco abuamada, e seguiu-o após hesitação e a mão passar pela saia, como a alisá-la,

---

[3] Mesa de trabalho; escrivaninha. Em outros casos, pode significar assistente administrativa em um escritório.

para então se sentar à frente dele. Agora é que a menina está mesmo atrapalhada, não o pode mandar embora, até porque o foi visitar a casa sem aviso, mesma coisa que ele lhe fez, estão quites. Ela não replicou ao espírito, que tinha aliás toda a razão. Com a diferença que ela estava a trabalhar... e ele daquela vez estava a descansar no passeio da rua com os seus bichos quando foi incomodado, o que é a mesma coisa, se antecipou Olegário. Ela voltou a ignorar.

— Muito prazer em o ver — disse Ofeka. — Vem tratar de alguma coisa no banco?

— Não. Como lhe disse, vim visitá-la, retribuir enfim...

— Pois. Ainda não acabei de ler o livro, mas estou a gostar muito. Afinal é mesmo notável.

Santiago nem se lembrara do *Gilgameš*. Agora podia parecer que vinha já cobrar a devolução, raios partam! Como se desconfiasse de ela ser capaz de nunca mais devolver o livro, e ele com vergonha de lho lembrar. Estava mesmo arrependido de ter tido aquele impulso de a ver. O melhor seria disfarçar e, por isso, fintou a questão.

— Ainda bem que está a gostar do livro. Lá embaixo, quando vi as filas de gente nas máquinas do multicaixa, pensei em desistir. Depois vi a porta ao lado e pensei, deve ser esta a entrada direta para os funcionários e visitantes.

— As filas assustam, não é mesmo? O banco ainda não fez as melhorias nos acessos, mudamos para aqui quando compramos os andares, isto não está muito apropriado para um banco. Nem os elevadores funcionam ainda. Prometeram melhorar em breve as condições. Vamos ver...

Pareciam estar os dois sem assunto, pois se olhavam e desviavam a vista, mudos. Ofeka quebrou a incomodidade:

— Não é mesmo nosso cliente, pois não? Posso falar-lhe sobre as vantagens de mudar para aqui?

Um riu, o outro seguiu. Bem jogado, menina, desanuviou com um toque sutil o ambiente, elogiou Olegário.

— De fato não tenho intenção de mudar de banco para receber a minha pensão, mas noutra altura poderá tentar convencer-me de que cobram taxas mais baixas e dão maiores prendas de Natal, talvez mesmo um cabaz como para os ministros e deputados, quem sabe se me convence...

— Então é mesmo apenas uma visita?

— Se estiver muito ocupada, e acredito que sim, peço desculpa e vou embora.

— Que é isso? O companheiro do meu tio Zé Pulgas é sempre bem-vindo. Pena o meu estatuto no banco não dar direito a ter bebidas, só café. Aceita um?

Santiago recusou. Pelo que parecia, algum empresário mais vivaço tinha conseguido prover todos os gabinetes da província com as máquinas mais modernas de café. Um importador amigo do governador ou de um seu adjunto? Assunto para picar o Joka em próxima oportunidade. Embora já não desse muito gozo se meter com o primo, ele estava muito menos defensor do regime à medida que envelhecia.

Trocaram mais algumas banalidades, de fato nenhum deles estava preparado para falas mais interessantes. Pouco tempo depois de ter entrado, o major se levantava, não quero prejudicar mais a produtividade do banco, está visitada, um desses dias conversamos de forma mais prolongada, se não se importa; mas será um prazer, major, num fim de tarde talvez, os fins de tarde são a melhor parte do dia. Apertaram as mãos, os dois um pouco constrangidos, e ele partiu. Julgava que alguns fins de tarde estavam destinados ao professor Mulungu, disse o espírito, adivinhando o mesmo pensamento de Ofeka. Pois será mesmo hoje, logo mais, respondeu Ofeka. Para se redimir?

O major disparatava consigo mesmo. De repente, meti-me nesta confusão, depois não tive conversa, fugi de caxexe, será que ela notou que era mesmo uma retirada estratégica? Com esta asneira, queimei uma munição atoamente. Não lhe apetecia ir conversar com Joka, sempre ocupado, ou Domingos, sempre desocupado e a sonhar com a reforma. Nunca percebera muito bem o que fazia o amigo, aliás. Talvez devesse andar pelos sítios todos a fiscalizar como estava a água e os diferentes sistemas que tratavam dela, mas afinal nunca saía do gabinete. E havia muitas reclamações pela falta de água ou pelo estado impuro da mesma. Seria culpa do amigo? E que faria a Cambutinha além do café? Questões e mais questões, os cidadãos são muito desconfiados e sempre a espiar os agentes do Estado ou até do privado, agora virtuoso, sem ter mudado nada. Deve ser mesmo isso, a culpa é nossa, dos cidadãos, que não deixam os funcionários trabalhar em paz.

Ofeka, pelo seu lado, não sossegou muito o estado de espírito durante toda a tarde. Ao sair do trabalho, foi dar a sua volta pela praia Morena. Reconheceu o carro estacionado no sítio de sempre e parou atrás dele. Viu Mulungu sentado sozinho na esplanada, foi cumprimentá-lo. Não esperou que a convidasse, ocupou logo uma das cadeiras.

— Vamos ao mesmo de sempre? — perguntou o professor.

Ela aprovou com um gesto. Não precisavam de falar para os aperitivos, já estabelecidos pelo uso. Não passavam porém para o prato principal. Desta vez, no entanto, foi diferente.

— Quer jantar hoje comigo, doutora? Estou sozinho e gostaria da sua companhia.

— A sua mulher?

— Viajou. Óbito de um familiar em Luanda. Eu não podia ir...

Temos progressos, disse o espírito Olegário. Notáveis! Ela ficou calada, evitando emitir qualquer juízo, por causa da coisa que morava no seu ombro. Mulungu fitou-a, enrugando ligeiramente a testa. Ofeka tinha de responder a um convite feito com toda a gentileza.

— Terei muito prazer, é claro. Espero que não seja em hotel de luxo, não estou vestida para isso.

— Vamos à vontade. Estava a pensar num restaurante de muito boa comida, sem pretensões, na Catumbela. Íamos a sua casa para deixar o seu carro e vamos no meu.

— Tão longe? Catumbela?

— Longe? São dez minutos daqui, um pouco mais.

— Sim, é verdade. Está a convidar-me, portanto só posso confiar no seu bom gosto.

— Os mariscos e peixe são muito bons, apanhados no mar perto da costa mas para lá da corrente do rio. E sempre fornecidos pelo mesmo pescador. Mas também têm carne, os pratos habituais. Tudo com confecção de muito boa qualidade.

— Vamos fazer como quer. Vamos à Catumbela.

Beberam uma cerveja, conversaram, mandaram vir mais cerveja. Não fugiam do esquema habitual, o professor era conservador. Antes de saírem da esplanada, Mulungu telefonou para reservar uma mesa no restaurante, pedindo que guardassem umas lagostas e o melhor peixe, com a concordância antecipada dela. Iriam cedo, avisou pelo telefone.

— Até pode parecer exagero, talvez não fosse necessário reservar, mas todo o cuidado é pouco. Às vezes aparecem uns grupos a festejar alguma coisa, ocupam todas as mesas e acabam com os restos de comida. Se são estrangeiros, então, não sobra uma espinha...

Ela riu com o exagero.

— Sabe que nunca comi na Catumbela? Benguela ou Lobito, ou, claro, Baía Azul, Caotinha... Nunca queremos arriscar no sítio mais perto ou mais óbvio, será?

— Tive sorte. Um amigo que gosta de andar sempre à procura de coisas novas levou-me lá. E gostei tanto que no fim de semana voltei. E depois e depois...

Terminaram as bebidas e foram a casa de Ofeka, que convidou o professor a entrar, enquanto ia passar um pouco de água pela cara, como disse. Mas a menina vai mudar de roupa, já lhe conheço os hábitos. E é tão mal-educada que não oferece uma bebida à visita?

— Quer beber alguma coisa? Pode sentar-se aqui na sala?

Ele recusou a bebida, espero aqui, neste cadeirão, parece muito confortável. Ofeka foi de fato passar água pela cara, mas depois escolheu um vestido discreto e de bom gosto, com sapatos a condizer. Em cinco minutos estava pronta.

Era a primeira vez que andava no carro dele. Se sentia um perfume muito discreto. Vinha do carro, não do condutor. Depois descobriu o difusor, então era isso. Sutilezas a condizer com a elegância de Mulungu, se deliciou ela. Mas mantinham o silêncio, ele atento à avenida, ela a juntar os detalhes. Entraram na ponte sobre o rio Catumbela.

— O restaurante é muito perto daqui.

O carro continuou para a nova marginal, logo o condutor fê-lo virar à esquerda e entrar num portão aberto ao lado de um restaurante, onde estacionou num espaço amplo e vazio.

— Realmente tudo muito cômodo e rápido — elogiou Ofeka.

— De fato — disse o professor.

Entraram no restaurante pela porta lateral, a destinada a quem parava no parque de estacionamento. Tinha poucas mesas, mas tudo impecavelmente limpo e aparentando cuidado. O dono apertou a mão de ambos, sem demonstrar estranheza por Mulungu vir acompanhado de outra mulher e não por Kiesse.

— Bem-vindos a este modesto estabelecimento. O professor já é um cliente habitual, mas é sempre uma honra recebê-lo com a nossa modéstia. Minha senhora, um prazer... — fez uma vênia ligeira. Ofeka gostou dos modos, está à altura do meu acompanhante. O nome dela não foi revelado ao hospedeiro, o qual também não perguntou.

O senhor Pascoal, como viria a conhecer depois, levou-os à mesa mais afastada da porta. As outras mesas ainda estavam vazias, seria cedo para os clientes chegarem.

— Esta serve?

— Claro, senhor Pascoal — disse Mulungu. — Sempre tem as delícias que encomendei?

— Claro que sim. Senão, inventaria, o professor merece o melhor...

Quando ficaram a sós, Ofeka disse:

— Ele tem-no em alta consideração.

— Presumo que sim. Venho cá com certa frequência, apesar de não ser tanta como gostaria. É uma casa pequena, mas simpática, bem arranjada e sobre a comida falamos depois. E quando é o próprio dono que está a dirigir as operações de recepção e a vigiar o comportamento do pessoal, com a própria mulher a orientar os cozinheiros lá dentro, há grandes possibilidades de sermos bem atendidos.

Ofeka teve tempo de admirar a sala, com as paredes adornadas por esteiras pintadas, máscaras penduradas provenientes das diversas culturas, não só da região, mas também do resto do país, e instrumentos musicais tradicionais.

— Um pequeno e bonito museu — disse ela.

— Ele é um apreciador da nossa arte. E artesanato. Algumas peças foram ofertas de pessoas reconhecidas pela maneira como foram tratadas aqui, outras ele vai procurá-las nas curtas férias. Mas vamos ao que importa. Começamos por um aperitivo? Champanhe?

— Pode ser.

Começava bem. Não foi preciso nenhum sinal, o senhor Pascoal, ou porque tivesse lido nos lábios de Mulungu a palavra ou por conhecer os gostos, se aproximou logo com a sugestão:

— Temos uma garrafa de champanhe gelada nos limites exigidos pelos sábios franceses que a inventaram.

— Era o que íamos pedir.

O dono retirou imediatamente, fazendo um gesto imperioso ao criado e este desapareceu por instantes para reaparecer com um *frappé*[4] que pousou na mesinha respectiva, retirando logo a rolha da garrafa. Serviu uma taça a Ofeka e depois fez o mesmo para Mulungu. Este levantou a sua e tocou-a na dela, o primeiro de muitos, espero... Expressão algo enigmática, pensou ela, e não é que tem razão?, acordou o kazumbi, isto promete. Estás muito atrevido, espírito da tuji. E agora fica calado, não me distraias. Sim, são momentos decisivos, concordou Olegário.

Depois vieram as gambas ao alho e mais a santola e por fim as lagostas com algumas folhas comestíveis da terra. Um começo para acompanhar o champanhe, disse Mulungu, comendo e falando sobre coisas ligeiras. Ela puxou-o para conversa sobre a sua profissão de criar gênios em cabeças desviantes, como lhe chamou, o que fez Mulungu dar uma gargalhada, brilhante, brilhante mesmo, é isso que eu penso mas não tinha as palavras. Infelizmente são gênios muito reduzidos, mas é apenas os que

---

[4] Balde de gelo.

temos nos tempos mais próximos. Talvez um dia, se as espinheiras florirem... A esperança nunca deve morrer. Saudou-a com a taça de novo cheia, ao seu brilhantismo e à minha felicidade de a ter conhecido, seremos grandes amigos. Bendito funcionário do banco que queimou os vossos registros. Riram os dois.

Seguiu-se o prato principal, um soberbo cherne à Morro da Catumbela, um sítio emblemático da cidade, de onde se tinha uma vista maravilhosa sobre o rio, a vegetação de palmeiras, jacarandás seculares e acácias rubras ladeando a margem e sua entrada no mar. Em tempos, na ilha divisora das águas, enxameavam centenas de crocodilos, mas foram sendo exterminados por causas diferentes, sempre relacionadas com os humanos. Era nos tempos em que acontecia frequentemente uma mulher, lavando roupa no rio, ser puxada por um jacaré e desaparecer. Ou crianças que ousavam dar pinos para a água e iam dormir para sempre junto das canas da margem. Todos sabiam, era rio de maldição para os imprudentes. Não faltava, porém, quem o esquecesse, e a Natureza seguia a sua tradição. A Catumbela também foi no século dezoito e dezenove o ponto de partida das caravanas de Benguela para Kakonda, nos tempos anteriores à existência do Lobito. E também o sítio de chegada das riquezas comerciadas nas extensões até ao Planalto e, através deste, a costa do Índico. Caravanas, riquezas, escravos, crocodilos.

A cabeça de Ofeka, a terra, nem estava aí, embora sentisse com todos os instintos o poder oculto nas pedras e nas árvores do local. Estava na simpatia do companheiro, no vinho bebido depois da garrafa de champanhe, ideias e sensações por onde se intrometia a imagem de uma barba assustadoramente mal aparada e já embranquecida.

— Fruta ou doces para sobremesa? — perguntou o senhor Pascoal, aparecendo no momento certo. — Posso fazer sugestões?

Os dois escolheram o pudim caseiro, feito pela mulher dele. Exímia, elogiou Mulungu. As coisas familiares sabem muito bem em qualquer espaço. Ofeka tinha comido demais e olhou disfarçadamente para o relógio. Vinte horas e trinta. Mais tarde que supusera, o tempo passou rápido. Ambos recusaram o café e o digestivo.

— O digestivo fica para o Lobito — comandou Mulungu. — Vamos beber um na restinga? Há lá um bar simpático.

Amanhã tenho trabalho, não é novidade, mas realmente ainda é muito cedo para ir para casa. Não lhe devo fazer essa desfeita logo na primeira vez em que me convidou. A menina tem razão, não pode negar o resto do passeio, sentiu ela o apoio do kazumbi.

— Acho uma excelente ideia — concordou ela. — Vamos à última paragem deste périplo pela nossa bela costa. O porto. Depois voltamos à capital.

— Disse essa palavra capital com muita malícia. Sempre a disputa com o Lobito? Eu sou neutro, sabe, venho de muito longe, posso ser objetivo.

— Isso já não existe, é só mesmo brincadeira. Cada cidade tem a sua personalidade, o seu ritmo, talvez um dia estejam unidas. Olhe, Catumbela e Lobito já estão, não existe solução de continuidade. E o movimento prossegue para sul, portanto, daqui a vinte anos está tudo ligado por uma trama urbana...

— Sim, vai mesmo acontecer. Embora Benguela tente fugir para sul.

— Foge um pouco para sul, mas também está a expandir-se para norte. Já ultrapassou o Cavaco, aproxima-se da Catumbela.

— O encontro vai ser no aeroporto?

— Parece — disse Ofeka, sorrindo. — E no estádio Ombaka.

Mulungu pagou, se despediram do senhor Pascoal, muito mais atarefado agora, pois tinha a casa cheia.

— Espero que voltem em breve — disse o dono do restaurante. — Se me permitem a ousadia, fazem um belo par.

Felizmente estavam mesmo de saída, senão poderia haver algum constrangimento. Ofeka percebeu num relance, Mulungu nunca tinha lá levado a mulher. Estranho. Devia fingir que não tinha reparado, mas Olegário afinal estava atento, já viu, menina, o dono do restaurante tem boa memória, estão treinados a memorizar caras, sei do que falo, frequentei muitos donos de bares e coisas destas na minha vida de dijei. Ele não traz a mulher aqui. Era a primeira vez que o kazumbi dizia algo útil, um espanto. Ainda por cima coincidente com o que ela sentira. O que significaria isso? Tinha mesmo algum significado? Ofeka tinha muito em que pensar, a seu tempo. Devia alimentar a conversa com Mulungu, não parar de falar e provocar respostas, para o deixar à vontade, como se tudo lhe tivesse parecido normal.

Levaram quinze minutos a chegar à restinga do Lobito, não havia muito movimento de carros a essa hora. O bar, quase no fim da restinga, pelo contrário, estava bastante concorrido. Olhavam alguns pares dançando, outros a beber nas mesas e no balcão, Mulungu sorridente, sem propor nada, até aparecer alguém que quase gritou para ser ouvido:

— Boa noite, professor, há muito que não aparece, já tinha saudades. O mesmo sítio do costume?

Mulungu apertou-lhe a mão, mas não apresentou Ofeka, que correspondeu ao cumprimento mudo do outro, o qual, pelos vistos não tinha nome, pois Mulungu não o referiu, apenas concordou com a cabeça sobre o sítio do costume, enquanto continuava a observar os pares dançantes. O homem se retirou e pouco depois vinha com uma mesa, que colocou num sítio mais reservado e menos barulhento, mas de onde se via bem a pista. As cadeiras já vêm, disse ele, o que realmente aconteceu a seguir e eles puderam sentar-se, não frente a frente, de forma que podiam contemplar ambos o espetáculo dos corpos. Escolheram um reputado conhaque francês. Espero que ele aguente bem as bebidas e me leve com segurança para casa, o professor tem muito traquejo, respondeu Olegário, não se preocupe, viva a noite belíssima perto do mar. Hoje o espírito estava muito bem-comportado, só falava para trazer algo de positivo, pensou ela, obrigado, foste por uma vez simpática.

— Este senhor que nos serviu é o dono disto?

— Dono ou gerente, vai dar no mesmo. Funciona bem, não acha?

Mulungu bateu no balão dela com o seu, este é conhaque de primeira.

— Cinco estrelas! — disse ela, depois de provar. — Mas será o único. Já tenho a cabeça a andar à roda.

— E eu que ia convidá-la para dançar...

Ela riu, não respondeu. Ele não insistiu, provavelmente tinha dito apenas uma piada, sem intenção nenhuma de passar para a pista de dança. E se ela dissesse, vamos então a isso, bailemos? A menina dança bem, seria uma forma inteligente de o testar, fala sempre a sério ou por vezes está a ser irônico? Ofeka não ligou à observação de Olegário. Mulungu continuou a olhar os pares, depois falou:

— Este sítio é bom porque temos mar dos dois lados e em frente. Como no fim da Ilha de Luanda. Só que aqui nada interfere, não há construções ou barracos a tapar a vista, só palmeiras que não se intrometem na visão. É perfeito.

— Uma restinga. Tenho de reconhecer, em Benguela não temos isto, nem parecido.

— Bravo, consegue superar o bairrismo!

— Tento ser justa. E o jantar estava perfeito também.

— Ah, mas esse não conta, foi na Catumbela, a vossa zona neutra.

Mulungu não voltou mesmo a falar em dançar. Seria um mistério a esclarecer no futuro, pensou ela. Conversaram sobre trivialidades e uma ou outra coisa que lhes aconteceu no passado. Não resistiram a mais uma dose de conhaque. Ele garantiu que aguentava bem a bebida e era muito responsável. Por outro lado, com a polícia não haveria problemas, os bafômetros estavam todos avariados de novo, à espera de vir um técnico da cooperação com Espanha para reparar os aparelhos. No entretanto, era aproveitar...

Chegou porém o momento de partir, concordaram facilmente. A pista de dança estava animada e chegava cada vez mais gente sedenta. Eles tinham trabalho cedo no dia seguinte. Às dez horas partiram para Benguela.

No carro a conversa esmorecia, talvez por cada um estar a pensar no passo a dar quando o veículo parasse. Ofeka estava decidida, tinha corrido muito bem, mas as coisas devem andar devagar, ainda existiam muitas zonas de sombra. Talvez Mulungu afinasse a estratégia ou apenas se debatesse com problemas morais. O kazumbi não opinou sobre o assunto, provável seria que não tivesse experiência desse tipo de relacionamentos. Mas pegou na deixa quando ela perguntou, que achaste da música, dijei desencarnado? A menina quer conversa? Pois te digo que a música era muito antiga e sem criatividade. Gravaram não sei quantas músicas num disco e põem a tocar. Quando acaba o disco, repetem. Não tinham dijei. Era o que pôs a mesa e as cadeiras que ia repor a música. Em Calpe não... Chega, mano, fica só caladinho a dormir, aproveita bem a viagem. Olegário obedeceu.

Chegados a casa dela, saíram do carro os dois, pois Mulungu quis acompanhar, disse mesmo, a segurança dela era sua responsabilidade. No entanto, tinha parado o carro mesmo atrás do dela, outros nessas circunstâncias nem se mexeriam. Era mesmo um cavalheiro à moda antiga. Ela abriu a porta de casa, pensando na maneira como se despediria. Dois beijinhos ou um aperto de mão? Depois de tantos encontros na praia e agora esta viagem, lhe parecia, se justificava uma despedida mais próxima. Ele tomou a iniciativa e deu-lhe mesmo os dois beijinhos na face. Castamente.

12

Joka saiu do serviço às horas normais, nem mais um minuto. Antes saía sempre mais tarde, era o último a abandonar o posto de trabalho, com exceção dos dias em que o governador tinha alguma reunião importante, em que o dia acabava e a noite caía profundamente sobre o conclave reunido, sem grandes resultados práticos, no dizer das más e das boas línguas da cidade. Joka deixava o gabinete ao cair das brumas, sem a alegria de um fim. Agora estava mesmo a fazer o desmame das tarefas, muitas vezes até nem aparecia no serviço depois de almoçar. Quem reclamaria? O governador não tinha como controlar, nem seria do seu âmbito. Abaixo dele, quem o poderia fazer? Estava mesmo bem assim.

Resolveu ir a pé até à rua de trás do prédio do governo, mais conhecida como rua da praia Morena. Devia ter um nome oficial e ele até seria obrigado a conhecer, mas quem quer saber nome de ruas? É a rua da praia Morena e acabou. Foi andando pelo passeio contíguo à areia, onde tinha começado o processo de arranque das casuarinas, primeiro passo para novas obras de renovação da estrada e construção de um calçadão a toda a extensão da praia. Para isso era preciso arrancar as árvores, as quais estavam com muitos bichos e portanto quase moribundas, justificavam próceres no governo provincial. Eram as árvores que davam sombra aos veraneantes que queriam escapar do sol, as árvores da sua meninice em que não existiam ainda toldos ou chapéus para criarem a abençoada frescura da sombra. Soube que afinal as casuarinas também eram da meninice do pai dele e talvez dos avós. Adaptadas ao clima, se davam bem na areia e bebiam água do mar, elas e os coqueiros, como se dizia naqueles tempos. Então por que arrancar? Modernices de derrubar tudo o que esteve aqui séculos, lhe disse Santiago um dia, esta geração detesta árvores.

— Vamos deixar de ter a arma para apanhar caranguejos, lembras?

Eram miúdos e Santiago tinha aprendido, talvez com o avô Malulu, como apanhar os caranguejos pequenos e quase transparentes que se metiam no seu buraco ao mínimo pressentimento de perigo.

— Pegas numa semente ou fruto de casuarina ou quê, não sei o que cai mesmo dessas árvores tão altas, umas bolas pequenas, escuras e muito duras, com casca espinhosa. Os caranguejos são atraídos por elas. Então, se vês um desses brincalhões, sentas na areia, com pelo menos três bolinhas na mão, e ficas a observar o dito caminhante de lado, cheio de sua banga. Acabas por descobrir o buraco dele. Cada um tem o seu próprio e se entra no de um vizinho, leva berrida e sai de lá ainda mais pálido. Quando sabes bem qual é o buraco certo, atiras uma bola para lá do buraco e ele corre para ver o que é. Descobre e desiste do fruto, não dá para comer, muito duro e com pequenos picos. Atiras outra bolinha na mesma direção mas para mais longe. Ele não resiste, desata a correr até ao fruto. Aí já está bem afastado do buraco, mais do que tu. Levantas devagar e atiras o terceiro fruto para ainda mais longe, sempre na mesma direção. Corres para o buraco dele e tapas com o pé, antes de ele chegar, pois permaneceu longe demais. O caranguejo fica completamente desorientado, tentando entrar num buraco alheio, leva berrida, tenta outro, até que fica mesmo cansado de violar casa proibida. Então podes te aproximar e apanhá-lo, mas atenção, com muito cuidado, para não o magoares. Depois solta-o com igual cuidado, é pequeno, não dá para comer, então deixa a natureza como ela é. Ele fica à espera que venha uma onda maior, que inunde a areia, e então cava de novo o seu próprio buraco. É assim que se apanham caranguejos sem fazer mal a ninguém, só para brincar. Essas frutas são os melhores engodos porque rolam bem na areia e atraem-nos mais. Podes também usar pedaços de carvão, mas não é um isco tão bom. Os iscos têm de ser escuros.

Assim lhe ensinou seu primo Santiago, quando começou a conversar com ele, já andavam na escola e sentavam na mesma carteira para dois. Domingos ficava na carteira de trás. À frente ficava Rita, a namorada de Santiago. Toda a turma cantava, a Rita é a namorada do Santiago e o primo ficava furioso e negava. Quem pagava era Rita, coitada. O primo tinha sempre uns pedaços de tamarindo nos bolsos dos calções, chupava um deles até ficar só o caroço, o qual ele esfregava no chão da sala. Quando estava bem quente tocava com a semente na perna de Rita, a qual dava um gritinho. Pronto, a professora fazia cara de má e o primo se levantava logo para o castigo, ficar de joelhos olhando para uma parede. Sempre que gozavam com ele por causa de namorar com Rita, Santiago maltratava a pobre menina. Para mostrar que não gostava dela? Ele, Joka, sempre achou era o contrário. E, inegavelmente, Rita só tinha olhos para Santiago. Tinham seis anos, sete talvez... Rita ficou para trás, na poeira do passado. Com ela, um dos muitos segredos de Santiago, por que fazer mal a alguém de quem gostava.

Joka andou até ao Porta-Aviões, única construção que ficava do lado do mar e onde havia o solitário bar e esplanada da praia, também uma pérgula com buganvílias vermelhas por cima. Domingos estava lá sentado, sozinho, uma cerveja na mão. Joka se admirou com a coincidência mas avançou para o amigo, lhe deu uma palmada no ombro, sentou ao lado. Fez sinal ao empregado, indicando a mesma bebida do companheiro.

— Como estás?

— Bem — respondeu Domingos. — Pelo teu lado também? O Santiago disse-me há tempos que te reformas agora.

— Para a semana. É o meu aniversário e a reforma ao mesmo tempo. Vamos fazer um jantar em casa. Conto contigo.

— Dia catorze, claro.

— Nunca esqueces, Domingos.

— O Santiago fez anos a vinte e seis. Do mês passado.

— Haka, esqueci.

— Também ele, de certeza — e riu. — Eu lembrei mas não lhe disse.

— Sim, é mesmo dele. Mas ao meu tem de ir. Nem que o vá buscar de surpresa.

Chegou a cerveja e o copo. Joka bebeu em silêncio. Domingos falou:

— Também me vou reformar. Tenho anos de trabalho a mais, no entanto não me dão uma pensão melhor, vou receber a mesma que receberia se tivesse parado na idade normal. Achas bem?

— Não acho, não. Mas é a lei.

Apesar de terem entrado na época quente, oito meses do ano, se estava bem na praia ao pôr do sol. A essa hora, o ventinho vinha do mar, fresco. Por isso continuava a ser local de encontro para os citadinos. Aumentava o número de carros e motos a estacionar por ali. Também Ofeka, que passou por eles sem olhar. Joka não a chamou, deixou-a seguir, ia já orientada. Sentou à mesa de um homem alto, que apenas fez o gesto de se levantar para a cumprimentar. Ela estava de costas para eles, o homem um pouco de lado, um desconhecido. O engenheiro tomou um gole de cerveja, acompanhado pelo amigo, o qual acabou a sua e fez gesto ao empregado, queres mais uma? Joka negou em silêncio.

— Deixei o carro no serviço, me apeteceu andar a pé. Se fores para casa te dou boleia. Mas temos de ir até ao governo provincial.

— Como sabes, deixo sempre o carro em casa. Mas daqui até lá é perto. Dizem que quem anda todos os dias vive mais. À hora do almoço é que começa a ser mais chato...

— O calor, pois. Eu não ando nada, sempre sentado. Ou a uma secretária, ou a uma mesa, ou no carro. Tenho de mudar isso.

— Se quiseres, podes começar a correr comigo de manhã cedo. Vais de carro até minha casa, corremos até aqui à praia, depois ao longo dela até ao hospital e voltamos para o teu carro.

— Estás a gozar, não?... Eu nunca gostei de correr, não é agora a envelhecer que começo a armar em maratonista.

— Fazes mal. E não são maratonas nenhumas, seu exagerado.

Joka ia pagar mas o amigo não deixou. Ainda fico a beber mais uma, é cedo para voltar a casa. Mas podiam servir aqui uma jinguba, não achas? Joka concordou, de fato os ditos empresários iam perdendo os bons hábitos antigos, que fidelizavam a clientela. Esperavam sempre dos clientes que encomendassem sandes, chouriços, bolos ou mariscos.

Foi embora e Domingos ficou sozinho. Sempre sozinho, o pobre amigo. Desde que a morte lhe levou a segunda mulher, com quem se entendeu bem durante um ou dois anos, Joka não lhe conheceu mais ninguém. Talvez tivesse seus casos, mas não os anunciava. Como Santiago. Nisso eram parecidos. Joka ia caminhando devagar e pensando na vida estranha de Domingos, amarrado à cidade, talvez sua verdadeira esposa. Ou talvez estivesse amarrado à casa e não à cidade. Dá mesmo para distinguir?

Seria bom estar com o primo e o homem das águas no seu aniversário. E mais a quantidade de pessoas que Marta ia convidar, ela tinha prazer em encher a casa com amigos e até não amigos, a qualquer pretexto. A propósito, tinha de comentar com a mulher o quase encontro com Ofeka na esplanada. E quem seria aquele tipo alto a cuja mesa ela se sentou, sem grandes efusões, nem mesmo um aperto de mão? Ofeka também é menina de arrastar o pendura para a festa sem perguntar se pode. Amiga típica de Marta. Não pode esquecer de contar à mulher, logo que chegar a casa.

Entretanto, Domingos acabou a cerveja, pagou a conta e partiu para o cubico, pensando na vida vazia que o esperava. Ia mergulhar os olhos na televisão, havia futebol. Também podia ir ver o jogo a casa de Dona Hildérica, viúva e amansada pelos anos, uma boa companhia afinal.

O marido comandante da polícia atingiu idade de promoção, mas devia mudar de província. Recusou a promoção porém não aguentou muito tempo as consequências de demasiado álcool, comida pesada e doces. Um ataque cardíaco fulminante e deixou uma viúva e órfãos em número indeterminado. Houve muita disputa, pois os candidatos a herdar a casa da cidade, a da praia e as contas em bancos diferentes fizeram muitas pressões. Dona Hildérica e os filhos dela lutaram com todas as forças, não cederam um milímetro, eles eram a família legal, os outros herdeiros, advogados e juízes que não viessem chatear.

Domingos retomara o bom trato com a vizinha quando voltou a casar e a mulher se entendeu com a família morando ao lado. Todos esqueceram quaisquer agravos, ligeiros afinal. A mulher faleceu e Dona Hildérica demonstrou ser um apoio muito grande para o funeral e o luto que se seguiu. Afinal sofria apenas do defeito de kuribotice, ninguém é perfeito, além de ter tido razão ao preveni-lo de forma indireta quanto a Vita, suas razões ou desrazões. Domingos era realmente um paz de alma e repousou na senhora quanto às questões da casa, a qual arranjou uma amiga para fazer o trabalho que um dia Vita assegurou, mas se tratava de uma senhora idosa, para não haver repetições de pecados e dramas posteriores. Domingos teve ocasião de retribuir a amizade e apoio, quando o comandante da polícia faleceu sem avisar. Sempre que Dona Hildérica tinha alguns problemas, se queixava a Domingos com a mesma frase: "Pois, ser viúva de um comandante da polícia não é a mesma coisa que ser esposa de um comandante da polícia." Mais tarde, uma das filhas da vizinha trouxe marido e progenitura para casa da mãe, evitando assim que ela vivesse sozinha. E se tornaram todos amigos do manso e calado Domingos. Então era muito frequente que ele fosse convidado para o almoço de sábado e para as festas que todas as grandes famílias têm. Estava perfeitamente à vontade para ir de noite à casa do lado ver televisão com companhia. Por vezes comprava uma garrafa de um licor feito no Lubango, muito apreciado por Dona Hildérica, e aparecia com ele.

— Que bom moço o Domingos, é uma joia de rapaz, lembro-me dele do tempo em que usava só calções — dizia ela por vezes a uma amiga. — Mas com pouca sorte na vida, coitado! Talvez devesse arranjar nova mulher, não há duas sem três.

Todas as amigas conheciam a senhora zongola e sua propensão para se meter na vida dos outros, não só para comentar, mas também para dar conselhos e até mesmo tentar resolver algum mambo à sua maneira.

— Tem alguém em vista, Dona Hildérica? — se metiam com malícia, mas usando de prudência.

— De fato não. Teria de ser alguém de idade próxima, não nova demais, essa experiência amarga ele já teve.

Pelos vistos falhara nas buscas e interrogações, nenhuma apareceu que merecesse a sua aprovação. Quando alguma amiga lhe indicava uma dona valendo a pena de uma experiência, assinalava sempre defeitos e perigos. Aos teus olhos, ela merece ser testada, mas eu digo já, não a aprovo, dizia para a amiga empenhada. Até que se cansou definitivamente da infrutífera busca, a região já não tinha casamentáveis de jeito para o seu Domingos. E fingia zanga séria se lhe vinham apresentar mais candidatas. Ao fim de um tempo, as amigas também deixaram de tocar no mambo. Não valia o esforço. Além disso, ninguém se preocupou em informar o principal interessado da fracassada busca.

Domingos poderia parecer um desgraçado aos olhos do grupo hildérico. Ele próprio não o sentia.

Menos feliz se encontrava Santiago. Aquela mulher vencia-o sem ele ter sequer entrado na batalha. Que raio de força tinha Ofeka, levava-o ao rubro sem lhe passar a mão pelo cabelo. As asneiras e despropósitos dele pareciam se suceder por não ser claro e preciso. Não havia tempo a perder, passaria ao ataque na primeira oportunidade. E havia uma a chegar, segundo aviso do primo, o já célebre jantar de aniversário. Escolheu a melhor roupa, sem parecer demasiado formal, levou-a à lavandaria mais próxima, explicou detalhadamente como queria cada uma das peças. O mesmo na loja onde comprou dois pares de sapatos, uns pretos e outros castanhos, para escolher no dia da festa. Gastou mais tempo nessa operação da imagem que a usada, quando militar na ativa, a desenhar um plano para tomar um quartel inimigo sem provocar muitas baixas em ambos os lados.

O esforço de Santiago afinal foi inútil. Uma belíssima Ofeka apareceu na festa com Mulungu pelo braço. Tão embeiçado estava o professor que não se preocupou com a possibilidade fortíssima de encontrar duas ou três pessoas conhecidas, as quais, no meio pequeno de Benguela, iam batucar a notícia de alguma provável ligação mais do que amistosa, mujimbo esse que chegaria aos ouvidos da mulher dele, mesmo antes de regressar à cidade. No entanto, nada de anormal tinha ainda acontecido entre eles, nem um roçar com intenção, nem sequer um beijo. Ofeka não entendia tanta contenção, há mais de três meses se encontravam na esplanada da praia e duas vezes tinham ido jantar fora da cidade. Da segunda vez calhou na Baía Azul, icônico sítio para inspirar romances de amor. A conversa tinha sido mais íntima, sem dúvida, pois um e outro confessaram alguns segredos, em voz baixa e grave. Não houve os habituais risos e piadas, se olharam mais demoradamente nos silêncios. A volta a Benguela também se deu naquela quase mudez de quem se pergunta como tratar a situação. Bastaria um gesto banal na despedida. Ela sabia, ele também. E nenhum deu o tal passo de pegar na mão do outro ou, na despedida, um beijo na face mais demorado que acabaria em abraço. Ofeka teve muita dificuldade em adormecer e acordou várias vezes com sonhos eróticos. A menina hoje está muito agitada, não se preocupe, haverá mais ocasiões para resolver o assunto, segredou o kazumbi Olegário. Mulungu, por seu lado, não se deitou logo ao chegar a casa. Fez uma coisa rara, só para momentos de grande perturbação. Acendeu uma cigarrilha, se sentou na varanda e fumou-a até queimar ligeiramente um dedo. E uma hora depois, sem se levantar da cadeira, acendeu uma segunda. Nunca na sua vida tinha acontecido. Mas jurou a si mesmo, antes de Kiesse voltar, haveria de jantar com Ofeka e mesmo à mesa lhe seguraria na mão e contaria dos seus tormentos e dos antecipados remorsos, mas queria viver essa situação talvez com graves consequências. Situação inevitável.

E lá estavam os dois, saindo do carro dele, entrando de braço dado em casa do aniversariante, como um casal já constituído, para espanto de alguns dos presentes que conheciam Ofeka. A começar por Marta, a quem a bancária pedira licença para levar um amigo. Não para entrar de braço dado. Santiago, então, foi eletrocutado, mas teve reação de pessoa treinada para surpresas indesejáveis, pesquisou instintivamente o rosto do primo, o qual revelava espanto, mas apenas isso, não raiva ou angústia. Por esse lado o major ficou mais descansado, não havia nenhuma combina clandestina entre Joka e a outra, como estava demonstrado. Santiago logo entendeu, tinha sido ultrapassado, baçulado, por um tipo mais novo e elegante que ele, tinha de reconhecer a derrota e bater em retirada sem sofrer mais ferimentos. Foi respirar para longe, solitário, enquanto o primo cumprimentava afavelmente o casal e recebia a prenda de aniversário entregue por Ofeka. Em nome dos dois?

Marta se aproximou para cumprimentar o par e beliscou de caxexe as costas da amiga, quando se beijaram. A apresentação do professor aos donos da casa foi formal, pois nunca se tinham cruzado.

Domingos se chegou a Santiago, que ele tinha trazido no seu carro à festa do amigo comum.

— Conheces a Ofeka? É amiga aqui da tua família...

— Conheço...

— O tipo é que não conheço. Sim, senhor, tem ar de um muata. Será que veio de Luanda?

— Não faço a mínima ideia — foi mais um resmungo que uma resposta, mas Domingos não notou.

Santiago reconheceu, Mulungu tinha postura de chefe, os modos eram seguros, calmos, sabia estar num salão. Para lhe raptar Ofeka tinha de ser um sacana de um político qualquer, quem sabe se não era o que tentou matá-lo com o carro alguns anos atrás. Obviamente, só pensou, não avançou mais nessa conversa com o amigo. Falaram de outras coisas, adequadas a uma festa.

A dado momento houve agitação na sala, um jovem fardado entrou para afastar quem estava perto da porta. Entrou o governador, dois seguranças atrás. O governador parecia ainda mais magrinho do que das vezes anteriores que Santiago o vira. Fica uns tempos com este alto cargo oficial e vais engordar rapidamente, pensou o major, com um sorriso para dentro. O governador cumprimentou Joka com um abraço, muitos parabéns, trouxe aí duas garrafas de... Santiago e Domingos, apesar de estarem relativamente perto da cena, não perceberam o nome, mas eram duas garrafas caríssimas, obviamente, senão a caixa embrulhada, e já nas mãos do pessoal da casa que a recebeu, não seria olhada com tanta veneração pelos mais próximos. Joka agradeceu o presente e, mais tarde, haveria de segredar aos amigos, no sábado vamos provar esse maná, é um dos melhores uísques do mundo. E logo a dobrar, segredou Domingos. Não, disse Joka, vamos derrotar uma, a outra vai envelhecer mais, tem de ser para uma ocasião muito especial.

Tinha chegado o momento de que Santiago não podia escapar. Ofeka e a companhia se aproximavam deles. Ofeka admirava a nova aparência do militar reformado, saído de um bom cabeleireiro. Tinha o cabelo desbastado e bem aparado, tal como a barba, muito mais curta. A roupa era de boa qualidade e até na moda. Sapatos pretos novos a condizer com o resto. Uma mudança radical. Não esperava vê-lo de calções ou com roupa velha, mas nunca tão bem-posto. Só os olhos não mudavam, vivos, brilhantes, atentos a tudo o que mexia.

— Major Santiago, Domingos, quero apresentar-vos um amigo. O professor Mulungu.

Afinal não é político na ativa, apenas professor, pensou Santiago, apertando a mão do outro. Depois deu os dois beijos da praxe a Ofeka, tal como Domingos. Ela tinha um perfume suave, mas de entontecer qualquer tolo. E a maquiagem lhe ficava muito bem, estava realmente linda, ganiu o coração do major. Caramba, hoje que contava aprofundar o conhecimento recíproco é que me saiu o enforcado, não é mesmo azar?

Marta apareceu e puxou a amiga para o lado, quero perguntar-te uma coisa, e se afastaram as duas, deixando o professor com os dois amigos. Mulungu se apresentou mais detalhadamente, tendo logo dito que Ofeka o informara da presença possível do major e que ele tinha muito gosto de o encontrar, e mais frases do gênero a puxar conversa, deixando Domingos um pouco de lado, o qual não se importou, estava habituado a ser ignorado.

Entretanto, Marta segredou à companheira de caminhada:

— Deve ser mesmo a sério, já entram de braço dado.

Ofeka estava arrependida. Foi um impulso ao entrar, achou que Mulungu estaria algo intimidado por invadir zona desconhecida, meteu o braço no dele para o confortar, mas foi uma péssima ideia. Disse ainda a Marta:

— Te garanto, não há nada entre nós senão uma amizade recente.

— Que me escondeste. Hum, hum...

— Pode acontecer, não nego algum interesse mútuo. Mas ainda não há nada. Ele é casado, além do mais.

— Piorou. Onde tens a cabeça?

Serviram-se de uma taça de champanhe.

— Ando muito baralhada. A mulher dele chega na próxima semana, disse-me quando vínhamos para cá. Como a prevenir, vamos lá à festa mas depois são apenas despedidas, nada mais... Sei lá, só digo disparates.

— Enganaste-me bem. Eu a torcer pelo Santiago...

Ofeka queria mudar de assunto, ou pelo menos relativizar as aparências, quando o espírito lhe falou ao ouvido, entra pelo novo estilo do major, mais elegante, menos abrutalhado. De fato, tornava os mambos mais banais, menor necessidade de explicações.

— Santiago hoje está muito apresentável, foste tu que lhe disseste para se entregar aos profissionais e não tratar do cabelo e barba sozinho? — perguntou Ofeka, agradecendo simultaneamente ao kazumbi pela ajuda, não tem de quê, menina.

— Foi ele próprio que se decidiu. Gabei-lhe o aspecto quando chegou com o Domingos e ele disse que passava muitas vezes por esse salão, sem ter coragem de entrar. Ontem decidiu-se. Diz que até lhe puseram um óleo qualquer na carrapa para assentar melhor.

— E assenta mesmo. E a barba bem mais curta e certinha. Sim senhor, temos primo.

— Eu tenho. Tu podes te tornar minha prima por afinidade... Mas para isso tens de esquecer a classe professoral.

Riram as duas e beberam o champanhe. Ofeka estava aliviada, conseguira convencer a amiga da desimportância da relação com o professor, mas ela voltaria à carga um desses dias, já a conhecia há muito e não era dona para deixar um tema inacabado.

O governador se aproximou do grupo de três homens, com alguma dificuldade em encontrarem algum assunto para desenvolver. Por isso, apesar de nunca ter convivido com ele, Santiago se sentiu aliviado com a presença do chefe político da província. Se seguiram os cumprimentos e apresentações.

— Ah, o professor Mulungu... Já ouvi falar de si, tem muito boas referências na cidade. Finalmente o conheço.

— Há sempre más-línguas, senhor governador, não acredite em tudo, se me permite o conselho.

Mulungu sorriu em seguida. O governador soltou uma gargalhada, a qual soou muito falsa a Santiago. Haveria eleições brevemente? Nada lhe constara, mas também andava com outras preocupações e podiam mesmo estar em período de campanha. Depois teve um raio de luz. Sim, claro, então não houve o comício em que participou o velho de Ukuma? Era evidente, ia haver eleições em breve, a minha cabeça é que anda à deriva por causa da companhia deste comprido aqui. A luta devia estar ao rubro, não seria por acaso que o governador andava pela sala, com dois seguranças atrás, a cumprimentar toda a gente, trocando algumas frases simpáticas, com mais duração se havia senhoras, as grandes eleitoras. Num repente Santiago se situava e passava a ver desfilar as cenas tão batidas observadas em filmes e na televisão. As cenas de que sempre fugira. Felizmente, o governador não deve ter achado o grupo muito entusiasmado e se despediu, voltando a apertar a mão aos três. Será que Mulungu tinha alguma influência política? E por isso lhe passou o governador a mão pelo ego? Já iria saber. Se aproximava de novo Ofeka, com seu copo de champanhe na mão, quando Santiago perguntou:

— Professor, desculpe-me a ousadia... Mas vai participar das eleições, por acaso se mete nesses mambos? Pergunto por causa da atitude aqui do nosso governante...

Mulungu riu.

— Lhe pareceu que ele me enviou algum recado?

— Recado ou ameaça, depende do que ele julga saber a seu respeito... Até pode ser apenas um pedido envergonhado de voto.

Ofeka se meteu entre os dois e de frente para Domingos. Como Mulungu se virou para ela, de forma delicada, não respondeu à questão. Santiago intuiu, está mais interessado nela que em política.

— De que estavam a falar com o governador? Contem, contem...

— Aqui o major acha que ele teve uma atitude, digamos para começar, algo ambígua comigo. Era o que comentávamos agora, mas não tivemos tempo de chegar a alguma conclusão.

Se virando para Santiago, Mulungu continuou:

— Major, ele escolheu mal o alvo se queria enviar algum recado, ameaça ou pedido. Sou professor e é isso que me importa. Nem tenho qualquer influência. Ele devia masé ter tentado qualquer coisa consigo, um verdadeiro político. Dá para perceber logo à primeira.

— Eu? Engana-se, meu amigo. Estamos mesmo a tear uma rede engraçada de equívocos... Viu como o muata apenas me cumprimentou e não entrou em confidências ou palmadas nas costas? Sabe que já não tenho peso e seria perder tempo. Sim, tem razão, a atividade militar é também política, sobretudo se em estado de guerra. Mas já larguei as fardas há uma geração e nem guardei uma para lembrança. Que achas, Domingos? Ele ia perder tempo comigo ou contigo?

Domingos só negou com a cabeça, atraído mais pelas bandejas com bebidas a passarem perto mas nunca parando no grupo deles. Santiago estava cheio de razão, não tinham peso. A única pessoa que, sem nenhum gesto, poderia fazer parar os serviçais com as bebidas era Ofeka, mas já tinha um copo meio cheio na mão. O professor exibia bom porte, podia atrair algum dos criados, como atraiu o governador. Aos dois amigos restava olharem para os outros e trocarem uma frase de vez em quando.

Ou até uma gargalhada. Ninguém repararia. No entanto, depois pensou, estava a ser muito otimista. O amigo militar podia ter um dos seus repentes pelos quais sempre o admiraram e chamar a atenção das pessoas, mas ele não teria coragem para tanto, era um tímido. Ficaria sozinho.

Estava Domingos entretido nestes conformados pensamentos, quando sentiu nova agitação na sala, pois chamavam para o jantar. Foi nesse momento que lhes trouxeram os aperitivos, talvez por algum gesto imperativo de Marta, sempre atenta. O professor e Santiago escolheram uísque, Ofeka bisou champanhe e ele escolheu gim tônica. Dois serviçais agora se ocupavam deles, enquanto os convidados avançavam para o quintal, onde havia uma dezena de mesas de seis lugares. A mesa do centro estava destinada ao governador e esposa, o aniversariante e esposa, e outro casal particularmente importante para os anfitriões. As lâmpadas colocadas nas árvores iluminavam o local, onde se ouvia uma música muito suave, permitindo as conversas.

O grupo de Santiago ainda provou as bebidas, se retardando no avanço para as mesas. Nesse momento chegou Sofia, com ar de quem acabara de se preparar para a festa. Abraçou Ofeka, atrasei-me, grande bandeira! Estava a conversar com uns amigos e perdi a noção do tempo. Cumprimentou os demais com acenos e sorrisos, enquanto fazia sinal para lhe trazerem champanhe.

— Primo Santiago, como está? Muito bonito, o cabelo até brilha... Ah, se eu fosse mais atrevida, ainda me atirava a si. Que achas, não era uma grande ideia, Ofeka?

Esta quase deitou o resto de bebida que tinha na boca. Mas Marta vinha insistir com eles, venham, já se estão a sentar, vou indicar-vos os lugares. A filha beijou-a, cheguei há dez minutos, vesti-me a correr... Já estou habituada, repreendeu a mãe, embora com voz calma. Ofeka aproveitou o movimento para o quintal e apresentou Mulungu a Sofia.

Marta entretanto apontou para uma mesa com dois lugares livres e disse:

— Ofeka e Santiago, sentem-se ali por favor. Professor e Domingos, por favor, ali — apontou para uma mesa mais afastada. — Tu, Sofia, vem comigo, o governador não trouxe a mulher, ficas no lugar dela.

— Mas que seca! — gemeu Sofia.

Santiago notou o olhar incrédulo que Ofeka lançou à amiga. Parece que não gostou da ideia de ficar numa mesa comigo, terá outras preferências. Se ela não meter conversa, também não tomo a iniciativa. Se já está comprometida... Ajudou-a a sentar sem uma palavra. E ocupou a cadeira ao lado. Devia armar em cavalheiro e dizer, não se incomode, se quiser ficar com o seu amigo, troca com o Domingos que sempre estará mais à vontade comigo. Ou troco eu. Mas não disse nada, bebericou o seu uísque. Devia ser gentil e generoso? Não lhe pareceu, numa luta só há bons sentimentos depois da vitória. À sua frente estava uma cara conhecida, mas desconseguiu de lembrar. O homem, de fato e gravata, procurava os olhos dele e depois fez um sinal de cabeça, saudando, ao qual retribuiu.

— Sempre em forma, major?

Devia ser mais novo, pelo menos parecia. Disse, tudo bem, mas a voz também não ajudou a situar o outro algures na sua memória. As mesas eram grandes e se podia conversar com quem estivesse ao lado sem ser ouvido pelo da frente. Ofeka então se virou para ele e segredou, é o Ovídio, advogado, devem ter sido colegas de escola. Não notou a ironia dela, o homem aparentando menos de cinquenta anos, e Santiago também não tinha a menor ideia desse nome que conhecia apenas da literatura romana, um notável poeta. Mas ela tinha rompido o gelo e, a partir daí, foram conversando normalmente. Falaram, como é óbvio, do livro sobre o herói Gilgameš, que ela já tinha devorado e adorara, li duas vezes e já o passei à Marta. Era um bom tema para início de conversa. A comida e vinhos também se revelaram excelentes, o serviço impecável, tudo preparado e servido por uma empresa a funcionar há pouco tempo. Quando começam, tudo está bem, esmeram-se, conquistam nome e clientela, depois perdem a cabeça, tentam enriquecer em poucos anos com aldrabices, o mujimbo da decadência corre pela praça, acabam por fechar. Como tantos sonhos desta terra, pensou Santiago.

— Hoje pode-se encomendar uma festa destas sem mexer um dedo. É preciso só dinheiro.

— Claro, deve ser uma boa quantia... — disse ele. — Nem imagino mesmo.

— Eles estão folgados. E merecem.

— Também acho. Não é por ser meu primo...

Estavam longe as suspeitas de que existisse alguma estória escabrosa entre Joka e Ofeka. Apenas amigos. Um grande alívio. No entanto, aquele tipo, o professor, afinal apareceu do nada ou quê? Bem percebi a surpresa de Marta. Separou-os, grande prima! Não adianta de muito se ela estiver mesmo interessada nele. Também não vou perguntar, claro. Nem me intrometer.

As pessoas estavam satisfeitas com o ambiente, as vozes elevavam-se, cantaram os parabéns, estourou o champanhe final e o engenheiro disse as sacramentais palavras de agradecimento a todos por terem aceitado o convite, especialmente Sua Excelência o senhor governador, sempre tão ocupado... Prolongou o obrigado à família pelo apoio na vida.

— Agora vai haver dança, como é habitual — disse Ofeka.

As mesas foram afastadas um pouco e retirada a mesa central. O som da música aumentou e a tradição continuou a ser cumprida. Entretanto, o governador se retirou, acompanhado pelos donos da casa, que voltaram para o baile depois da despedida. Mulungu convidou Ofeka a dançar e pela primeira vez o fizeram. Santiago foi apoiar Domingos, que trocara o champanhe pelo gim da entrada. Devia ficar de olho nele, porque Domingos ia levá-lo a casa e se já não gostava de se meter num carro, muito menos ainda com um condutor meio toldado. O senhor chamado Ovídio se aproximou o estendeu-lhe a mão, não nos vemos há muitos anos, mas fomos juntos na delegação do ministro da defesa a Belgrado, lembra-se? De repente Santiago se lembrou. Era o jovem jurista que assessorava o ministro nos negócios de compra de armamento, motivo da viagem, numa altura em que Santiago ocupou um posto no ministério. Por pouco tempo, pois insistiu para o dispensarem das burocracias, preferia andar longe de gabinetes e muito pelo teatro das operações. Conversaram sobre as situações de um e outro, Ovídio explicando que passara para a advocacia há quase vinte anos, estando agora a exercer no Lobito, onde tinha um gabinete com mais dois sócios. Passou um cartão ao major, para o caso de precisar de ajuda jurídica ou simplesmente para se encontrarem quando fosse ao Lobito. Santiago guardou o cartão, prometendo ligar. Pensando que esperava não ter de o fazer.

O tempo foi passando nos copos de bom uísque até aparecer Joka e Marta, então não dançam?

— Um com o outro? Não, obrigado.

— Sempre mordaz, primo Santiago.

— Vocês é que deveriam dançar. Onde se viu aniversariante que não dança pelo menos uma vez?

Joka concordou e levou a mulher para o centro onde os pares estavam. Ofeka e Mulungu continuavam a mover-se, lentamente, cada vez mais próximos, caras coladas. Duas músicas depois, ele segredou qualquer coisa ao ouvido de Ofeka, Santiago, atento, viu. Ela foi dar dois beijos ao Joka e à amiga, Mulungu também os cumprimentou, saíram de caxexe, ignorando todos os presentes. Marta deve ter gemido, o meu truque de os separar fracassou, pensamento conformado de Santiago. Não comentou nada com Domingos, os dois pedindo nova dose de uísque.

Ao caminharem para o carro, o espírito segredou, a menina é mesmo malandra, grande mentira essa de que os sapatos novos lhe estão a apertar os pés, o professor queria talvez dançar mais, deixa disso, kazumbi da treta, está na minha hora de ir dormir, costumas dormir tão cedo, mentirosa?

Entraram no carro em silêncio, ela pensando como se comportaria Olegário se por acaso se concretizasse o que parecia em breve acontecer, e se ela não teria vergonha de ser observada em circunstâncias tão íntimas, mas disse, que se lixe tudo, nem penso no assunto, e tens mesmo razão, começas a ficar esperta, transmitiu o espírito.

Chegaram a casa dela, Ofeka abriu a porta do carro, Mulungu hesitou, ela ficou parada com a chave na mão até ele sair do carro. Então ela caminhou para a porta de casa, sem olhar para trás. Abriu a porta, sentiu-o perto, entrou, se afastou para o lado, e ele imitou-a.

Ela fechou a porta. Duas voltas na fechadura.

13

Santiago foi visitar Joka a casa.

Era cedo, o calor do sol ainda não provocava ondas no asfalto. Fez com facilidade o caminho a pé, no seu passo vagaroso, tão diferente dos tempos em que marchava, orgulhoso da sua farda suja e mal-cheirosa nos caminhos minados do mato, sempre a instigar os homens para terem calma e coragem, não há uma sem a outra, respirando o ar puro do Planalto Oriental, a dez dias da fronteira mais próxima, a da Zâmbia. Tinha saudades, sim, desse tempo em que era completo. Acreditava e tinha sonhos, os do coletivo.

A empregada do casal disse que Joka estava no escritório, onde ninguém tinha direito de ir sem ele chamar. A doutora estava no trabalho. Não se preocupe, lhe disse Santiago, eu sou o primo maluco dele, nunca nos encontramos aqui mas deve ter ouvido falar de mim, ele deixa-me entrar, vai ver. Se quiser, dou a volta e atiro uma pedrinha naquele canto onde do outro lado tem a janela do escritório, mas não faça isso, senhor major, por favor, ainda parte o vidro. Eu vou já perguntar. Um minuto depois, Joka aparecia à porta.

— Não sei para que tens o telefone. Aqui a Amália não te conhece, pronto, agora já sabe, este é o meu primo Santiago, tenha sempre a porta aberta para ele.

— Ouvi falar — disse ela, com ar contrito.

— Até me chamou major, reparei — disse Santiago. — Apresentações feitas, Amália, eu sou Santiago, o primo — apertou-lhe a mão.

Ela tinha mesmo de sorrir. Um sorriso malandro.

— Muito prazer eu também.

Entraram para o escritório. Era uma sala grande e bem iluminada por duas janelas enormes, a um metro do solo e a outro do topo da casa, com um sólido gradeamento de proteção do lado de fora. O gradeamento parecia ser recente, menos de dez anos. Correspondia ao aumento de criminalidade no burgo, o engenheiro se resguardava. Havia estantes grandes em duas paredes e várias mesas cheias de papéis e projetos. A secretária que utilizava o primo estava mais arrumada. Mas não se sentaram aí, antes em duas poltronas.

— Esta então é a gruta do Ali Babá — disse Santiago.

— É onde agora passo a maior parte do tempo.

— Trabalhando?

— Sim, chamemos trabalho. É um segredo só conhecido por mim e a Marta. Nem a Sofia sabe. Mas é altura de te contar. Tenho esse projeto há muito tempo em fase adiantada. Agora está mesmo pronto. Dois meses sem emprego e ele foi concluído.

— Deve ser coisa séria para guardares tanto segredo...

— Sim, claro. Não pode ser sabido por outras pessoas, senão podem roubar-mo. E é o projeto de uma vida...

— Não me digas... Ainda é o mesmo? De quando eras jovem e estavas para ir estudar na universidade? Falaste comigo, um motor para uma locomotiva com um combustível novo, a partir de um gás qualquer, já não lembro bem.

— Sim, esse sonho... Afinal ainda te lembras. Pois está concluído. Totalmente ecológico, zero de poluição atmosférica e a partir de material baratíssimo. Mas tenho de preparar a apresentação, escolher uma empresa séria que queira associar-se a mim para os testes e o fabrico do protótipo... sabes como é, estão aqui os desenhos e os cálculos e alguns testes químicos que fiz aqui ou ali, às escondidas. Agora tenho de passar à fase mais difícil, o de levar o projeto a algum parceiro.

— Aqui?

— Aqui não é possível. Quem tem dinheiro e está pronto a arriscar? Ou competência para escolher os possíveis parceiros ou pedir pareceres no máximo sigilo? Tem de ser lá fora.

— Tens alguma ideia?

— Um desejo. Que fosse na África do Sul ou no Brasil, países que têm a tecnologia conveniente e são próximos de nós. Estou a tentar contatos com gente que conheço e é séria, de um lado e do outro. Para já, consegui registrar a patente. Em caso de aldrabice, tenho alguma proteção. Pronto, tu e a Marta já sabem. Claro, ela sempre soube...

— Tens de dizer à Sofia.

— Sim, mas tenho de a conter. Ela sonha sempre muito alto e pode haver em seguida desilusões que não aguente. Os dois miúdos, como não estão cá, saberão no seu tempo devido.

— Dois miúdos?

— Para mim sempre serão...

— Ya, tens razão... embora eu não tenha essa experiência...

— Tens pena de não teres filhos?

— Francamente, não. Teria remorsos de os lançar para este mundo tão perverso. Mas diz... Como te ocorreu naquele tempo a ideia louca de descobrir esse motor com um combustível barato e que não poluísse o ambiente? Poucos na altura teriam preocupação pela merda que os humanos andavam a espalhar pelo mundo...

— O meu pai contou-me, era eu muito pequeno, que sempre lhe doía a alma ver aquela madeira toda ir ardendo nas fornalhas dos comboios. Muitas vezes ia ao longo da linha, para trabalhar nas diferentes oficinas de reparação dos motores, mas não só, também de outras peças, e via os cepos aos milhares de um lado e do outro, porque os troncos eram usados como combustível dos comboios. Era uma floresta que nunca mais acabava, plantada a acompanhar a linha com eucaliptos originários da Austrália. De lá vieram as primeiras mudas. Depois se foram reproduzindo aqui, nas décadas que demorou a implantar a linha por mais de mil quilômetros, tu sabes. Quando nascemos, quase já não se utilizava a madeira de eucalipto nos comboios, a maior parte funcionava com locomotivas a diesel. A madeira dessa floresta tão extensa e então sem utilidade passou a ser transformada em pasta para papel e também exportada. Primeiro de madeira para diesel, mais tarde haveria de ser eletricidade, dizia ele, como em alguns países mais avançados. E eu pensei, o que seguirá a eletricidade? Vou ser eu a descobrir. Foi assim que nasceu a ideia maluca a partir da tristeza do jovem mecânico que subia do mar ao Planalto e de lá até à fronteira e depois voltava ao seu mar materno. Gostava mesmo de realizar esse sonho, pelo meu pai... Agora, claro, com argumentos mais fortes, pois já sabemos como essas queimadas e mais tarde os gazes lançados para o ar estão a dar cabo do planeta. Juntamente com muitas outras ações humanas.

— Ya, os homens são uns cretinos e uns gananciosos.

— Não generalizes, Santiago. É só um punhado de nababos. Mas são os donos do mundo e todos nós os olhamos com admiração, sem perceber como puderam chegar tão lá acima...

— Muitos percebemos. E há quem não os olhe com admiração. E a maior parte desconseguimos mesmo de lhes olhar, não habitam o mesmo mundo que nós.

Santiago se levantou e aproximou de uma mesa onde estavam desenhos com medidas. Também livros.

— Posso olhar? Juro, não te roubo nenhuma folha desses esquemas... Nem sei se se chamam assim.

— Pode ser. Esquissos, esboços, projetos, há muitos nomes, mas pouco importam.

— Interessa é o que representam. Fogo! Desenhaste isso tudo?

— Muito, sim, fui eu. Mas também desenhei trabalhos de outros. Para aprender com eles.

— Claro, compreendo. O que queria saber era se todo esse trabalho de desenho, uns mais à pressa, outros requintados, a tinta da china, foi feito por ti. E ainda deves ter mais em malas, em esconderijos secretos...

— Em cofres de bancos... Vês muitos filmes, primo.

Riram os dois. Dada a volta completa ao espaçoso escritório, Santiago voltou a sentar-se.

— Ainda é cedo, mas queres beber alguma coisa? — perguntou Joka.

— Não, não. E vou-me embora, se isso é uma maneira delicada de me dizeres que estou a atrapalhar. Não me chateio, juro!

— Nada disso. Nem estava a trabalhar. Apenas a arrumar algumas coisas que já não me interessam e que vou destruir. Não deixar rastro, percebes muito bem.

— Ah, disso percebo. Mas sabes? Deixa-se sempre algum rastro. O que vale é a ingenuidade de acreditar que se apagou tudo e se dorme tranquilo depois. Mas um gato malandro descobre coisas enterradas no tempo...

— Gênero Zacarias?

— Por exemplo, claro. Devemos observar com atenção os animais. Aprendemos muito com eles. Normalmente não o admitimos, temos a arrogância de acreditar que todo o saber está conosco. Acho, há muitas inteligências, a humana é apenas uma delas.

Ficaram em silêncio. Santiago pensou, o Joka deve estar a achar que vim saber mujimbos sobre Ofeka. Nem tocarei em tal assunto, já resolvido. Há dois meses não a vejo. Foi aliás nesta casa que a encontrei pela última vez, ela e seu namorado professor Mulungu. Não vou cair nessa armadilha.

— Como está a tua perna?

— Não chateia. Ou chateia menos. Está tempo quente, o calor é bom para estas coisas. Antes eu gostava mais do cacimbo, sobretudo no mato. Agora dou-me mal com o frio.

— Ainda bem que estás em forma. É verdade, podias almoçar aqui hoje, vai haver bom pitéu. E sabes o que me apetecia fazer antes do almoço? Ir dar uma volta pelo Dombe Grande. Com as chuvas, o Cuporolo está a encher, mais uma vez a ponte corre perigo, embora esta seja nova. Alinhas vir comigo? Depois almoçamos. É só avisar a Amália, para pôr mais um prato na mesa. E vamos.

— Alinho nessa — disse Santiago. — Mas vais com calma, sabes que tenho um trauma com carros.

— Normalmente ando com prudência. E a estrada está boa e com algum movimento, mas nada de especial. Agora até há mais, pois aumentou a produção agrícola e portanto o comércio, que leva a mais carros na estrada. Mas nada de preocupante. Garanto-te, vamos em toda a segurança.

Encontraram de fato mais trânsito para sair da cidade. Seguiram para sul, evitando entrar na Baía Farta, em direção ao Dombe Grande, ladeando o mar. Os morros estavam cobertos de capim amarelo, à espera da primeira chuvada para verdecerem. A chuva estava a cair com frequência no Planalto, já tinha havido notícia de pessoas mortas por raios e de os rios começarem a transbordar. Ainda não no litoral. Mas talvez encontrassem já alguns efeitos da mudança nas condições atmosféricas, era o mês próprio. Falaram sobre isso. Joka disse ter tido informação sobre o Cuporolo estar mais agitado com as águas vindas de cima.

— É aquele o morro, não é? — apontou Santiago para a frente.

— Sim. Vamos rodeá-lo um pouco pela direita, vou reduzir a velocidade para apreciares melhor o teu espetáculo preferido. Há quantos anos não vens ao Dombe?

— Talvez dez.

— Que barbaridade! E aguentaste sem me dizer?

— Ias querer trazer-me. Não quis tirar-te o prazer de tomares a iniciativa. Quando ainda guiava, arranjava sempre um pretexto para ver o que esconde este morro de formato especial. Depois estive uns tempos, mesmo anos, sem vir a Benguela e quando voltei controlei a vontade de apanhar uma boleia para estar neste sítio. Às vezes é bom retardar o prazer.

Sentiram o cheiro do mar, pois iam de janelas abertas. Joka abrandou mais a velocidade. Como em câmara lenta, o morro parecia deslocar-se para a esquerda, revelando o tesouro que escondia. No meio da secura da paisagem, começava a surgir a visão do verde deslumbrante de árvores antigas, mangueiras altas, palmeiras, bananeiras, e o rio com margens também verdes. Outras cores também, pois havia frutos e tons de castanho até ao amarelo no meio do verde. O Cuporolo apresentou a corrente já forte, a menos de quinhentos metros do seu mergulho no oceano. Uma ou outra casa conseguia aparecer entre o arvoredo. E a ponte remoçada se tornou visível.

Várias vezes a antiga ponte de tábuas foi levada pela água, na altura das enchentes. Era reconstruída, cada vez mais comprida para permitir a passagem do rio sem estragos. Mas acabava por acontecer o desastre, em ano mais chuvoso. A vida se tornava difícil, porque deixava de haver uma ligação direta com a capital, era preciso dar uma volta muito para leste e usar a ponte existente num sítio que permitia maior segurança. Até se ter construído a ponte de cimento e ferro, mais alta que as anteriores, esta mesma que eles percorriam agora. Um velho de barba branca vinha de bicicleta e cruzou com eles, se cumprimentando os três. Santiago olhava para todos os lados, tentando fixar na memória cada detalhe. A passagem da ponte terminou e entraram na sombra das árvores dos dois lados, passando por cubatas e casas de adobe escondidas pelo manto verde. Um mercadito de fruta, gente a pé indo para um lado e outro, crianças brincando nos espaços livres e finalmente a povoação, de casas de um só andar, um mercado maior e com vários carros parados, talvez de gente que tivera a mesma ideia deles, vir passear por ali, sem serem propriamente turistas. Havia no entanto muito maior variedade de trajes, o que significava também maior diversidade de população e culturas.

— Está muito diferente. O Dombe se abriu ao mundo ou quê?

— Falas das roupas e dos chapéus? — perguntou Joka. — E ainda não viste a malta daqui com telemóvel de todas as proveniências.

Nem de propósito, passaram por um estabelecimento comercial com publicidade a aparelhos modernos, computadores, telefones, televisores, uma revolução naquele burgo que diziam ser habitado pela tradição mais antiga.

— Vamos até aos jacarandás — disse Joka. — Para matares as tuas saudades, sei que as tens.

— Sim... Os jacarandás ainda lá estão? Não os cortaram para vender a madeira?

— Da última vez que cá estive ainda estavam. Não creio que alguém tenha coragem de tomar uma decisão dessas. Os espíritos da floresta avançavam com todas as armas...

Confirmaram em seguida, ainda lá estavam as árvores centenárias, enormes, cerca de uma dúzia, dispostas de forma a fazerem sombra a uma boa porção de terreno.

— São os maiores jacarandás que conheço — disse Santiago.

Estava comovido e não tentava esconder. Com o primo não tinha de esconder nada, ele conhecia todas as suas preferências e era dono de uma memória soberana.

— Agora vamos ver a estrada nova que vai ligar em boas condições Benguela à Lucira e depois ao Namibe — disse Joka. — Tem uns quilômetros asfaltados deste lado mas tem avançado mais do sul para cá.

Ninguém sabia onde começava o deserto, mas estavam nele, logo ali, à saída do Dombe. Para sul. Saíram do carro. O deserto se fazia sentir no calor batendo na cara, no cheiro, talvez também nos sons. Ou no silêncio. Era um mundo diferente, o Namibe, também Kalahari.

— Vai ser uma bela estrada, sempre à beira-mar — continuou o engenheiro. — Imagina a quantidade de baiazinhas e praias absolutamente desertas que ela vai ladear. Mais de uma centena?

— Quando ficará pronta?

— Nunca se sabe o tempo necessário para terminar uma estrada neste país. Quando houver necessidade de uma inauguração. Para ganhar eleições.

Deram uns passos no começo da estrada, saíram dela e espreitaram para a ligeira vertente do lado do mar. Ele estava lá embaixo, calmo. Para a direita viam a foz do Cuporolo, mudando a cor da água. Do lado sul, em que se encontravam, a água estava azul, límpida. Para norte, depois da foz, estava castanho-clara, da cor dos morros descabelados, com terra levada pela corrente fria de Benguela para norte, em direção à cidade, que nunca alcançaria com essa cor, sendo depositada antes no fundo do oceano. Por iniciativa de Santiago, disseram adeus com os braços ao deserto, ao mar, à foz do Cuporolo, sul, oeste, norte.

— Vou dizer-te uma coisa, primo, e espero que não leves a mal — disse Santiago. — Guardas muito ressentimentos ou tristeza por teres sido um militante tão disciplinado, tão exemplar, o que todos reconhecem. Mas que esse esforço todo, essas cobras, sapos e lagartos que tiveste de engolir durante anos, acreditando numa causa, afinal pouco resultaram... Não tens culpa de nada, todos a algum momento acreditaram e se sentiram enganados. Mas superaram. Tu retiveste, retiveste em silêncio. Agora até por causa de uma estrada iniciada e não completada já dás bicadas. Deixa andar, não podes fazer nada mais, esquece...

— É fácil de dizer. Tu esqueceste?

— Não, talvez nem tudo. Mas guardo para mim. Já nem me dá gozo brincar com essas coisas. Mas esquece também que te disse isso...

— Vou seguir o teu conselho e começo por o esquecer.

— Boa. Vamos para o Dombe beber uma geladinha, se houver.

Voltaram para o Dombe, beber cerveja gelada numa esplanada improvisada na sombra providencial de uma mangueira, só constituída por dois bancos e uma mesinha. A senhora que os servira tinha uma caixa térmica para a cerveja, alguns copos e um bidão de água para o que precisasse e sentava num terceiro banco, mas afastada deles. Largo tempo calados, observando a vida daquela povoação que conheciam há mais de cinquenta anos, quando era uma pequena aldeia de criadores de gado, kimbandas e agricultores. Havia também o temível posto administrativo onde abonavam reguadas a quem fosse suspeito de albergar ideias contra a ordem colonial. Naquela altura não era tão fácil lá chegarem e foram pela primeira vez com o avô

Malulu. A estrada era de terra, com muitos buracos e ravinas quando chovia.

— Quando viemos conhecer o Dombe, quanto tempo demoramos a chegar cá, lembras? — perguntou Joka.

— Umas duas horas. Atrás, na caminhonete de um amigo do avô Malulu. Na cabina ia o condutor, o avô e uma senhora. Fomos em cima, na carroceria, a apanhar todo o pó do caminho. Ele vinha trazer uns sacos de feijão e de arroz para um comerciante do Dombe e vínhamos sentados nos sacos. Para Benguela também durou duas horas. Levava cabritos e galinhas em cestos enormes, feitos com caniços. Os animais iam vivos, claro. Mas nem um barulhinho faziam. Lembro-me bem dessa viagem. Estava cheio de pena dos animais, que iam acabar numa panela.

— Eras um sentimental, Santiago.

— Sou. Depois tive de matar tantos animais para comer... Mas continuei um sentimental.

— Era altura de caçar ou ser caçado...

— É isso, sim.

Pagaram as cervejas, deram uma nota a mais, o que não era hábito ali, por isso despertaram os agradecimentos da senhora. Entraram no carro para o regresso à cidade das acácias rubras.

Santiago se sentia bem com o passeio e falou pelos cotovelos, contando algumas das suas aventuras. Guardou as desventuras, nisso há dever de contenção.

Nesse mesmo dia, Ofeka recebia de Mulungu a notícia que tinha confessado à esposa a relação clandestina com ela, durando já dois meses. Na esplanada da praia Morena, à hora habitual de fim de tarde.

— Por que contaste? Ela perguntou alguma coisa?

— Não, mas andava desconfiada, percebi pelos olhares e silêncios. Eu tinha de contar, quis fazer isso logo. Não porque estivesse desconfiada. Mas porque não era correto calar. Assumo as coisas, sou assim.

— Então hoje é a despedida.

— Despedida como?

— A nossa.

— Disparate. Eu assumo, já disse. Ela é a minha esposa. Tu tens de te contentar com isso, porque a lei não permite a poligamia.

— Se permitisse? — Ofeka usava voz de raiva contida.

— Tu serias a segunda esposa. Com os mesmos direitos.

— Se eu aceitasse.

— Claro! Se aceitasses...

Ela ficou calada. Estava muito perturbada e tentava não demonstrar. Com que raio de homem se fora meter? Já tinha dado muitas cabeçadas na vida, mas esta de repente lhe parecia ser a maior de todas. Ainda não sangrava mas ia acontecer. Sabia. Afinal tinha muita culpa da relação que criaram, as iniciativas foram sempre dela, agora podia chorar e sofrer, mas só quando chegasse a casa. Olegário, estranhamente, não se manifestou, nem quando Ofeka pensou nele. Também não se manifestava quando estavam em atos de amor, como se partisse para longe. A lembrança do kazumbi fez com que se desligasse um pouco da provável futura dor.

— Estás muito aborrecida por eu ter contado à Kiesse? Não percebes, tinha de o fazer?

— És um homem de princípios, devo compreender. Infelizmente, mas pronto. O que se há de fazer?

— Não te quero perder. Também não quero perder a minha esposa. Aceitas manter a relação assim? Será sempre diferente de antes, porque ela passará a saber com quem estou quando demoro a voltar a casa. Será menos clandestina, de qualquer maneira.

— Se aceito continuar contigo? Ela aceitaria a minha presença na tua vida?

— Claro, aceitou. Refilou, criticou, tinha razão em tudo porque mantive o silêncio, mesmo depois de ela ter chegado. Que devia ter contado logo. Reconheci a minha culpa, pedi perdão. Aceitou, é uma situação muito frequente um homem ter outra mulher. Ou outras, mas isso hoje já é mais raro.

— Nenhuma das mulheres que conheço concordava com tanta facilidade.

— Questão de culturas, talvez. Ou gosta mesmo de mim.

— Talvez as duas hipóteses. Então queres continuar comigo esta relação?

— Já te disse que sim. Não te quero perder.

— Ela é a esposa e eu a amante?

— Não me quero divorciar. Portanto, é isso que proponho. Embora a palavra amante tenha agora um sentido depreciativo. No fundo, amante é apenas uma pessoa que ama, não tem nada de negativo.

Ofeka ficou muito tempo sem responder.

O vento vinha do mar, quando deveria ser o oposto, naquela estação, ao fim da tarde, o vento devia vir de terra. Ou seria o contrário? Não me pergunte, menina, nem percebo se há vento, não posso senti-lo. Mas que te interessa neste momento o sentido do vento, não me dizes? É para me descontrair, kazumbi de meia-tigela, não percebes que vivo neste momento um tremendo dilema? Engraçado, a senhorita passa a vida a entrar em dilemas, safa-se sempre deles, por que agora está abuamada, como se estivesse sobre brasas?

— Estás mesmo a propor-me passares de uma para a outra, seguindo uma espécie de agenda? — perguntou Ofeka. — Às segundas, quartas e sextas com uma, os outros dias com a outra, na semana seguinte trocam-se os dias. É isso?

— Até pode ser — respondeu Mulungu, com candura. — Ela convive bem com essa agenda.

— E eu? Convivo bem com essa agenda? Não te perguntas?

— Tu é que tens de saber se aguentas o desafio, não sou eu. Mas gostaria muito que aceitasses. Juro, te prometo, seria muito mais terno, mais agradecido... mais abençoado.

Ofeka sentiu um baque. Mais terno, mais, digamos, amante? Era impossível. Aceitou sempre os gostos e caprichos dela, foi um namorado inesgotável até ser ela a dizer basta, tenho de descansar, nunca soltou uma palavra mais alta, nunca um reparo, sempre tentando se renovar... Um amante como nunca conhecera, um verdadeiro príncipe na cama. E na vida. Não o queria perder, seria uma desgraçada se o rejeitasse.

— Vou pensar, é muita coisa para a minha pobre cabeça. Estou demasiado confusa. Aliás, tenho andado confusa já há algum tempo, desde que te conheci. Não posso cometer mais disparates na vida. Dá-me uma semana, sete dias exatos. Encontramo-nos daqui a uma semana, não precisas de telefonar durante esse tempo, evita mesmo, faz de conta que viajei para um sítio sem comunicações. Ao fim de sete dias te informarei da minha decisão.

Deu-lhe um rápido beijo na face, o primeiro em público. E foi embora, sem olhar para trás.

Na terça-feira seguinte, apareceu ao fim da tarde, como combinado, na esplanada da praia. Lembrava no caminho, não telefonaram um ao outro e não combinaram o local do encontro. Não era necessário, o local fazia parte da aventura e do futuro de ambos. E Mulungu estava na mesma mesa e se levantou para lhe puxar a cadeira e ajudar a sentar, gesto que naquele contexto não era usado entre eles desde a primeira vez. O professor apresentava aspecto sombrio, parecia até mais magro, consumido por pensamentos e temores. Ela sentiu ter obtido algum ascendente. Não se regozijou com isso. Bem pelo contrário, se criticava por tê-lo feito sofrer durante uma semana. A menina por vezes é mazinha, gosta de provocar tristeza. Desta vez exageraste, talvez? Ofeka não respondeu à provocação de Olegário, embora tivesse de concordar. Sentou em silêncio. Não houve nem aperto de mão. Falou logo:

— Refleti, ponderei. É uma situação estranha e nova para mim. Mas decidi e venho dar-te conta da decisão. Podemos experimentar essa agenda. É mesmo a título experimental. E vamos conversar bastante sobre o que um e o outro sente. Ao fim de duas semanas decido se suporto dividir-te com a tua esposa. Mas não aceito o nome de amante, amásia, Benguela-Dois, ou o que for. De acordo?

— De acordo — disse logo Mulungu, sorrindo pela primeira vez. Sorriso seguido de um suspiro fundo.

De repente Ofeka teve um rebate de consciência e perguntou:

— E os teus filhos vão saber? Vais contar-lhes que tens outra mulher e que passas noites com ela? Vão aceitar? Não vão contar a todos os amigos e isso tornar-se motivo de gozo ou, pior, de descontentamento e denúncia na tua universidade?

— Vou contar-lhes e explicar que, apesar de serem frequentes, esses mambos devem ficar restritos à família. Eles sabem distinguir as coisas e respeitam os seus deveres de filhos, foram educados para isso. De qualquer modo, nada mudará para eles.

Fez sinal ao servidor para vir à mesa. Perguntou a Ofeka:

— Que bebemos para comemorar? Não pode ser a mesma cerveja de sempre. É um momento muito especial.

— Escolhe a bebida, como fizeste na Catumbela, o jantar que decidiu tudo — disse ela. — Mas depois vamos para minha casa. E só sais de lá de manhã.

— Traga uma garrafa de champanhe, por favor — quase gritou Mulungu. — Bem gelado, num *frappé*.

Pela primeira vez, num sítio público, o professor pegou na mão de Ofeka, virou a palma para cima e a beijou. Estava eufórico, Mulungu.

O espírito Olegário voltou a entrar no drama, bem jogado, menina, muito bem jogado mesmo. E ela pensou, pelos vistos, eras de fato um dijei dos tempos modernos, não te gabavas à toa. Ou Calpe permitiria todos os devaneios e desnorteios, como o espírito já deu a entender em algumas ocasiões de conversa com ela?

14

A chuva começou a cair às nove horas da noite. Com ela, a temperatura. Santiago sentiu o vento forte antes de começar a chuvada. Fechou a porta de trás, que dava para a varanda e quintal, onde se despedira dos dois amigos. A chuva tanto se fizera esperar e tanto prometera descer do Planalto que ele tinha esquecido ser a época de ela vir pontilhar de verde os morros áridos do litoral, se fossem os bons anos. Jeremias ladrou e Zacarias lançou um miado assustado. Santiago saltou do sofá onde via televisão e foi abrir a porta. Os animais entraram na sala, sacudindo-se para se libertarem da água.

— Que é isso, meninos? Por que não estavam na varanda? Foram cheirar qualquer coisa, talvez o tempo, e apanharam uma molha. Para aprenderem. É raro chover, mas quando acontece, é mesmo a sério, não somos de ameaças, ameaças, olha que eu avanço, mas sempre no mesmo sítio. Nem ameaçamos, atacamos logo. A Natureza também. Hoje podem dormir aqui, mas em silêncio. Sei, não estão muito habituados à chuva, sobretudo aos raios e trovoadas. Aguentem, é a vida a expressar-se em peidos e mijos. Vocês também o fazem. Eu também, é um alívio. Agora fiquem quietos, chega de se sacudirem como selvagens.

Ou coincidiu ou perceberam. Obedeceram.

A chuva caiu durante toda a noite. Parou às seis da manhã, a hora em que todos na casa acordavam. O quintal estava alagado, mas não era grave. A experiência do Planalto tinha levado os bisavós e avós a prepararem o terreno para escoar a água com relativa facilidade, o que foi acontecendo durante a noite.

Restavam sempre uns dez centímetros de água que ficariam até evaporarem e se infiltrarem na terra saturada, por isso duravam dois dias de sol. Se não voltasse a chover. Aprendeu com a família, bons ensinamentos.

Pior ficavam os habitantes dos bairros mais afastados do centro, que perdiam as casas de adobe, tapadas por chapas de fibrocimento ou zinco. Se havia vento forte, como o da noite passada, muitas chapas eram arrancadas das casas apesar de terem pedras pesadas em cima. O caminho estava aberto para a água desfazer parte do adobe e a casa ter de ser reconstruída, perdendo os moradores uma boa porção dos seus bens. A casa de Santiago também foi um dia de adobe, mas os avós rebocaram com cimento os dois lados das paredes, tornando-a sólida e mantendo alguma frescura por causa do material de origem. Nunca precisaram de reconstituir uma parede, apenas pintar de vez em quando. O telhado foi sendo atualizado, à medida que surgiam materiais mais duradouros. Por isso não tinha de se preocupar consigo nem com a moradia, apenas com o que restava de galinhas. Em outros tempos havia muitos animais de capoeira e coelhos, mas davam trabalho e ele já não estava para esse tipo de labores. Tinha um galo, incapaz de responder aos da vizinhança de madrugada, porque tinha tido algum problema na garganta. Felizmente, Santiago poupava os ouvidos. Também possuía três galinhas, que davam ovos suficientes para consumo pessoal. Quando achava que as galinhas estavam velhas, punha uma delas a chocar uns ovos, nascendo então os substitutos, que escolhia, o resto dividindo com os vizinhos. Assim havia renovação.

De vez em quando chamava um jovem para lhe limpar o quintal e a capoeira, retribuindo com comida e algumas notas. A mesma coisa para a limpeza da casa. A comida do almoço era comprada na vizinha Flávia ou ia mesmo a um restaurante. De manhã comia maçaroca assada ou banana com jinguba, depois um café que ele próprio preparava. À noite gostava de pão com pasta de peixe ou atum de lata e mais um bom pedaço de chocolate negro. De vez em quando encomendava uma sandula. Ou hambúrguer, uma cedência às modernidades. Acompanhava a comida sempre com vinho tinto ou cerveja. Portanto, mantinha uma certa frugalidade. E sem grandes canseiras.

Nessa manhã da chuvada, comeu mais cedo que o habitual, pois o passeio da frente estava com muita água e não lhe apeteceu fazer a caminhada diária à volta do quarteirão.

Por volta das dez horas tocou o telefone. Era Marília, uma querida e bela amiga de Luanda, que, pelos vistos, tinha chegado na véspera a Benguela e queria vê-lo. Já sabia o que significava o "queria vê-lo". Marcou para a hora do jantar.

Seria um dia diferente, devia preparar as condições ideais para receber a amiga especial. Encomendava mais comida à vizinha, estava resolvida a maka. Teria de sair para comprar vinho tinto, o preferido de Marília. Sua avó Nduva ensinou, se deve tratar melhor as amigas que os amigos, elas são mais fiéis. Em que sentido? A avó nunca foi mais precisa, ele não julgou necessário pedir explicação complementar. E nunca comentou com o marido dela, o avô Malulu.

Antes de sair para resolver os mambos relacionados com o jantar, foi ao espelho examinar a aparência da sua cabeça e rosto. Cabelo demasiado grande, a sair enroladinho para todos os lados, a barba também exagerada. Pensou em retocar as coisas com tesoura, pois, com tanta chuva o cabeleireiro que lhe endireitara a trunfa há mais de dois meses certamente não teria saído de casa, ou então arrostou mesmo com todos os perigos e abriu o estabelecimento. Mas não lhe apeteceu dar qualquer troco às falas do artífice, adepto da teoria que barbeiro que não sabe cantar ópera deve comentar todas as situações atuais com os fregueses, levando a conversa para caminhos escorregadios. E perigosos. Resolveu apenas aparar em casa a barba e o bigode, era assim que Marília o conhecia, afinal.

Tomou banho às seis da tarde e escolheu uma das suas roupas de sair. Também passou uma escova nas costas dos dois parentes e deu um jeito ao aspecto da sala e varanda, limpando melhor o pedestal da estátua yaka. Pôs duas latinhas no chão da varanda com o carvão encharcado em óleo para afastar insetos. Marília podia ter posto repelente, mas os mosquitos de Benguela eram assanhados e, além disso, chovera muito, o chão do quintal continuava alagado. Não queria que ela apanhasse malária na casa dele, gostava demais da amiga. Às sete e dez acendeu o forno do fogão e às sete e quinze pôs lá a travessa com o jantar comprado juntamente com o almoço na Dona Flávia. Às sete e vinte apagou o forno mas deixou lá dentro o jantar reaquecido. Com a porta fechada, ficaria quente até às oito horas. Em seguida abriu uma garrafa de vinho arrefecido previamente, mas deixou-o na cozinha, num *frappé* com água e suficientes pedras de gelo. Hesitou um momento, depois resolveu acrescentar outra garrafa, mas fechada. Teria tempo de refrescar. Dispôs também os copos, o gelo e o melhor uísque que tinha, no caso de Marília querer um aperitivo. Há quase dois anos que não estava com ela, tempo suficiente para mudar de apetites e hábitos.

Às dezenove e trinta e um minutos parou um carro à frente da casa, fazendo Jeremias arrebitar as orelhas. Santiago abriu a porta e Marília saiu do táxi. Ele indicou-lhe com um gesto as tábuas que colocara, indo da porta ao lancil do passeio. Disse-lhe:

— São sólidas e largas mas vem com cuidado. Com a chuvada fica sempre água neste espaço do passeio. Se preferires podes vir descalça que as tábuas foram lavadas de propósito para ti.

Ela veio ao encontro dele, confiante, com os sapatos calçados, e caiu-lhe nos braços. Beijaram-se sofregamente. Ele fê-la entrar em casa e fechou a porta.

— Sempre cavalheiro, Santiago. Deixa-me ver-te bem. Estás mesmo remoçado, esta terra faz-te mais novo.

— Olha que tu continuas linda e jovem. Pensar que tens a minha idade...

Ela deu uma gargalhada de fazer estremecer as muralhas de pedra do antigo reino Tchiyaka.

— Sei que estás a brincar. Mas podia ofender-me. Pareço ter quarenta anos?

— Pareces ter trinta, mas sei a tua idade. É um pouco mais que isso.

Marília reparou então nos dois animais, sentados sobre os traseiros, farejando-a à distância. Ofeka era especial e única, terá pensado Zacarias, que não se dignou aproximar para a investigar melhor. Jeremias não teve rebates de consciência e cheirou-lhe uma perna, depois a outra e enfim a mão, quando ela se baixou um pouco e lha estendeu. Gostou do que sentiu pois moveu a cauda com insistência.

— Não os tinhas quando cá estive da última vez.

— Quer dizer que não vens cá há muitos anos.

— Disparate, estive no ano passado.

— No princípio então — disse Santiago.

— Não, em Junho. A sério.

— Está bem. Então vai fazer um ano e quase meio.

Ela riu seu riso franco. Acentuava-lhe as covinhas das faces. Como é linda esta miúda, pensou ele. Por que nunca a amantizei a sério? Agora será tarde demais. Aposto, vem anunciar-me o seu casamento em data próxima e perguntar se aceito o convite para ser seu padrinho.

— É isso mesmo, um ano e quase meio. Estás satisfeito?

— Concordemos. Vamos para a varanda para descansares da viagem.

— De dez minutos.

— Sempre é uma viagem. Também devias ter telefonado que mandaria um kupapata meu amigo buscar-te onde estivesses.

— De moto?

— Claro, e de muita confiança. Nunca andaste à boleia de moto? É o melhor meio de locomoção em Benguela.

Ela não respondeu. Contemplava-o apenas. Comovida, saudosa? Deve estar, sempre foi muito generosa para me aturar. Ou está a pensar como vai abordar a questão do seu casamento? Na realidade não acreditou nesse vaticínio tão sombrio.

— Posso oferecer-te um uísque? Ou preferes ficar pelo vinho?

— Um uísque cai bem.

Ele abriu a porta para a varanda, temendo que aparecesse uma nuvem de mosquitos, fazendo-os fugir para dentro de casa. Mas estava tudo tranquilo, o carvão e óleo funcionavam mesmo bem como arma dissuasora.

— Boa noite, Yaka — cumprimentou Marília se aproximando da estátua. — Continua uma perfeita maravilha.

— Sim. Os Bayaka são grandes artistas. Não sei se ainda existem, com tanta guerra que houve perto do seu território. E levas de refugiados de um lado e do outro da fronteira.

— Rezo para que existam ainda. E continuem estes trabalhos espantosos.

— Afinal rezas? — disse Santiago, avançando para a sala onde estava a bandeja preparada com os aperitivos e jinguba torrada.

— Maneira de dizer. Sabes bem que sou totalmente agnóstica.

Ele voltou à varanda com a bandeja e encontrou-a sentada a fazer festas a um Jeremias encantado. Zacarias olhava à distância, com ar de desprezo e algum despeito. Santiago serviu os dois uísques e sentou-se com o seu copo.

— Estás alojada num hotel?

— Uma pousada simpática — deu o nome, desconhecido para ele.

— Quanto tempo ficas?

— Três dias. Cheguei ontem à tarde, trabalhei hoje e vou fazer o mesmo amanhã. Volto no dia seguinte logo pela manhã.

Santiago fez as contas, há a noite de hoje e a de amanhã.

— Vieste sozinha? Que raio de trabalho é esse?

— Vim com dois empresários japoneses. Pagam bem. O curioso é que falam perfeitamente Inglês. Não precisariam de intérprete, pela nossa maneira de ver.

— Nem toda a gente aqui fala Inglês. Vêm encontrar-se com gente da pesca?

— Não. Autoridades e outros. Prospectar o mercado, possibilidades de aqui colocarem produtos de eletrônica, os japoneses são fortes nisso, como sabes. Discutem com empresários industriais e comerciais. Nas reuniões preferem usar intérprete, pois assim têm mais tempo para observar as reações, os sinais... Não me disseram, também não perguntei, mas já tenho suficiente experiência para conhecer as táticas... algumas, pelo menos.

— Podias ter ficado aqui em casa. Tenho um excelente quarto de hóspedes.

— Sei. Já cá estive, esqueceste? Há um ano e quase meio, pelas tuas contas.

Ele deixou passar a ironia sem resposta. Levantou o copo. Brindaram e beberam o uísque, fitando-se.

— Dessa vez o quarto de hóspedes estava fechado à chave — disse ela. — Ainda continua?

— Sim. Voltei a abri-lo há pouco tempo para testar as qualidades investigativas do gato, o senhor Zacarias. Voltei logo a fechá-lo. Mas é uma estória longa e não te vou maçar com ela.

— Não me maças. Gosto das tuas estórias de quartos. Mesmo se metem gatos.

— Diz lá, confessa, gostas de estar comigo em quartos com gatos.

— Trouxe a minha escova de dentes, se queres saber. E gosto de estar contigo em quartos com gatos ou sem eles.

— Estava previsto. Mas como estás tu de amores?

— Naquela base!

— Continuas sem conseguir arranjar um marido? Ou um namorado permanente?

— Já sabes.

— Linda como és, bastava estalares dois dedos.

— Quantas vezes na vida ainda me vais fazer essa pergunta? Sabes a resposta. Sou livre e livre serei.

— Compreendo. Mas pode haver um momento em que se queira pousar numa flor para sempre. Como uma abelha. Sabias que há abelhas que morrem agarradas a uma flor?

— Namorado permanente? Que monotonia!

Beberam o resto do uísque devagar, se fitando com intensidade, mudos. Não houve nenhum gesto ou dito, os olhos devem ter comunicado. Levantaram das cadeiras ao mesmo tempo, se abraçaram no corredor a caminho do quarto principal e Santiago disse, tinha preparado um jantar.

— Comemos mais tarde. Temos coisas mais importantes a tratar...

Fecharam a porta para os bichos não se intrometerem. Jeremias ficou à porta, ouvindo os ruídos e farejando. Zacarias saltou para a cadeira onde uma vez se sentara Ofeka e ficou enroscado, adivinhando o perfume nela embutido.

— Os japoneses estão na tua pousada? — perguntou Santiago, quando se viraram para descansar, depois de uma prolongada sessão de amor.

— Nada! Estão no melhor hotel do burgo. Exigência minha ficar na pousada. Trabalho das oito horas até às dezoito, um almoço pelo meio com gente que quer conversar com eles, geralmente empresários. O resto do tempo é para mim. Muito trabalho e chato, mas pagam bem, uma semana vale por um mês a fazer traduções.

— Chato por quê?

— Não é o trabalho em si, mas são as perguntas a que não se furtam. Por que as ruas têm buracos? Por que tantas motorizadas nas ruas a andar entre os carros no máximo de velocidade? Se referem aos kupapatas, como percebeste. Por que não há valas de drenagem das águas da chuva por baixo das ruas? Por que tanta gente pobre, miserável mesmo, num país com tantas riquezas? Por que crianças a pedir nas ruas e sem irem à escola? Antes era fácil responder, a guerra consome todos os recursos. Mas agora não há guerra e os recursos são consumidos de outra maneira... Sempre as mesmas questões. Os outros não sei, mas eu fico envergonhada.

Ele virou-se para ela e voltou a abraçá-la.

— Não queres vir passar uma semana cá em casa? A cidade é muito agradável e eu não te faria essas perguntas chatas.

— Precisas de uma semana de carinhos? Assim?

Beijou-lhe os olhos e a barba revolta.

— Precisas de curar alguma ferida de amor? — voltou a beijá-lo.

Ele apenas recebeu as carícias e retribuiu, mas não respondeu à pergunta. Como podem as mulheres ser tão sensitivas? Marília era muito generosa, não se importava de fazer de enfermeira de doentes graves. Acertara em cheio. A imagem de Ofeka não lhe saía da cabeça e a companheira de cama pressentira qualquer coisa. Sabia, ela não ia perguntar. Nem ele confessaria.

Marília se levantou, tenho de ir ao quarto de banho. Foi, toda nua, um esplendor de corpo, não parecia ter mais de trinta anos. Abriu a porta, se deparou com Jeremias deitado, passou por ele. Voltou cinco minutos depois, a cheirar ao perfume francês que Santiago tinha uma vez comprado para ela em Paris e que guardava em casa, por sua exigência, para quando o visitasse. Nos tempos em que ele morava em Luanda. O major não esqueceu de trazer o frasco para Benguela e continuava quase cheio. Ou não recebia muitas visitas ou estas não achavam necessário usar o perfume. Isso, sim, era importante para Marília, não o perfume em si, por sinal caríssimo, mas o cuidado de o guardar. *Touchant!*

Enroscou-se logo nele, tentando ocultar uma lágrima rebelde.

Por volta das onze da noite, ela disse, estou com fome, tu não? Foram reaquecer o jantar e comeram. Ficaram na mesa a conversar e a se acariciarem, até a garrafa de vinho acabar. Santiago, entretanto, convidou os dois amigos peludos a ir para a varanda do quintal e fechou a porta. Depois de mais alguns debates amorosos, acabaram por adormecer.

Santiago acordou como habitualmente às seis horas. Marília sorria no sono. Ele ficou a olhar para ela, fazendo mínimos movimentos para não a acordar. Por que não tinham passado disto, uma noite ou duas por ano, mesmo quando ele estava em

Luanda? Para ser sempre de cada vez uma descoberta? As outras suas amigas não eram como Marília, queriam se imiscuir na vida dele, talvez tentando uma ligação mais permanente, que ele recusaria. Depois de Clara, não haveria outra, tinha ele decidido. Mas sempre admitiu que com Marília podia ser diferente. Abordou o assunto uma vez, com todos os cuidados. Ela foi categórica e definitiva, nunca teria uma ligação com qualquer tipo de compromisso. Queria ser livre, viver a sua vida independente. Ele não mais tentou. Se tocava no tema, era como nessa noite fizera, por que ninguém conseguiu convencê-la a casar ou, pelo menos, amantizar? E ela respondia da mesma maneira. Passavam anos sem abordar a questão, visitando-se de vez em quando. Sempre de iniciativa dele, exceto uma noite em que ela lhe apareceu em casa sem avisar. Algo de grave se teria passado. Mas ela não explicou. De fato parecia diferente, menos efusiva, menos alegre, como a procurar um abrigo. Ele só procedeu como imaginou que ela sugeria, acarinhou-a mais do que tudo, nada perguntou, pouco falou, ficou apenas com ela. Por vezes Marília tomava uma iniciativa, ele acompanhava a dança, até ela se aquietar nos seus braços. Várias horas assim e ela finalmente adormeceu. Mas não dormia como agora, relaxada, feliz. Daquela vez, mesmo a dormir parecia retraída, em atitude de defesa. Nunca descobriu o que poderia ter acontecido para ela se refugiar na sua casa. Passados vários anos, não lhe perguntaria sobre a causa desse quebrar de hábitos. A menos que ela se lembrasse e contasse. O que não aconteceu.

Santiago não falou das suas relações, exceto de Clara, pois ela não queria conhecer. E Marília não revelou a existência de outros homens com os quais se encontrava, nem quais foram as suas primeiras experiências amorosas. Assunto tabu. Não queria saber com quem ele andara nem queria revelar o que fazia ou fizera. Quando estavam juntos, eram um para o outro. Não havia passado, só o presente. Haveria futuro?

Parecia escrito no vento forte que tudo desfazia.

Eram sete horas. Se ela começava o trabalho às oito, devia acordar agora. Mas era tão encantador vê-la dormir que ele não se decidia. Tinha de ser, o dever acima de tudo. Começou a beijar-lhe docemente a mão. Acabou por abrir os olhos. Sorriu para ele, maravilhada por vê-lo. Ele não resistiu e disse:

— São sete horas e alguns minutos, amor da minha vida.

Ela mexeu-se, sorriu.

— É a primeira vez que me chamas isso.

— Amor da minha vida? Nunca te chamei?

— Não.

— É porque sou um covarde.

Marília rodou para cima dele. Beijou-o nos lábios, meu maravilhoso covarde, sempre te amarei. Mas escuso de dizer, tu sabes disso.

Ainda quinze minutos de sexo. Depois de se refazerem, Santiago perguntou:

— Tens mesmo de estar lá às oito?

— Infelizmente, sim.

— Só tenho pão de ontem. Faço rapidamente um café e umas torradas, serve-te? Talvez dê tempo de preparar uns ovos, queres? Entretanto lavas-te e vestes-te.

Foi o que fizeram. Ele só pôs uns calções, não precisava de mais.

Quando acabaram de comer, Santiago perguntou:

— Esta noite vens jantar?

— Não. Despedimo-nos agora até um dia.

— Por que não mais uma noite?

— Porque arriscava não querer voltar para Luanda. Nunca mais. E é contra os meus princípios de vida. E seria um jogo arriscado. Um dos dois ficaria destroçado para sempre.

— Esquece definitivamente os princípios. E o medo de arriscar. Não gostas de sentir a adrenalina do perigo?

— Não. Amar-te-ei sempre, isso basta.

Marília chamou um táxi pelo telefone. Se despediu de Jeremias e da Yaka, ignorou Zacarias, que fingiu nem notar a presença dela. Quando o táxi chegou, Santiago acompanhou-a fora de casa. De repente sentiu, era uma despedida definitiva, algo lhe garantia. Disparate, começo a imaginar coisas, não é tarde demais para acreditar em kimbandices?

O último beijo foi ligeiro. O carro partiu.

Cinco dias depois a notícia chegou a Santiago. Marília morreu no avião de regresso a Luanda. Um fulminante ataque cardíaco, uma voz masculina dizia.

Santiago chorou, escondido no quarto. Não contou a ninguém, nem a Joka. Quem sabia da sua relação com Marília? Relação absolutamente clandestina. No primeiro momento só pensou ir a Luanda comprovar a veracidade do mujimbo e participar no enterro. Fez as contas, não chegaria a tempo. Talvez. E não imaginava quem podia ser familiar ou amigo dela. Alguém das suas relações em Luanda conhecia Marília? Ignorância total. Ele sabia onde ela morava, era tudo. Até parecia estranho a notícia ter conseguido chegar ao seu telefone. Como aconteceu? Alguém lhe ligou, lançou a fatídica informação e desligou. Não lhe ocorreu pedir qualquer esclarecimento mais detalhado. Nem lhe deram tempo, desligaram logo. Talvez um dia venha a descobrir, a força do mujimbo é poderosa e enigmática.

Não lhe apetecia sair, deixou de ir dar a sua volta logo de madrugada. Como se tivesse perdido definitivamente a perna fragilizada. Quando foi buscar o almoço no primeiro dia do luto, Dona Flávia olhou-o com insistência e perguntou, aconteceu alguma coisa, não se sente bem? Não é nada, estou perfeito. A cena não voltou a repetir-se, apenas porque a senhora era discreta e não insistiu em inquirições. Santiago não parecia o mesmo. Joka telefonou e ele não atendeu. Também Domingos. Os dois amigos trocaram impressões, decidiram ignorar. Santiago apareceria quando lhe apetecesse, não iam armar em chatos. Até pode ser que esteja muito ocupado com alguma garina, para esquecer a mossa provocada por Ofeka.

Ao acordar de sonos inquietos, Santiago deitava uma lágrima. Ao cair na cama, lagrimava para adormecer. Tinha acontecido com Clara, mas aí compreende-se. Com Marília tinha dois encontros por ano, no máximo.

Havia um abismo cheio de diferença.

Fazia e refazia as contas, estivera com Marília na noite seguinte à chegada dela à cidade. Estiveram juntos. Passou outra noite vazia, a que ela lhe negou companhia. Vinte e quatro horas depois de ter saído da casa dele, foi para o aeroporto, imaginava. Duas horas depois estava morta. Ele não foi o primeiro homem com quem ela dormiu, mas muito provavelmente foi o último. A ideia fê-lo ter de novo vontade de deitar uma lágrima.

Havia um mistério e ele não queria resolvê-lo. Se não sabia dos casos dela, como sabia alguém do caso deles para lhe telefonar? E só nesse momento o óbvio chegou à consciência. Pegou no telefone e pesquisou as chamadas recebidas. E viu a data e hora da última chamada do telefone de Marília para ele, quando uma voz de homem lhe comunicou o falecimento. Naquele momento ficou tão abuamado que não fez nenhuma pergunta, não tentou inquirir mais nada, simplesmente acreditou. Agora parecia claro. Alguém, talvez um familiar, investigou o telefone passados dois ou três dias da morte dela, e escrupulosamente ligou para os números da lista de contatos, enviando a mesma e terrível mensagem:

— "Cumpre-me informar que a senhora Marília... faleceu no dia ... a bordo do voo Benguela-Luanda, morte provocada por um ataque cardíaco fulminante..."

E silêncio. Devia ser uma mensagem gravada, não se esperavam respostas, choros, condolências e tudo o resto.

Uma pergunta aparecia de forma recorrente nos seus pensamentos e sonhos, tal qual chuva miudinha que não para: é mesmo possível ter pressentido a despedida como definitiva? Jura a si próprio, estava bem acordado e sóbrio, não foi uma brincadeira, comecei naquele momento o luto com Marília ainda em vida. E doía muito, uma falta permanente. Pode ser possível? Foi, não há lugar para dúvida.

Não é homem de contar o que de bizarro lhe acontece. Nunca se abrirá provavelmente, nem se queixará.

O gato roçou o corpo pela perna dele. A consolar?

— Zacarias, a tua vida deve ser mais simples, há muitas coisas com que não te preocupas. Nós lixamos sempre tudo. E sofremos. Haka!

15

Passaram duas semanas. Santiago não teve mais notícias sobre Marília, o que era normal, dada a clandestinidade emprestada às relações entre eles e talvez às dela com outras pessoas. Felizmente houve quem se preocupasse em dar a notícia. Felizmente? Nem sabia se tinha sido melhor assim, no entanto as pessoas normais gostam de estar informadas sobre os parentes ou próximos. Santiago sabia, não era muito normal nas relações pessoais, os outros consideravam-no frio e alguns tiveram mesmo a coragem de lhe atirar essa crítica à cara. Não o afetou, porém. Talvez os acontecimentos passados nas várias vidas que enfrentou lhe tenham dado essa aparência de rudeza, de afastamento e despreocupação com as relações. A família foi dispersa pela guerra. Dos pais sabe, morreram. Mas os irmãos? Andam por aí? Deve ter irmãos, cunhadas ou cunhados, sobrinhos, vivendo algures. Perdeu os contatos. Esqueceu? Não, mas houve muitas ausências, os laços abrandaram. Terá algum irmão procurando saber dele? Ou alguma cunhada feita viúva por qualquer vírus ou feitiço?

Da família só lhe resta o Joka. Que não vê todos os dias, nem semanas. Pode acontecer conversar com ele dias seguidos e com muito prazer. Depois cada um no seu canto por um mês. Joka também desconhece o resto da família, exceto uma irmã mais velha que emigrou para o Canadá quando ele estava na Europa e perderam o contato. Um dia falaram sobre esses efeitos de ida para estudos longe de casa ou aventuras guerreiras em outros territórios e nos movimentos forçados de populações, por desespero ou apenas vontade de uma melhor vida. Joka tem uma posição semelhante à dele, de resignação. Um território desestruturado por violência leva as pessoas a perderem vínculos e a não fazerem o suficiente para os reatar. Também sociedades preocupadas por mistérios e intrigas que não controlam acabam por gerar membros pouco socializados. Outras pessoas, pelo contrário, procuram mesmo conexões, são persistentes, e acabam por ir reconstituindo os fios que se desligaram, hoje ajudados em muito pela Internet. São os ligadores, os canais de comunicação entre grupos e indivíduos. Talvez esses sejam poucos hoje. Também não é realmente o ponto forte dele. Não queria se culpar, estava cansado de dores e desacredita nos méritos das confissões religiosas ou da autocrítica nos movimentos e partidos, tudo bebendo do mesmo cálice. No entanto, tinha a capacidade de reconhecer que pouco fazia para corrigir as situações.

Foi neste estado de espírito, no mínimo amargurado, que recebeu um telefonema de Ofeka. Tinha o nome dela no aparelho, gravado na vez que ela e Marta o visitaram. E o pretexto era a entrega do livro de Gilgameš, ela podia passar para lho entregar? Concordou, claro, para mentir tinha de inventar uma boa desculpa e a cabeça não apresentava condições para tal.

— Pode vir à hora que quiser.

Foi pelo fim da tarde. E aí estava Zacarias felicíssimo, ronronando com as carícias da bancária, enquanto Jeremias guardava certa distância, mas super atento às movimentações do gato e da mulher. Santiago tinha proposto uísque, mas ela preferiu cerveja, e era, portanto, o que os dois bebiam.

— A Marta e o Joka também estranham a sua ausência e sobretudo o fato de não atender o telefone. Depois o Joka disse-me, ele tem umas alturas em que não aparece, deve ficar farto de aturar pessoas. Eu deixo passar um tempo razoável. Depois tento. Mas se quiseres, liga-lhe, podes ter mais sorte. E, como vê, eu liguei. Sabe, sempre fui muito atrevida, devo ter falta de decoro, pelo menos algumas pessoas dizem isso. Também a minha mãe, creio, mas eu era pequena...

— Já não está cá?

— Viveu pouco. E sou filha única.

— E o seu pai?

— Desapareceu quando eu tinha catorze anos. Ou foi a guerra ou a tentativa de encontrar melhor sorte.

— A guerra como? Foi mobilizado?

— Não acho, já tinha uns quarenta anos. Bem, houve tantas guerras, que tenho realmente de explicar, estava a pensar na guerra civil. Mas havia uma possibilidade de ter ido a algum sítio e ser apanhado pela voragem da guerra. Não é de pôr de parte a hipótese. Mas, no fundo, no fundo, acredito que bazou mesmo, sempre disse que eu estaria melhor com a minha avó, no Dombe...

— No Dombe? A sua família é de lá?

— Sim, de parte da mãe. O meu pai nasceu em Luanda. Dizia que isto era um meio pequeno demais para ele, sempre se queixou. Por isso, creio, um dia deu-lhe a saudade, deixou-me um bilhete e algum dinheiro. No bilhete dizia que o melhor era ir ao Dombe falar com os avós, eles me aconselhariam. E que a casa já estava em meu nome. Fiquei lá algum tempo, depois a minha avó mudou-se para cá, ficou comigo até eu acabar os estudos... Pelo menos os estudos que me permitiam um bom emprego. O que significou habitar aqui cinco anos exceto nas minhas férias escolares, em que íamos para o kimbo. Entretanto toda a família vivia da manada constituída pelos antepassados. E de alguma agricultura, uma naka junto do rio.

— Ah, pois. É curioso. Eu e o Joka também crescemos em parte à custa da manada familiar que estava dividida por vários sítios. Quando éramos pequenos. Não me lembro de o meu avô trabalhar para além dos afazeres de casa. Os nossos pais trabalhavam fora, mas os salários não permitiriam estudos longos para as proles. Parte do nosso sustento vinha da carne e leite vendidos no interior. E o nosso amigo Domingos também estudou graças à manada que o avô trouxe e vendeu aqui em Benguela, o que lhe permitiu uma vida desafogada. Aí a estória é um pouco mais suja, dizem as más-línguas. Que o avô terá pagado a manada à família do interior.

— O interior sempre a alimentar a costa?

— Nada de generalizações. Aconteceu nestes casos, no nosso de forma correta, com o acordo de toda a família. O caso do avô do Domingos será diferente. O seu caso também foi o interior a alimentar a costa, embora o Dombe Grande faça parte do litoral, o mar está ali ao lado.

— O sítio da minha família é uma aldeia num morro isolado a quatro horas a pé do Dombe.

— Boa, gostei dessa.

— De quê?

— Não disse o kimbo ficava a cerca de vinte quilômetros do Dombe, mas a quatro horas.

— Pois, íamos a pé mesmo, devia ser uns vinte quilômetros. Era uma picada em que raros carros se atreviam, jipes e caminhões sim, embora raramente.

— Nós, militares, medíamos as distâncias pelo tempo de marcha. E os camponeses também.

— Claro. É isso que separa as classes sociais, a forma de medir as distâncias.

Riram os dois. Acabaram as cervejas, Santiago foi buscar mais duas.

— Para a sua avó não foi um sacrifício viver aqui na cidade?

— Foi um horror. Não se queixava, mas eu adivinhava. Quando tinha dezessete anos, ela já aceitava deixar-me sozinha durante duas semanas, ia retemperar a saúde junto da família. Uma senhora de mais de sessenta anos, que nunca tinha pisado uma povoação maior que o seu kimbo, só o Dombe muito raramente, de repente ser transportada para Benguela... Teve de aprender um monte de coisas novas, de aceitar muita contrariedade... O que vale é que eu fui filha única e portanto fiquei com a incumbência de tratar da casa bem cedo, além de desde pequena ajudar a minha mãe. A avó tomava conta de mim e eu ensinava-lhe o que era viver em meio urbano. Atravessar as ruas, fazer compras em lojas, cozinhar com gás etc. Se queixava particularmente do barulho da noite, acordava com a música alta de algum vizinho, um carro a passar na rua, bêbados a discutir pelo resto da garrafa...

— É preciso gostar muito de uma pessoa para fazer tanto sacrifício. Você nessa altura imaginava?

— Como disse, já tinha catorze anos. E a minha ligação com ela era especial. Desde que me lembro.

Ofeka não lhe revelou o que o espírito pousado no seu ombro lhe contara sobre as preocupações da avó a respeito dela. Também não falou dos ensinamentos que Olegário reconhece ter aprendido com a avó.

Continuaram a conversa. Beberam mais uma cerveja. Estava na hora do jantar, Ofeka percebeu, tinha de ir para casa, não tanto para comer, isso era o menos, mas porque parecia mal abancar ali na casa do outro, não sair quando devia e obrigá-lo a deixar de fazer qualquer coisa para comer, se por acaso levava o jantar a sério. Difícil perceber Santiago, os seus gostos e suas kijilas secretas.

Levantou da cadeira quase num salto. Até Zacarias se assustou.

— Tenho de ir, major. Desculpe por ocupar tanto do seu tempo.

— Ora, foi um prazer. Quase já não sabia que o mundo ainda existia... Há vários dias que não falo com uma pessoa, só com estes dois.

Travou o resto que tinha para dizer, mais um pouco e era capaz de contar sobre o luto. Uma inconveniência tremenda. Entretanto, queria que ela ficasse um tempo prolongado. Dilemas.

Acompanhou-a à porta em silêncio e abriu-a. Se despediram formalmente, prometendo encontrar-se em breve.

— E atenda ao telefone quando for a Marta ou o Joka, eles gostam muito de si.

— Vou aparecer lá em casa.

Ela partiu no carro e ele de repente lembrou, a moça esqueceu o livro de Gilgameš. Ainda bem, será um pretexto para voltar.

Cedo de manhã tocou o telefone. Antes de ver o nome já ele se preparava, as más notícias são madrugadoras. Mas era Ofeka. Pedia desculpa por ter esquecido o livro no carro. A que horas podia passar para lhe devolver a preciosidade? Ele respondeu, pode ser à hora de ontem.

Começou a imaginar, que tal um jantar? Lembrou o jantar das onze da noite com Marília. Este seria mais cedo, ela tinha outro homem, nem Santiago se sentia em forma para a esgotante tarefa da sedução. Não há jantar nenhum. Umas cervejas e navegamos à borda da praia, sem carta de mareação nem plano de acostagem.

Mais tarde, depois de almoçar, telefonou a Joka.

— Já estou contatável, podes ligar quando te apetecer, atendo.

— Aconteceu algo que me possas contar?

— Nada de especial.

— Sei que a Ofeka te visitou ontem e volta hoje. Ela telefonou à Marta.

— Sim. Então também sabes por que veio...

— Sim, o livro. Como a recebeste, percebi que tinhas voltado à tona. Ia ligar-te só amanhã, à espera que o fizesses antes. Acertei. O cativeiro foi duro?

— Muito pior que podes imaginar.

A voz era grave, não estava a alinhar no ar ligeiro do primo. Este percebeu e se assustou.

— Tens aí cerveja gelada?

— Como sempre. Já reabasteci.

— Posso ir aí por um momento? Saímos de carro sem destino. Voltamos cedo, a tempo de estares em casa quando a Ofeka aparecer.

— Até sabes a hora a que vem?

— Na realidade não. Mas deve ser depois do trabalho. E conheço os hábitos de algumas pessoas.

— Podes vir sempre, já sabes. Primeiro bebemos uma cerveja, depois decidimos o que fazer.

Embora houvesse umas ironias e por vezes umas farpas pouco aguçadas entre eles, sentiu a necessidade de receber o parente. E talvez lhe revelasse alguma coisa, precisava de desabafar. Caramba, estava muito mudado. Ontem quase se abriu com Ofeka e agora muito provavelmente vai mesmo contar o essencial ao primo. Que se lixe! Há momentos em que se deve mudar a estratégia ou o comportamento. Nem sempre o saber cristalizado é bom conselheiro e me perdoem os estudiosos de provérbios.

Quando Joka chegou, passou-lhe uma cerveja, se sentaram os dois na varanda de trás, olhando o quintal. O major reformado, sem ter sido interrogado, contou o que sucedera com Marília e a sua estranha relação com ela. Começou em voz baixa, pelo princípio mesmo, pois não era uma relação comum, depois foi conquistando firmeza. De repente, se virou para o primo em ar de aviso:

— Só podes contar a Marta, sei que não lhe escondes nada.

Levantou a cabeça e viu os olhos de Joka marejados de lágrimas.

— Limpa lá isso, um homem não chora.

Joka obedeceu. Era dos poucos que ainda usavam lenço de pano para limpar os olhos ou o nariz, não para artefato no bolsinho do casaco. Santiago também usava lenço de pano, pelos vistos uma marca de família. Mas não precisou dele. Não desta vez. Nunca à frente de Joka. Não contou também ao primo que se desalmou a chorar por aqueles dias fora, nem uma lágrima confessou. Mas sim que tinha ficado mesmo cacimbado, com raiva da injustiça desta vida, e que sentia uma falta imensa do carinho de Marília, já era muito reconhecer tanta dor.

Depois conversaram sobre outras coisas e beberam mais cerveja. A casa estava movimentada, para felicidade de Jeremias e Zacarias. E mais ainda quando chegou Ofeka, com o livro de Gilgameš e um ramo de flores, que entregou a Santiago, tem uma jarra onde as pôr?

Ele coçou a cabeça, achava que não tinha, mas alguém podia ter deixado. Se lembrou de um antigo moringue, desnecessário desde que tinha geleira. Encheu-o de água e apareceu com moringue e flores, que pôs na mesinha de canto, do outro lado da Yaka.

— Olha que coisa bonita, um moringue com flores — exclamou Ofeka. — E não é um moringue qualquer. Tem entalhes geométricos.

Se levantou para ver de mais perto.

— E duas linhas paralelas, que devem ter sido brancas. Muito antigo. Está aqui há quantas gerações?

— Não está há tanto tempo. Estava em Luanda. Levei-o do Leste, do Cazombo. Pertence à cultura luvale. Mas é antigo. E quase não serviu para o seu uso habitual. Era apenas decorativo. Agora pode ser útil. Mas diga-me, Ofeka, o que estamos a comemorar?

— Nada. Lembrei-me de trazer flores para lhe agradecer a leitura do maravilhoso *Gilgameš*. Apenas isso. E irrita-me essa ideia machista de que só os homens devem oferecer flores a mulheres e não o contrário.

— Percebi agora porque me ofereces sempre flores no aniversário.

— Por isso mesmo, Joka. Ativismo contra o machismo. Só agora percebeste o meu gesto? Andas mesmo alheado da luta das mulheres, apesar de tantos discursos no tempo do socialismo.

O ambiente se distendera com a chegada de Ofeka, e Santiago se sentia de volta em pleno à vida. Uma pena a intromissão indevida daquele sacana de professor, mas é simpático, o sacana. E certamente bom professor. Perguntou se a bancária aceitava uma cerveja, ela disse, se não for muito incômodo, e o major foi buscar. Felizmente tinha enchido a geleira quase com uma grade.

— Afinal estávamos para ir dar uma volta e colamo-nos aqui a esta taberna — disse Joka. — A volta fica para um destes dias, tenho de ir embora, a Marta precisa sempre de qualquer coisa.

— Sempre à disposição do senhor engenheiro — disse Santiago, já fazendo contas em relação à visita de Ofeka.

A senhora revelava boa capacidade de arranjar desculpas para o visitar. Talvez não fosse só a memória do tio que fora companheiro dele. Tinha ingerido nessa tarde álcool suficiente para saltar barreiras. Porém, Ofeka bebeu a sua e se levantou.

— Vinha mesmo para entregar o que esqueci ontem. Aproveito a boleia do Joka para me despedir.

— Já? — Santiago desconseguiu de se conter.

— Hoje é dia de estar cedo em casa.

O visitado tinha de engolir o despeito, mostrar boa cara e acompanhar as visitas. Saíram de casa e entraram nos respectivos carros. Santiago desconhecia, era um dia da agenda conjunta de Ofeka e Mulungu. Não sabia nada de tal agenda. E muito pouco sobre a mulher.

Foi comer os restos do almoço e bebeu mais cerveja. Não lhe apetecia ver televisão, procurar os canais de notícias. O mundo exterior lhe desinteressava, sempre tão repetitivo, que se matem em guerras e que contradigam os adversários políticos em joguinhos de poder, pouco importa. Que haja cada vez mais bandidos nas ruas, bairros em que muitos têm medo de sair de casa quando escurece. De repente voltou à morte de Marília. E se não fosse verdade? Imaginemos, ela tinha um caso mais sério, mas o tipo descobriu que ela costurava de vez em quando fora de casa. Pegou no telefone dela e num ataque de fúria mandou aquela mensagem da morte para todos os nomes masculinos que encontrou na lista de contatos. Tinha lógica? Lógica existe sempre na loucura da gente. Ela não soube da sacanice e nunca ligou aos conhecidos a desmentir a notícia. Ou o telemóvel simplesmente desapareceu, largado num contentor de lixo. Ou era verdade e havia uma participação de óbito na página própria do *Jornal de Angola*. Ela tinha família, não era uma desgraçada qualquer abandonada no mundo.

— Haka, já devia ter feito essa busca há mais tempo. Se choro, que seja por uma morte verdadeira...

Refletiu durante momentos e logo chegou a um princípio de solução. Telefonou a Domingos. Deu-lhe um pouco de conversa, pediu desculpa por não ter atendido às chamadas, tinha entrado em hibernação espiritual, termo que usava quando se isolava dos amigos. Falaram do jogo de futebol que Domingos via pela televisão, sacana, estás a falar comigo mas com mais atenção no que se passa no estádio... ao fim de algum tempo de conversa mole, perguntou:

— É verdade, lembrei-me de uma coisa sem importância, não te custa nada e para mim é uma boa ajuda... Na tua repartição, como em todas do país, recebem o *Jornal de Angola*, não? E guardam os exemplares durante um certo tempo?

— Sim, durante o ano. No princípio do ano deita-se tudo embora, pois já estarão todos na Internet e não vale a pena guardar papéis desses, que vão para reciclagem.

— Bué fixe, reciclagem... Avançados! Pois bem. Tu podias pedir à Cambutinha, como lhe chamas, e se ela não te fugiu das mãos sôfregas, para me pôr de parte os jornais da segunda semana do mês que terminou?

— Da segunda semana, de domingo a sábado?

— Exato.

— Claro, meu. E que faço com eles?

— Nada. Eu amanhã passo pelo teu serviço e procuro uma notícia que me interessa e deve ter sido divulgada nessa altura. Pode ser?

— Estás com sorte. Mais uns dias e já não me podias visitar. Aguardo que me atirem para a reforma agora. Já está no prazo.

— Passo então amanhã. Por volta das dez.

— Quando quiseres. E ainda bem que telefonaste. A malta estava preocupada, sem saber se tinhas enfiado um tiro nos cornos, pá.

— Ainda não. Até amanhã então. Bom jogo.

— Os cabrões acabam de sofrer o segundo gol. Merda! Este jogo já foi à vida.

— Tens de mudar de clube.

— Já me aconselharam isso mais de uma vez. Mas sou masoquista.

— *Ciao*.

Santiago desligou. Fez um esforço para se lembrar do clube de Domingos. Desconseguiu. Também não lhe interessava muito. Era mais importante saber se andava a fazer o komba de Marília só à toa.

No dia seguinte, retomou o hábito de dar a volta ao quarteirão pouco depois das seis horas. Os bichos já sabiam, era passeio reservado, só para ele. Por vezes mudava um pouco o percurso e comprava pão quente na padaria de uma rua paralela à sua. Pão acabado de ser feito, muito bom. Mas hoje não estava preparado para mais esforço. Só deu a volta habitual. Já perto do cubico, encontrou Dona Flávia no passeio da sua casa. Se cumprimentaram, ele continuou a andar, mas a senhora gritou, hoje vamos ter garoupa. Ele fez um gesto com a mão, a dizer conte comigo, mas nem se virou.

Fez tempo até telefonar a Silvestre. O kupapata atendeu logo.

— Vais estar livre às dez horas?

— Dez em ponto ou um pouco antes ou um pouco depois?

— Tanto faz, não tem de ser rigoroso.

— Eu telefono quando estiver livre, perto dessa hora.

— Otcho.

Tratou do mata-bicho, seu e dos animais, incluídas as galinhas. Comeu e vestiu-se. Foi matando o tempo com ocupações não urgentes, um pouco nervoso pelo que podia encontrar ou não encontrar nos jornais. Lembrou ensinamentos antigos, agora que o combate está quase a iniciar, não adianta muito pensar no assunto, só dá azar. Tinha uma réstia de esperança, na verdade. Podia ter sido burro, ao não ter averiguado logo se o mujimbo era mesmo notícia ou apenas boato. Faltava pouco para saber. E estava preparado para ficar triste ou imensamente feliz.

Silvestre telefonou, ele esperou um pouco já no passeio, foram. Lá chegados, disse ao kupapata, era melhor não esperar, ele ligaria quando se despachasse, também podia acontecer ir comer com Domingos, por isso não havia planos. Silvestre recebeu o dinheiro e proferiu em jeito de despedida, foi uma honra, camarada major. Ou até breve, meu major.

— Na prateleira, não esqueças. É o que há mais neste país.

— Majores?

— Não, tipos na prateleira.

O segurança da repartição das águas, o mesmo que ele tinha encontrado da última vez, se pôs em sentido e cumprimentou com uma continência. Ele fez o gesto rápido de um cumprimento, mas perguntou:

— Tudo bem, meu jovem?

— Tudo, meu major. O seu amigo já chegou.

Como sabia ele que Domingos era seu amigo? Mas preferiu ignorar, o segurança queria ser simpático. Apenas.

Domingos deu-lhe um abraço quando o viu. Levou-o imediatamente ao gabinete da secretária, que se levantou e deu um gorjeio de satisfação, que bom aspecto tens, Santi. E eu a achar que nestes dias fiquei mais velho, pensou Santiago. E era verdade, na escola alguns lhe chamavam de Santi, as meninas.

Úrsula mandava memória! Domingos diria, ainda não perdeu a paixão juvenil.

— Os teus jornais estão ali — ela apontou uma mesinha.

— Meus não. Do governo, se o *Jornal de Angola* ainda não foi privatizado.

— Não gozes com coisas sérias — disse Domingos. — Cambutinha, depois de ele resolver o problema, saem dois cafés. No meu gabinete.

Saiu, para satisfação de Santiago, com medo de sentir alguma emoção ao fazer o seu exame aos jornais e na presença do amigo. Sentou à frente da mesinha, começou pelo mais antigo, se colocando aos poucos numa posição em que a funcionária não pudesse ver o seu rosto. Foi direto à página da necrologia. Passou os olhos por ela e depois de novo. Aí não tinha nada, mas também seria de data anterior ao caso. No segundo, a mesma coisa. Idem, no terceiro. Aumentava assustadoramente o nervoso, pois se aproximava da data fatídica. Não precisou de abrir o quarto jornal porque a notícia estava na capa. Era um caso raro, alguém morrer num voo de tão pouco tempo, menos de uma hora. Havia mesmo uma fotografia de Marília, na terceira página do jornal e com o desenvolvimento da reportagem, que ele não leu. Fechou os olhos, contendo as lágrimas, se recusou mesmo a ler. Para quê? Num gesto de forte autocontrole, ainda foi ao obituário, onde encontrou os nomes dos parentes, numerosos, que informavam outros familiares e amigos, do passamento da sua filha, irmã, cunhada, tia, prima... aguentou as lágrimas, falou calado, gritando para si próprio, pensa, pensa se tratava de um companheiro tombado em combate ao teu lado, quando não se chora, se tenta apenas ajudar o outro, mesmo sem um pouco de conhecimento de enfermagem, e depois se constata que nada há a fazer. Não era lugar nem momento para mostrar a fragilidade do sofrimento, muitas vezes dando origem a estórias que outros inventam ao tentarem encontrar uma razão que não existe nestes casos. Respirou fundo, arrumou os jornais como os encontrou, encarou a Cambutinha com um sorriso leve, murmurou sem hesitações:

— Já encontrei. Obrigado, foi muito útil. Vou ter com o Domingos.

Saiu para o escritório ao lado, onde tinha de manter uma conversa com o amigo, de modo que ele não notasse a sua perturbação. Sou um filho da puta capaz de me dominar mesmo depois de tal rajada. Respirou duas vezes com força, antes de bater e abrir a porta.

Domingos fitou-o com um olhar curioso.

— Então?

— Encontrei. É como pensava. Uma negociata que não é para mim. Não tenho cacifo para tanto. Uns terrenos à venda...

Era uma notícia que encontrou num jornal anterior ao do anúncio fatal. Perfeita se o amigo tivesse a curiosidade de investigar a sua busca. Por melhores pessoas que sejam, os kambas têm essa mania de querer saber o que ele tramava, por ter aquele comportamento muitas vezes misterioso ou opaco.

— Terrenos aqui?

— Não, no Moxico. Sabes como eu gosto do Leste. E pensei serem baratos, podia comprar algum para uma naka e uma casita. Dava umas boas férias e a naka entretinha-me. Não para ficar lá, passar apenas uns meses por ano. Talvez até arranjasse um empréstimo de um banco, se o preço fosse demasiado. Mas só vendem o todo, não vendem aos bocados. E não quero nem posso comprar um terreno com o tamanho de três campos de futebol.

Um grande mentiroso consegue desenvolver uma balela desde que descubra um tópico. O tópico foi o título da notícia da tentativa de venda do terreno no Moxico. Encheu o peito de orgulho. Sentiu pela cara de Domingos, ele acreditou, mas a curiosidade ia obrigá-lo a perguntar à Cambutinha que jornais ele consultara e deitaria uma vista de olhos, procurando o artigo em questão. Se o fizesse, logo o encontraria, por causa do título chamativo que tinha atraído a segunda consciência do antigo militar. E a sua memória. Reflexos treinados!

Entrou a secretária com os cafés e conversaram sobre banalidades até à hora do almoço. Se despediu, avisa-me quando te libertarem para festejarmos, chamou Silvestre para o ir buscar e saiu da repartição das águas, ficando a conversar com o segurança até à chegada do kupapata, o qual não demorou. Era a vantagem de os utilizar naquela cidade plana e a uma hora sem grande movimento de viaturas. A viagem rápida para casa não o libertou da angústia. Perdera mesmo Marília. Para sempre.

— A porra da vida é mesmo uma merda, não achas, Silvestre?

— Às vezes até que é bué animada, mais-velho.

— Andas com uma garina nova, já percebi.

A gargalhada do kupapata confirmou a frase atirada para o ar, sem ter pensado nela, todo ele ainda entregue à dor. Mas fê-lo cair na realidade, não ia voltar aos dias escuros em que fez o luto, seguidos por uma noite de dúvida e esperança, agora definitivamente esmagadas. A vida era mesmo uma merda!

16

Ofeka gostava mesmo muito de Mulungu. A conversa dele era calmante, sempre despertando interesse. O seu sopro tinha o perfume das matas boas para o café, apesar das mambas assassinas que se acolhiam nas folhas das árvores, de veneno letal e rápido. O perigo faz parte do encanto. Ela sempre associaria Mulungu e o risco, mas de fato seria um excelente protetor, presumia. Com ele vivia agora numa espécie de corda bamba, em que só não adivinhava o lado em que iria cair. A queda, no entanto, se apresentava como inevitável. O corpo do professor também era atraente e gostava de o acariciar. O sexo entre eles se revelou perfeito. Portanto tudo, na sua vida solitária, parecia fazê-la encaixar bem em Mulungu.

O problema era aquele desejo súbito que se apossara dela e a empurrava para outros braços. Não devia fazer comparações, porém elas se mostravam necessárias. Um homem mais velho, mais carente de afeto e de vida, cheio de memórias, em tudo diferente de Mulungu. Recusou perguntar-se os motivos e balancear pontos contra e a favor. Pura e simplesmente, era a voz do desejo ou um impulso que até poderia ser de outra ordem, mas que ela recusava analisar.

Ofeka apareceu em casa de Santiago, três dias depois de o ter visitado pela última vez. Para ele não foi surpresa. Estava à espera? Ainda os instintos... Tinha chegado a dizer a Zacarias, talvez para indignação de Jeremias, a tua amiga um destes dias vai entrar por essa porta como por acaso, deves ficar com aspecto de quem muito se admira por um presente inesperado.

Realmente, Ofeka apareceu cerca das seis horas da tarde, começava a noite a bater levemente à janela da sala e os pássaros já se tinham calado no quintal, muito mais as galinhas, cujo lar era escuro de propósito, para descansarem e produzirem ovos perfeitos. Ofeka não deu nenhuma desculpa para a visita, olhou-o apenas nos olhos, ele hesitava em lhe dar os dois beijos na face, ela estendeu a cara para ele, os dois beijos terão sido mais prolongados que o habitual, mas nenhum deles contou o tempo, cada um nos seus pensamentos e sensações. Tudo decorreria como num guião que ela tivesse escrito, não fosse Zacarias se intrometer, exigindo atenção e umas festas. Desta vez as carícias foram apressadas e distraídas, notou o major. Se distendeu, preparado para o começo da batalha. Ela voltou à posição vertical e ele estava no mesmo sítio, quase tocando-a. Ofeka estendeu as mãos que ele segurou, leve-me para a sua cama, Santiago. Seguiram abraçados para o quarto. Ele fechou a porta com rapidez, pois o atrevido do gato queria entrar com eles. Santiago ouviu o miado de frustração, mas não se preocupou, tinha pela frente um forte desafio. Jeremias devia estar satisfeito, pensou ele, arrancando a camisa.

Foi assim.

Tarde na noite fechada, ele perguntou:

— Queres comer qualquer coisa?

— Tens?

— Há sempre sobras do almoço. A vizinha tem reforçado as doses e a geleira deve apresentar alguma variedade de restos. Vamos escolher?

Se levantaram, ele pôs uns calções e ela foi toda nua e sensual para o quarto de banho, passando por cima de Zacarias. Num relâmpago, Santiago lembrou uma cena parecida ocorrida há pouco tempo. Só que o animal na porta era outro. Não foi um pensamento triste apesar do pouco passar dos mambos, de fato apenas se tratou de uma recordação como as que aprendera a armazenar pela vida. Ficaria no seu lugar próprio, Recordação. Estava definitivamente curado da crise, pronto para avançar na aventura.

Escolheram os restos de dois almoços, aqueceram ao mesmo tempo, mas comeram um a seguir ao outro, não se deve misturar sabores, sobretudo se criados por Dona Flávia, a rainha de Benguela em termos de paladar, pelo menos na opinião pouco exigente de Santiago. O jantar foi acompanhado por uma garrafa de vinho muito especial e cara, oferta recebida no ano anterior e guardada para uma ocasião única.

Santiago fez café e acompanharam com conhaque. Talvez não fosse tão bom como o que Mulungu escolheu no seu primeiro jantar, pensou Ofeka, mas não desmerecia e ela era incapaz de distinguir dois bons conhaques. Ofeka sabia, tinha explicações a dar, mas era melhor deixar isso para o mais tarde possível. Ele foi pôr os bichos na varanda, vencendo a relutância de Zacarias, fechou a porta à chave. O gato era bem-educado e não iria se pôr a miar em desespero.

Ele beijou-a e perguntou:

— Voltamos para o ninho?

— Que achas?

— Eu quero voltar para a cama contigo. Agora sou eu a dizer, leva-me, Ofeka.

— Não posso recusar um tão elegante pedido.

Um hora depois, o amor saciado, ele estava colado às costas dela, acariciando suavemente a barriga oferecida, pele suavíssima, mas se adivinhando a firmeza dos músculos. Santiago pensou, esta maciez de pele absolutamente única só pode ser originada pelo uso habitual de mompeke, óleo obtido de plantas do espaço Cuvale, que também é o seu espaço afinal. Uma maravilha de pele, quem me dera afogar nela.

Olegário ia se manifestar, ela já lhe conhecia os sons de início de fala, cala-te, vai dormir ou passear pela noite, fica calado, está bem, menina, mas hoje tem sido tão estranho que me baralhei todo, mas fico calado.

— Nunca me tinha acontecido, sabes? — falou Santiago. — Sempre fui eu a tomar a iniciativa de uma relação... Bem, acho que estamos a começar uma relação, sonhei com ela. Não é só sexo por uma noite, contigo não... Das outras vezes, embora a mostra de interesse pudesse surgir na mulher, encorajando-me, era sempre uma mostra muito velada, um olhar mais prolongado, um sorriso. E eu fazia a proposta da maneira mais corrente. Tu foste realmente um espanto. Vieste sem convite formal, dava para eu entender, não era apenas uma visita. E depois disseste mesmo, leva-me e deixa-te de hesitações. Se nos sentássemos, se conversássemos, eu iria tentar a algum momento qualquer coisa, era óbvio. Mas nem me deste tempo. Chapéu!

— Também nunca me tinha acontecido ser tão sem-vergonha, hoje vinha mesmo determinada.

Pôs a mão sobre a dele que lhe acariciava a barriga e deixou-o continuar a explorar a pele aveludada.

— Talvez seja um erro monumental, o futuro dirá, mas consegui amarrar o cérebro, segui só o instinto, o desejo.

— Desejo? Não há o anúncio de uma coisa um pouco mais séria?

— Receio bem que sim.

— Pela minha parte há e não receio — disse Santiago.

— Olha a admiração! Nunca receaste nada, segundo me informaram.

— Não é verdade. Sou um tipo comum. Tenho os meus receios, mas não neste caso. A primeira vez que te vi, foi tiro e queda. Fiquei preso. Quase obcecado. E lixado da vida quando te vi com o professor...

Não lhe disse sobre Marília, nem ia dizer. Só mesmo com Joka podia desabafar sobre aquele caso e talvez o tenha já feito apenas por causa do momento e das circunstâncias da morte.

— Cortaste com ele?

— Quem?

— Ora, quem! O professor Mulungu...

Pronto, entravam no ponto que ela queria evitar. Estúpida, esperavas desviar esse assunto? Num segundo imaginou que o espectro reagisse, o que não devia fazer, mas logo se aquietou, Olegário já tinha aprendido quando podia opinar. Ofeka encostou-se mais a ele, os seus corpos estavam colados.

— Bem, não queria falar sobre isso hoje, é assunto sensível. Algum dia haverá de ser, mas hoje queria uma noite só conosco. É possível? Ou sentes mesmo necessidade de ficar informado de tudo logo na primeira vez?

— Posso esperar, claro. Quero que tenhamos muitas noites tão boas como esta. E a conversa até pode ser de dia e deixamos as noites para assuntos mais sérios, noites como esta tem sido. Nunca te vou coagir a falar sobre o que não queres, também guardo os meus segredos. É normal. Por isso, fica tranquila. Que tal mais um conhaque? Ou outra bebida qualquer?

— Estás bem abastecido?

— Tenho mais vinho, mas não tão bom como o que bebemos ao jantar...

— Ceia.

— Tens razão, foi já ceia. Como te dizia, tenho vinho, cerveja, uísque, cachaça, gim... Talvez ainda haja martíni, mas não controlo muito a existência desse tipo, não aprecio bebidas doces...

— Podes parar com a lista. Bebo o que quiseres. O conhaque caiu-me bem, talvez não deva mudar.

— Bem escolhido, *madame*.

Ele se levantou para ir buscar os cálices e a garrafa. Ela admirou a bunda dele, ainda bastante firme, ninguém lhe dava a idade que tinha. E ainda daria menos se ele cuidasse um pouco mais da aparência, como o fez há uns meses.

Safei-me, não foi, kazumbi? Sim, a menina é muito competente a desviar conversas. E, pelo que vejo, a enganar homens. Isto está cada vez mais interessante. Não estou a enganar ninguém, pelo menos não o interpreto assim, pensou ela. Mas chegava Santiago e ela preferiu desviar a atenção. Olegário nem precisou de mais para se calar de vez.

Ele serviu os dois cálices e ela sentou-se na cama. Santiago olhou com gosto os seios aparentando menos de trinta anos.

— Tens filhos? — perguntou ele. — Realmente não sei nada sobre ti. Deves saber muito mais tu sobre mim, ou a Marta não estivesse horas na conversa contigo.

— Nunca tive filhos. E vejo a Marta muitas vezes, mas nem sempre dá para ela contar a vida toda da família. Achas que não temos outros assuntos?

— Certamente que sim. Desculpa.

— Não tens de te desculpar. Por acaso ela contou-me algumas coisas sobre ti, mas nada de muito pessoal. Mais sobre a tua vida, juventude e outras coisas como guerra e acidente...

— Se te referes ao que quase me matou, não foi acidente, foi atentado.

— Achas mesmo que foi propositado?

— Não. Mas também não foi acidente, foi uma tremenda estupidez. E não minha.

— Ela contou com todos os detalhes. Um ano de tratamentos. Chamemos então um atentado não intencional.

— Conseguimos acordo.

Beijou-a. Não resistiu a acariciar os seios dela, rijos e macios. O resto de conhaque ficou esquecido durante bastante tempo.

— Que horas são?

Ele olhou para o relógio.

— Duas horas. Queres dormir um coxito?

— Pode ser — e se aconchegou no peito dele.

Ficou longo tempo com os dedos a brincar com os fios dos pêlos sobre o esterno dele, até adormecer. Santiago apagou a luz do candeeiro, mantendo a posição.

Não queria comparar as duas mulheres com que se deitara ultimamente. Uma cena muito parecida, o roteiro era o mesmo, as diferenças pareciam mais as derivadas de serem atrizes diferentes. Belas as duas, seriam mesmo muito diferentes? Ofeka não escondia a sua intelectualidade e comedimento, controlando a cena com sutileza, embora alinhando em tudo que o corpo do parceiro sugeria. Marília era aquela explosão de prazer e alegria desmedida. Havia um tom estranho realmente no caso e ele tinha de voltar a pôr a si próprio a questão: alguém escrevera o roteiro em linhas largas? E elas alteraram-no apenas em pormenores? Ofeka entrou a matar, ao contrário de Marília, que quis ainda beber um uísque e conversar antes de passar ao assunto que entre eles também já não era novidade, durava há anos. Depois pareceu haver alteração, sendo Marília o que sempre fora, fogosa e dando a perceber quanto adorava a trama e inventando sobre ela, enquanto Ofeka colaborou, sem esconder o quanto apreciava tudo, mas parecendo se virar para dentro, para o seu próprio prazer, mostrando muito menos ao parceiro.

A diferença talvez estivesse nele e por isso o mesmo filme tinha duas versões. Sentia um grande carinho por Marília e nunca se importou de partilhá-la com outros, desconhecidos. Por Ofeka sentia amor e tinha ciúme de a ver nos braços de outro. Mas não queria pensar nisso, agora não, por favor. Ela adormeceu, está aqui em confiança comigo, só devo velar pelo seu sono tranquilo e que acorde feliz e saciada de amor. Saciada? Espero, também nisso o guião se aproxima e ela desperta com vontade de continuar o iniciado.

Santiago acabou também por adormecer.

Ofeka acordou e fez carícias ao homem a seu lado, nos lábios, nas orelhas, no peito, muito ao de leve. Já a manhã tinha dominado as trevas. Conseguiu ver as horas no relógio dele, hoje chegaria atrasada ao trabalho, pouco interessava, era muito raro acontecer. Estava virada para ele, compenetrada nas unhas que raspavam suavemente a barba desgrenhada. Ele abriu os olhos.

— Bom dia — disse ela. — São sete horas, é tarde para ti?

Ainda perturbado pelos últimos pensamentos antes de adormecer, Santiago respondeu:

— O roteiro está ao contrário.

— Qual roteiro?

Ele sentiu estar a derrapar em terreno lamacento.

— Eu devia acordar primeiro e perguntar-te se não vais trabalhar.

— Gostei de te ver a dormir. Sereno. Nada zangado com a vida. E não te preocupes com horários. Vou quando me apetecer, tenho ainda bastante liberdade no serviço. Normalmente chego a horas, gosto de cumprir as normas estabelecidas, mas uma vez não é problema. Até posso faltar o dia inteiro.

— Então fica aí que já venho.

Santiago saiu da cama, foi ao quarto de banho. Ela se estirou no leito, deixou-se ficar no meio, pernas abertas, braços também, apenas o lençol fino sobre o corpo, olhos fechados. Quando veio para o quarto, Santiago teve aquela visão de Ofeka em muda oferta. Sentiu o coração galopar. Retirou o lençol delicadamente.

Depois desta primeira noite, passaram a se encontrar na casa dele, mas nunca em duas noites consecutivas, o que Santiago achava estranho. Como eram noites bem preenchidas, ela se mostrando cada mais confiante e tomando iniciativas maravilhosas, ele não se importou, ou pelo menos não tocou no assunto. Por enquanto, pois um dia tentaria pedir uma explicação. Talvez fosse porque ela não queria impor uma presença permanente, não formavam de fato um casal. Ainda. Ele achava e desejava, um dia temos também de falar disso, do futuro. Se telefonavam, no entanto, todos os dias, conversas demoradas. Duas vezes aconteceu, depois de terem passado a noite anterior juntos, ele perguntar, vens hoje, não é? E ela dizer, hoje não dá, amanhã. Ele calava. Se quisesse forçar, insistir por exemplo, hoje preciso que venhas apesar de teres vindo ontem? Não, não ia exigir isso. Fazemos como ela quer. Duas semanas já tinham passado no ritmo de noite sim, noite não. Ele estava a sentir-se bem e a dor por Marília não tinha sido enterrada ou esquecida, mas abrandara muito. A paixão fazia esmorecer todas as dores. Resolveu deixar a relação caminhar ao ritmo de Ofeka.

Ela, por um lado, estava eufórica. Tinha dois homens diferentes em noites sucessivas e, cada um à sua maneira, eram tremendamente eficazes e meigos. De dia tinha vagas de prazer no banco ao pensar que ia estar com um ou o outro. Atirando para trás quaisquer problemas morais. Mas depois, aos poucos, começou a insinuar-se o outro lado da maka. O bicho roía por dentro, o remorso não dá tréguas. Apareceu mesmo o lado sombrio da nuvem que tapa o Sol. Havia decisões urgentes a tomar, não era nenhuma menininha, devia assumir as consequências das atitudes, era errado atirá-las para trás.

Tinha de esclarecer a verdadeira situação, e primeiro a Santiago. Dependeria da sua reação, que era a mais temível. Talvez terminasse tudo por vontade dele, num daqueles repentes reconhecidos pelos íntimos. Nada de violência física, estava segura, mas outro tipo de violência, verbal certamente mas também um rompimento para a vida. Poderia dar-se o caso de, pelo contrário, o major compreender, era uma situação peculiar mas sem culpas de ninguém e ela, dramaticamente dividida, nunca decidiria por um contra o outro? Não era a entrada no paraíso? Entretanto, podiam manter Mulungu de fora do conhecimento? Não seria também justo, o professor merecia ser informado. Mulungu tinha menos razão de reagir mal, afinal o primeiro bígamo foi ele. E ela aceitou o sacrifício de o partilhar. Ele só tinha de aceitar, por sua vez. Portanto, concluiu Ofeka, o risco real era perder os dois, menos risco sobre Mulungu porém. Um consolo, mas seria suficiente?

Não tinha escapatória. Começaria por falar com Santiago, como logo desde o princípio achou que devia ser. Aí terminava a alegria, vinha o temor de o perder, agora que tinha conseguido amansar a fera. Fera muito gentil, meiga, adorável, apesar do aspecto um pouco selvagem. Fera, no entanto, talvez indomável por teimosia. Ela não o queria dominar, mas de fato se mantinha em situação de superioridade, pelo menos porque estava a par de tudo o que acontecia, enquanto ele permanecia na ignorância. Injusto, profundamente. Adiava o momento de elucidar a situação, mas não podia atrasar muito mais, qualquer dia alguém descobria e quem seguraria os dois egos feridos? Sobretudo o bravio de Santiago?

Além dos perigos que advinham da situação, também era indecente e intolerável enganar os seus dois amores, porque de traição dupla se tratava e ela só podia se penitenciar. Devia ter feito de outra maneira, ter conversado com Mulungu antes de procurar Santiago. Ele seria mais compreensivo e talvez aceitasse até ser justo ela equilibrar a balança por esse lado. Mas em relação a Santiago nem existia uma outra amante para contrabalançar, segundo tudo indicava. Procedera de forma mesquinha. Tinha de corrigir o mais rápido que a sua coragem permitisse. E pedir muita desculpa aos dois. Enfrentava a situação, como sempre fez em outros dilemas. A eles cabia decidir se aceitavam continuar com ela ou não. Podia ter conversado com Marta, a sua confidente. Não o fez porque sabia o que Marta ia dizer, deixa o Santiago de fora da tua loucura. Ou termina primeiro com o outro. Marta não ia acreditar que ela amava os dois e se sentia impossibilitada de escolher entre eles. Por isso evitara muita conversa com ela e até escondera a visita decisiva a Santiago e sua sequência. Em princípio ninguém sabia do que acontecia entre ela e Santiago. A amiga era muito aberta mas não lhe perdoaria uma atitude tão egoísta e cruel, eram os termos corretos para definir a sua atitude. Marta só lhe perdoaria se o primo compreendesse. De forma miraculosa. Se atirou desesperada para cima da cama.

Nem toda a gente tem um espectro sobre o ombro, mas não me serves de nada, kazumbi da tuji. Para já com essas cenas de fraqueza, a menina é suficientemente corajosa para resolver o problema. E, menina, não seja injusta, não estou aqui para a aconselhar, sei muito bem o que a tua avó me disse. Ofeka ripostou, não me serves de nada, penso que a minha avó se enganou a teu respeito, estúpida mulher, agora pões em dúvida a capacidade da tua própria avó? Acho que vou ficar calado para sempre, talvez até emigre. Vai, vai, mais abutre que espectro, emigra para Calpe. Depois Ofeka caiu em si, não lhe adiantava nada se engalfinhar com o kazumbi, devia arranjar outro bode expiatório para a sua própria estupidez, escolher-se a ela mesma como bode ou cabra ou o que fosse. Se levantou, logo atirou um sapato para o espelho e a imagem que dali a mirava. O espelho resistiu, fugiu também ele ao guião das novelas de televisão, e ainda bem, esses espelhos de mostrar o corpo inteiro são caros, aproveitou avançar Olegário. Talvez o kazumbi tivesse dito aquilo com certo ar de gozo, o que em vez de aumentar a raiva de Ofeka a fez quebrar de vez. Se atirou de novo para a cama, chorando em convulsões, num retorno ao roteiro das novelas.

Está bem, tonta, a solução é falar isso mesmo que pensas agora, contar tudo e aos dois, primeiro a Santiago. E aguente a cólera dele e também o seu desprezo. Entendeste, estúpida? Sim, Olegário, tens razão. Finalmente me deste um bom conselho, embora eu já estivesse disposta a ir nessa via, só ainda não ganhei coragem, mas obrigado por reforçares a minha ideia, meu kazumbi. Guardo-me para as questões fundamentais, menina parva, disse o espírito. Nunca esqueço o que a sua avó me recomendou, intervir o mínimo possível, só mesmo quando o mambo atingir os limites do bom senso e perigar a missão principal. Afinal, qual é a missão principal, perguntou ela, ao que ele respondeu, tudo tem um tempo e a seu tempo saberás.

Ofeka começou a ensaiar o discurso para Santiago, mas a sentença final lhe parecia cada vez mais terrível. Não tem de ensaiar nada, não é hoje que vais a casa dele? Então, chegas e falas logo tudo o que tens a dizer, sem ensaios nem preparativos parvos. Eu estarei consigo para encorajar, mas fico mudo. Obrigado, meu kazumbi. Vou lá hoje e falo sem pensar, já pensei demais.

A bancária chegou a casa de Santiago à hora habitual. Deixou que ele a beijasse ao de leve.

— Temos de falar. Tenho de te contar uma coisa importante.

Respirou fundo, olhando para ele de frente. Estavam parados na sala, enquanto os bichos estavam do outro lado da porta da varanda. Ela sentiu as unhas de Zacarias arranhando a porta.

— Não rompi com Mulungu. Encontramo-nos dia sim, dia não. Nos outros dias ele fica com a esposa.

Parou, aguardando a explosão. Que não aconteceu. Santiago sentiu uma pontada forte no peito, o coração aumentou seu ritmo, tenho de controlar este sacana, pensou ele, e tentou utilizar a respiração. Nele já era habitual, como um instinto adquirido pelos anos. Conseguiu. Anda a pôr-me os cornos. Desconfiei de algum mistério. É isto. Tecnicamente o corneado é o outro. Interessa?

— Sei, devia ter falado logo. Mas tive medo de perder um dos dois, ou os dois. Estou num dilema profundo que não posso resolver, não posso...

Ele ouviu mas não entendeu. Agora vinha a parte da desculpa, é clássico, apenas pensou. Não estava de fato a captar o que ela contava, nem precisava. Num domingo vem, no outro domingo fica com ele. Nem no domingo descansa? Insaciável, esta senhora. Abriu a porta da rua.

— Não estou em condições de falar consigo. Um destes dias conversamos. Por favor, deixe-me agora.

Ela se encolheu um pouco, como a esperar que a casa lhe caísse em cima. Se recompôs e saiu. A porta se fechou imediatamente nas costas dela. Foi quase a cambalear até ao carro. Conseguiu abri-lo, sentar. Ficou ali, à frente de casa, as lágrimas correndo dos olhos. Que fiz eu, Olegário? O que devia fazer, menina. Dê tempo, ele pediu tempo, recorda?

Santiago, ao fechar a porta da frente sem estrondo, estava inconscientemente controlado. Fez de forma mecânica o que devia, dar os passos necessários, abrir a porta da varanda de trás, procurar a ajuda dos seus amigos. A presença deles bastava. Zacarias ignorou-o, foi cheirar a porta da frente, Jeremias lambeu a mão direita dele, a que fechara a porta e abrira a deles.

Foi buscar uma cerveja à geleira. Talvez depois caísse no uísque ou na vodca. Talvez. O mais sábio era ficar pela cerveja. Pelo menos por enquanto. Foi para a varanda, se sentou no cadeirão habitual, olhou para a Yaka. Primeiro por instinto, depois consciente. Que dizes a isto, Yaka? Ficou mirando a estátua, estudando as diferentes cores da língua dela. Jeremias voltou a lamber a mão dele, agora a esquerda. Ele fez uma festa suave na cabeça do kabíri. O bicho gemeu, lamentando a tristeza de Santiago. Estava solidário, como só os cães sabem ser. Algumas raras pessoas também. E tu, Yaka? Mudaste qualquer coisa na atitude, estás menos irônica, também triste? Não, Yaka não estava triste. Devias, bela estátua. Afinal, apenas és uma estátua, não te podes comparar a um cão, um animal sensível. Mas havia qualquer coisa no olhar da estátua e não era desprezo, nem gozo, nem alegria. Queres dizer-me que isto não tem a importância que lhe dou? É uma teoria e está com certeza errada. Que me estás a transmitir? Não entendo. Pois. Talvez Joel pudesse traduzir, mas Joel não está cá, só eu e o Jeremias, enquanto o Zacarias ainda se mantém lá dentro, a chorar a perda da amiga. Dramas por todo o lado. Vivemos, é isso.

Santiago de repente sentiu orgulho da maneira digna como estava a conviver com aquela informação de Ofeka. Qual o motivo dela? Apenas um desejo sexual, nascido na admiração pelo homem que salvou o tio? Se resume a isso? Enganando o amante que afinal é e quer ser bígamo? Senhor professor, não é boa referência para os seus estudantes, se mantém nas práticas antigas... Antigas? Certamente. Mas das mais comuns no mundo, mesmo dos que se dizem civilizados e desenvolvidos. E até castos.

Santiago não largava os olhos da Yaka, até esqueceu de ir buscar mais uma cerveja. Os olhos da estátua tinham a profundidade de um oceano e não só a do Kuango, o rio da sua origem. Os olhos falavam realmente, podia sentir. Foram eles que lhe introduziram agora a dúvida? Partiu do princípio de que Mulungu está alheio ao gesto de Ofeka. Mas e se ele sabe que ela tinha atração por Santiago? Se a aconselhou a satisfazer essa atração? Ou pelo menos foi informado por ela e não se opôs? Se de fato Mulungu não foi enganado por ela? Significa que o professor é mesmo o escolhido, ela nada lhe esconde, faz jogo limpo. O jogo sujo foi com ele, Santiago, o capacho em que ela limpou os pés. Não é muito agradável, não. Que se lixe! Tem de a arrancar das entranhas. O problema maior é que a ama, de fato. E estava feliz por esse sentimento. Agora ficará infeliz pelo mesmo motivo. E cheio de raiva ao pensar que ela foi se refugiar nos braços do outro, se consolar.

Acabou por se libertar dos olhos da estátua e foi buscar mais uma cerveja. Viu Zacarias, sentado, mas sempre a olhar para a porta da frente. Que raio faz este tipo ainda aqui? Não percebeu que ela foi e provavelmente nunca mais pisará esta casa? Um pressentimento e abriu a porta, apenas para espreitar. O gato aproveitou a brecha, se esgueirou por ela. O carro de Ofeka estava na mesma posição. Zacarias para lá se dirigiu.

Santiago se apressou em fechar a porta, desconseguiu de confirmar a presença de Ofeka no carro.

Está ainda à espera de algum gesto dele? O coração voltou a bater mais depressa. Se encostou à porta, respirou fundo, não darei nenhum sinal de fraqueza. E Zacarias pode ficar por lá a cheirar o carro, vazio ou com a dona dentro. O gato pode regressar ao quintal saltando pelo muro de trás, como faz quando sai para responder a miados imperativos das vizinhas ou mesmo de candidatas distantes. E se quiser ir com Ofeka, esteja à vontade. Gato kabíri é vadio mesmo.

Passou para a vodca, desta vez. Na varanda, indiferente aos mosquitos que não gostam do cheiro da bebida e por isso deixam-no tranquilo. O que lhe permite conversar com a Yaka. Em breve será uma conversa de um bêbado com uma estátua irônica. Faz diferença?

Ofeka viu Zacarias sair de casa, mas não Santiago a espreitar. Supôs ser habitual ele abrir a porta ao gato para ir às suas andanças, mas não era demasiado cedo? Não tinha cabeça para mais nada. Zacarias se aproximou da posição dela e a bancária abriu a porta para ele saltar. O gato se enroscou logo no colo dela. Ficaram assim, se consolando.

Ela continuava a pensar na atitude de Santiago, gélida mas digna. Não era caso para menos, frieza. Terminara a esperança de uma conversa entre adultos e um entendimento selado por uma noite inteira de amor. Tal noite era uma quimera, no entanto ele disse, poderiam falar um dia, supunha que em breve, mas não naquele momento. Era mesmo uma promessa de que a porta não estava definitivamente fechada, havia pelo menos lugar para mais uma conversa? O que se diz em tais momentos não deve ser levado muito a sério. Mas uma coisa era certa. Não foi violento, nem grosseiro, apenas frio. Que estava à espera?

Só podia deixar passar o tempo, os dias necessários para ele processar tudo. Prometeu entrar em contato? Disse, não estou em condições de falar consigo. Um destes dias conversamos. Foi isso mesmo o que disse. Também podia mudar de opinião, ou não ter sido então muito preciso. Pura e simplesmente ignorava-a. Ela teria vergonha de forçar um encontro e tudo estava acabado por esse lado. Era melhor não ter ilusões.

Tentou imaginar o que dizer a Mulungu. Apenas a verdade, tudo como aconteceu. Seria mesmo necessário? Ficava à espera de uma resposta de Santiago para dizer a Mulungu ou não? Esconder do professor a sua jogada? Do ponto de vista moral, ela era livre de ter outras ligações, não lhe jurou fidelidade, nem tocaram nesse assunto, ficou apenas assumido que ele dormiria com duas mulheres. Por semana, na prática eram quatro noites com a esposa, três noites com Ofeka, um privilégio da Primeira Mulher, talvez segundo a tradição da zona deles. Devia ter ficado ofendida, diminuída, mas na altura aceitava qualquer divisão. Agora podia não assumir nada, mas perguntar-lhe se ele em teoria se sentiria traído no caso de ela andar por outras camas. O machista tradicional não tem dúvidas, diz logo, nem te admito essa traição. E um tipo avançado? Um machista avançado existe? Sei lá. Merda!

Olegário não se manifestou, talvez porque tinha sido muito claro antes e isso supunha que ela contasse aos dois amantes, sem outras hipóteses. Foi mesmo? Ofeka estava confusa e o melhor era ir embora dali, pareceria uma pedinte inconformada se por acaso Santiago voltasse a abrir a porta à procura do gato e a visse.

Zacarias recusou deixar o colo, até ela pegar nele e o depositar no banco ao lado. O gato aceitou a nova posição. Ela aproveitou partir para casa. De manhã depositaria o bicho perto da morada do dono. Esta noite Zacarias dormia no quarto dela. Ao menos era uma ligação a Santiago.

17

Santiago acordou mais tarde que o habitual com uma tremenda ressaca. Dor de cabeça, enjoo. Misturara bebidas e tentara conversar com a Yaka sem perceber nada do que ela dizia, se dizia de fato alguma coisa, bebeu, conversou com Jeremias, que o ouvia com atenção, acabou com o uísque e a vodca da casa, deu cabo do gim, o qual bebeu puro pois lhe faltava a água tônica, e terminou com o resto da garrafa de cachaça, uma especial de Minas que um amigo trouxe do Brasil. Depois arrastou-se para a cama, onde caiu, já adormecido. Nem notou, mas Jeremias dormiu no tapete do quarto. A porta de trás ficou aberta, notou quando lá foi de manhã, e a da frente estava só no trinco, sendo o cão a única defesa contra ladrões. Tomou um comprimido para a dor de cabeça e uma ampola, também vinda do Brasil, contra os efeitos da ressaca. Feitiços amazônicos. Haveria tudo de passar. A autora do que aconteceu também se esfumaria no tempo? Provável, mas não certo.

Preparou café e bebeu muito mais que o habitual. Não comeu nada, nem fruta. Sentia necessidade de sair de casa, pois ver a cidade e suas gentes fazia bem para espairecer e afastar o nevoeiro do cérebro. Não seria tão cedo como num dia normal, mesmo assim ajudava. Foi para baixo do chuveiro e deixou correr a água fria sobre a cabeça latejante e o corpo. Longo tempo, até sentir alguma melhoria em dor e indisposição.

Teve o cuidado de pôr primeiro o Jeremias na varanda. Depois fumigou a casa toda, menos o quarto de hóspedes e o de arrumos, com o exterminador de mosquitos. Não os sentiu mas sabia haver dúzias deles por ali, prontos a picar, agora que estaria a desaparecer o odor do álcool no sangue. Nem reparou na ausência de Zacarias. O kabíri notou de certeza, mas não manifestou preocupação.

Saiu determinado a andar um bom bocado, a olhar para as pessoas com quem cruzava, ou as que estavam sentadas nas sombras, algumas mulheres vendendo os seus produtos, os kandengues que brincavam ou pediam esmola por todo o lado, os carros e seus ocupantes. Os olhos não paravam, fazia esforço para tudo notar, só inquieto por lhe escapar algum pormenor, como quando andava pelos matos e tinha de estar atento ao que o rodeava, mesmo aquilo que se passava nas suas costas, ou supunha passar. O exercício de observação só foi interrompido quando reparou num homem jovem à sua frente, esbracejando e dizendo falas que não lhe eram compreensíveis. Depois percebeu, ao ver o fio branco saindo de uma orelha. Alguém a conversar ao telemóvel, que devia estar num bolso, ligado a um fone no ouvido. Parecia um maluco, mas logo corrigiu, isso era nos tempos antigos. Quando se via alguém a bravejar na rua sozinho, já tinha a certeza se tratar de um cacimbado, hoje melhor dizendo, um portador de deficiência mental, que gasto inútil de palavras! A julgar pelos parâmetros de há quarenta ou trinta anos, a deficiência teria progredido a passos de onça nos tempos atuais, muita gente falava sozinha e fazia gestos com os braços, sem recato. As outras pessoas nem reparavam.

O incidente fê-lo pensar noutros assuntos, acabou a observação atenta, consciente. Restava a instintiva, passada para segundo plano. Essa só terminava quando dormia. Ia no sentido contrário, mas decidiu subitamente visitar o primo. Joka já estaria no seu escritório, embrulhado em cálculos e desenhos ou a escrever o projeto da sua vida. Não fazia mal interromper, ele até gostava, segundo dizia, talvez apenas por grande generosidade para com o primo meio perturbado pela existência. Santiago evitou voltar pelos seus passos, escolheu alternativas, assim continuava a andar. Marcha interrompida por ver uma criança, aparentando não mais de quatro anos, sentada no passeio, com os pés na rua.

— Meu kanuko, não fica sentado aí com os pés no asfalto. Ainda vem um maluco num carro ou uma moto, te passa por cima dos pés. Vem, te mostro.

Estendeu a mão, apertou a da criança, levou-a a atravessar o passeio, encostou-a à parede de uma casa onde havia sombra.

— Tenho fome — disse o menino.

— Espera, tem ali uma loja. Te compro alguma coisa.

Foi comprar pão e duas bananas, uma garrafinha de água. Ficou a ver a criança comer, servindo de guarda. Se a deixasse sozinha, alguém roubava as bananas ou a água. Apareceu de repente uma mulher ainda nova, saída do nada.

— Minha mãe — disse o kandengue.

— Truque velho. Você não tem vergonha? Deixa a criança num sítio perigoso para pedir esmola e vai se esconder. Depois aparece para recuperar o dinheiro. Agora não saio daqui até ele comer e beber tudo. Você não ganha nada, pois não vou dar dinheiro, dei o mais importante. Percebeu?

— Assim não ganhamos nada para a família.

— Muita pena! Mas assim ele não tem fome durante um bocado de tempo.

— Não há trabalho, mais-velho.

— Sei. Mas você não pode pôr o seu filho em perigo. E ele estava.

— É a pobreza.

— Não. É a falta de cuidado, é a falta de amor pelo seu filho. Sentado no passeio e os pés na rua, pode? Nem parece mãe dele, ainda é capaz de ser filho de empréstimo só para o negócio.

— Não diz isso, mais-velho, por favor! Não lhe emprestei nem aluguei. Lhe pari mesmo.

Entretanto, o kandengue já tinha devorado o pão e uma banana. Olhou para Santiago com cumplicidade, atacou a segunda. O major apenas aprovou com a cabeça. Estava magro, mas era uma bonita criança. Terá futuro?

— Haka! Toma juízo na tua cabeça — disse ele para a mãe.

Desandou. Sentiu vontade de a descompor com mais virulência. Mas também compreendia, a vida exige imaginação, luta-se com a arma disponível. Haverá outras armas, esta não é certamente a melhor, mas vão fazer mais como? Nunca são os culpados que pagam, são sempre os mais fracos.

Já tinha assunto para discutir com Joka. Ora, assuntos não faltavam entre eles. Chegou bastante recomposto, sentia os miolos a funcionar normalmente. Amália veio atender, toda sorrisos, mandou logo entrar, vou já avisar o engenheiro.

Joka estava em traje de trabalho, chinelos, calção e óculos. Levantou para o cumprimentar. Se sentaram no sítio habitual.

— Hoje estás com má cara — disse.

— Nota-se? Bebi umas coisas a mais.

— Sozinho?

— Não, com os meus dois companheiros de domicílio.

Mentia, Zacarias ficara na porta de entrada e depois devia se ter esgueirado para o carro de Ofeka. Mas não ia entrar nesses detalhes, nem em nada verdadeiro dessa tarde-noite.

— Parece que estás a vir de uma farra. Mas com um banho recente, pois o cabelo ainda não secou. De casa mesmo?

— Juro, Sangue-de-Cristo !

Joka riu, aquilo era juramento dos tempos de criança, com as respectivas mães zangadas, isso é pecado, seus infiéis.

Conversaram. A dado momento, Santiago fez menção de ir embora, mas o primo disse nunca, almoças cá. Chamou Amália, se inteirou do almoço, é coisa que tu não desprezas, primo. Disse à empregada para pôr mais um prato na mesa. Voltaram ao tema das modificações climáticas e da necessidade de obrigar as grandes potências a cumprir o que prometiam e nunca respeitavam. Talvez despertado pela intuição do pai, antes do seu tempo, Joka era um ativista da causa e nada lhe era mais grato que discutir os desafios da ecologia. Se preocupava com o mundo em que iriam viver os netos, para ele um mundo demasiado instável e perigoso, por incúria e cupidez humanas de ontem e de hoje.

— O teu partido não deve concordar contigo — lhe picou Santiago, sorrindo.

— Já não é o meu partido. Com a reforma, entreguei o cartão.

— Não eras antes, fazias só a parte, percebi. Pagavas quota?

— Que remédio! Mas no Vietnã já jantaram e nós aqui no seco. Vai uma cerveja?

Santiago hesitou, deveria? Diziam, para curar de vez uma ressaca, o melhor era cerveja gelada.

— Vamos a isso, que marca tens?

— Cerveja!

Riram os dois e Joka chamou Amália.

Mais tarde, já com Marta vinda da universidade, passaram para a mesa. Sofia almoçava fora, como quase sempre, queixou o pai ao primo. Prefere o refeitório da empresa, deve ser comida muito boa, ou então é o momento de conversar com os amigos.

Santiago notou, Marta cumprimentou-o com o carinho habitual mas estava diferente. Parecia triste ao olhar para ele, como quem sabia ou adivinhava coisas. Já tinha comunicado com Ofeka e falado da maka, ou era outro mambo? Não assunto ligado a Joka, pois em relação a ele estava como sempre, atenta e terna, aqueles dois não conseguiam disfarçar as amarras profundas que os ligavam. Marta estava triste e tinha relação com Santiago. Desde a festa do aniversário do marido? Podia ser. Porém, hoje mais do que nunca. Não seria difícil depreender, soubera algo mau. De repente o outro lado de si, por que se sentir tão importante a ponto de achar que qualquer coisa de Marta tem a ver consigo? Não pode ser maka séria no trabalho ou descoberta de uma doença grave? De fato existem muitas razões para ela aparentar preocupação, só que ele tem intuição apurada e notou no olhar dela quando chocou com o seu, havia tristeza, tudo bem, mas pior, se lia comiseração e disso ele não gostava. De qualquer modo, não iria perguntar. A prima tentaria falar com ele à parte? Tinha de lhe dar uma oportunidade depois do almoço.

Entretanto comiam a boa refeição preparada por Amália, uma verdadeira especialista da cachupa, aprendida com as donas cabo-verdianas e suas descendentes, habitando na Massangalala. E uma boa cachupa puxa inevitavelmente um bom tinto, sempre existente na garrafeira da casa. Santiago teve de reconhecer, se sentia bem ali com o casal, a sua verdadeira família.

Terminou o almoço, vieram os cafés, o major recusou digestivo, o primo não insistiu, interpretando corretamente, ontem houve copos a mais. Foi a altura ideal para dar a palavra a Marta. Santiago falou de um livro que sabia existir no escritório de Joka, tu tens, sei, já mo emprestaste, gostava de o reler. O primo ia demorar a encontrar, a estante estava numa confusão, tinha notado nas vezes que lá esteve. A menos que a memória visual de Joka ainda fosse a do antigamente e descobrisse de imediato o livro, fazendo gorar a tentativa. Mas era a oportunidade de Marta.

A prima aproveitou a ausência do marido para dizer, em voz muito sumida:

— Quero falar contigo. É sobre Ofeka.

— Percebi. Vais lá a casa?

— Apenas para te apanhar. Ou melhor, proponho levar-te daqui a casa. Não vou dar hoje aulas, o resto do trabalho não é de urgências, pode esperar.

— OK. Parece ser conversa demorada.

Marta não respondeu, pois entrava Joka com o livro na mão. Foi ausência breve, a memória dele continuava em forma, mas o tempo tinha sido suficiente para a combina. Santiago ficou satisfeito por dar oportunidade à prima. Não era todos os dias.

Passado o período normal de conversa depois de almoço, com perguntas sobre Sofia, Santiago abordou um assunto que sempre evitara por delicadeza, como vão os amores dela?

— Oh, nisso ela é muito discreta e fechada — disse Joka. — Fala apenas com a mãe. Parece que se dá bem com o namorado, até já o trouxe aqui para o conhecermos, mas não parece haver perspectivas para noivados ou coisas assim. Também com o anterior foi a mesma coisa, um dia anunciou, acabamos tudo, somos apenas amigos. As mulheres começam a casar tarde, também em Angola.

— Talvez desta vez seja diferente — disse Marta. — Como bem disseste, ela luta pela sua privacidade. Mas dá umas pistas soltas sobre o namorado, de vez em quando. E sempre positivas. Com o anterior, às vezes andavam chateados, havia pausas. Com este não. E ele é mesmo um querido.

— Colega?

— Foram colegas de escola, de fato. Lembro-me dele então, mais velho dois anos que a Sofia. Hoje trabalha num gabinete de advogados, é jurista.

— Sim, pareceu-me bom rapaz — disse Joka. — E, quando Sofia conta alguma coisa, é sempre sobre posições interessantes que ele adota. Veremos. Ela é que sabe, nunca vamos impor nada sobre questões íntimas, como é óbvio.

— Esse tempo já passou há muito, embora alguns pais ainda não tenham compreendido que o tempo agora é dos filhos, não deles — disse Santiago. — Fala quem não deveria tomar posição sobre a matéria por falta de experiência, desculpem. Bem, está na hora de vos deixar, agradecendo o ótimo almoço e não menos ótima companhia.

O major achava, tinha mantido sempre a compostura, e faria o mesmo a seguir com Marta. Não pense que estou de rastros, embora me sinta bué mal. Fico pior se noto estar a provocar a compaixão de alguém, até mesmo de uma tão querida parente como Marta. Quem infunde pena e mostra aceitar a comiseração dos outros é um falhado, um merdas. Haja machos, haka!

— Eu também devo sair já, está na minha hora — disse Marta. — Se quiseres, levo-te a casa. Ou a outro sítio.

— Está bem, vou mesmo para casa.

Marta guiou o carro em direção da praia e ele não protestou, este era sempre o passeio maquinal de quem não sabia para onde ir, pois o destino não interessava. Encontrou uma sombra num bom sítio de estacionamento. Deixou o veículo ligado para manter em uso o ar-condicionado.

— A Ofeka ligou-me de manhã. Estava destroçada. E continua, de certeza. Eu não sabia do vosso envolvimento, embora suspeitasse de alguma coisa, o interesse mútuo era evidente. Depois surgiu o Mulungu na vida dela e nunca aceitou entrar em detalhes sobre o professor, fiquei no escuro. Afinal as coisas foram se desenvolvendo e ela agora vem dizer que gosta dos dois, quer manter os dois, mas tu nem quiseste conversar. Está muito arrependida de não ter sido clara logo de início. É de fato uma estória rocambolesca. — Esperou um pouco, talvez uma réplica, mas perante o teimoso silêncio de Santiago, continuou: — Conheço há muito tempo a Ofeka, somos as melhores amigas, mas há coisas dela que ignoro, talvez por influência da sua orfandade e da avó. A avó marcou-a de forma profunda, bem como as estadias que tem no kimbo materno, vem de lá sempre com ideias meio estranhas, ou algumas condutas... pelo menos, diferentes. Repara, não é nada de grave. Sabes, embora hoje falem Umbundu e Português, os povos pastores guardam certas crenças e comportamentos particulares. Não revelam e nós não entendemos. Acho eu, mas posso estar errada. Bem, é para te dizer que Ofeka pode não corresponder por vezes aos nossos padrões, mas não fez isto por mal ou menos consideração por ti. E gosta mesmo de ti. A sério, venera-te, és mais que um homem, és o seu herói. Tu estás triste com o que se passou, notei no teu ar bem-comportado demais. Mas ela está um caco! Peço, tem um pouco de condescendência, ela quer conversar contigo, explicar tudo, só tens de a ouvir. Não a desprezes, aceita ouvi-la. Se a vossa relação tem de acabar, que acabe até sempre. Mas só depois de ela te falar. Peço, rogo mesmo...

Ficaram em silêncio. Marta tinha a voz um pouco embargada. Santiago, que conseguia sempre captar o contexto além das palavras, percebia o esforço feito pela prima para conter os soluços lhe bailando na garganta, ao mesmo tempo que aprovava a escolha do primo, esta era de fato uma mulher para a vida, como seria Clara.

— Eu não disse que recusava falar com ela — falou com suavidade. — Disse de fato, não agora. Um dia vou procurá-la para uma conversa séria. Mas no meu momento.

— Está bem, não insisto... nesse ponto. Sou mulher de cidade e de família também citadina. Certos aspectos me escapam e pode ser por isso. Talvez as mulheres na cultura original dela sejam mais independentes dos homens, parece que sim.

— Do pouco que eu sei, até certo ponto sim, são. Mas esses parâmetros foram ultrapassados por ela. Uma mulher com vários homens ao mesmo tempo, dois que sejam... Só mesmo as grandes rainhas. De Nzinga Mbandi até era conhecido o harém de homens, que ela obrigava a se vestirem de mulher, como eram considerados. Mas Nzinga exigia ser tratada por rei e não por rainha.

Guardou silêncio. Marta também ficou calada. Um minuto depois, Santiago se mexeu no banco e perguntou:

— Ofeka... ela pediu-te para intercederes?

— Não. É demasiado orgulhosa para isso. Talvez gostasse, mas nunca pedia nem sugeria... Conheço-a. Tive a iniciativa quando te vi lá em casa. Demasiada coincidência para não aproveitar.

— Demasiada por quê?

— Então não é?

— Fui lá a vossa casa... Bem, saí da minha porque me embebedei à noite para dormir, te confesso com vergonha da minha fraqueza. Não de me embebedar. Fraqueza de te confessar. Realmente é contra as regras que me imponho. Bem, acordei com ressaca e o melhor remédio, pelo menos para mim, é beber muito café e ir passear. Bebi e fui. De repente lembrei-me de ir a tua casa visitar o Joka. Tem acontecido. O subconsciente falou? Quem sabe? Mas nem lhe toquei nesse assunto, era caso meu. Também não contava ficar para o almoço. Joka insistiu. Não pensei falar contigo. Foste tu...

— Sei. Digo coincidência porque poucas horas antes Ofeka conta-me, desesperada, o que se passava. Chego a casa e por milagre tu estás lá. Uma coincidência que eu aproveitei. Só isso. Não estou a fazer insinuações nem a estranhar alguma coisa da tua parte... De fato, com a minha amiga já estou habituada a coisas estranhas, como te disse. No entanto, terá ela poderes de ligar os pontos e forçar-te a ir a nossa casa e Joka insistir para almoçares? Demasiado, não?

Pela primeira vez nesse dia, Santiago ensaiou um sorriso fraco. Marta notou e descontraiu um pouco. Era parente pelo casamento e já conhecera o major quando adulta com filhos. Não era a prima com quem se cresceu e se criou intimidades. Entrar na intimidade indecifrável de Santiago deixava-a incomodada, pelo muito respeito que ele lhe merecia e pelo carinho que despertava qualquer criança desprotegida. Joka tinha obrigação de estar mais à vontade para abordar o mambo, mas não foi a Joka que Ofeka se abriu e pediu ajuda. Aliás, Joka devia ficar à margem da maka, só mesmo o primo podia abordar o problema com ele, se quisesse. E Marta duvidava que Santiago o fizesse, pois mesmo com Joka não era de muitas falas íntimas. Joka também não, por acaso. Por acaso ou pelos genes? Gente orgulhosa, habituada a saber o que quer e a resistir à solidão. Hum, os genes não explicam certas coisas, muito menos atitudes. Acho. Haka, eu para aqui armada em psicóloga!

— Levo-te a casa?

— Por favor. A menos que queiras beber qualquer coisa. Há bares ali à frente. Pelo menos cerveja têm.

— Não, aproveito voltar para a universidade. E não estás de ressaca?

— Já está curada. Até bebi vinho ao almoço.

— Pois é, estômago e fígado de ex-militar aguentam tudo.

Arrancou novo sorriso de Santiago. Estava no bom caminho.

Agora, já em casa, o major não sabia que fazer. Notou a presença de Zacarias no quintal, junto de Jeremias. Das conversas entre eles, certamente Ofeka aprendera sobre os hábitos e capacidades do gato. Ela devia tê-lo levado de volta a casa e soltado no passeio, esperando que o gato desse a volta ao conjunto de casas até se esgueirar por onde passava para chegar ao telhado do major e daí para o quintal. Santiago também não conhecia os caminhos secretos do amigo. Estava bem a tempo de descobrir.

Aproveitaram, o sol já não batia diretamente naquele passeio e foram os três andando, Santiago muito atento para perceber hesitações ou atrasos elucidativos de Zacarias. Mas deram mesmo a volta ao quarteirão, se beneficiando da sombra das árvores imponentes, e o gato não revelou o seu segredo. Nem uma vez parou para cheirar uma esquina ou para observar um muro. Eram todos altos, difíceis de escalar, mesmo para um felino. Jeremias, pelo contrário, passava o tempo a apartar-se um pouco do grupo, a farejar uma árvore, a urinar num muro marcando a presença ou perseguindo as pombas pousadas no passeio. Zacarias não acompanhava o parceiro nessas escapadelas. Não denunciava também as suas digressões noturnas. Dos três, só mesmo o Jeremias é um ser inocente e cristalino, pensou o major. Nós os dois usamos o segredo como importante arma de ataque ou proteção. Por isso os gatos são a companhia preferida das pessoas das sombras, até das feiticeiras, isto no imaginário europeu, o qual hoje também já influenciou os outros. Os espiões usam gatos? Nunca pensei no assunto. Talvez alguma mente mais rebuscada. John le Carré saberia?

— Zacarias, és um sacana espertalhão, nunca denuncias os teus segredos, quem me dera ser capaz, sempre.

Fez umas festas no lombo do gato, depois abriu a porta. Jeremias deve ter percebido que o companheiro estava em alta estima, deu-lhe o privilégio de entrar primeiro. Por último Santiago.

Era o dia de Ofeka receber Mulungu. Dia ou noite, de preferência fim de tarde, em que iam beber cerveja à esplanada da praia. Se tornara mais um hábito, uma cerimônia ou um culto. À tarde o professor ligou a propor o encontro no Porta-Aviões, ela negou, vem cá a casa quando quiseres. Não tinha ido trabalhar, o único contato humano de manhã aconteceu com Marta. Ofeka ligou. Uma hora e meia ao telefone, muitas lágrimas pelo meio. Enviou depois uma mensagem ao seu diretor, justificando a ausência no serviço.

Zacarias fazia boa companhia, porém, depois do contato com Mulungu, ela achou ser mais uma incorreção para com Santiago deixar o gato em casa dela, além de obrigar a explicações quase impossíveis com o professor, por isso levou Zacarias ao colo até ao carro e daí até ao passeio da casa do major, como este adivinhou mais tarde. Voltou para o refúgio do leito, agora um pouco mais vazio. O gato não só lhe mostrava carinho como era uma ligação necessária com Santiago. Este se tornara o ponto principal da sua vida, tudo o resto ficava na neblina do cacimbo. Um ponto-estrela até um dia ser apenas um pontozinho quase invisível? Nunca ia acontecer, achava agora.

Todavia, as coisas acontecem.

Deves estar chocado, não te dignas dizer um disparate qualquer, kazumbi da tuji, pois a menina está como sempre errada, vivo atento para si. Vives afinal, julgava que estavas morto desde o choque com o carro. Foi uma maneira de dizer, sua parva, mas se quer arranjar maka, escolha outro alvo, não estou para aturar as tuas birras e a observar as traições que fazes. Não acredito que estejas zangado comigo, isso não pode acontecer, espectro meu adorado. Está bem, está bem, disse Olegário, aparentemente irônico. Ofeka não foi capaz de distinguir, depois pensou, talvez tenha ficado comovido com o meu carinho. Do outro lado, só o silêncio opaco.

Ligou a televisão do quarto, foi passando os canais, não parou em nenhum. Apareceram por fim os canais de música, parou no de ópera, tinha vontade de ouvir uma tragédia. *Otelo*, de preferência, trata de traição e ciúme. Mas não havia *Otelo*, era uma tragédia, sim, mas desconseguiu de identificar, talvez mais moderna. Pouco importava, gritavam e choravam, se percebia os nervos estavam contraídos, as vozes indicavam ódio, frustração, desespero. Mesmo próprio para o seu estado de espírito. Ao fim de algum tempo percebeu, afinal era mesmo o contrário do que necessitava. Procurou outros canais, até se fixar nos angolanos. Parou num kuduro. Demasiado frenesim, raiva contida ou mesmo veiculada. Mudou. Aí sim, estava bem. Era um semba cantando o amor. À falta de Santiago, ao menos um semba. Passaria a ligar o ex-militar a esse tipo de música, relaxante, harmônica, fora do tempo, de todos os tempos.

Adormeceu.

Acordou com o telefone, era Mulungu a dizer que estava a caminho. Ofeka não tinha comido nada durante todo o dia. E não preparou comida para qualquer conviva. Hoje tinha sido folga da senhora que vinha limpar e arrumar a casa e também cozinhava. Saltou da cama, arrumou-a um pouco, telefonou a encomendar comida de um restaurante habitual e foi tomar um banho rápido.

Da casa de banho ouviu Mulungu abrir a porta, tinha uma chave, como é óbvio. Vestiu rapidamente um pijama limpo, não fez nenhuma maquiagem. Era a noite em que estava incomodada e com dores de cabeça, não haveria distrações nem sexo. Conversariam, comeriam, ela serviria vinho só para ele, veriam televisão depois, passariam algum tempo na sala. Dormiria cada um para seu lado. Mulungu era demasiado bem-educado para reclamar os seus direitos, estaria preocupado com o estado dela, não queres ir mesmo a um hospital ou clínica? Era a primeira vez desde que tinham chegado ao acordo de partilha das noites que ela se escudava numa indisposição, mas adivinhava com certeza qual a atitude dele. Mulungu era previsível. O contrário de Santiago, o quase-célebre perturbador da ordem.

Aconteceu tudo como ela calculou. Mulungu foi insistente na necessidade da ida ao banco do hospital, tinha médicos amigos em todo o lado, até podia pedir a algum para vir examiná-la, ao que Ofeka se opôs, é só uma indisposição, talvez um princípio de paludismo, nada de especial, só incomodativa, sobretudo a dor de cabeça persistente, já tinha tomado todos os analgésicos, o efeito viria com o sono.

— De manhã, se não estiveres melhor, vamos diretamente ao hospital central, deve lá estar o Américo — disse o professor. — Ou outro que conheço. Vamos dormir cedo, ou melhor, vais dormir cedo. Eu desconsigo, vejo um filme antes.

— Antes jantamos. Deve estar a chegar, encomendei.

De fato o jantar chegou a horas. Comeram e ela deu-lhe um beijo de despedida. Foi para a cama.

De vez em quando ele ia verificar se a respiração dela estava regular. Ofeka fingia dormir. Ele voltava para a sala. Antes de adormecer, ela decidiu, amanhã acordo cedo e com boa disposição e vou recompensá-lo, ele merece. Mas não hoje, seria demasiado doloroso.

Ela acordou antes de Mulungu. Pensou logo, duas noites seguidas sem sexo, é uma novidade desde que comecei com este meu bem-comportado companheiro. Tão bem-comportado que nem acordei quando se deitou. Antes de o despertar com carinhos, acabando da maneira usual para ficarmos bem-dispostos o resto do dia, devo decidir, conto tudo?

Tinha de contar, já estava decidido. Mulungu podia ficar na ignorância, não havia razão para vir a saber a não ser por ela. No entanto, queria ser honesta, se assim podia classificar a correção de uma traição, embora menor, dadas as circunstâncias e o que não haviam combinado antes. Mas não devia ser agora, logo ao começar um dia de trabalho. Nem haveria tempo para muitas explicações. Também não imaginava qual a reação dele e o tempo para o apaziguar, se fosse possível. Por isso, agora não. A noite de hoje é da esposa, amanhã logo conto. Fica decidido. Se sentiu mais descansada, era muito pesado fazer confissões em dias quase seguidos.

Acariciou-o levemente primeiro, ele fez um som fraco, ela insistiu nas orelhas e cabelos, ele despertou, se virou para ela.

— Estás melhor?

— Sim.

Ela beijou-o nos lábios.

18

Santiago teve uma visita inesperada. Um bálsamo em tempos de amargura.

Estava sentado no passeio de casa, observando o movimento da rua, a remoer ainda a conversa da véspera com Marta. Os dois amigos de cada um dos lados da cadeira. De vez em quando acariciava um ou outro.

Viu uma figura que parecia conhecida se aproximando no outro lado da rua. Era um homem de idade, se notava pela forma de andar. Mais uns passos e reconheceu o mais-velho de Ukuma, o tal que tinha sido abandonado depois do comício eleitoral. Trazia um cesto tapado por um pano na mão esquerda e um saquito do lado direito, pendurado a tiracolo. Atravessou a rua.

Santiago se levantou para o cumprimentar com toda a deferência. A mesma atitude do outro. Somos gente bem-educada, pensou o major, valha ao menos isso. Depois das saudações, convidou o visitante a entrar em casa. Foram para a varanda, também fresca, pois corria já a brisa da tarde. A Yaka não se perturbou com a presença do estranho e ele não reparou nela ao sentar. Ficaria sempre de costas para a estátua, por isso só ela o viu. Registrou?

— Não tinha a certeza de poder reconhecer a casa, mas vi-o ao longe e fiquei tranquilo — disse o mais-velho, depois de sentado. — Trouxe alguns produtos lá da minha aldeia.

Apresentou o cesto que trazia milho, frutas do Planalto e alguns legumes ainda frescos. Santiago agradeceu a oferenda modesta, mas era importante para os camponeses e denotava um gesto de grande estima. O simbólico é que conta. O ex-militar estava comovido e não o escondia, tantas palmas bateu em gesto de reconhecimento.

— Mais-velho, me perdoe. Da outra vez não perguntei o seu nome, fui indelicado...

— Não faz mal. Me ajudou muito, eu estava mesmo perdido. O meu nome é Tchivinda.

— Muito prazer em conhecer o seu nome. O meu é Santiago.

— Sim, eu sei. Ouvi na conversa com o motorista de caminhão que me levou, não me deixou só em Ukuma, foi até mesmo no kimbo. Lhe chamou de major Santiago. Sua avó é Tchoiya, isso ele não conhecia. Conversamos muito coisas de Benguela.

—Tchoiya era minha bisavó, não avó.

— Então não é a mesma coisa?

— Bom, sim, acaba por ser a mesma coisa — concordou Santiago, ignorando a precisão que chegou trazida pelos europeus. — Mas que veio cá fazer desta vez? Parece, gostou mesmo da cidade grande...

— Gostei, mas passei mal daquela vez. Afinal tenho um parente que está cá há muito tempo, por isso voltei para lhe conhecer. Como vinha aqui, o kimbo achou eu devia trazer algumas coisas para si. Pela ajuda que me deu.

— Ora, fiz o que devia, só isso.

— Aproveitei também para reconhecer o sítio onde mora, agora já sei bem o caminho se voltar a Benguela. O meu parente queria vir também mas eu disse, não, vou sozinho, talvez o major não vai gostar se eu trazer alguém.

— Não tinha problema. Olhe, quer beber alguma coisa? Tenho cerveja bem fresca, vai?

Logo se arrependeu, o mais-velho Tchivinda tinha afirmado da outra vez que não gostava. Apenas disse:

— Obrigado. Prefiro água fresca.

Santiago foi buscar um copo e uma garrafa que estava na geleira. Não trouxe nada para si, se penalizando, a minha cabeça não está boa, então esqueci que andavam a distribuir cerveja no comício e Tchivinda não gostava, até estava cheio de sede quando chegou cá a casa. Encheu o copo, o outro agradeceu e bebeu aos poucos.

— Está bem gelada — se desculpou.

— A água do Planalto tirada do poço fica assim fria — disse Santiago.

— Isso é verdade. Por isso a deixo aquecer um pouco — Tchivinda riu. — Mas posso bem beber esta, parece mesmo do poço, é boa.

Santiago pensou, está a ser muito amável, a sua água do poço é bem melhor que esta da cidade, mesmo purificada, mas deixemos, é só uma amabilidade.

— Eu falei com as pessoas que conhecem o passado e me contaram a estória de Tchoiya. Ela e a irmã foram mandadas para cá com uma missão, que cumpriram. Depois ela conheceu Sakulanda, um grande senhor, ligado pela família às terras de cima e às pedras grandes, pediu autorização para casar ao pai, o qual concordou. Casaram. Daí vem você, mais-velho Santiago.

— Certo. Isso confere com o que me contou o filho dela, Malulu, meu avô. Que missão era essa afinal?

— Secreta. Por isso ninguém de nós sabe, só alguns...

— E quem são esses alguns?

— Ignoro. Mas se a estória se transmite é porque alguém conhece.

— Sempre pensei nisso que o avô Malulu não esclareceu. Por que vieram as duas irmãs para Benguela? Tem aí um grande segredo. Por vezes os chefes enviavam um filho ficar com os portugueses para mostrar lealdade. E eles serem educados na religião e na maneira de se comportar em sociedade. Não parece ser o caso, elas já eram grandes e iniciadas na sociedade. Certamente, sim, era para mostrar lealdade, a causa oficial. Mas por trás podia haver alguma coisa mais, mesmo secreta. Só precisava aprender o que era...

— Nunca se sabe... Talvez encontre alguém que explique. Mas se ela não contou ao filho...

— Pode ter feito. E o meu avô esperou que eu crescesse para me contar, mas não teve tempo, morreu antes, de repente...

— Pode ser. Alguém sabe. Quem? Há alguns escolhidos que encontram aquele que sabe. E este pode revelar. Nunca se deve perder a esperança. Nas pedras há sempre segredos.

Ficaram em silêncio, Tchivinda bebendo a água gelada em golinhos pequenos. Pela maneira como olhava para ela, estava a gostar da água, a ser atraído por ela. Água citadina que durante muitos anos foi da responsabilidade de Domingos, seu amigo quase como irmão, pois entraram juntos na escola. Com o primo Joaquim, mais conhecido por Joka. Um pensamento repentino, tudo estava ligado? O quê? Rejeitou a ideia sem sentido.

— Agora que sabe ter um parente aqui, é capaz de vir mais vezes a Benguela...

— Quem sabe? É possível. Não se importa que venha visitá-lo?

— Não me importo nada. Quer vir almoçar comigo amanhã?

— Não posso. O meu parente ficou numa casa de amigos, perto, à minha espera. Amanhã já regresso.

— De uma próxima vez apareça, por favor. Para almoçarmos. Talvez tenhamos mais para contar um ao outro.

Não expressou tudo. Ia dizer, também estará cá o meu primo Joka e um amigo, o Domingos. Um almoço para quatro mais-velhos de idade próxima, uns mais acabados que outros. Porém, ficou calado a ver o outro beber o segundo copo de água, que lhe tinha entretanto servido. Esta água estaria menos gelada. No entanto, Tchivinda continuou a beber aos golinhos, saboreando mesmo. Não era por estar gelada, era por ser da cidade, decidiu Santiago, ignorando as vezes que o outro deve ter bebido, antes do comício, durante e depois dele, ali mesmo em casa, talvez no caminhão, há menos tempo em casa do parente agora descoberto.

Havia alguma estranheza no ar, os animais estavam estáticos, parecia não haver pássaros no tamarineiro, pelo menos se calavam, e os seus ouvidos o enganavam, pois ouvia água a correr sobre pedras, num qualquer leito de rio entre montanhas. Nas pedras há sempre segredos, não foi o que disse Tchivinda?

Este se levantou da cadeira, agradecendo a hospitalidade. Santiago acompanhou-o à porta, depois ficou a observá-lo a caminhar pelo outro passeio, na direção da casa de Dona Flávia. Mandou os bichos entrar, fechou a porta. Se preparou para mais uma noite difícil. Ainda faltava muito, porém.

A meio da tarde apareceu Domingos a tocar à campainha. Vinha no seu carro e trazia uma garrafa de uísque.

— Vamos comemorar. Vem aí também o Joka.

— Comemorar o quê? — perguntou Santiago.

— Já saiu o papel. Estou oficialmente aposentado. Arrumei os meus arquivos, me despedi da Cambutinha com promessa de a visitar em casa, afinal somos amigos... Nunca mais ponho os pés na repartição das águas.

Ainda há pouco pensei em organizar um almoço com os quatro mais-velhos e aparece logo o Domingos a arrastar Joka. Que raio de coincidência. Porém, sabia, não falaria disso, não revelava facilmente as suas intuições, muitas vezes falsas. O que ligava as coisas como uma força de gravidade?

Foram para a varanda de trás, muito concorrida hoje, como notaram Jeremias e Zacarias. Este deve ter pensado, trocaria todos por Ofeka, mas enfim... Santiago estava bem fornecido de gelo, mas pediu licença e foi conferir. Não teriam problemas. Em caso de necessidade, havia a loja de um maliano ali perto, aberta até às dez da noite. Era muçulmano e não vendia álcool, mas tinha gelo... Podia ser gelo destinado a refrigerantes ou água, pensou o major, preparando alguns acompanhamentos rápidos para o uísque. Aquela garrafa ia morrer ali, não era essa a ideia? Talvez Joka se desenfiasse entretanto, para evitar ser admoestado pela esposa no regresso ao lar. Os outros dois se encarregariam do resto. Domingos conseguiria levar depois o carro para casa? Como recurso haveria o quarto de hóspedes, nunca usado. Mas o kamba tinha muito traquejo daquelas coisas, pensou Santiago. A ligação entre o amigo e a sua viatura era tal, de tantos anos, que provavelmente bastaria ele dizer o nome do destino que ela o levava a cair de bêbedo. Talvez fosse o carro mais antigo de Benguela, excluindo caminhonetes, não conhecia outro que se equiparasse em idade. Sempre a andar.

A campainha tocou quando o dono da casa dispunha o gelo e os acompanhamentos na mesa da varanda. Os animais ficaram primeiro de ouvido atento e depois foram para a porta. Domingos se levantou e dirigiu para ela, não havia cerimônias entre eles. Santiago terminou o que fazia na mesa. Joka entrou, deu um abraço ao amigo, bem-vindo ao clube dos reformados.

Beberam, comeram o que havia para acompanhar, depois jinguba torrada e mandioca assada de casa de Dona Flávia, lembraram casos da infância e da adolescência, outros mambos mais recentes e possivelmente desconhecidos dos outros, alguns no entanto se repetindo pelo meio. Pouco importava, fazia parte. O uísque ia perdendo o nível no recipiente a boa velocidade. Santiago tinha outra garrafa no armário, pois já operara o reforço para compensar a limpeza da noite em que dera cabo de toda a reserva de álcool, só restando o frasquinho que ficara esquecido no saco de primeiros socorros.

— E a Cambutinha? — perguntou Joka.

— A reforma dela também deve estar quase a ser publicada — respondeu Domingos.

— Isso é que é fidelidade! — disse Santiago. — Aguentou anos no serviço só para não te deixar lá perdido, pois tinha mais que tempo para a aposentação.

— É verdade — concordou Domingos. — Só lhe posso agradecer.

— Essa estória sempre me pareceu mal contada — disse Joka. — Ninguém abdica da reforma no seu tempo para não abandonar o chefe. Alguma coisa a mais havia. Conta lá, Domingos, agora já podes contar, deixaram de ser colegas.

— Não havia nada a mais. Só mesmo isso. Vocês sempre me chatearam com a Cambuta, mas tomei como brincadeira. É avó, tem quatro netos. E marido, ainda por cima. Aliás, o único de nós por quem ela há muito tempo estava caidinha era pelo Santiago. Não sei se ainda mantém a paixão...

— Lá vem este gajo com isso. A sacudir a água suja para mim.

— Bom, admitamos que seja como o Domingos diz — falou Joka. — E que a água esteja mais suja que a dos canos da cidade, como sugeriu sutilmente o Santiago. Aí deve haver uma estória indecente. Ninguém quer reconhecer, tudo bem. Mudemos de assunto.

— Ninguém tem nada a reconhecer — insistiu Domingos, começando a mostrar irritação pela insistência.

— Acabou, assunto encerrado — disse Santiago. — Embora eu pareça o criminoso deste mambo, tudo bem... se acham que ela estava apaixonada por mim quando era uma moça esperta... Seria bom ser tão irresistível como o Domingos pensa, no entanto não tenho tido tanta sorte assim...

A luz vermelha acendeu perante os olhos de Santiago. Entrou em terreno escorregadio. Os outros dois não aproveitaram a senda que ele abrira, se olharam, perceberam que de Ofeka se tratava, ficaram calados. Joka serviu depois mais uísque aos três, disse, este é o meu último, daqui a pouco tenho a Marta a telefonar porque o jantar está na mesa. O major, pelo seu lado, admitia ter parado a conversa no momento certo. Não havia mortos nem feridos. Neste teste de copos, cada um pensa o que lhe convém. Às vezes fala sem pensar e faz asneira.

A garrafa tinha mesmo acabado e Marta não telefonou. Santiago disse, há por aí mais uma, não será tão bom uísque mas já nem notamos a diferença, e fez o gesto de se levantar, mas Domingos decidiu:

— O rei da festa hoje sou eu e proclamo, não vamos beber mais, cada um desanda para sua casa. Sei, estou a ser estranhamente bem-comportado, mas quero aproveitar esta noite para saborear as delícias da cama sabendo que não preciso de me levantar amanhã para ir ao serviço, apenas para ir correr, o prazer supremo. Joka, a propósito, já começaste a treinar para abater a barriga?

— Corre, que te faz sempre bem — disse Joka, se levantando. — Eu pratico outros exercícios.

Os outros dois imitaram-no.

Santiago ficou sozinho. Se lembrou de dar de comer aos bichos, tão esquecidos durante esta noitada. Os mosquitos é que não se tinham esquecido e voltearam por cima das cabeças deles. Pensou o major, o uísque é o melhor repelente de mosquitos que foi inventado, ninguém se queixou de uma picada.

Fechou a porta de trás, hoje os amigos não dormiriam à frente da televisão ligada. Também não tinha a intenção. Que fazer? Nada. Não havia condições de ler e sair não tinha propósito, para ver o quê? Se sentou no cadeirão habitual à frente do televisor, disposto a recordar coisas antigas e adormecer aí, sem jantar os restos. Depois iria para a cama, não interessavam as horas. A solidão nunca tinha pesado tanto. É para isto que uma pessoa vive? Estava meio embriagado, mas não o suficiente. Abro a garrafa? Era estranho, não lhe apetecia. Mas afinal o que me apetece? A resposta provocou uma dor nova no cérebro. Ofeka.

Respirou fundo, tentou se levantar, depois desistiu e esticou mesmo as pernas para a frente, quase se deitando. Que disparate era esse? Bem, até pode apetecer, não é disparate. Apenas não devo seguir essa picada. Desde quando cumpro sempre os deveres? Nem sempre. Seria esta uma exceção consentida? Tuji! Deve estar com o outro, só vou atrapalhar. E é isso mesmo que gostaria de fazer, atrapalhar o sacana. Fechou a sala dos pensamentos, num arranque pegou no telemóvel e carregou no número de Ofeka.

A bancária estava à mesa de Marta e Joka, sem vontade de jantar, só fazendo companhia com um copo de uísque e soda, pois era noite sem Mulungu. Viu o número de Santiago e se levantou, um momento, por favor. Fez um gesto de desculpa para o casal e andou para o quintal. O coração lhe batia com força.

— Querias falar comigo, pode ser agora? Estás livre?

Ofeka já sabia do encontro dos três amigos e Joka contou que beberam bastante, mas podia jantar como era de hábito. Ficou na dúvida, estaria Santiago demasiado toldado?

— Vim a casa da Marta e sei do vosso encontro. Estás mesmo em condições de conversar?

— Achas que não aguento um terço de uma garrafa de uísque? Se não queres vir, OK, compreendo... Mas arranja outra desculpa.

— Ê, ê! Para que essa agressividade?

— Não estou agressivo. Convido-te a vires ter a conversa que pediste. É tudo. Prometo, estou normal.

Resolvamos tudo de uma vez, condições ideais não existem, pensou ela, só existem oportunidades que não se devem perder.

— Está bem, vou aí.

Voltou à mesa, explicou, era uma chamada de emergência, tenho de ir, piscou o olho a Marta sem que Joka descobrisse, acabou o copo de uísque de uma assentada.

Santiago ficou à espera remoendo a mesma ideia, foi uma asneira, não foi? Tenho de ir pelo menos lavar a cara e endireitar o cabelo, devo estar com um ar terrível. Haka, isto é momento de um homem se preocupar com a aparência? Pelo menos passar água na cara... Foi ao quarto de banho, lavou o rosto e sovacos, fez assentar o cabelo o máximo possível e mudou a *T-shirt*.

Ouviu o carro parar. Se dirigiu à porta e abriu-a antes mesmo que Ofeka chegasse. Demasiada ansiedade, achou depois, demonstra interesse antes do tempo, talvez mesmo fraqueza.

Ela entrou sem lhe dar a cara para cumprimentos, disse apenas boa noite numa voz sumida. Não foi ele a chamá-la? Então? Não ia dar parte de frágil mulher arrependida. Arrependida de o ter enganado, sim, mas não fraca, tinha orgulho, no que foi encorajada por Olegário, embora com pouca convicção, lhe pareceu.

Se sentaram na sala, à frente um do outro. Santiago não tinha correspondido ao cumprimento, era o ofendido. Apenas lhe abriu a porta, indicou a sala e voltou a fechar. Continuou calado. Também ela, tentando decifrar o estado de espírito do major, quanto desta postura se deve ao álcool ou a muito treino de autocontrole? Mas o silêncio começava a pesar e não estavam numa prova de resistência. Menos ainda ela, pois tinha pedido a conversa através de Marta.

— Obrigada por me teres telefonado. Quero explicar-te o que se passou e pedir desculpa desde já por não ter sido franca. Talvez compreendas e espero mesmo que sim.

Zacarias ouviu a voz ou já tinha adivinhado antes? Miou três vezes seguidas. Como não houve resposta, se calou de vez. Nem tentava raspar a porta com as unhas. Escutava, farejava, mas quieto.

Ofeka começou então a falar, entrando no assunto, quando conheceu Mulungu, se encontrava com ele na esplanada da praia só para conversar, entretanto estabeleceu contato com Santiago e percebeu o interesse despertado nele. As relações com Mulungu se desenvolveram mais depressa, mas ao mesmo tempo se intensificava o interesse dela no ex-militar. Até explicar o pacto da agenda com Mulungu. Desconseguiu mesmo de contar isso a Santiago antes que avançassem demais, cada vez estava mais confusa nos seus sentimentos, não é fácil gostar de duas pessoas ao mesmo tempo. Devia ter sido cristalina desde certa altura, antes de lhe pedir para a levar para a cama, estava arrependida do maior erro da sua vida, mas vivia agora o drama da perda de Santiago, e também não queria perder Mulungu. Simplesmente, não podia escolher entre os dois. O caso era diferente do de Mulungu, para o qual a tradição ajuda a aceitar ter um caso fora do casamento, até mesmo duas esposas. Ela nunca quis ferir alguém e garantia amar Santiago, tanto quanto o professor, ou talvez mais, de outra maneira, não seria fácil explicar. Jurava, falo a verdade pura. Não se sentia culpada de ter dois amores, apenas de não ter sido sincera desde o princípio.

Santiago ouviu a explicação sem proferir um som. Depois, como ela se mantinha calada e com aparência de esgotada pelo esforço da sinceridade, ele disse com voz calma, quase carinhosa:

— Que propões então?

— Eu? Nada. Só te contei tudo como devia ter feito. Até podia ter ido para a cama contigo, como aconteceu por um impulso, mas ao acordar, pelo menos aí, devia explicar-te que estávamos numa situação um pouco fora do usual. Aí tu decidirias se querias continuar a encontrar-te comigo ou não.

— Uma situação um pouco fora do usual? Muito fora, não?

— Talvez. Depende das pessoas. Ou dos tempos. Para ti é mais normal um homem ter duas mulheres que uma mulher dois homens, sim ou não?

Ele tinha de reconhecer, sim, sem dúvida. Mas ficou calado por momentos. Ainda mantenho o meu lado machista, é o que ela está a dizer por outras palavras. E deve ter razão. No entanto, o silêncio lhe pesava. E sentia necessidade absoluta de deitar aquilo para fora.

— Arranjei uma amiga com quem me deitava algumas vezes por ano. Sabia, embora nunca tenha perguntado nem ela me tenha confirmado com detalhes, ela fazia o mesmo com outros. Nos dávamos muito bem, em todos os aspectos. Mas desde o princípio ela pôs as cartas na mesa, não aceitava ligações significando correntes, amarras. Da última vez que estive com ela perguntei a brincar se já tinha encontrado o homem com quem casar e ela voltou a dizer como sempre, não troco nada pela minha liberdade.

Ofeka ficou segundos sem responder.

— Gostaria de conhecer essa tua amiga.

— Não é possível...

— Tens vergonha ou medo de me apresentar a ela? Amiga para aqui, amiga para lá, não haverá muitos constrangimentos. Pelo menos pela minha parte...

— Morreu.

— Oh, lamento mesmo. Foi há muito tempo?

— Não foi há tanto tempo.

Também não ia contar tudo, ela ainda faria deduções erradas. Uma coisa não tinha ligação com a outra. Achava nesse momento. Há uma semana podia até pensar de maneira diferente.

Ofeka sentiu, se tratava de assunto sério, embora ele parecesse minimizar. Talvez tenha sido muito recente mesmo. Acabou de acontecer? Por isso lhe telefonou, uma maneira de procurar compensação nela, a traidora, a kitata que só serve para consolo? Conseguiu de imediato controlar a súbita raiva. Não podia acreditar, Santiago a aproveitar-se da situação para tentar diminuir uma enorme perda com uma noite de devassidão. Não, esse Santiago não podia existir. Foi acalmando, perante o silêncio do major. Este procurava adivinhar o que galopava pelo cérebro dela e não estava portanto muito longe da verdade.

— Queres beber alguma coisa?

— Não, bebi um uísque na casa da Marta.

Teve de beber um uísque para arranjar a coragem de vir? A *minha* Ofeka não precisa disso. Mas eu sim, precisava de uma bebida, de continuar a me diluir, desfazer em álcool. Uma situação absurda exige a clareza dada por bebida ou qualquer erva usada nos kimbos.

— Talvez um champanhe fosse oportuno — disparou.

— Por quê? — perguntou ela. — Há alguma comemoração?

O ar admirado dela agradou a Santiago. Agora sim, ela estava mais confusa ainda, finalmente distraída da falha dele ao falar de Marília. Evocar mortos em querelas de vivos nunca foi boa ideia. Mas uma má ideia pode ser corrigida.

— Tenho sempre uma garrafa de champanhe na geleira, de fraca qualidade, diga-se... nunca é aproveitada e fica por lá esquecida. Lembrei-me agora, se não queres uísque...

Mais confusa ficou Ofeka. Ele era espião, conhecia todos os detalhes dos seus encontros com Mulungu, seguia-a há muito tempo? Ou o champanhe é apenas um acaso? Dizem, não há coincidências... Será mesmo verdade ou apenas uma frase feita que pouco vale? Como se eu confessasse, tenho um espírito no meu ombro. Pelo contrário, essa frase valeria muito, se manifestou Olegário. E seria um erro monumental, a menina sabe.

— Pronto, voltemos à realidade — disse Santiago. — A garrafa vai permanecer fechada na geleira. Até eu ser rico, só comprar champanhe de marca internacional e a deitar portanto para o lixo. Não há nada a comemorar, como deve ser evidente. Nem serei alguma vez rico, também já deu para perceber.

Ela ficou calada, mirando-o, com um olhar cada vez menos confuso, mas mais opaco. Santiago parecia agora desenvolto, com vontade de falar futilidades, talvez para ir orquestrando uma estratégia qualquer. Se tratava de uma prova? Devia estar atenta? Que quereria o ex-militar? Ou era o efeito do álcool, contrariamente ao que ele garantiu? Muitas perguntas e ela não tinha tempo de as analisar. Devia tomar uma atitude qualquer. Também acho, informou o kazumbi, fugindo mais uma vez ao combinado de nunca se meter nas conversas dela com Santiago ou Mulungu. Ela não ripostou e ele deve ter compreendido, sumiu nos seus sonos eternos.

— Fica um pouco difícil conversar —disse Santiago. — Parece que nada mais temos a nos dizer. Este parêntesis do champanhe pode ter sido um disparate mas era para aligeirar o ambiente. Queres continuar a conversar? Sobre quê?

— Sobre nós.

Foi muito rápida a responder e se arrependeu antes mesmo de Santiago disparar:

— Há afinal um nós?

— Talvez tenhas razão em duvidar. Pode ter sido um nado-morto. Uma bela promessa, mas perdida para sempre, e por culpa minha. Sou um desastre em certas relações.

Houve um curto silêncio.

— Uma coisa não entendi, continuo sem entender e não é uma falsa modéstia... Por que reparaste em mim? E depois de teres conhecido um homem sem dúvida interessante e elegante, com uma idade mais próxima da tua? Por que eu que, com um pouco de sorte, podia ser teu pai?

— Há coisas a que nunca se saberá responder. Mas a nossa diferença de idades não é assim tão grande. Tu tens a mesma idade do Joka. E diz, tu terias essa dúvida se se tratasse do Joka?

— Talvez não. Ele parece um miúdo ao pé de mim.

— Um exagero tremendo, mas passa! Tu também não tens nada de um ancião. Estás em boa forma. Apesar de teres passado por maus bocados, que deixaram marcas. Mas esse tipo de marcas até é capaz de ser bastante sensual, sabias?

— Nunca tinha pensado nisso. A sério.

— Ainda tens muito para durar. Mas mudaste a conversa.

— Estamos a esclarecer-nos. Essa era uma dúvida importante que carregava.

— Não é nenhuma cruz. E se me interessei por ti, neste sentido de amor, não foi por apareceres como uma espécie de herói.

Foram os teus olhos, intrigantes. E as tuas mãos longas, belíssimas. Interesses comuns, certamente. Muitos sinais escondidos, mistérios. Foi tanta coisa ao mesmo tempo... Brrr...

Ela de repente se arrepiou. Santiago percebeu. Ficou comovido.

Estamos lixados, presos um ao outro para sempre. O ex-militar se sentiu encurralado numa mata pouco maior que um muxito, os inimigos se aproximando e ele sem poder escapar. Eram muitos e só um milagre o poderia salvar. O milagre foi ver para lá da realidade. Existia um ponto fraco no cerco, com maior densidade de árvores. Correu nessa direção, disparando para os dois lados. Passou e se sentiu livre. Acordou então do pesadelo. Aliviado.

O problema, porém, existia, não era um sonho ou uma cena de guerra qualquer, repetida em milhares de filmes ou em conversas à volta de uma fogueira. Um problema é resolvido se mergulhamos fundo nele. Resolvemos por dentro, eis o segredo.

Sem se aperceberem, enredados em si próprios e nos seus medos, olhavam fixa e ternamente um para o outro e as diferenças se esbatiam, só havia promessas. Irresistíveis promessas. Ele não queria, temia estar sendo usado, subjugado por um olhar tão meigo como sombra de muxixi, mas sabia, respondia às promessas com promessas.

19

Santiago acordou, vindo de um poço sem fundo. Como no pesadelo. Mas, desta vez, não se lembrava de nada. Olhou para o lado, na cama, e lá se apercebia Ofeka, dormindo. Era real, acontecera. Foi recordando a conversa, os passos dados e como terminou. O problema permanecia? Foi isso que mais lhe doeu, nessa madrugada.

Esperou algum tempo até os primeiros raios de luz atravessarem a cortina da janela. Viu as horas, seis e um quarto. Acordara meia hora antes. Muita coisa podia acontecer, porém ele despertava sempre antes do Sol, hábitos muito antigos.

Tinha de se levantar e Ofeka estava ferrada no sono, era demasiado cedo para ela. Se mexeu como um caracol, afastando com cuidado o lençol e saindo da cama sem um som, só os amigos no quintal poderiam ouvir. Nem mesmo esses, foi um movimento perfeito, acreditou. Pé ante pé se dirigiu nu para o quarto de banho, fez a higiene com o mínimo de ruído. No mesmo silêncio recolheu o calção e saiu do quarto. Foi para a sala, aí vestiu o calção. Pensava ao mesmo tempo, como fazer com Zacarias? O gato sabia da permanência de Ofeka no quarto, cuja porta Santiago não fechara pois podia provocar algum barulho. O felino não devia sequer chegar à sala. Uma distração útil seria ir para a varanda, fechando a entrada atrás de si.

Os bichos cumprimentaram-no sem grandes ruídos. Perceberiam a necessidade do silêncio? Resolveu lhes dar comida e água limpa. Cedo demais, só o fazia depois do passeio matinal. Comeriam quando lhes apetecesse, hoje estaria tudo trocado. Fechou de novo a porta da varanda, com todo o comedimento. Voltou ao quarto, recuperou o resto da roupa e as sandálias. Ofeka sorria no sono, como sempre acontecia quando dormia com ele. Conseguiu fechar bem a porta. Se vestiu na sala, verificou se tinha dinheiro, meteu o saco para o pão nos bolsos e deixou a casa, usando o cuidado necessário para não despertar a mulher.

Foi dar a sua volta e comprar pão quente. Tudo saiu segundo os planos, exceto as inquietações. O cérebro puxava para uma solução e os sentimentos para outra, como dizem as pessoas de forma convencional. Devia tomar uma posição definitiva? Haveria lugar para experiências destinadas a falhar? O passeio não o ajudou a tomar a decisão final. Mas uma ele tomou, tinha de ser. Entrou em casa, depositou o pão na cozinha, preparou a mesa para o mata-bicho, só faltava acordá-la e depois fazer café. Soltar os amigos talvez primeiro. Deixou-os ficar lá fora, entrou no quarto. Ela ainda não tinha despertado. Deveria deixá-la dormir à sua vontade? Tinha explicado, ela gozava da liberdade de começar o trabalho a qualquer hora. E era tão bonito vê-la feliz no sono... Uma maneira também de adiar um pouco qualquer decisão.

Mas Zacarias não suportou mais o degredo e miou, arranhando com força a porta que separava a varanda da sala. Jeremias repreendeu-o com um ladrar zangado, o gato rompera as convenções da casa.

Ofeka acordou.

Santiago estava atento a todas as reações e viu como ela mexia os olhos para se situar, antes de qualquer outro gesto. Mulher prudente, como onça, pensou o ex-militar. Ela pareceu ganhar consciência e se virou na sua direção, já sorridente, bom dia, amor. Nunca lhe tinha chamado assim e o major ficou paralisado. Era mesmo para ele? Se chegou mais à cama e lhe tocou nas mãos. Ela puxou-o para si e o homem não resistiu. Notou apenas, Zacarias não voltou a mostrar o seu sofrimento ou raiva. Depois se perdeu no amor dela.

Finalmente ele disse:

— Fiz café. Deve estar a arrefecer. Queres que te traga o mata-bicho à cama?

— Gostava, para experimentar. Nunca me aconteceu.

Ele dispôs tudo num tabuleiro e comeram os dois na cama. Com cuidado, se mirando, confidentes. Santiago há muito não se sentia tão tranquilo e feliz. Deve ter sido o mais prazenteiro pequeno-almoço da sua vida.

Ela foi se lavar e ele soltou os amigos até então remetidos à varanda e quintal. Ficou com eles à espera dela. Ofeka apareceu risonha e meiga. Se sentou no colo de Santiago, fez carícias a Zacarias. Jeremias permaneceu deitado, os olhos atentos ao gato. O odor de Marília já se tinha desvanecido na casa, para provável tristeza do cão.

— Vou tentar — disse o major de repente. — Vou tentar fazer o que queres.

— O quê exatamente?

Ofeka seria uma terrível oponente em qualquer querela, descobria o major. Queria tudo claro, para não haver mal-entendidos. Santiago teria de imitar o vencido que tem de declarar rendição com todas as letras, para mais tarde não poder se gabar de uma fictícia vitória.

— Manter a relação contigo, apesar de ficares também com o outro.

Ela se mexeu com langor no colo dele.

— Amo-te tanto, Santiago! Ainda por isto. Sei, não é nada fácil.

— Vou tentar. Sem promessas. Não sei se suporto. Considera apenas uma experiência. Pode ser muito curta. Não te quero enganar.

Ela ficou calada, saboreando o prazer. Também percebia, podia não durar. Poucos homens aceitariam tal desafio. Ainda por cima era absolutamente necessário manter a clandestinidade da relação. Qualquer deslize se viraria contra eles, seriam vítimas do desprezo social. Ela, sobretudo, tinha de separar muito bem os seus passos e confidências. Não poderia esconder de Marta, já ao corrente de tanta coisa. Foi um erro levar Mulungu ao aniversário, quase foi uma apresentação aos amigos e conhecidos de uma relação que, já por si, fugia ao padrão. Quanto mais esta... Ou então os três derrubavam muralhas de preconceitos e se mostravam mesmo desafiantes. Nas margens morais de uma sociedade patriarcal. Alguém aguentaria? Por outro lado, ela tinha de dar parte de força e de condescendência. Com muito pouca convicção, prometeu:

— Pelo meu lado, não te exigirei fidelidade. Compreendo que de vez em quando possas ter os teus desvios, uma espécie de vingança surda... Alguma outra amiga que apareça, vinda do passado. Mas sem mentiras.

Para Santiago seria fácil prometer sinceridade. Não o fez, porém. Ficou calado, gozando o calor dela e um enorme medo do que vinha. Nessa mesma noite, noite de Mulungu, segundo a agenda secreta.

Uma noite que foi difícil de passar. Sabê-la nos braços do professor era quase uma dor insuperável. Devia resistir à dor, o álcool ajudava. Mas sabia, o álcool era um auxiliar provisório, artificial ainda por cima. Nessa noite foi tentar conversar com a Yaka. Passou horas olhando para ela, enquanto ia emborcando com relutância goles de uísque com gelo. A estátua não ajudou.

Não revirou os olhos, não deitou mais a língua para fora, não mexeu. Ficou como sempre, uma estátua apenas.

A certo momento Santiago teve uma chispa dolorosa de lucidez. Ficou envergonhado, na sua burrice provocada pelo sofrimento, feliz por não haver ninguém ali para o julgar. Só os dois amigos, mas esses não o julgavam, podiam apenas se rebelar. A verdade se espraiava irônica diante de si. Se a expressão da estátua tinha sido criada com o fim de mostrar aos próprios colonos como era ridícula a sua posição de mando, a Yaka nunca mais falara desde que os colonos desapareceram, se desvaneceram. Não podia ser de outra maneira. Ele até podia dar oferendas, dançar, provocar fumos cheirosos, fazer preces e piruetas, ela ficaria impávida e serena, pois já tinha cumprido a missão para a qual foi criada, nós demos cabo do colonialismo, haka!

Santiago permaneceu no entanto na varanda durante mais uma hora, imune aos mosquitos que só o ameaçavam, impotentes. De vez em quando um dos amigos vinha lhe pedir festas ou lamber a mão. Por vezes um ou outro adormecia. Mas sonos breves, a sua presença dificultava o descanso prolongado dos animais. A esses sonos breves estavam habituados. Santiago resistiu a cair na autoflagelação: imaginar como estaria Ofeka. Conseguia muitas vezes banir do cérebro pensamentos ou imagens que o debilitassem. O que não impedia a tristeza ou até uma certa dor no peito. Considerava porém, eram questões menores, podia conviver com elas. De fato, pouco depois, foi deitar-se e conseguiu adormecer.

Mais uma batalha vencida.

Entretanto, nessa mesma noite, Ofeka recebia a visita de Mulungu. Tinha atravessado a tarde com o dilema, contava já a Mulungu o que sentia e acontecia com Santiago, ou deixava para depois? Esteve indecisa até ele chegar. Contar já não adiantava muito. Mas o silêncio agravava a falta, pois ele ia cobrar tanto segredo na traição.

E contou mesmo tudo, logo que ele chegou. Com um gim tónica servido antes, como acompanhante das confidências. O professor ficou calado, não fez nenhuma pergunta. Passado um bom momento...

— Estou chocado.

Foi a única coisa que proferiu. A voz parecia a habitual quando conversavam. Ela sabia, Mulungu tinha aspectos comuns com Santiago, se controlava bem. Beberam o gim em silêncio. Ela transmitira tudo o que tinha para informar. Com limpidez. Pediu desculpa por não ter contado logo, mas precisou de refletir. Uma repetição do que explicara a Santiago, com as mudanças próprias a situações não idênticas nos pormenores, nem nos tempos. Agora esperava a reação. Ele dizer, estou chocado, era expectável. Interessava o depois, uma decisão. Ofeka se sentia esgotada, era uma situação anormal e sobretudo de queimar os fusíveis de muitos neurônios. Olegário já aprendera a lição, parecia alheio ao drama a que assistia de camarote. Só podia agradecer-lhe por isso, mas não tem de quê, menina, faço a minha parte.

Acabado o gim, Mulungu se levantou do sofá. Disse com a sua voz mais natural:

— Como compreendes, foi um choque e preciso de pensar. Depois entro em contato. Volto para casa.

— Vais contar à tua mulher? Te peço, ainda não.

— Qual é o problema?

— Tens razão, desculpa. Não há maka. Diz respeito só a ti.

— Nem tinha pensado nisso. Talvez conte, mas o mais provável é aproveitar para refletir primeiro.

Saiu sem despedidas, muito controlado. Não entregou a chave. Disparate, num momento destes vou lembrar-me da chave que não deixou? Ando mesmo muito à toa. Que achas, kazumbi da treta? Não acho nada nem tenho de achar. Fizeste bem em contar já. Talvez tarde demais, mas sabes mais disso do que eu. Não sei nada, meu espectro querido, não sei nada, é uma situação demasiado confusa. Ao menos terminaram as traições, as mentiras, suponho, mas a menina tem sempre surpresas na manga, já aprendi. Pobre de mim, quem me dera ter essa capacidade, seria muito forte. Estou tão cansada. Se me permite um conselho que não devo dar... vai masé dormir, se fores capaz, menina parva.

Assim terminaram as mentiras e traições naquele relacionamento pouco comum entre três pessoas, pelo menos no nosso mundo africano. A suposição do espírito Olegário estaria mesmo certa?

Na tarde do dia seguinte, Ofeka apareceu na casa de Santiago. Ele esperava e tinha um jantar preparado para ser apenas aquecido. A bancária contou o acontecido na noite anterior. Todos os pormenores e até a falta de entrega da chave, como se fosse um detalhe expressivo. Ele vai voltar, pensou o major, mas não emitiu nenhum som. Ela terminou o relato e acabaram de beber o uísque, estava também encerrada a fala sobre Mulungu. Tinham muitas outras coisas para contar.

De manhã, depois da partida de Ofeka para o trabalho, nova surpresa vinda do Planalto. Tchivinda a tocar a campainha. Vem para o almoço prometido, não perde tempo. Tenho de encomendar a refeição para quatro e avisar os outros. No entretanto abriu a porta.

— Bom dia e me desculpe, mas tenho um recado rápido a lhe transmitir. Posso entrar?

O mais-velho parecia mesmo estar atarefado. Até respirava fundo em recuperação. Santiago convidou a sentar mesmo na sala.

— Vou buscar água. Quer um copo, não?

Tchivinda sorriu:

— Adivinha, não é?

— Não custa adivinhar. Veio muito depressa, se nota. Água cai sempre bem. Sobretudo se fresca...

Voltou com o copo e a garrafa tirada da geleira. O mais-velho se serviu. Depois falou:

— Voltei cedo demais mas cumpro instruções. Pode lhe parecer estranho... Está convidado para ir à região de origem da sua família, ou perto dela. Em nome de alguém que conheceu...

— Tchoiya?

— Positivo. Tchoiya.

— E quem me convida?

— Sei o nome, mas não posso dizer. Ele próprio vai explicar tudo. A senhora Ofeka também vai. O major Santiago vai no carro dela.

— E quando será esse passeio?

— Amanhã.

— Amanhã?

— Sim, amanhã. Sei que pode, não tem compromissos.

— Espere lá. Antes disso... como conhece a senhora Ofeka? Andam a controlar-me?

— Não tem mal nenhum, pode acreditar. Apenas eu não tenho autorização de revelar certos mambos. Mas alguém amanhã vai fazer isso. Alguém que sabe muito e lhe pode falar dos seus antepassados e de muitas coisas mais.

— E vai falar comigo e com a senhora Ofeka?

— Não sei como vai ser. Mas é certo que os dois foram chamados, portanto fala com os dois. Se é junto, se separado, isso não conheço.

Bebeu mais uns golinhos de água, com toda a calma.

— Oi\uça, mais-velho Tchivinda, diz que amanhã tenho de ir...

— Não tem de ir... Está convidado.

— Otcho! Estou convidado a ir ao Planalto, não sei onde, falar com quem não conheço. E se for uma armadilha?

— Olhe nos meus olhos, mais-velho Santiago. Lhe estou a mentir, a tentar lhe fazer algum mal?

Santiago fez o que o outro pedia. Ficaram se mirando largos momentos. O major invocou toda a capacidade da sua intuição e a experiência de momentos perigosos, em que confiar em alguém podia ser fatal. Eram olhos puros, nada de mentira ou ameaça de risco nadava naqueles olhos. Verdade mesmo, haka!

— Acredito. Peço desculpa pela desconfiança que mostrei, mas deve compreender, tivemos muitos anos de guerras e falsas promessas, estamos todos altamente perturbados. E o convite é estranho, e vem pouco tempo depois de ter estado comigo nesta casa. Mas acredito em si. Se a senhora Ofeka me puder levar, eu vou.

— Ela vai poder, tenho certeza.

— Vai falar com ela?

— Não sou eu.

Houve um momento de silêncio. Santiago tentava colar todos os pedaços daquela estranha conversa.

— Desculpe fazer mais uma pergunta, mas tenho de a fazer. A primeira vez que veio cá a casa, estava perdido, isso era verdade? Foi ao comício, depois não encontrou os maximbombos com que veio...

— Nunca lhe menti, tudo isso foi verdade.

— Foi por acaso que encontrou a minha casa?

— Verdade. Não o conhecia nem que era neto de Tchoiya.

Inútil insistir, sou bisneto de Tchoiya. Continuou:

— Quando me trouxe os produtos da sua terra, falou tudo verdade?

— Sim. Vim confirmar que morava aqui. Me pediram para o fazer. Isso não lhe disse, era segredo. Mas achei muito bem trazer alguns produtos como agradecimento pela maneira como me ajudou. Nestes tempos de agora, pouca gente tem disponibilidade para ajudar um desconhecido.

— O seu parente que mora aqui...

— É verdade. Só tem pouco tempo que sei. Tudo o resto é verdade mas não posso contar.

— Quem o impede de contar?

— Não posso informar. Talvez amanhã saiba, talvez não, agora desconheço mesmo. — Fez o gesto comum, tocando com o dedo a passar pelo pescoço, reforçando a jura de verdade.

— A senhora Ofeka sabe? Que vinha aqui hoje?

— Desconheço. Também só vou conhecer a senhora Ofeka amanhã. Na Ganda. O encontro comigo vai ser à entrada do hospital da Ganda, vou estar lá para vos levar para falarem com quem sabe tudo.

— Conheço o hospital da Ganda, passei lá muitas vezes. Um dia até recebi tratamento. Tem transporte para a Ganda ou vai conosco?

— Não vou com vocês. Vão só os dois.

— A que horas nos encontramos lá?

— A senhora Ofeka vai saber.

Santiago estava espantado. Tinha de perguntar, queria há muito perguntar algumas coisas nesta conversa, mas controlou a vontade. Agora tinha mesmo de ser.

— Diga com verdade, mais-velho. A que organização pertence?

— Organização?

— Sim. São coincidências a mais, só pode estar uma organização a trabalhar por trás.

— Compreendo, o major foi ensinado a desconfiar. A guerra acabou faz mais de vinte anos, esses receios também devem acabar.

— A organização? — insistiu Santiago.

— Não há nenhuma organização que o major conheça. Amanhã vai saber tudo. Tenha confiança em mim, por favor.

— Não prometo ir. Primeiro falarei com a senhora Ofeka.

— Sim. Fale com ela.

Bebeu mais uns goles de água muito fresca.

— Muito boa mesmo esta água. Obrigado por ela. Tenho de partir.

Ficaram se mirando, Tchivinda parecendo agradecido e sincero, o ex-militar desconfiado, como devia.

— Eu tinha prometido um almoço aqui em casa, da última vez. Ia chamar um primo e um amigo que teriam prazer de o conhecer. Não pode mesmo ser hoje?

— Um dia posso conhecer essas pessoas. E haver almoço aqui. Gosto mesmo da ideia. Mas quem pode hoje adivinhar onde vamos estar depois de amanhã? Amanhã sei, mas depois? Se puder vir, venho mesmo almoçar consigo e os amigos. Esses aí assistem ao almoço? — apontou, sorrindo, para Jeremias e Zacarias.

— Claro, não falham — respondeu Santiago, também sorrindo.

O mais-velho se levantou, apertaram as mãos, o anfitrião abriu a porta e Tchivinda partiu. Como da vez anterior, o major ficou vendo o planáltico atravessar a rua, andar pelo passeio oposto no seu passo cansado e desaparecer lá ao fundo, na primeira esquina, sem um olhar para trás.

Santiago se sentou na varanda com o par de kambas. O sol batia na folhagem do tamarineiro e a sombra cobria por completo a varanda. Os pássaros estavam muito barulhentos. Deviam estar a nascer os frutos e eles animados a comer os brotos. Sobrariam muitos frutos para o dono da casa e a vizinhança, embora cada vez mais raramente esta aceitasse. Podem fazer doce, é ótimo e tem vitaminas. Não convencia muita gente. Dona Flávia também tinha um tamarineiro no quintal, nascido de uma das sementes trazidas do Dombe pela avó Nduva, portanto tamarineiro parente deste. Mas já não gostava dos frutos, confessava Dona Flávia, eram demasiado ácidos para os seus dentes de velha. Aproveitava para fazer por vezes geleia de tamarindo, que oferecia aos clientes. Geleia, sim, todos apreciavam.

Santiago sabia, devia telefonar a Ofeka. Esta noite não era dele, mas talvez Mulungu fizesse birra e não aparecesse. Sem avisar? O professor era demasiado delicado para não telefonar a anunciar a nega por essa noite. Coisas que ele tinha vontade de conversar com Ofeka. E as outras, as que nem ousaria abordar pelo telefone, todos vigiados não se sabe por quem. Ainda por cima com um tema tão misterioso e talvez perigoso... Sobretudo chamando todos os sentidos paranoicos à atenção. No seu caso tinha de haver mesmo muito cuidado e receio. Pois os mistérios muitas vezes não são milagreiros, são nefastos.

Ligou mesmo.

— Estás no trabalho, mas preciso mesmo de te falar. Uma urgência. Pessoalmente.

— Estás mesmo misterioso...

— Pessoalmente e urgente...

Ela ainda não estava ao corrente? Se já tivesse sido contatada, perceberia logo à primeira. Também tem de ser cara a cara e o banco não será o melhor local. Qual é o banco que não tem câmaras e microfones escondidos? Só banco de kuata-kuata.

— Almoçamos juntos? — perguntou Ofeka.

— Pode ser. Onde queres ir?

— Conheço um bom restaurante que tem uns lugares privados onde se conversa à vontade. Não a pensão aqui perto do banco onde almoço sempre e que tem excelente comida, mas está sempre cheia de conhecidos... Não é por isso. Não dá para conversas reservadas.

— OK, vamos ao restaurante. Sou eu que convido.

— Deixa-te de machismos fora de moda. O meu salário é bem mais alto que a tua pensão de major. E é o nosso primeiro almoço fora de casa, já reparaste? Eu é que convido.

— Não vou discutir.

Combinaram a hora e Ofeka disse se encarregar do telefonema para reservar um espaço. Tinha o número. E passava para o apanhar.

Deve ser restaurante fino, que chatice, tenho de me emproar todo. Foi tomar banho para começar os preparativos. Depois ia escolher roupa digna da ocasião. Mistério de mato a quanto obrigas!

Já sentados à mesa, recebeu o cumprimento de Ofeka, estás lindo, amor. Ele queria começar a falar do assunto mas foi repreendido, vamos escolher primeiro a refeição e encomendar, depois conversamos com toda a calma. Tinha razão, o major estava demasiado ansioso. Ofeka encetou uma conversa ligeira até estarem já nos cafés. Então ele explicou como tinha conhecido Tchivinda, as visitas e o essencial da conversa dessa manhã. Ela ouviu tudo sem o interromper.

— Como para ti parece tudo uma surpresa, vais ser contatada, de certeza de forma pessoal. Caramba, vais precisar de pedir uma dispensa para amanhã.

— Partes do princípio que aceitarei ir. A falta ao serviço não é grave.

— Quanto mais não seja para me levar.

— Vais de kupapata.

— Até à Ganda?

— Claro que estou a gozar. Mas que raio é isso? Bem, eu devia estar habituada...

Menina, cuidado, não revele segredos! Talvez um dia tenha de falar de ti, Olegário. Mas não te preocupes, ninguém acreditará. Pois, se queres ser internada no hospital dos malucos, mas chega, converse com ele com atenção. O kazumbi começava a tomar liberdades que não tinha, notou Ofeka. Terá isso algum significado? Mas o espírito não respondeu.

— Não acredito — disse Santiago. — Ninguém pode estar habituado a surpresas destas. Estou a hesitar, embora Tchivinda falasse a sério e não a enganar-me.

— Tens muitas certezas dessas? Olhando apenas os olhos de uma pessoa?

— Não é só isso. Também não te sei explicar, parece coisa íntima. Minha...

Combinaram, se ela fosse contatada, passava em casa dele ou telefonava em código que só os dois compreenderiam. O contato seria sempre tratado como convite, tanto bastava para baralhar ouvidos curiosos. Convite é para uma refeição, uma festa, uma situação trivial. E Mulungu? Terá de esperar, ela avisaria de uma mudança na agenda, se fosse o caso. De qualquer modo, ele vai demorar dias a remoer ideias e sentimentos e só depois comunicar, acrescentou, está no seu direito, bem vistas as coisas. E se o conheço bem, lhe pareceria mal apresentar uma decisão demasiado depressa, demorará alguns dias, no mínimo uma semana. Santiago concordou, Mulungu estava mesmo no seu direito de ganhar tempo. E não o dizia por qualquer pacto entre machos, acrescentou. Ofeka sentiu a alfinetada mas não reagiu, eram confusões e novidades a mais. Suspeitou de kazukutas orquestradas pela avó do Dombe, mas calou, ainda guardava seus segredos.

Ela levou-o a casa e regressou ao banco para fingir trabalhar.

A meio da tarde, estava Santiago a ver um filme na televisão, tentando perceber a estória mas sendo sempre distraído por outros mistérios mais prementes, quando tocou o telefone. Era Ofeka.

— Vou passar agora aí.

— Tudo bem, aguardo.

Devia ter sido "convidada". Foi buscar uma cerveja à geleira, bebeu mesmo pela garrafa. Desligou a televisão e esperou na sala. Os amigos estavam tranquilos, dormitando.

Quinze minutos depois, chegou Ofeka. Ele ouviu o carro estacionar, também os amigos, que se postaram na porta, Zacarias bem encostado a ela, Jeremias mais atrás, fazendo o papel de guarda diligente. Santiago abriu e ela entrou, pegando no gato ao colo. O ex-militar olhou para ela, tentando adivinhar o medo ou preocupação no rosto amado. Parecia normal e sorriu para ele. Haka, essa está sempre blindada! Se sentaram na sala.

— Apareceu no meu gabinete um senhor muito bem posto, de fato e gravata. Um fato antigo, se notava, mas digno. Disse que vinha falar umas coisas sobre a minha avó, mas não no banco. Esperava fora, perto do meu carro. E saiu.

— Disseste digno... Pois, digno de um agente secreto.

Ela não contestou. Continuou:

— Saí, abri o carro e convidei-o a entrar. Parti.

— Para a praia.

— Como sabes?

— Ora, a praia Morena tem milhões de segredos enterrados na areia.

— OK. Na praia ele falou coisas sobre a minha avó, que tinha conhecido na aldeia perto do Dombe. Ela tinha muitas ligações com o Planalto também, onde era respeitada. Não interessa agora para o assunto, mas foi para me pôr à vontade e confiar. Depois disse que me convidavam para ir contigo à Ganda. Na pracinha do hospital, às onze horas, estará alguém que tu conheces e que nos vai guiar para fora da cidade, para falar com uma pessoa que tem uma comunicação do meu máximo interesse. Outra para ti. Acabou de dar a mensagem, só disse, a sua avó foi bastante importante para mim e mais gente, é também uma grande honra conhecê-la, senhora Ofeka, e saiu do carro. Telefonei-te, depois de respirar umas vezes. E ainda fiquei a olhar para o mar, antes de ganhar coragem de sair dali.

— Acredito no Tchivinda, mas pode estar a ser manipulado — disse Santiago. — Parecem procedimentos de agentes secretos. Que te contou sobre a tua avó?

— Oh, um dia vou te contar mais sobre ela. Te digo uma coisa, isto tudo que se passa é tão pessoal que só posso acreditar. Esquece os serviços secretos. Não é nada disso. Outra dimensão!

— Que queres dizer com outra dimensão?

— Apenas isso mesmo.

Ficaram em silêncio. Santiago tinha o cérebro em rotação máxima, sentia ser como um avião a jato. Podia confiar tão inteiramente em Ofeka? Já lhe tinha ocultado muito de si, mas tinha mais segredos. Não seria ela uma agente secreta também, tudo isto uma urdidura para o comprometer? Por que ele? Por que razão o escolhiam para fazerem qualquer coisa misteriosa? Sempre foi discreto, apagado mesmo. Precisam dele para quê? Muito certamente ia cometer um erro, mais um. Mas não era capaz de calar a pergunta:

— Cada vez parece mais um filme de espionagem. Ofeka, és uma superagente que tem uma missão extraordinária neste pedaço de terra?

Ela ficou calada por vários momentos. Também se fazia perguntas e evitava os avisos de prudência emitidos pelo espírito Olegário.

— Se eu fosse agente secreta, ou espiã, ou terrorista, ou o que possas pensar, não precisava de montar este circo todo. Convidava-te a ir amanhã à Ganda ou lá onde vamos, sei que terias muito prazer em viajar comigo mesmo sem grandes explicações.

— Disseste vamos? Não sei se vou.

— Ora, amor... Estás tão interessado em decifrar este enigma como eu. Já decidi, eu vou. Se quiseres vir comigo, apreciarei muito a companhia.

Santiago se levantou, foi à cozinha preparar o gelo que trouxe com os copos e a garrafa de uísque. Ela não recusou a bebida.

Beberam e ele voltou a encher os copos de uísque e gelo. Ela disse, vai ser o último que bebo. Hoje é preciso dormir bem para amanhã guiar com toda a lucidez. Adivinho, vai ser uma dia muito longo e cansativo. Santiago não prometeu ficar igualmente sóbrio. Não prometia aliás coisa nenhuma. Depois de tantas rotações, o seu cérebro parecia vazio de todo, tinha talvez perdido todos os neurônios. Só perguntou:

— Sabes como está a estrada para a Ganda? Se está boa são duas horas. A menos que vás a duzentos e a viagem dura menos.

— Está boa, por enquanto. Levo duas horas.

Ela não perguntou, ele também não disse. Estava indeciso. Tinha tempo. Se por acaso for, terei de deixar mais comida e água para os bichos, vão ficar fechados lá fora todo o dia. Se o regresso for amanhã mesmo. Se não for é que fica complicado. Bem, sofrem, mas não morrerão. Deixo água para dias.

A tarde estava no fim. Tinha sido um dia cansativo. Ofeka então perguntou:

— Sempre vais comigo amanhã ou ainda tens dúvidas? Dúvidas temos os dois, como não havemos de as ter. Mas as minhas são sobre que tipo de segredos nos vão ser revelados. Tu ainda tens medo de os conhecer?

Uma provocação ligeira ao ex-militar? Ele entendeu mas não reagiu. Disse só:

— Vou apenas para não ires sozinha. Mas levo proteção, te aviso. Já agora também quero saber o que estão a conspirar.

Ela riu pela primeira vez.

— Tu ainda desconfias! A proteção de que falas... imagino que seja uma pistola... não servirá de muito se vamos encontrar o que penso. Tudo será muito espiritual, acredito. Deve haver relação com famílias antigas...

O interesse de Santiago foi definitivamente despertado. A avó dela e Tchoiya? Seria por aí? Uma conexão qualquer? O Dombe Grande aparecia como um ponto misterioso comum nas suas famílias, lá isso era verdade, e ele notara, sem lhe ter dado outra importância. Agora começava a ter mais sentido. Havia uma ligação que ele sentiu desde a primeira vez que lá foi, numa terra de outras existências, o que Ofeka chamou outra dimensão, ou elos espirituais. Ia deixar ficar a Makarov em casa, não serviria para nada. Não, ia levar. Podia não servir, mas lhe dava mais segurança. Que quem encontrassem não notasse. Sabia escondê-la bem na cintura, atrás.

— Queres jantar cá?

— E dormir. Embora hoje não seja o teu dia, o Mulungu não se importa nem vai saber. Mas dormir aqui facilita as coisas, de manhã passo por casa para mudar de roupa.

Facilitar as coisas era mesmo uma desculpa esfarrapada, pensou ela. No entanto, Santi não quer outra coisa. Decidiu então, este passava a ser o nome com que ela o chamaria na intimidade. Um nome que alguém usou em criança para ele e foi pouco repetido pelos outros, nome que ela nunca ouviu chamar, mas lhe assenta muito bem, achava. Sempre é bom haver ligações com o passado, dá sorte.

20

Dormiram mais do que era habitual quando o faziam juntos. Santiago foi com os animais comprar pão e esticar as pernas, como dizia. Ofeka saiu para mudar de roupa e na passagem atestou o depósito de combustível do carro. Quando voltou, já o major preparava o mata-bicho. Ela telefonou para o seu chefe no banco, hoje tenho de fazer uma viagem ao interior por motivos familiares. Não haveria problemas, amanhã despacharia os atrasados e ainda lhe sobrava tempo para outras tarefas. Viu Santi pôr a comida e água para os bichos, tudo bem reforçado, dava para aguentarem dois dias sem problemas. Esperava ela, um dia chegaria para cumprir a missão. Comeram o mata-bicho e partiram, em silêncio, como uma equipe habituada àquelas expedições.

Só na bifurcação de caminhos à saída sul da cidade, o ex-militar perguntou:

— Diz-me uma coisa. Agora chamas-me Santi... De onde te veio esse nome?

— É um diminutivo carinhoso. E chamavam-te assim na escola primária, não é?

— Poucas pessoas... quem falou disso?

— Eu nem te conhecia. Foi em casa da Marta, o teu primo e Domingos recordavam velhos tempos. Depois gozaram contigo, esse nome era só usado pelas meninas... Pelos vistos eras muito popular entre elas...

— Havia um rapaz que usou uma vez e lhe dei um empurrão. Acabou a brincadeira.

— Às meninas não davas empurrões — riu, malandra. — Fazias outras coisas...

— Eles é que disseram?

— Não, estou a imaginar.

— Era tímido. Elas é que me faziam...

— Afinal?

— Eu fazia uma malandrice, de fato cruel, à Rita. Esfregava uma semente de tamarindo no chão da sala de aulas e lhe tocava com ele na perna. Arde, conheces.

— Sim, sei que se fazia. Já não no meu tempo de escola. Há cada vez menos tamarineiros também. Mas o que te faziam as meninas?

— Tentavam dar beijos. Nas bochechas. E segredavam entre elas e riam. Só isso.

— Umas atrevidas, vejam lá — gozou ela. — Outros tempos, mas também pouco inocentes...

Ele não respondeu. Estava mais interessado em outra coisa.

— Vais continuar a chamar-me esse nome?

— Se não te importas. Eu gostava.

— Pode ser. Não me importo. Mas só quando estivermos sozinhos.

Ofeka anuiu, ela já tinha pensado nisso. Ficaram calados. Apenas falavam para chamar a atenção sobre um aspecto qualquer da estrada ou da paisagem, mudando da quase anhara seca da costa para vegetação mais densa e verde, à medida que subiam as encostas suaves dos morros levando ao Planalto. O carro era potente, um SUV, chamado tubarão em Luanda, com tração às quatro rodas e muito cômodo. Confiável, como o de Joka. Ofeka não ultrapassava os cento e vinte quilômetros por hora, respeitando o apito de aviso logo que atingia essa velocidade. Santi parecia tranquilo com a viagem. Ela sabia da sua fobia por carros, informações de Marta, mas notava que ultimamente aceitava melhor as boleias dos amigos. Antes só confiava nos kupapatas, o que afinal é muito mais perigoso em caso de acidente, mas as fobias nem sempre são racionais. Ou talvez nunca. Passaram o Cubal, já com grandes rochedos furando a terra de vez em quando, os Inselberg. Chegariam à Ganda antes da hora e por isso ela abrandou. Passeavam agora. E conversaram sobre cenas da infância, Santi mais que ela, deixava-o se abrir, ele precisava.

Chegaram ao hospital da Ganda cinco minutos antes das onze. Santiago apontou para uma montanha à frente, o Epale, disse, e atrás o caminho para a Chicuma, tudo acima dos dois mil metros de altitude e um clima magnífico para o café arábica. Foram fazendeiros alemães que introduziram. Andei um bocado por essas montanhas. De carro e muito a pé. Não disse por que, mas Ofeka percebeu, a guerra civil.

À frente deles, junto ao hospital, estava Tchivinda, Santi indicou. Ele saiu do carro, cumprimentou o outro, disse, é melhor ir à frente, para indicar o caminho, não me importo de ir atrás. O mais-velho hesitou, Ofeka cumprimentou e insistiu com ele, tinha compreendido a prudência de Santiago, sempre atento.

— Vamos apanhar a estrada para o Huambo. Conhece, minha senhora?

— Nem por isso. Já passei aqui mas nunca a conduzir. E houve obras entretanto.

Não havia de fato dificuldade. Ofeka se orientava bem e Tchivinda de vez em quando dava alguma indicação. Subiram na direção da cidade do Huambo, passando por Babaera e Xinjenje, entre outras menores, sempre para oriente e a subir morros, até chegarem a Ukuma.

— A terra da minha família — disse Santiago.

Alguma nostalgia no ar? — pensou Ofeka. Claro, seria normal.

— Vire para a esquerda, deixamos a estrada do Huambo — indicou Tchivinda.

Meteram por uma picada para norte.

— Vamos passar por trás do morro do Moco? — perguntou o ex-militar.

— Sim, lá à frente. Ainda falta.

O estado da picada ia piorando e Santiago temia por Ofeka. Mas ela não parecia se esforçar muito, desviando de um buraco para entrar noutro, que é a única maneira de andar em picadas de montanha sem serem cuidadas. Devagar, com muita paciência. Trinta minutos de sacudidelas, amortecidas embora pelo carro. De repente, o major reconheceu um cabeço à esquerda.

— Aí é o Moco — indicou. — Há outra estrada do lado de lá, essa conheço... Mas para o ponto mais alto de Angola... Não custava muito fazer uma estrada asfaltada até aqui, haka! Já cá tinhas passado, Ofeka?

— Nunca. Só vi fotos. Tens razão, nem estrada, nem indicações. O morro em si não parece ter nada de especial. Mas é o ponto mais alto do país. Devia ser tratado de outra maneira.

— É tratado, tem muita importância — disse Tchivinda. — Tratado de outra maneira...

Os dois citadinos tinham percebido a alusão e preferiram não entrar em pormenores. Ofeka se sentia no seu ambiente natural, lutando contra os buracos e uma ou outra ravina que ameaçava a picada. Se a ravina continuasse a avançar por ação das chuvas inclementes, a solução era desviar a vereda para o lado ainda passível de ser utilizado. Por isso a picada era cada vez mais sinuosa e acumulava mais metros.

O sol já estava a pique.

— Pode parar aqui — disse Tchivinda.

Ofeka e Santiago olharam à volta. Só mato. Ela compreendeu primeiro:

— Depois vamos a pé, não?

— Otcho — concordou o mais-velho, abrindo a porta do seu lado. — Mas primeiro é preciso esconder o carro. Esperem só.

Tchivinda deu uns passos para a frente e afastou pedaços de espinheiras secas entrançadas e ramos de arbustos, pondo a descoberto uma entrada para uma espécie de rampa de terra a descer. Se viam melhor os troncos de duas mangueiras. Fez sinal para Ofeka guiar o carro até abaixo. Ela não hesitou. Tchivinda indicou o sítio onde o carro podia ficar e enquanto ela o fazia descer a espécie de rampa e o punha debaixo da sombra das mangueiras, o mais-velho voltou à picada e reconstituiu minimamente o renque de espinheiras. Só tinham cruzado com uma caminhonete velha na picada, era atalho muito pouco utilizado, parecia, mas não se devia esquecer a prudência e discrição.

Ofeka foi ao cofre do carro, abriu uma caixa térmica e tirou três garrafinhas de água bem frescas.

— Todos querem água?

Os outros aceitaram, claro. Podia até ser mais, pensou Santiago, mas Tchivinda pareceu adivinhar o pensamento dele, lá tem água fresca, muito boa.

— Uma nascente — traduziu Ofeka.

Se puseram em marcha por um carreiro que aparentava muito pouco uso. Do lado contrário ao do Moco. Vamos de novo para oriente, pensou o ex-militar, registrando os pormenores. Desciam ligeiramente mas a seguir haveria uma pequena elevação e depois de novo uma descida, esta parecendo mais acentuada.

— Eu fico aqui — disse Tchivinda. — Não estou autorizado a ir mais longe. Vão encontrar-me na garagem do carro.

Santiago olhou para Ofeka, desconfiado, que é que isto significa? Ela estava tranquila e tomou a iniciativa de avançar. Ele foi atrás, que remédio! Pensando, o mais-velho tem muito humor, disse que ficava na garagem do carro. Mas é mesmo uma garagem, não é onde se escondem os carros? Sobretudo os tubarões.

À medida que desciam, notavam a mudança de vegetação. De arbustos e algumas árvores antes, passavam para mais árvores e numerosas espinheiras. O caminho estava muito nítido, como se tivesse sido cuidado há pouco. E então perceberam ter entrado num estreito vale. O carreiro ia para a esquerda, não era preciso sinal para notarem.

— Voltamos para direção norte — disse o major.

Andaram um pouco e se depararam com um cotovelo do caminho, desta vez para a direita. O cotovelo escondia uma pessoa sentada numa pedra à sombra de uma árvore grande. Um velho. Cabelo e barba branca, *jeans* coçados e camisa azul-claro. Ele se levantou.

— Bem-vindos às terras sagradas. O meu nome é Kapule. Por favor, sigam-me, pisando sempre no caminho. Nunca pisem fora dele.

O Português do mais-velho era impecável, pensou Santiago. E temos de pisar sempre o caminho, quer dizer, há minas antipessoal? Tenho de lhe perguntar isso mais tarde, é importante.

A caminhada durou cerca de cinco minutos. Chegaram a um morro de rocha cortado pelo caminho e por aí entraram. Kapule parou e se virou para a esquerda, ficando frente a um lado do morro vertical, cheio de ramos secos de espinheiras. Mandou-os avançar um pouco com um gesto e depois afastou com cuidado aquilo que se poderia chamar uma porta de espinheiras entrançadas, a qual passava a fechar o caminho que tinham utilizado. Muito engenhoso, pensou o ex-militar. Era a entrada de uma gruta que parecia larga e com razoável iluminação. Kapule penetrou nela e convidou-os com o braço a segui-lo. Santiago segurou no ombro de Ofeka, travando-a e passou para a frente dela. Entrou atrás de Kapule, o braço esquerdo a roçar a cintura nas costas. Ofeka viu a manobra, seguiu-o com um sorriso, este Santi é mesmo desconfiado, mas gosto dele assim, se manifestou Olegário, pela primeira vez nesse dia.

A gruta alargava à frente, com o chão impecavelmente limpo desde a entrada. Por terra estava estendido um pano com pratos em cima. Também copos de vidro e um cesto. Um garrafão. Vinho ou água? Santiago achou, deve ser água ou kissângua. Uma refeição. Com um gesto, Kapule convidou-os a sentar em almofadas dispostas sobre o pano. Ainda bem que trouxe calças, pensou Ofeka. Foi a primeira a obedecer ao gesto de Kapule.

— Devo pedir desculpa por o convite ter sido feito só ontem. Infelizmente não escolhemos o tempo, somos escolhidos por ele. Hoje era o único dia propício para revelações. Senão, teríamos de esperar uma altura imprevisível, talvez meses.

— Como sabem que o dia é propício? — perguntou Santiago.

— Não devo dizer. Só Ofeka saberá um dia como descobrir os dias propícios. Mas é sempre muito urgente. O que por vezes parece má educação ou arrogância.

Entramos nos mistérios, não gosto disso, pensou o major. No entanto calou. O mais-velho destapou o cesto e distribuiu tudo o que continha. Diferentes iguarias secas, mandioca assada, batata-doce cozida, pasta de jinguba torrada com mel, frutos, lascas de carne assada, tudo preparado para durar.

— Devem estar com fome, andaram muito e numa picada feroz — fez o gesto de convite para a comida. — Eu pelo menos estou com alguma.

Ofeka avançou. Comeriam primeiro e depois beberiam o líquido, ela estava habituada aos rituais desde a infância. Santiago também tinha muita experiência, por outras razões. Foram comendo, se olhando, em silêncio. O major reparou, a gruta continuava por uma espécie de túnel à direita. Não se via senão a entrada do túnel. Abriria para outra sala? Terminaram de comer e depois Kapule encheu os copos com água, afinal era mesmo água, e beberam. O anfitrião arrumou os objetos para um lado, indicando que iam começar a conversar.

— Nós pedimos para virem aqui porque foram escolhidos. Ofeka estava escolhida há mais tempo. Por outro lado, o major era conhecido pelas suas ligações de família com esta região. E vou começar por si mesmo, respondendo a uma dúvida que tem. Sei, se interessa muito pela verdadeira história, sobre Tchoiya e também sobre o pai dela, o soma Kulembe. Contrariamente ao que foi perpetuado, o soma Kulembe teve um papel muito importante na resistência da Tchiyaka ao avanço das tropas coloniais, no século passado ou no anterior, as datas sempre se confundem. Kulembe era um dos homens de maior confiança do próprio Tchiyaka. E recebeu a incumbência secreta de dirigir toda a logística das diferentes povoações para reabastecer a ombala do rei. Para isso tinha de se movimentar à vontade, chegou a ir a Benguela para ligar as pontas. Portanto, devia parecer favorável aos portugueses e contra o Tchiyaka, ou pelo menos mostrar não o apoiar. Trabalhou na clandestinidade. Aceitou o sacrifício do seu nome, marcado com a suspeita de traição para sempre. Por um bem maior. Deve ter orgulho nele, major Santiago. Como tem na sua bisavó Tchoiya, a qual foi para Benguela como refém e ao mesmo tempo conseguiu passar sempre informações de extrema utilidade para o pai. Mais tarde ela transmitiu para as novas gerações muitas lições, que teremos de reabilitar. Um dia. E o major vai certamente colaborar nisso, contamos consigo.

Calou-se. Santi tinha lágrimas nos olhos, notou Ofeka.

— Obrigado pela informação — conseguiu dizer o ex-militar.

— Antes de passar para outro assunto, queria perguntar-lhe se tem mais alguma dúvida.

Depois de alguma reflexão e talvez ganhando tempo para a voz sair mais firme, Santiago respondeu:

— Tenho, mas não é sobre o passado... O passado pode ficar para depois. Por vezes refere-se a um nós. Tchivinda faz parte, assim como o senhor bem-vestido que falou com Ofeka. Que nós é esse? Não me parece ser uma organização política...

— E não é, pode estar tranquilo. Kulembe não é o único que parecia ser o que não era. Nós também. E nesse nós, há pouco e agora, estou a incluí-lo a si, major. Faz parte deste nós, sempre fez. Se me permite, o senhor é uma das pedras da muralha.

As muralhas de pedra, as otchimpaka, na língua da terra, lembrou o ex-militar.

— Porque se preocupa com as razões profundas do seu povo, o nosso. Tudo está ligado. Somos pessoas que, sem poder material, alguns porque dele abdicamos, como Tchivinda ou Tchoiya ou eu, podemos ter influência sobre as pessoas, fazendo-as pensar sobre o passado e o futuro, em que tipo de sociedade gostaríamos de viver, quais os valores que devemos defender ou fazer reviver os já esquecidos, como forma de unir as pessoas, sempre procurar a paz e boa convivência, chamando a atenção para os malefícios da ganância, essa praga que destrói comunidades e destrói o mundo... E já lhe avanço, não somos nenhuma ONG nem religião. Mas podemos ter membros em alguma ou algumas delas. Ligamos todos os que têm boas intenções sobre a terra, o seu nome afinal, Ofeka.

— Isso dá para uma grande discussão — disse Santiago. — Mas talvez não seja o objetivo deste encontro.

— Tem razão. Nas duas afirmações. Só que em vez de discussão nós preferimos conversa. E este primeiro encontro é só para estreitarmos laços. O que deve ser só se liga pela palavra, dita, escrita ou transmitida.

— Transmitida pelos meios de informação, até pela Internet?

— Sim. Ou outros, mais tradicionais...

— Tambores? — disse Santiago com um sorriso de pedir desculpa.

— Também, se for o caso. E outros...

— De outra dimensão...? — interveio Ofeka, se metendo pela primeira vez na conversa.

— Tocou no aspecto mais profundo. Por isso é escolhida.

Santi ficou baralhado, pensou Ofeka. Esta ele não captou, durante muitos anos se habituou ao ceticismo sobre certas realidades.

— E sou escolhida para quê? Para os vossos encontros?

— Não são reuniões formais, como os políticos gostam de fazer, os intelectuais também. A Ofeka foi escolhida para me substituir, quando eu já não estiver capaz de dirigir os trabalhos.

Os dois viajantes ficaram em silêncio. Era uma afirmação com muita força, sem sombra de dúvida.

— Não tenha medo, será preparada para isso, eu próprio me encarrego. Mas também precisa de alguém de absoluta confiança sua e capaz de a defender, alguém com o conhecimento para tal. Daí estar aqui o seu futuro protetor, o major Santiago. Arranjaremos outros, se necessário, mas não tão próximos de si. Pode também escolher alguém mais. Talvez seja o momento de vos garantir que a vossa vida privada não nos interessa nada e nunca ninguém interferirá nas vossas decisões individuais ou de família. O nosso objetivo é somente o de ajudar o povo a viver o melhor possível, fazendo boas escolhas e podendo um dia levar os poderes políticos a respeitar os desejos coletivos. Influenciamos de alguma forma, não impomos.

— Tiveram influência na guerra civil? — disse Santiago. — A população destas regiões sofreu muito com ela.

— Sofreu de fato, todo o país sofreu. Não tivemos grande influência, foi mesmo muito pouca. Há assuntos que nos suplantam, não foi falta de vontade. O conflito se passava em todo o país, nós não temos tanta abrangência. E quando começou essa guerra, não arranjamos força para a parar. Até poderíamos gritar, ninguém nos ouviria.

Nisso tinha total razão, pensou Santiago. Ninguém estava disposto a ouvir nada, nem mesmo eu. Todos tinham os seus motivos de desconfiança, ambição e ódio, muitos soprados por interesses de fora e poderosos. Só mais tarde tocaram sinos de paz. Intermitentes. Os da concórdia, esses ainda parecem longe. Santiago reparou, houve realmente um silêncio. O tempo de uma prece? Kapule retomou a fala:

— Um nosso objetivo é recuperar alguns valores das sociedades rurais de muitos séculos e que se estão a perder. Transmiti-los às novas gerações é fundamental. Como por exemplo, a hospitalidade proverbial de todos os povos da região. E de outras zonas. Tchilulu Tchihamba, o criador do poder Tchiyaka, mereceu o seu nome de Tchilulu, quando anunciou, todos os que chegarem à ombala serão bem recebidos. E cumpriu. Até inimigos acolheu. Que acontecia com esses inimigos? Ao fim de algum tempo, deixavam de o ser, e depois se integravam normalmente na sociedade. Houve exceções, sempre as há, mas sem constituírem real perigo. Porque havia uma união muito forte entre todos os habitantes. Tchilulu quer dizer espírito, como devem saber...

Ofeka teve um muito ligeiro sobressalto que os dois não pareceram notar. Estaria Kapule a se referir a Olegário? Podia descobrir a presença do desencarnado? Este não se manifestou, talvez temeroso.

— Também pode ser no sentido de uma ideia, uma ideia maior? — perguntou Santiago.

— Acho que sim, notou bem. Para nós pelo menos tem esse sentido, um legado sagrado. Não só no que diz respeito à hospitalidade mas também a outros valores que podemos aprender com as tradições, mitos, provérbios, fábulas, enfim, a cultura formada em séculos.

— Mas por que a clandestinidade? Encontros escondidos, com todas as cautelas, reconhecimentos cuidadosos, necessidade de guardiões...

— Porque este é um terreno movediço. Falo do político e social. Há muitos interesses, nacionais e sobretudo estrangeiros, que gostariam de se livrar da ideia que passamos ao povo. Um povo escolher sozinho o seu destino? Nada mais perigoso para os interesses dominantes, sabe bem... Seríamos exterminados, ou pior, silenciados por denúncias de crimes não existentes... Como aconteceu com Kulembe. O mujimbo falso é a melhor maneira de amordaçar uma grande ideia, não acha?

Santiago aquiesceu. Deixou passar uns segundos, logo falou:

— Posso fazer uma pergunta... impertinente? Não encontro melhor palavra. E desde já peço desculpa pela ousadia...

Kapule abriu os braços, num gesto significando, esteja à vontade, todas as perguntas são boas, não há impertinentes.

— O mais-velho fala das tradições boas em perigo de se perderem, também é uma preocupação minha... Mas noto em si uma maneira de falar citadina, um domínio da língua portuguesa que nenhum rural tem, sempre lhe escapa qualquer coisa, nem que seja na pronúncia de alguns sons, por interferência da língua materna. Perdoe mesmo se sou indiscreto.

— Pode expressar todas as dúvidas. Até as desconfianças. Estamos aqui para conversar e nos esclarecermos. Devo dizer, não tinha sequer a pretensão de o enganar. Com efeito, até completei estudos superiores. E mais, estudos feitos no estrangeiro. Domino bem o Português, mas também o Inglês e desenrasco-me no Francês. Além, claro, do Umbundu. Entendo Kimbundu, Tchokwê, Mbunda... Tenho vivência urbana e rural, me sinto à vontade nos dois meios. Como Ofeka, embora ela tenha pouca vivência fora de Angola, as idas ao Brasil não são totalmente para território estranho. Nesse aspecto, o major bate-nos a todos, embora fossem visitas curtas no tempo. No entanto, numerosas.

Santi sorriu. Ganhava confiança no anfitrião. Se notava na maneira distendida como sentava agora, as mãos para a frente. Ofeka também pensou, será que Kapule notou a existência da arma na cintura? Santi nem ficou preocupado por ele conhecer todos os seus passos, mesmo as viagens de serviço. E as minhas também. Sabem muito sobre nós e é normal. Mas por que hei de substituí-lo?

— Por que eu? E por que o mais-velho deve ser substituído?

Kapule se virou para Ofeka. Mirou-a com carinho evidente, o que não perturbou minimamente Santiago.

— Primeiro a última pergunta. Devo ser substituído porque o sinto. O meu tempo está próximo do fim. Oh, não quer dizer que vou morrer em breve. Mas algo me indica que comecei a perder algumas capacidades que são vitais para este cargo. Sou o que os meus chamam o chefe-oculto. Deixamos as luzes da ribalta, como dizem os europeus, para os chefes políticos ou religiosos. Nós ficamos nas sombras, no papel de conspiradores. Admitamos que queremos ser conspiradores virtuosos... O chefe-oculto tem de saber quando deve passar o cargo para quem esteja na plenitude das suas faculdades. Assim fez Tchihamba Ambanda, mais conhecido por Tchilulu, que passou antecipadamente o poder para o irmão e foi o primeiro chefe-oculto. Ninguém o matou e ninguém o viu morrer, apenas desapareceu, não a sua influência, a qual continuou, talvez através do seu sucessor. E nós seguimos os ensinamentos de Tchilulu e de todos os grandes personagens da Tchiyaka, alargando cada vez mais o nosso campo de ação para outras terras. Os nossos chefes-ocultos vêm na linha de Tchilulu, são seus descendentes. Como a Ofeka, descendente de sua avó, descendente de Tchilulu. E o amigo major também, por Kulembe e Tchoiya também é descendente de Tchilulu. Por essa o major não esperava!

Riram os três. O ambiente se distendera. Mas Ofeka se preocupava, seria capaz de substituir este homem admirável? Não precisava de muito tempo para julgar os atributos de uma pessoa. Só lhe parecia que Kapule tinha capacidade de continuar a sua missão, era cedo demais para uma substituição. E depois se perguntou, mas quanto tempo me dão para me preparar? Pode ser mais do que penso pela conversa. Certamente não será no próximo mês.

— Uma pergunta ainda, se me permite — Santiago se entusiasmava com a conversa e queria saber muitas coisas. — Disse que alguns abdicaram de funções... Tchivinda pode ter abdicado de algum poder político, talvez de sekulu ou regedor, foi uma ideia que me incomodou depois de o conhecer... — Kapule aprovou com a cabeça. — E o mais-velho? Pode falar sobre isso?

— Naturalmente. Podia aspirar a um cargo administrativo mais ou menos importante na área em que me formei ou até em outras. Tinha conhecimentos e até ligações familiares... Mas abdiquei desse futuro para me dedicar a esta missão. Quando fui contatado, disse logo sim. E já aconteceu há bastante tempo. Vivo muitas vezes afastado da família e sempre de uma forma bastante frugal. Recebo uma pensão pequena do Estado, facilmente justificada por trabalhos anteriores, sempre pagando os impostos. A pensão me basta. Durmo em refúgios como este, ou em cubatas nas povoações, ou em casa de amigos nas cidades... Amigos que nada sabem das minhas atividades, amigos de outras vivências e que me acham um pouco excêntrico ou mesmo louco. Não importa. Todas as grandes missões exigem despojamento, faz parte. Como vocês os dois estarão dispostos a abdicar de algumas coisas muito apreciadas.

Dependia do quê, pensou Santiago. Abdicar de Ofeka? Do Joka? Da sua casa de Benguela? Dos amigos? Talvez não fosse necessário abdicar disso, cada um se adapta, pelo que percebeu. Sobre Ofeka é que poderia haver problemas. E ela pensava o mesmo, de quê abdicaria? Cada um deve saber de si, mas é melhor perguntar.

— Há regras para o que se pode manter de uma vivência anterior?

— Ofeka, cada um descobrirá o que perturba e não perturba a sua missão. Se não temos a liberdade de escolha, como podemos operar para que os outros tenham essa liberdade? Em tudo há sempre limites a não ultrapassar, para que a sociedade seja o mais equilibrada possível, não acha? Trabalhamos para que no futuro haja povos vivendo bem, de acordo com a sua cultura e os seus desejos. E a cultura e os desejos mudam com o tempo e os desafios, havendo também algumas marcas do passado que servem de referência, como são os valores tradicionais. Alguns, não todos.

— Haverá sempre uma necessidade de seleção — disse Santiago. — Para Ofeka não haverá constrangimentos, dado o fato de ser mulher numa sociedade ainda muito patriarcal?

— Ia falar disso — falou Ofeka. — Já houve chefes-ocultos mulheres?

— Não. Embora tenha havido mulheres muito fortes noutras regiões, Nzinga ou Jinga no estado Ndongo, Lueji na Lunda... Outras não terão sido ainda descobertas, mas o futuro vai desenterrar o que séculos de opressão fizeram desaparecer das memórias. Nha Katolo, por exemplo, reina no Moxico, embora com poderes amputados, não por ser mulher, mas pelas restrições constitucionais anteriores e as modernas. De qualquer modo, sempre houve chefias asseguradas por mulheres a nível mais local. Nós temos de nos adaptar também aos tempos novos. É uma tendência mundial e que tardava. Francamente! A avó de Ofeka podia ter sido chefe-oculta, não lhe faltavam atributos, até mesmo uma vidência que eu não tenho e não sei se o próprio Tchilulu teve.

E como sabe ele que a avó via coisas do futuro? Ela, Ofeka, percebeu isso, melhor, foi informada disso pela própria. Como Kapule afirmou, eram parentes pela linha de Tchilulu, portanto também pode ter ouvido alguma conversa de família...

— É uma tendência mundial, é certo — concordou Ofeka. — Mas podiam arranjar outra mulher para entrar nessa onda...

— Somos escolhidos, não escolhemos. E também não recusamos. Mesmo se queremos, haverá sempre alguma força que nos impede de teimar. Uma força na nossa própria consciência.

Houve um momento de silêncio em que os três se olhavam. Corria algo entre eles. Inexplicável para Santiago. Porém sentiam esse laço se apertar. Tudo está ligado, não foi o que Kapule repetiu? O cético Santiago percebeu, é como uma irmandade, unidos, talvez não pelo sangue, mas por uma ideia. É isso, uma grande ideia, justiça para todos. Mais uma vez lágrimas surgiram nos olhos do ex-militar e ele não teve pudor de as limpar com a palma da mão. O chefe-oculto sorriu levemente para ele, seja bem-vindo, major Santiago, parecia dizer.

Kapule estendeu os dois braços, os outros imitaram, se deram as mãos, num ritual universalmente entendido. Naquele caso formavam também um triângulo.

Passado algum tempo, o chefe-oculto disse:

— Está na hora de voltarem, convém chegarem à Ganda ainda de dia. Depois não há problemas, é estrada boa e muito usada.

Se levantaram. Santiago olhou para a continuação da gruta.

— É ali que dorme quando aqui está? Tudo tão limpo como aqui?

— Sim. Tenho muito tempo para limpar e até o caminho que vos trouxe. É bom ter uma atividade física enquanto medito sobre o que é importante. E também evita criar um ambiente atrativo para morcegos e cobras. Há várias grutas nestas redondezas. Aliás em todos os morros e vales da antiga Tchiyaka, assim como no Seles, Bailundo, Huambo... O que temos mais são enormes rochedos e grutas, a maior parte delas não conhecidas sequer.

Fez um gesto para a entrada e Ofeka foi à frente, seguida pelo major. Santiago fê-lo com consciência, pois por costume o anfitrião viria atrás e também porque ele era o guardião da futura chefe-oculta, começando já a sua função.

Pararam para que Kapule remetesse a porta de espinheiras no seu lugar habitual. Uma ideia veio a Santiago, não se contentava com a conversa, tão breve afinal. Se virou para o chefe-oculto, perguntou:

— Qual é a área da vossa ação, toda a da antiga Tchiyaka?

— Essa área sim, claro, mas se estendendo até ao mar e do outro lado para lá do Huambo, Bailundo, Bié, os antigos reinos. Também temos contatos com Kibala e Kalulu, terras de grandes penedos. E vamos passar para lá do Kwanza, com certeza.

O major olhou Ofeka, muito trabalho vais ter, minha querida, se isso tudo conseguires realizar. Em muitas grutas iremos pernoitar.

— Vou acompanhá-los até ao princípio da subida — disse o chefe-oculto.

— Só mais uma pergunta — disse Santiago, com um gesto de desculpa. — Não há cultos, vestuários próprios marcando a irmandade, símbolos?

— Nada disso. Nem maneira de nos reconhecermos, se cruzamos algures com algum irmão. Se nos olharmos, sabemos que o outro é dos nossos. Apenas pelos olhos.

O major percebeu o que Kapule queria dizer, com Tchivinda ele próprio, Santiago, confiou nos olhos. Apenas assentiu com a cabeça.

Iam em silêncio pelo carreiro estreito, com cuidado ao pisar o terreno. De repente Santiago conseguiu desfazer a névoa que persistia no cérebro e lembrou. Se virou para trás e falou:

— Preveniu-nos que devíamos pisar só o carreiro. Por que há minas à volta?

Kapule deu uma gargalhada contida.

— Não o tipo de minas que conhece, major.

Pronto, está bem, umas figurinhas enterradas, ou dentes de onça, penas de capota, luzes estranhas, proteções desse gênero, pensou Santiago com ironia. No entanto evitou calcar fora do caminho, devia respeitar as crenças dos outros. Respeitar, não subscrever.

Se despediram com fortes apertos de mão. O chefe-oculto parecia mais moço, apesar da barba e cabelo inteiramente brancos. Não houve encontro marcado para uma data posterior, aconteceria quando tivesse de ser. O par começou a subir o morro, ainda o sol estava na posição das quatro horas da tarde, reparou o ex-militar sem confirmar no relógio que tinha no pulso. Para quê, duvidava?

Encontraram Tchivinda ao lado do carro. Pediu para o deixarem em Ukuma. Teriam tempo de o levar à sua aldeia, propôs Ofeka, mas ele agradeceu e recusou. O guia não fez nenhuma pergunta sobre o encontro, lhe incompetia conhecer mujimbos alheios.

Depois de deixarem Tchivinda, foram descendo os morros e passando por povoações, mudos. Cada um a remoer pensamentos, temores e perplexidades. Passado o Cubal, avançando com sol nos olhos na direção de Caimbambo, Ofeka falou com uma voz débil:

— Que coisa, haka! Eu nunca quis grandes responsabilidades, sempre levei a vida pelo lado mais ligeiro... Chefe-oculta? E tu, Santi, estás disposto a prosseguir com tudo isto? Bem sei que aceitaste...

— Aceitei ser o teu guardião, sem o ter afirmado. Só isso. Porque se trata de ti, da tua segurança. Esta causa de que nos falou o Kapule pode ser uma contribuição para o povo viver melhor, se conseguirem convencer muitos a seguir alguns valores positivos da tradição e também fazerem o povo pensar pela sua própria cabeça e não se deixar levar pelos interesses de outros, sim, isso agrada-me particularmente. Têm de certeza uma boa intenção. Exige também muita generosidade viver como ele vive porque quer ajudar o povo, conforme afirmou. É um discurso que não difere do político, em todo o caso. Ou do religioso, já agora. Mas essas dimensões outras a que vocês fazem alusão e forças que se ligam... sei que ninguém mencionou com clareza, mas estava subentendido. Que fique claro, não acredito nessa filosofia, nunca acreditei em religiões e crenças afins... Tradicionais ou inventadas há duas horas.

Porque não tens um espírito em cima do ombro, pensou Ofeka. Alguma vez revelarei a tua existência, kazumbi? Nem pense, menina, não se meta por aí.

— Sei disso —respondeu Ofeka ao ex-militar e talvez também a Olegário. — Nunca te pedirei para acreditares, respeito demais a tua integridade, Santi. Mas eu tive uma avó que me ensinou muita coisa e certas alusões dela se verificavam então, e estão hoje a acontecer. Sou obrigada a acreditar. No entanto, essa diferença não nos deve separar. Sem ti, não sou capaz de manter vida dupla, urbana e rural, legal e clandestina, ao mesmo tempo... E toda a outra duplicidade. Serás sempre muito mais que um guardião.

— Diz uma coisa. Me admiro porque quase não fizeste perguntas. Já sabias daqueles mistérios?

— Não sabia, mas também não me eram estranhos. Como se já os tivesse ouvido.

— A tua avó?

Ofeka se virou mesmo para ele de repente, parecia ter esquecido que conduzia um carro. Voltou logo à posição inicial, o major nem teve tempo de assustar.

— Não acreditas em nada, Santi. No entanto, coincides comigo nessa suspeita, como se fosse uma espécie de transmissão de pensamento. Sim, a minha avó falava para mim quando eu dormia. Ela me dizia, quando o dia chegar vais te lembrar do que eu te falo. Agora percebo que eram estas conversas.

Santiago por uma vez não teve dúvidas, já tinha ouvido, os adormecidos podem lembrar coisas que acontecem mas imaginam serem sonhos. Ficaram de novo calados, descendo agora suavemente, no caminho do mar.

Na senda das antigas caravanas, do Planalto à costa.

21

Três anos se passaram e pareciam semanas, segundo o entender de Santiago, que continuamos a seguir.

Muita coisa tinha na realidade acontecido. Ofeka ia com o guardião Santi à gruta do chefe-oculto. Várias vezes era para os lados do Moco, outras mais perto do Lépi, mais próximo do Huambo, uma vez mesmo foi no Epale, montanha mais a sul, quase junto à Ganda, enfim um eterno percurso recheado com vestígios das antigas muralhas de pedra atrás das quais os poderes e as populações se protegiam em séculos anteriores. Ela aprendia os segredos do cargo ficando vago em breve. E os seus pensamentos permaneciam cada vez mais fechados para nós, os kuribotas que têm a ambição de gravar eventos dignos de nota. Suponho, é só mesmo uma suposição, pois quem sou eu para penetrar em tais mistérios? Ofeka aprendeu com o seu mentor Kapule a fechar o pensamento e sentimentos. Por isso de repente perdemos conhecimento sobre o destino de Olegário, o simpático mas um pouco irritante espírito-kazumbi-tchilulu, tendo talvez regressado a Calpe, a cidade com a noite mais frenética, segundo dizeres do próprio, ou escorraçado para o mais alto jacarandá do Dombe, aquele cujo tronco dois homens de braços estendidos desconseguem de abraçar. Também os pensamentos e emoções de Ofeka ficavam mais impenetráveis para Santiago, quando antes ele se apercebia deles como do azul do céu em Abril, em dias sem chuva, esse mês tão carregado de lembranças para o ex-militar. Ela se tornara mais definitiva nas opiniões e mesmo na fala, mais impaciente se não tinha imediata anuência do amante. Ele compreendia, as funções a que se preparava exigiam firmeza de caráter, alguma teimosia mesmo, levando a se esbater a diferença entre relações sociais e relações amorosas. Nada que o levasse a qualquer frustração. Santiago, habituado numa vida anterior a mandar e ser obedecido, não se importava de apenas ser o guardião de Ofeka. Bastava-lhe estar com ela. Cada um deve ser feliz à sua maneira.

Dois anos de aprendizagem de Ofeka sobre como comunicar com as suas lanças, palavra de código para designar os agentes de ligação às autoridades tradicionais das diferentes zonas, os somas, e seus conselheiros, os sekulus. Com mais restrições e cuidados aos representantes das autoridades estatais, os regedores, porém só quando absolutamente necessário. A futura chefe-oculta se permitiu alguma inconfidência, ou seria mesmo vital para o trabalho conjunto, e explicou o mambo das lanças a Santi, razão pela qual ficamos informados. Aprendeu também como dirigir aquela espécie nova de irmandade ou aliança, réplica moderna do milenar (talvez haja aqui algum exagero, mas só fica bem) otchisoko dos povos falando umbundu. Aprendeu ainda como expandir o otchisoko para fora do Planalto Central.

Depois veio a passagem do cargo, feita no maior recato e segredo, ao qual apenas Santiago teve acesso. Aí se diluiu para sempre na paisagem das montanhas e rochedos a figura complacente de Kapule. Permaneceu o mais-velho Tchivinda, tornado lança principal de Ofeka, agora com papel mais ampliado.

Nestes três anos, as relações entre Santiago e Ofeka se consolidaram, acabando por remeter o professor Mulungu a alguém requisitado de vez em quando, visitas marcadas por ela quando lhe apetecia e apenas para conversar. Mulungu não se tornou no seu segundo guardião, como ela tinha projetado mas nunca revelado, no tempo em que o seu pensamento ainda não estava fechado e por isso percebêramos o intento, mas foi aconselhado a se dedicar cada vez mais na ajuda à buala natal entre Uíje e Zaire, juntando os seus naturais espalhados pelo país, possuidores de alguns meios de vida, para construírem escolas, um posto médico, uma cantina de comércio alimentar e recolha da produção camponesa, melhoria de estradas e abertura de picadas, ou outros benefícios destinados às populações locais.

Na fase final de aprendizado com Kapule, mesmo antes de assumir o cargo, Ofeka preparou Mulungu para ser a sua lança principal no Norte do país, um temerário projeto saltando os limites da região central e que levou Kapule a proferir pela única vez um resmungo, mas de fato não se opôs à ideia da pupila, já a planejar como chefe-oculta, o que ainda não era. Ela contou a Santiago esse projeto e as reservas de Kapule. Mulungu acabaria por se desligar da universidade em Benguela para se transferir para a correspondente no Norte, podendo assim estar próximo do seu lar de origem, mas trazendo problemas ao casamento, pois a mulher, Kiesse, recusou abandonar o seu bom emprego e permaneceu com os filhos na casa do litoral.

A entronização de chefe-oculta foi a mais simples possível. Santiago, como seu guardião, pôde participar. Além dos dois, havia apenas Kapule, Tchivinda e um terceiro ancião, nunca mencionado pelo nome, mas com porte de alto dignitário. Das mãos de Kapule, ela recebeu uma espécie de pulseira escura, que colocou no pulso esquerdo, única prova de ser a chefe máxima da congregação. Kapule, ao lhe colocar a pulseira disse com simplicidade, recebe o lukano de Lueji. Era pois o distintivo dos chefes da mítica Lunda, feito de tendões humanos.

— Este então é o célebre lukano? — disse Santiago, acariciando a pulseira, quando depois estavam a sós.

— É um lukano. Igual mas não o mesmo que Kondi passou para o braço da filha, claro, esse há muitos séculos se desfez ou perdeu. Mas este foi preparado da mesma forma, segundo Kapule. À volta dele foi criado o Império Lunda, como rezam todos os mitos da formação.

— E tem poderes?

— Dizem que sim. Mas desconheço. Um dia...

— Kapule confirmou, um dia vais descobrir esses poderes?

— Sim. Um saber não transmitido pela palavra.

Lá entravam nos ditos obscurantismos e Santiago não gostava dessa senda. Calou, porém. Mais tarde, Ofeka usou um tom de voz diferente, mais profundo, como se recitasse uma oração ou um discurso memorizado para lançar pela televisão, o nosso trabalho dará frutos, verás um dia, mas vai demorar, claro que sim, muitos anos de contínuo labor. Há muitas forças contrárias, algumas de quem não suspeitaríamos, mas elas serão vencidas pelo convencimento. O nosso povo merece progresso e melhor vida para compensar tanto sofrimento, tanta desilusão. Não podemos falhar.

Era a mesma Ofeka que ele amava, aquela mulher bela e alegre, um ar de fragilidade colado a rasgos de audácia, gerando carinho por parte de quem a conhecia? A Ofeka de então e esta, mulher madura e forte, prometendo futuros quase impossíveis e escamoteando todos os perigos por que teriam de passar, seriam realmente a mesma pessoa? Santiago não saberia separar uma da outra, sendo apenas as faces diferentes da mesma terra. Ainda mais a amou.

Menos de um ano depois de assumir o cargo de chefe-oculta, Ofeka recebeu a triste notícia da morte de Mulungu, em circunstâncias muito estranhas. Lamentou junto de Santiago, a se culpar pela responsabilidade da desgraça, pois o industriara para levar as propostas deles ao torrão natal, um sítio que está ainda carregado de ideias e poderes do antigo Reino, próximo da sua capital, Mbanza Kongo, portanto território propício a golpes políticos e místicos. Mulungu foi assassinado pelas ideias que divulgou, disse ela, representava um perigo, resta saber a quem ou a quê. Não deitou sangue, não espumou pela boca, não foi portanto tiro nem faca nem queda nem veneno, as autoridades disseram foi ataque cardíaco, pronto, assunto encerrado, mas eu sei não foi, alguém o matou e muitos encomendaram a sua morte. Mais não podia falar Ofeka, mas chorava bué, arrependida. Também de saudade do antigo amante? Santiago achou, sim, nada mais natural, também ele lamentava a perda do austero amigo em que se tornara, apesar de rival numa certa altura.

— Kapule não pareceu de acordo com a ideia de Mulungu ir para lá, não foi o que contaste na altura? — perguntou Santiago, remexendo na ferida, mas sem intenção.

— Não falou, só fez um muxoxo. Sim, negativo.

Depois de alguns instantes de silêncio, Ofeka disse:

— Afinal Kapule via mais longe que eu. E eu é que tinha dons de vidente, não foi o que ele revelou?

— Tu tens dons, é claro, Kapule apenas percebeu. E podias estar certa na altura da decisão de o enviar como tua lança para lá. E a morte não ter sido causada, mas natural. Nunca haveremos de saber, escusas de te martirizar por qualquer coisa de que não tens culpa nenhuma. Só de o teres afastado muito antes, quando, ainda por cima, lhe tinhas escondido a tua relação comigo.

— Muitas faltas... Não mereço ser chefe-oculta.

— Disparate! Haka! Ele próprio te perdoou o silêncio quando devias ter revelado logo. Perdoou uma semana depois e reataram. Por pouco tempo, mas nós os três ainda cumprimos a agenda. Depois foste-te afastando dele, ou o afastaste de ti, é a mesma coisa. O que nada tinha a ver com a tua missão improvável. Ele passou a se dedicar mais e mais à buala natal, onde fez uma grande obra, fui lá uma vez visitá-lo e vi os progressos daquela comunidade. O que prova que com pouco capital se pode melhorar muito a vida do povo, quando se põe as cabeças a funcionar na sintonia certa. E Mulungu se tornou tua lança lá. Não tens culpa de me teres preferido a ele e desfeito o triângulo. Voltou a normalidade. Mulungu, aliás, foi absolutamente digno em toda essa maka.

— Ele era muito culto, empenhado, gentil, puro. Não era? Julguei-o mal naquela altura?

— Era tudo isso que disseste, e um verdadeiro humanista. Uma lança excepcional, a tua melhor. Soubeste escolher. Mas tinha de viajar todos os dias cem quilômetros para ir dar aulas na universidade e voltar para a buala, onde tinha a sua sede. Haveria lá alguma gruta?

— Sim, várias.

— Os cem quilômetros não eram feitos numa estrada boa, é uma das nossas, habitual, com algum asfalto e cheia de buracos, alguns fundos. Os cem quilômetros significam no mínimo três horas de condução. Mais os dois trabalhos, o oficial de professor e o de lança. Tens de compreender que mesmo uma pessoa forte como ele pode se esgotar. E ter um ataque cardíaco ou coisa parecida. Por que pensar em morte provocada?

— Porque isto afeta muitos interesses. A ideia de desafiar os africanos a decidir só pela sua própria cabeça de como querem viver, não serem obrigados a copiar a cartilha colonial e imperial, qualquer que seja a origem desse domínio estrangeiro, é uma ideia altamente subversiva no mundo de hoje, como foi sempre. E no mundo tudo está ligado.

Nos três últimos anos da sua já longa vida, Santiago cumpriu a obrigação, para ele essencial, de acompanhar Ofeka em todas as viagens e passeios. Obrigação de inspecionar os terrenos, as grutas, as casas da cidade, as ruas movimentadas, sempre alerta em relação a perigos em que ela poderia cair. Perigos reais, que ele estava treinado para reconhecer, não os dos mistérios. Não acreditava em poderes ocultos, nem das religiões nem dos outros. Continuava com as suas ideias libertárias. Mas sabia, a maior parte da gente acreditava em crenças imbuídas de segredo e mitos. Havia o direito e a liberdade de acreditar. Ou devia haver. Se sentia um verdadeiro homem de ideias livres e gostava de ser assim. No fundo, não era tão difícil conciliar as diferentes sensibilidades e opiniões, bastava ter algum bom senso e uma causa que o orientasse. A sua causa era Ofeka. O resto se ia encaixando à volta dela conforme o tempo. E ele sabia então como atuar.

Menos confortável estava Joka, a quem falhara até então o apoio externo ao seu projeto de menino. Esteve na África do Sul, depois no Brasil, sem resultados. Talvez não tivesse os contatos certos, lhe dizia Santiago, para o animar. Não, insistia Joka, tive medo de avançar sozinho quando tinha já os segredos desvendados. Entretanto inventaram e puseram a funcionar novas fontes de energia, mais baratas, mais potentes, sobretudo baseadas no Sol. A minha perdeu sempre na parte dos custos, cara demais, não resistia à concorrência, por isso os que aprenderam com os bisavós a fazer negócios nunca se interessaram, não iam perder dinheiro para acompanhar os sonhos antigos de um desgraçado do Sul. Santiago mais nada podia fazer pelo primo, a ciência e tecnologia não faziam parte do seu domínio. Nem tinha capital para investir na nova fonte de energia, que parecia condenada a ser sepultada antes de nascer. Talvez Joka tivesse o instrumento de salvação do planeta na cabeça e nos papéis, sem nunca poder realizar o sonho da sua vida. Assim são os desígnios do acaso.

Outro que não estava muito bem, a saúde se ressentindo de problemas da área nervosa, era Domingos. Se queixava sobretudo da exiguidade da pensão de reforma, face a uma inflação alta e persistente. Ninguém aguenta esses preços, só a pensão não aumenta. Tenho mesmo de vender a casa e ir habitar um apartamento pequeno e velho, mas de renda barata. Aguenta um bocado, aconselhava Santiago, a casa é o teu tesouro e agora ninguém ta compra pelo seu real valor. Aluga-a por bom preço e a título provisório. Encaixas a diferença entre o que recebes por ela e o que pagas pelo apartamento, até ver como os próximos anos serão. Entretanto, vives melhor com essa diferença acrescida à pensão de reforma.

— Podes falar — dizia Domingos. — Tens uma pensão de major, sempre atualizada conforme os salários dos militares.

— Até parece que os salários dos militares são atualizados todos os meses... e se fossem, nunca cobririam o aumento dos custos. Estamos todos mal, uns pior que outros, é verdade. Melhor estará o Joka, mas também começa a se queixar.

— Se o Joka se queixa, então está tudo lixado.

Tudo ligado e tudo lixado, pensou Santiago. Fazer mais como então? Só mesmo resistir.

Foi passear com os seus dois amigos, os seus guardas. Os guardas do guardião, não fica nada mal. Nem Jeremias nem Zacarias se sacudiram o pelo, como a afastar algo incômodo.

A rua apresentava poucos carros, como seria habitual a essa hora. Algumas pessoas a andar, uma ou outra parada na sombra das grandes árvores do passeio. Um kandengue, dos seus doze anos, encostado a um portão, tentava descascar uma manga com um canivete. Demonstrava falta de prática.

— Tens de treinar mais — disse Santiago, ao passar por ele. — E faz com calma, devagar, para não te cortares.

— É verdade, tio. Obrigado pelo bom conselho.

Sorriu por ter sido designado como tio. Mais comum seria avô, ou paizinho, se chamado por mais novos de qualquer idade. Esse respeito pelo mais-velho persistia mesmo, todas as mudanças sociais o deixavam inamovível? Ainda bem se assim fosse. Santiago duvidava porém, na generalidade. Mas nada está perdido, ainda há crianças bem-educadas, esta até agradeceu o conselho. Já não lhe parecia mesmo comum.

Os ouvidos estavam entupidos ou os carros se tornaram menos ruidosos? As motos também. Se anunciavam mudanças num futuro breve para veículos elétricos, silenciosos como as bicicletas, com as novas tecnologias, o futuro mais limpo, melhor. Também um homem melhor? Coitados dos utópicos, o tempo já não era o deles.

A via apresentada por Ofeka seria mais realista? Com a sinceridade que punha nos seus secretos pensamentos, segredou com lábios cerrados, duvido mesmo.

Caminhava sem saber aonde ir, apenas caminhava. Interessava o objetivo? Nos lábios mantinha o sorriso. De ternura pelo miúdo "seu sobrinho". Bela palavra, ternura!

— Te lanço um feitiço, meu kandengue — disse em voz alta, quando já estava longe e o menino não poderia ouvir: — A ganância é mãe da corrupção. Nunca serás corrupto. Pode parecer hoje uma maldição, mas é feitiço lançado com bom propósito.

Sorriu de novo. Com ternura.

Luanda, Abril de 2024.

NOTA FINAL

Para escrever este romance, baseei-me na obra do antropólogo MESQUITELA LIMA, *Os Kyaka de Angola*, Edições Távola Redonda, Lisboa, 1988, cuja fonte é a sua tese de doutoramento em Paris sobre a preciosa pesquisa realizada na área da Tchiyaka nos anos anteriores a 1974. A minha devida vénia.

PEPETELA

O autor

PEPETELA (Artur Carlos Maurício Pestana dos Santos) nasceu em Benguela, Angola, em 1941, onde fez o ensino primário. O secundário cursou no Lubango.

Em 1958, passou a frequentar a Universidade em Lisboa. Nesta cidade, frequentou a "Casa dos Estudantes do Império", associação dos estudantes das colônias portuguesas. Por razões políticas, em 1962 saiu de Portugal para Paris e, seis meses depois, partiu para a Argélia, onde se licenciou em Sociologia e trabalhou na representação do MPLA (Movimento Popular de Libertação de Angola) e no Centro de Estudos Angolanos, que ajudou a criar.

Em 1969, foi chamado a participar diretamente na luta de libertação angolana, em Cabinda, onde foi simultaneamente guerrilheiro e responsável pelo setor da Educação. Adotou, então, o nome de guerra "Pepetela", que mais tarde viria a utilizar como pseudônimo literário.

Em novembro de 1974, integrou a primeira delegação do MPLA que se fixou em Luanda, desempenhando os cargos de Diretor do Departamento de Educação e Cultura e do Departamento de Orientação Política. Atuou nas FAPLA (Forças Armadas Populares de Libertação de Angola) até a independência de Angola, em 1975.

Em abril de 1976, participou da reabertura da Faculdade de Letras do Lubango, onde lecionou até setembro. Ainda nesse ano, foi nomeado vice-ministro da Educação, até ser exonerado, a seu pedido, em dezembro de 1982. Passou posteriormente a lecionar Sociologia na Universidade Agostinho Neto, em Luanda, até 2008.

Desempenhou cargos diretivos na União de Escritores Angolanos, foi Presidente da Assembleia Geral da Associação

Cultural "Chá de Caxinde" e Presidente da Mesa da Assembleia Geral da Academia Angolana de Letras, de que é membro-fundador.

Seus livros estão publicados em Angola e Portugal, e grande parte pela Kapulana no Brasil. Há traduções publicadas em 21 línguas: Alemão, Basco, Búlgaro, Catalão, Dinamarquês, Espanhol, Estoniano, Finlandês, Francês, Grego, Hebraico, Holandês, Inglês, Italiano, Japonês, Norueguês, Polonês, Russo, Servo-croata, Sueco e Ucraniano.

OBRA COMPLETA

1973: *As aventuras de Ngunga.*
1978: *Muana Puó.*
1979: *A revolta da casa dos ídolos.* (teatro)
1980: *Mayombe.*
1985: *Yaka.*
1985: *O cão e os calús.*
1989: *Lueji.*
1990: *Luandando.* (apresentação histórico-sociológica da cidade de Luanda)
1992: *A geração da utopia.*
1995: *O desejo de Kianda.*
1996: *Parábola do cágado velho.*
1997: *A gloriosa família.*
2000: *A montanha da água lilás — Fábula para todas as idades.*
2001: *Jaime Bunda, agente secreto.*
2003: *Jaime Bunda e a morte do americano.*
2005: *Predadores.*
2007: *O terrorista de Berkeley, Califórnia.*
2008: *O quase fim do mundo.*
2008: *Contos de morte.*
2009: *O planalto e a estepe.*

2011: *Crónicas com fundo de guerra.*
2011: *A sul. O sombreiro.*
2013: *O tímido e as mulheres.*
2015: *Crónicas maldispostas.*
2016: *Como se o passado não tivesse asas.*
2018: *Sua Excelência, de corpo presente.*
2024: *Tudo-está-ligado.*

OBRA PUBLICADA PELA EDITORA KAPULANA

2019: *O cão e os caluandas* (*O cão e os calús*) [Vozes da África].
2019: *O quase fim do mundo* [Vozes da África].
2020: *Sua Excelência, de corpo presente* [Vozes da África].
2021: *O desejo de Kianda* [Vozes da África].
2022: *Jaime Bunda, Agente Secreto*: Estória de alguns mistérios [Vozes da África].
2023: *As aventuras de Ngunga* [Vozes da África].
2025: *Tudo-está-ligado* [Vozes da África].

PRÊMIOS

1980: Prémio Nacional de Literatura, pelo livro *Mayombe*.
1985: Prémio Nacional de Literatura, pelo livro *Yaka*.
1993: Prémio especial dos críticos de São Paulo (Brasil), pelo livro *A geração da utopia*.
1997: Prémio Camões, pelo conjunto da obra.
1999: Prémio Prinz Claus (Holanda), pelo conjunto da obra.
2002: Prémio Nacional de Cultura e Artes, pelo conjunto da obra.
2007: Prémio Internacional da Associação dos Escritores Galegos (Espanha).
2014: Prémio do Pen da Galiza "Rosália de Castro".

2015: Prémio Fonlon-Nichols Award da ALA (*African Literature Association*).
2020: Prémio "Correntes d'Escritas", de Portugal, pelo livro *Sua Excelência, de corpo presente*.
2021: Prémio dstangola/Camões, pelo livro *Sua Excelência, de corpo presente*.

DESTAQUES

1985: Medalha de Mérito de Combatente da Libertação pelo MPLA.
1999: Medalha de Mérito Cívico da Cidade de Luanda.
2003: Ordem do Rio Branco da República do Brasil com o grau de Oficial.
2005: Medalha do Mérito Cívico pela República de Angola.
2006: Ordem do Mérito Cultural da República do Brasil, grau de Comendador.
2010: Doutor *Honoris Causa* pela Universidade do Algarve (Portugal).
2021: Doutor *Honoris Causa* pela Universidade Federal do Rio de Janeiro (Brasil).

	Gandhi Serif (Librerias Gandhi)
fontes	Montserrat (Julieta Ulanovsky)
	Open Sans (Steve Matteson)
papel	Miolo: Pólen Bold 70 gr/m²
	Capa: Supremo Duo Design 250gr/ m²
impressão	Maistype